Tim Herden

Schwarzer Peter

Tim Herden, geboren 1965 in Halle (Saale), arbeitete nach dem Studium der Journalistik in Leipzig zunächst als wissenschaftlicher Assistent und Journalist. Ab 1992 war er für den Mitteldeutschen Rundfunk in vielen unterschiedlichen Tätigkeiten und Leitungsfunktionen tätig. Seit Dezember 2022 ist er Direktor des MDR-Landesfunkhauses Sachsen-Anhalt in Magdeburg. 2010 veröffentlichte er seinen ersten Hiddensee-Krimi „Gellengold" im Mitteldeutschen Verlag. Regelmäßig folgte alle zwei Jahre eine Fortsetzung: „Toter Kerl" (2012), „Norderende" (2014), „Harter Ort" (2016), „Schwarzer Peter" (2018) und „Süderende" (2020). Mit „Schabernack" (2022) liegt inzwischen der siebte und sicher nicht letzte Titel der erfolgreichen Reihe um Kommissar Rieder vor.

Tim Herden

Schwarzer Peter

Der letzte Fall für Rieder und Damp

mitteldeutscher verlag

Für den ehemaligen Hiddenseer Inselpolizisten
Horst Henk

Dieses Buch ist ein Roman. Die gesamte Handlung ist von A bis Z von mir frei erfunden. Ähnlichkeiten mit lebenden oder bereits verstorbenen Personen sind nicht beabsichtigt und rein zufällig. Die im Text erwähnten Bilder des Hiddenseer Künstlerinnenbundes hängen natürlich da, wo sie hingehören. Die verschwundenen und zerstörten Bilder bleiben verschwunden und zerstört.

Kapitän Gustav Drews schaltete die Positionslichter aus. Dann drehte er den kleinen Hebel neben dem hölzernen Steuerrad. Der Motor erstarb. Vorn am Mast löste Bootsmann Henning Just die Vorliekleine. Mit kräftigen Armzügen zog er das Segel nach oben. Der sanfte Südwest bauschte das weiße Tuch und glättete es. Noch ließ die Großschot dem Segel Spiel. Der Wind schob es weit über die hölzerne Bordwand hinaus. Schiffsjunge Björn griff nach der Leine, legte sie um eine Winsche und zog sie fest. Das Segel straffte sich. Sanft neigte sich die pommersche Yacht. Aus dem Rumpf des Schiffes drang ein sanftes Brummen. Die „Hertha" nahm Fahrt auf.

So mochte es Drews. Locker hielt er das Steuerrad zwischen seinen Händen. Mit sanften Bewegungen pendelte er das Boot aus und hielt es im Wind. Er blickte geradeaus. Viel war nicht zu sehen in der Dunkelheit. Ab und zu zerriss das schnell ziehende dunkle Wolkenband. Dann spiegelte sich das Mondlicht im schwarzen Wasser des Boddens. Backbord war der Gellen zu erahnen. Steuerbord lag die Halbinsel Ummanz. Voraus blinkte ein Licht. Der Leuchtturm Dornbusch sendete sein Signal in die Nacht. Zwei Sekunden hell. Acht Sekunden dunkel. Drews steuerte leicht backbord vom Licht des Leuchtturms. Dieser Kurs war ihm in Fleisch und Blut übergegangen. Schon vor dem Krieg war er als junger Kapitän für die Reederei seines Vaters mit dem Postschiff von Stralsund über Kloster auf Hiddensee und die Poststation auf dem Bug nach Bornholm und weiter nach Schweden gefahren. Schon damals hatte ihm das Leuchtfeuer Dornbusch immer die Gewissheit gegeben, auf dem richtigen Kurs nach Hiddensee zu sein.

Kein anderes Boot war auf See. Die Fischer durften erst ab drei Uhr rausfahren, um ihre Reusen zu kontrollieren. In der Nacht herrschte auch auf dem Wasser Ausgangssperre. Eigentlich auch für Gustav Drews und seine „Hertha". Aber er musste die sowjetischen Patrouillenboote nicht fürchten. Die Reederei Drews hatte eine Sondergenehmigung der Besatzungsmacht. Er durfte Hiddensee anlaufen und die Insel mit Waren des täglichen Bedarfs beliefern – wenn auch zu vorgeschriebenen Zeiten. Aber der Inselkommandant war großzügig. Denn Drews versorgte mit seinem Schiff auch die Soldaten auf Hiddensee. Und so war es dem Kommandanten ziemlich egal, wann Drews mit seiner Ware kam. Hauptsache, er kam.

Doch Drews fühlte sich nicht wohl in seiner Haut. Heute hatte er nicht Lebensmittel und Fässer mit Schiffsdiesel für die Fischer geladen. Unter Deck standen zwanzig Holzkisten. Drews wusste nicht, was darin war. Sein Vater hatte ihm die Ladung und die Tour aufgenötigt. Als Freundschaftsdienst für den Unternehmer Gilde, einen guten Kunden der Reederei. Zweimal die Woche lieferte Drews mit der „Hertha" Mehl zu dessen Fabrik im Hafen Sassnitz. Auf der Rücktour brachte er Produkte der Firma Gildemeister, Backmischungen und Tütensuppen, zu den Häfen Greifswald und Stralsund. Ein gutes Geschäft, besonders in schlechten Zeiten wie diesen. Sonst gab es seit dem Kriegsende nicht viel zu transportieren.

Drews hatte Henning und Björn leere Fässer und Kartons um die Kisten stapeln lassen, damit sie bei einer Kontrolle nicht auffielen. Sicher war sicher. Drews rechnete nicht damit. Nachts lagen die sowjetischen Patrouillenboote vom Stützpunkt auf dem Bug immer am nördlichen Ende des Libben auf der Lauer. Sie warteten in der Meerenge zwischen Hiddensee und Rügen auf Schmuggler, die heimlich aus Dänemark oder Schweden Schnaps, Butter und Zigaretten für die Schwarzmärkte an der Ostseeküste brachten. Wer erwischt wurde, musste mit drakonischen Strafen rechnen. Es war schon vorgekommen, dass die Russen ein aufgebrachtes Schmugglerschiff einfach ins Schlepptau genommen und dann auf offener See mit einem Torpedo versenkt hatten.

Die „Hertha" erreichte das Fahrwasser von Kloster. Henning kam zu Drews in das kleine Führerhaus. Er stellte sich neben ihn und nahm seine Pfeife aus dem Mund. „Ich habe ein ungutes Gefühl bei der Sache."

„Wird schon schiefgehen", antwortete der Kapitän, ohne den Blick zu wenden.

„Zurück müssen wir kreuzen. Nicht gerade ideal, wenn es eng wird." Dabei nickte Henning leicht mit seinem Kopf nach Steuerbord, in Richtung des Marinestützpunktes.

„Wir haben immer noch den Diesel", wandte Drews ein.

Henning schüttelte den Kopf. „Damit kommst du nicht gegen die Torpedoboote der Russen an."

„Ich kann das Schwert hochziehen. Aufs Flachwasser kommen die nicht hinterher."

„Als ob das die Russen aufhalten würde."

Drews wusste, dass Henning recht hatte, wollte es aber nicht zugeben. Seit über zwanzig Jahren hatten Drews und Just jede Fahrt zusammen gemacht, aber die Rollen zwischen Kapitän und Bootsmann waren klar verteilt.

„Hol die Segel ein, sonst brettern wir bei dem Wind auf Grund", beendete Drews das Gespräch.

Henning nickte kurz, steckte seine Pfeife wieder in den Mund und lief dann zum Mast. Er löste die Vorliekleine. Das Segel rauschte runter und bauschte sich auf Deck. Björn begann es zu raffen. Die „Hertha" wurde langsamer, machte aber immer noch gut Fahrt.

Am Schwedenhagen tauchte ein Licht auf. Es wurde am Fuße der Anhöhe neben dem Hafen von Kloster immer wieder hin und her geschwenkt. Das vereinbarte Zeichen. Daneben, in Richtung Grieben, gab es zwar eine Anlegestelle. Das Bollwerk. Doch dort die Kisten auszuladen, hätte zu viel Aufsehen erregt. So hatte Drews mit Gildes Sohn Werner vereinbart, die Ladung am Fuße des Schwedenhagen zu löschen, mit dem hochgewachsenen Schilf als Deckung. Drews lehnte sich aus dem Führerhaus. „Lasst den Anker fallen!"

Die Kette rasselte in die Tiefe. Kurz darauf ging ein Ruck durch das Boot. Der Anker hatte im schlammigen Boden des Boddens Halt gefunden. Björn ließ darauf auch am Bug den Anker zu Wasser. Die „Hertha" lag fest.

In der Stille waren kräftige Ruderschläge und das Klappern der Paddel in den eisernen Dollen zu hören. Aus der Dunkelheit tauchte ein hölzernes Boot auf. Vorn im Bug war eine brennende Laterne befestigt. Dahinter stand ein großer, hagerer junger Mann. Er trug dunkle Kleidung und hatte eine Strickmütze auf dem Kopf. Drews erkannte Werner Gilde.

„Alles ruhig", rief er Drews zu. Der Kapitän nickte stumm. Er gab Henning und Björn ein Zeichen, die Luken zu öffnen. Dann stieg Björn in den Laderaum, während Henning den kleinen Ladekran der „Hertha" flottmachte. Die erste Kiste wurde hochgezogen, dann über Bord geschwenkt und in das kleine Boot abgesenkt. Nach jeweils drei Kisten fuhr das Ruderboot zum Ufer. Aus der Ferne glaubte Drews, Stimmen zu hören. Immer wieder sah er ein Licht die Anhöhe hinaufwandern, dann aber plötzlich verschwinden. Dort gab es eigentlich gar keinen Weg. Dafür war das Hochufer zu steil.

Sie waren gerade dabei, die Kisten für die letzte Fuhre abzuseilen. Da tauchte oben neben der Anhöhe das Licht wieder auf und kam langsam näher. Wahrscheinlich ein Fahrradfahrer. Werner Gilde, der auf der „Hertha" das Umladen der Kisten überwacht hatte, bat Drews um sein Fernglas. Er hielt es kurz an die Augen. „Scheiße, der lange Herrmann!", fluchte der Sohn des Unternehmers. Mehr musste er nicht sagen. Alle kannten den Spitznamen des Hiddenseer Inselpolizisten. Da war auch schon seine donnernde Stimme zu hören: „Halt da draußen! Was tun Sie da?"

Alle schwiegen. Das Licht im Ruderboot war gelöscht worden. Trotzdem waren in der Dunkelheit die Umrisse der Boote zu erkennen. Viel konnte Herrmann nicht ausrichten. Jedenfalls nicht auf See. Wie sollte der Polizist ohne Boot bis zur „Hertha" kommen? Anders stand es um die Leute am Ufer. Auch von dort war kein Ton mehr zu hören. Nur der Wind ließ das Schilf rascheln.

„Halt, oder ich schieße!", brüllte der Polizist.

Drews witterte Gefahr. „Ich will hier weg", flüsterte er.

„Die Kisten müssen aber noch von Bord", antwortete Gilde.

„Und was, wenn er schießt?", entgegnete Drews ‚Und trifft?', fügte er in Gedanken hinzu. Da hörten sie auch schon, wie eine Waffe durchgeladen wurde. Ein Schuss fiel. Offenbar hatte der Polizist in die Luft geschossen, aber er konnte damit die Soldaten auf der Insel und auf der Ostsee alarmiert haben.

„Schluss jetzt", raunzte Drews, „mach dich von Bord!"

Henning ließ das Seil des Ladekrans los und die Kiste am Haken krachte auf das Boot neben der „Hertha".

„Bist du verrückt geworden?", schnauzte Gilde den Bootsmann leise an.

„Du kannst mich mal", zischte Henning.

Gilde starrte ihn wütend an und war nahe dran, auf den Matrosen loszugehen, doch dann schien er sich zu besinnen. Er neigte sich zu Drews. „Die letzte Kiste muss noch runter. So ist es verabredet."

Da packte Henning Gilde von hinten, drehte ihn um und fasste ihn unter den Achseln. Obwohl der junge Mann einen Kopf größer war, hob ihn der Bootsmann mühelos hoch und trug ihn die zwei Schritte zur Reling.

„Verschwinde jetzt!" Um seine Drohung zu verstärken, hielt er Gilde außerhalb des Decks. Gilde zappelte vor Angst. Henning zog ihn noch einmal so nah heran, dass Gilde die Bootswand zu fassen bekam und von dort in das Ruderboot klettern konnte.

„Das wird euch noch leidtun."

Doch Drews und Henning hörten ihn nicht mehr. Sie liefen beide über Deck und waren damit beschäftigt, das Schiff seeklar zu machen. Der Kapitän versuchte den Schiffsdiesel anzuwerfen. Doch der Motor zündete nicht. Er tuckerte ein wenig und verstummte. Drews versuchte es wieder und rief zugleich Björn zu, den Heckanker zu lichten. Der Schiffsjunge begann die Ankerwinde zu drehen. Henning zog das Segel auf, um seeklar zu sein, falls der Motor weiter streikte. Björn stürmte zum Bug, um auch dort den Anker zu heben. Dort lag die „Hertha" noch fest. Sie begann sich schon in der Strömung um die eigene Achse zu drehen. Björn rüttelte an der Ankerwinde. Doch nichts rührte sich. Henning bemerkte es. Er rannte zur Bordwand, um nachzusehen, warum sich der Anker nicht bewegte. Als er sich wieder aufrichtete, frischte der Wind auf. Eine Böe fegte über den Bodden. Sie erfasste das freischwingende Segel. Der Großbaum traf den Bootsmann am Kopf. Henning wurde über Bord geschleudert. Der Kapitän und Björn hörten das Aufschlagen seines Körpers im Wasser. Sie stürmten zum Bug. Drews schrie Björn an, endlich das Segel zu sichern. Der Junge fing die Schot, wickelte sie um die Winsche, zog das Segel heran und befestigte es. Dann eilte Björn zu Drews zurück, der immer noch kurz neben dem Bug kniete und in die Tiefe starrte. Immer wieder rief er leise nach Henning. Herrmann sollte den Namen nicht hören. Doch es gab keine Antwort. Sie hörten auch kein Paddeln oder Kraulen eines Schwimmers. Auch von Gildes Ruderboot war nichts zu vernehmen. Dabei mussten Gilde und seine Leute mitbekommen haben, was passiert war. Drews und Björn rannten zum Heck, schauten in die Tiefe und riefen wieder den Namen des Bootsmanns. Aber Henning blieb verschwunden. Ein zweiter Schuss fiel. Am Führerhaus splitterte Holz. Drews und Björn warfen sich auf die Planken.

„Wir müssen hier weg", raunte Drews Björn zu.

„Aber Onkel Henning …", flehte der Schiffsjunge.

Drews schüttelte hilflos den Kopf. Erstarrt sahen sie sich eine kurze Ewigkeit in die Augen. „Wir müssen den Anker lichten", flüsterte Drews. „Komm!"

Sie krochen zum Bug. Nun zog die Winde ohne Probleme den Anker nach oben. Dann holte Drews das Segel ein.

Zurück im Führerhaus, legte er den Zündhebel um. Wieder stotterte der Schiffsdiesel zweimal, dann fand der Motor seinen Rhythmus. Drews steuerte die „Hertha" ins offene Fahrwasser. Der Leuchtturm Dornbusch sendete sein Licht in die Ferne.

1

„Tja", meinte Malte Fittkau. Er hob mit der rechten Hand kurz seine Schiffermütze, kratzte sich die Stirn und setzte seine Kopfbedeckung wieder auf. Gemeinsam mit Stefan Rieder stand er vor der Wiese um das kleine Kapitänshaus im Wiesenweg in Vitte. Das Häuschen war Rieders Bleibe auf Hiddensee. Seit Oktober hatte er dort nicht mehr gewohnt und auch nicht mehr den Rasen gemäht. Nach seiner Rückkehr auf die Insel im Januar war er in Maltes Pension gezogen. Bei dem harten Winter wäre es in dem Häuschen mit seinen dünnen Wänden zu kalt gewesen. Jetzt war bald Ostern. Malte brauchte seine Zimmer für die ersten Gäste. Rieder musste also umziehen. Außerdem hatte sich sein Vermieter angemeldet, um nach dem Rechten zu sehen und einiges zu besprechen. So stand es in einem Brief, den Rieder vor einer Woche erhalten hatte.

Die Wiese bot ein gemischtes Bild. Da waren die abgestorbenen, dunklen Halme der Rasenpflanzen vom letzten Jahr. Dazwischen sprießten Löwenzahn, Gänseblümchen und Wiesennelken. Vor den Kirschbäumen an der Grenze zu Maltes Grundstück standen die Brennnesseln hüfthoch. Die Heckenrose am Zaun zum Wiesenweg hatte sich mit zahlreichen Schösslingen auf der Fläche vermehrt.

Drei Monate hatte der Winter die Insel fest im Griff gehabt. Dickes Packeis türmte sich rund um die Küsten an Ostsee und Bodden. Nur mit dem Hubschrauber war Hiddensee zu erreichen. Dann kamen Ende März die ersten Sonnenstrahlen. Innerhalb einer Woche verschwanden Eis und Schnee. Die plötzliche Wärme jetzt Anfang April hatte die Natur förmlich explodieren und erblühen lassen.

Bis zu seinem Haus war Rieder noch gar nicht vorgedrungen. Er hatte nur aus dem Schuppen den kleinen Rasenmäher geholt und war sofort gescheitert. Das Gerät hatte nach einem Meter den Betrieb eingestellt, unfähig, den Wiesenurwald zu stutzen. In seiner Not hatte Rieder Malte um Rat gefragt. Doch auch sein Nachbar war ratlos.

„Vielleicht geht's mit einer Sense", schlug Rieder vor.

„Haste schon mal gesenst?", fragte Malte zurück, ohne Rieder dabei anzusehen.

Rieder schüttelte den Kopf.

„Dann lass mal."

„Aber wieso? So schwer kann doch Sensen nicht sein." Rieder deutete mit einem Hüftschwung und angewinkelten Armen die entsprechende Bewegung an. Nun drehte sich Malte um und sah Rieder an, als sei er nicht ganz bei Trost.

„Hast du 'ne Sense?", hielt Rieder an seiner Idee fest.

„Hab' ich, aber kriegste nicht. Das wäre Mord."

„Versteh' ich nicht."

„Du hackst dir damit die Beine ab, und hier ist keiner auf der Insel, der sie dir wieder annäht. Sensen fällt jedenfalls aus", erklärte Malte in einem Ton, der keinen Widerspruch zuließ. Die beiden Männer starrten wieder stumm auf die Wiese. Dann strich sich Malte über das Kinn. „Am besten, du holst drei grüne Lappen von der Bank, gehst zu den Jungs vom Deichbau, hängst dein Gartentor aus, und dann fahren die mit ihrem Mäher hier zweimal drüber. Fertig."

Rieder war geschockt. „Dreihundert Euro?"

„So sind die Preise."

„Die sollen hier nicht einen neuen Garten Eden anlegen. Die sollen den Rasen mähen. Dafür kann ich in Berlin …", begann Rieder zu lamentieren.

„Du bist aber nicht in Berlin", unterbrach ihn Malte. „Ich sage nur ‚Insellage'."

Das war das Zauberwort auf Hiddensee. Brauchte die Post vom Festland mehr als eine Woche, gab es keine Internetverbindung oder waren Handwerkerleistungen doppelt so teuer wie auf Rügen – immer gab es nur eine Antwort: Insellage. Hiddensee schien einsam mitten in einem großen, breiten Ozean zu treiben, fern von anderen Gestaden. Dabei war die Insel an der engsten Stelle des Boddens gerade mal ein paar hundert Meter von Rügen entfernt. Die Fähre von Schaprode brauchte bis Vitte eine Dreiviertelstunde. Mit dem Wassertaxi dauerte es je nach Laune des Kapitäns fünfzehn, höchstens zwanzig Minuten.

Rieder wollte nicht sofort nachgeben. „Dreihundert ist mir zu teuer."

„Du kann auch bei einer dieser Hausverwaltungen fragen", meinte Malte.

„Stimmt. Gute Idee."

„Kommst du aber auch nicht billiger davon und wartest ewig auf einen Termin", zerstörte Malte sofort die aufkeimende Hoffnung. „Die müssen jetzt alle ihre Buden auf Vordermann bringen. Da stehst du ganz hinten in der Reihe. Vergiss es."

Beide versanken wieder in Schweigen. Rieder überlegte, dem Rasenmäher eine zweite Chance zu geben. Da klingelte sein Telefon. Er zog es aus der Hosentasche. Revierleiter Damp. Rieder stutzte kurz. Eigentlich sollte sein Kollege auf einer Beerdigung auf dem Friedhof in Kloster sein. Irgendein Inselpromi wurde dort beigesetzt. Es hatten sich eine Menge wichtiger Menschen von Rügen und aus Stralsund angesagt. Gemunkelt wurde, dass sogar der Wirtschaftsminister von Mecklenburg-Vorpommern kommen wolle. Der Tote war wohl der größte Unternehmer in der Region gewesen. Rieder hatte es nicht weiter interessiert, denn Damp hatte die Sache gleich an sich gezogen. Rieder drückte auf die Hörertaste. Noch bevor er sich melden konnte, hörte er Damps atemlose Stimme. „Können Sie bitte schnell hierherkommen? Ich weiß nicht, was ich machen soll. Das ist hier völlig vertrackt."

Rieder staunte. Seit er wieder auf der Insel war, hatte Damp noch nie so viele Worte an ihn gerichtet. Eigentlich herrschte zwischen Rieder und Damp Funkstille. Rieder musste sich allerdings eingestehen, nicht ganz unschuldig an der Stimmung im Revier zu sein. Es war nicht fair gewesen, Damp nicht über seinen Undercover-Einsatz im Winter auf der Insel zu informieren. Rieder hatte einen Mörder verfolgt, der nicht nur sein, sondern auch Damps

Leben zuvor in Gefahr gebracht hatte. Nicht ganz ohne Rieders Schuld.

„Was ist denn passiert?", fragte Rieder seinen Kollegen.

„Ich kann das jetzt nicht erklären", wisperte Damp ins Telefon. „Ich kann hier nicht laut reden."

„Sind Sie noch bei der Beerdigung?"

„Nein. Ich bin in Gildes Villa. Oben auf dem Schwedenhagen. Kommen Sie dahin." Noch bevor Rieder antworten konnte, hatte Damp das Gespräch beendet. Er starrte auf das Display. Dann schaute er Malte an, der ihn neugierig ansah. Malte war als Inselfunk an Informationen jeglicher Art interessiert.

„Irgendwas muss bei der Beerdigung von diesem …", Rieder war schon wieder der Name entfallen.

„Gilde", half ihm Malte aus und schlug sich zugleich mit der flachen Hand auf die Stirn, „Mensch, zu der Beerdigung wollte ich eigentlich hin! Hoffentlich schaffe ich es noch zum Leichenschmaus im ‚Hitthim'."

„Wer war dieser Gilde?"

„Mensch, Rieder, wie lange bist du jetzt auf der Insel?", stöhnte Malte auf. „Schon mal was von ‚Gildemeisters Backmischungen' gehört oder ‚Gildemeisters Suppen'?"

„Ja, schon." Klar kannte er die bunten Packungen. Manchmal hatte er sich eine von den Tütensuppen der Firma Gildemeister gekocht. Typisches Single-Essen. „Und der Gilde wohnte hier auf der Insel?"

„Ja, klar. Er hatte ein Haus in Kloster", antwortete Malte, als sei es das Selbstverständlichste auf der Welt, dass sich die Reichen und Schönen auf Hiddensee niederließen.

„Ich soll zu Gildes Villa kommen. Zum Schwedenhagen. Wo ist denn das in Kloster?"

„Neben dem alten Institut der Universität Greifswald. Ein bisschen versteckt im Wald. Aber mit einem Superblick", beschrieb Malte Rieder den Weg. Dann tippte er mit zwei Fingern an seine Schiffermütze und machte sich eilig auf den Weg zu seinem Haus in der Sprenge. Doch er blieb noch einmal stehen: „Und die Wiese?"

Rieder zuckte mit den Schultern. „Ich denke nochmal drüber nach."

2

Rieder radelte über den Deich nach Kloster. Der frische Wind rauschte in seinen Ohren. Er kam von Südwest und brachte warme Frühlingsluft auf die Insel. Erst seit wenigen Tagen konnte man die Insel wieder ohne Probleme mit dem Rad befahren. Zuvor hatte es auf den Wegen immer noch hier und da Eisflächen oder scharfkantig gefrorene Schneereste gegeben. Auf den Sumpfwiesen weidete eine Schafherde. Sie war erst vor kurzem vom Winterquartier auf Rügen zurück nach Hiddensee gebracht worden. Um die Tümpel versammelten sich die ersten Zugvögel. Sie machten hier Station auf ihrer Rückreise nach Norden. Im Seglerhafen von Kloster waren erst wenige Liegeplätze belegt. Nur ein paar Motorboote der Einheimischen dümpelten vor sich hin. Wenn das Wetter so bliebe, würden wahrscheinlich zu Ostern die ersten Segler einen Törn nach Hiddensee wagen.

Rieder schloss sein Rad an der Außenstelle der Reederei Hiddensee im Hafen an. Malte hatte ihm empfohlen, von dort den schmalen Pfad hinauf zum Schwedenhagen zu nehmen. Rieder musste ein wenig suchen, ehe er im Gestrüpp den Trampelpfad entdeckte. Relativ steil verlief der schmale Weg. Oben angekommen, stand Rieder vor einem Feld mit frischer grüner Saat. Das war ungewöhnlich für Hiddensee. Außer dem Weiden von Kühen und Schafen wurde auf der Insel keine Landwirtschaft mehr betrieben. Am Feldrain standen ein paar alte Lkw-Hänger, schon völlig von Buschwerk überwachsen. Rieder wandte sich nach rechts und lief zu dem kleinen Wäldchen neben dem Häuschen der Wasserversorgung. Dort stand der blaue Polizeiwagen von Damp. Im Dickicht der Bäume entdeckte er ein Haus. Das musste Gildes Villa sein. Ein Seil war zwischen zwei kniehohen Holzpfählen gespannt, kaum ein Hindernis für ungebetene Gäste. Rieder stieg darüber. Obwohl schon ein Jahr auf der Insel, war ihm dieses Haus noch nie aufgefallen. Auch das verlassene Institutsgebäude der Universität Greifswald nebenan hatte er noch nicht besucht.

Damp wartete schon auf ihn. „Gut, dass Sie da sind. Ich weiß mir echt nicht zu helfen."

Rieder war verblüfft von Damps Aufzug. Seine Uniform war nagelneu. Bisher hatte sich sein Kollege nicht vom althergebrachten Polizeigrün trennen wollen. Nun aber trug er das neue Dunkelblau. Die Hose hatte eine scharfe Bügelfalte. Die Uniformjacke saß wie angegossen. Damp hatte in der letzten Zeit ziemlich an Gewicht verloren, brachte aber sicher immer noch einiges an Übergewicht auf die Waage. Seinen alten Sachen hatte man den Verlust angesehen. In diesem neuen Aufzug wirkte der Revierleiter mit seinen einsneunzig Körpergröße wie ein stattlicher Mann. Wie eine Autorität. Rieder kam sich dagegen ein wenig schäbig vor. Abgewetzte Jeans, Wanderschuhe, Fieldjacket und dazu ein ausgeblichenes rotes Basecap mit dem Logo der Insel.

„Sie haben sich ganz schön in Schale geschmissen", bemerkte Rieder.

Damp stutzte kurz, schaute unsicher an sich runter. „Ich brauchte eben neue Klamotten, aber das tut jetzt nichts zur Sache." Er war total nervös, drehte seine Mütze mit seinen Händen hin und her. „Da oben sitzen die Witwe und der Sohn des Toten. Die sind auf der Beerdigung völlig ausgetickt." Damp deutete mit dem Kopf an, dass sie etwas vom Haus weggehen sollten, um nicht gehört zu werden. „Erst ging alles gut. In der Kirche, der Pfarrer, noch ein paar Worte von irgend so einem Heini aus Stralsund über Gilde und seine Firma. Dann liefen alle zum Grab. Jedenfalls, als der Sohn dann Erde ins Grab werfen wollte, rastete die Frau völlig aus."

Damp blickte sich kurz ängstlich um, bevor er weitersprach: „Was er sich trauen würde. Er hätte seinen Vater ins Grab gebracht und sei für seinen Tod verantwortlich. Der Sohn giftete zurück, sie hätte ihren Mann verrecken lassen, um endlich an sein Geld zu kommen." Damp zog Rieder noch ein wenig weiter vom Haus weg. „Wenn ich nicht dazwischengegangen wäre, hätten die sich in die Haare bekommen. Ich habe sie dann hierhergebracht."

Damp atmete schwer. So sehr hatte ihn allein sein Bericht wieder erregt.

„Und die anderen Trauergäste?", fragte Rieder nach.

„Um die kümmert sich Förster. Die sind wahrscheinlich noch beim Leichenschmaus im Hotel ‚Hitthim' in Kloster." Thomas Förster war der Bürgermeister von Hiddensee. Damp machte eine kurze Pause. „Die waren alle total geschockt."

„Und nun?"

„Was, und nun?", erwiderte Damp verblüfft.

„Was soll ich jetzt hier tun?", fragte Rieder.

Nachdem sich Damp noch einmal umgeschaut hatte, meinte er: „Vielleicht reden Sie mal mit den beiden. Sie kennen sich doch bestimmt besser mit solchen Dingen aus."

Rieders Begeisterung hielt sich in Grenzen. Wahrscheinlich war es nicht mehr als der übliche Knatsch zwischen den Erben. „Na gut. Gehen wir mal rein."

Sie betraten die Eingangshalle. Rieder blieb mit offenem Mund stehen. Er konnte nicht fassen, was er erblickte. Alle vier Wände waren eng behängt mit Gemälden, Aquarellen und Zeichnungen. Alle Bilder hatten aber nur ein Thema: Hiddensee. Ein Gemälde zog ihn sofort in den Bann. Zwei junge Mädchen mit leicht geröteten Gesichtern und farbigen Kopftüchern standen am Strand. Sie schauten in die Ferne. Rieder kannte das Bild, aber nur als Postkarte. Er wusste auch, dass es von Elisabeth Büchsel stammte, der berühmtesten Inselmalerin. Um das Bild herum waren noch weitere Kinderporträts gruppiert. Ein kleines Mädchen lehnte an einer Hauswand und schien ganz verschüchtert zur Malerin zu schauen. Auf einem anderen Bild sah man einen kleinen Jungen mit Schiebermütze. Er hatte sich auf einer Wiese im Hochland ausgestreckt. Im Hintergrund weideten Schafe. Andere Bilder zeigten Hiddenseer Fischer bei der Arbeit und ihre Frauen wartend am Ufer. An der Wand daneben erkannte Rieder den Inselblick wieder, den kleinen Platz, oberhalb von Kloster auf halbem Wege zum Leuchtturm mit der wunderbaren Aussicht über ganz Hiddensee. Rieder liebte diese Stelle und setzte sich immer ein paar Minuten auf eine der Bänke, wenn er dort vorbeikam. Hier gab es nun Dutzende Gemälde genau mit diesem Motiv, und die Signaturen zeigten, dass sie alle von Elisabeth Büchsel gemalt worden waren. Dagegen mussten die Bilder an der Wand gegenüber von anderen Künstlern sein. Sie waren in ganz unterschiedlichen Malstilen angefertigt. Manches wirkte moderner. Anderes verträumter. Aber auch hier gab es nur ein einziges Thema: Die Insel Hiddensee und ihre Menschen.

Rieder drehte sich im Kreis. „Was ist das hier? Das Inselmuseum?", fragte er Damp.

Sein Kollege schien nicht so beeindruckt. „Sind halt Bilder."

„Aber das ist ja einmalig", staunte Rieder weiter. Er trat an das eine oder andere Bild näher heran.

„Können wir jetzt endlich?", meldete sich Damp ungeduldig. Rieder folgte ihm auf der Treppe nach oben. Dort führte eine Doppeltür in einen Salon. Auch hier waren die Wände mit Bildern dekoriert. Es handelte sich um Porträts wahrscheinlich wichtiger Persönlichkeiten der Vergangenheit. Sie schauten bedeutungsschwanger in den Raum. Dem Eingang gegenüber war eine große Glastür, und Rieder war fasziniert von dem weiten Blick über Insel, Bodden und Ostsee.

Als er sich davon losriss, nahm er die beiden Personen wahr. Eine junge Frau und ein grauhaariger Mann saßen sich auf zwei großen Sofas gegenüber. Er, schätzungsweise Mitte fünfzig, trug einen dunkelgrauen Doppelreiher. Der Anzug war sicher nicht von der Stange, aber auch nicht mehr der neueste Schick. Dazu Budapester Schuhe. Der strenge Ausdruck seines kantigen Gesichts wurde durch eine schwarz gerahmte Brille verstärkt. Die Frau war höchstens Mitte Dreißig. Das kurze schwarze Kleid passte eher in eine Bar als auf eine Beerdigung. Ihre schlanken Beine waren bestimmt nicht von der Frühlingssonne gebräunt. Die Füße steckten in hochhackigen schwarzen Pumps. Beide schauten gelangweilt aneinander vorbei. Der Mann musste wahrscheinlich Gildes Sohn sein und die Frau dessen Gattin, wie man es noch in solchen Kreisen nannte, dachte sich Rieder. Er verbeugte sich ein wenig vor der Frau, streckte ihr dann die Hand entgegen und sagte leise: „Herzliches Beileid zum Tod Ihres Schwiegervaters."

Die Augen der Frau blitzten. Damp stieß ihn in die Seite und zischte ihm ins Ohr: „Das ist die Witwe!"

Rieder stutzte. Seine Hand schwebte immer noch in der Luft. Er zog sie zurück.

„Oh, Entschuldigung", stammelte er, „ich wusste nicht …" Hatte ihm Damp nicht erzählt, Gilde sei schon weit über neunzig gewesen?

„Schon gut", antwortete die Frau angespannt. „Ich bin Martina Gilde, die Ehefrau von Werner Gilde. Und wer sind Sie?"

„Hauptkommissar Rieder." Er verzichtete darauf, seinen Dienstausweis zu zeigen. „Mein Kollege Damp hat mich hergebeten."

Dann wandte er sich an den Mann gegenüber. „Dann sind Sie …"

„Ganz recht, Richard Schlick, der Sohn des Toten", antwortete der Mann streng. Rieder stutzte wieder. Warum trug er nicht den Nachnamen des Vaters? Der alte Stiefsohn und die junge Stiefmutter. Damp hätte ihn ruhig auf diese Familienverhältnisse vorbereiten können. Offenbar hatte Schlick seine Verwunderung bemerkt. Er zog eine Visitenkarte aus seiner Brusttasche und reichte sie Rieder. „Ich bin der Adoptivsohn von Werner Gilde." Nach einer Kunstpause setzte er hinzu: „Und der Geschäftsführer der Gildemeister Nahrungsmittel GmbH."

„Aber nicht mehr lange", blaffte die junge Witwe.

Schlick gab keine Antwort, sondern schüttelte entnervt den Kopf.

„Mein Kollege hat mich hergebeten, um einen Sachverhalt zu klären …"

Weiter kam Rieder nicht. „Einen Sachverhalt!", rief die Frau aus. „Einen Sachverhalt! Hör sich das einer an. Dieser Mann", schrie sie hysterisch und richtete den ausgestreckten Zeigefinger auf ihr Gegenüber, „dieser Mann hat Werner getötet! Ermordet!"

„Schwachsinn", erwiderte Schlick wütend. „Du hast ihn ins Grab gebracht. Mit deiner Gier!"

„Ich habe ihn gepflegt ..."

„Gepflegt? Dass ich nicht lache." Er beugte sich vor und saß wie zum Sprung auf der Sofakante. „Gepflegt hast du vielleicht deine Fingernägel. Nichts hast du für ihn getan. Du hast ihm die notwendige medizinische Pflege verweigert, hast ihn verhungern und verdursten lassen. Dafür habe ich Beweise!"

Sie beugte sich ebenfalls vor und giftete zurück: „Die möchte ich sehen."

„Das wirst du auch."

„Moment!", fuhr Rieder mit lauter Stimme dazwischen. Die beiden verstummten und starrten ihn an. „Könnten wir uns vielleicht alle ein wenig zurücknehmen?"

Sohn und Witwe lehnten sich zurück, verschränkten die Arme vor der Brust und starrten sich hasserfüllt an. Rieder sah sich um, holte sich einen Stuhl und setzte sich wie ein Schiedsrichter zwischen die beiden. Damp stellte sich hinter ihn. Schweißtropfen hatten sich auf seiner Stirn gebildet. Rieder holte aus der Brusttasche seiner Jacke einen Block und einen Stift. Er klickte die Miene des Kugelschreibers raus.

„Wenn ich meinen Kollegen Damp richtig verstanden habe, haben Sie *beide*", Rieder schaute erst die Frau, dann den Mann an, „also, Sie haben beide Zweifel am natürlichen Tod von Werner Gilde. Ist das richtig?"

Martina Gilde und Richard Schlick nickten jeweils kurz.

„Gut." Rieder notierte sich etwas. Dann wandte er sich an die Witwe. „Wann ist denn Ihr Mann, Herr Gilde, gestorben?"

„Vor fünf Tagen. Und er ist schuld." Sie deutete mit einer heftigen Kopfbewegung auf Richard Schlick. „Er war am Samstagnachmittag bei ihm, und als ich wenig später bei Werner vorbeischaute, atmete er nicht mehr. Er war tot. Er hat ihn umgebracht!" Sie zog ein Taschentuch aus der Ritze der Polster des Sofas und schnäuzte sich damit laut. Dann schien sie ein paar Tränen in ihren Augen zu trocknen und verwischte ihre Lidschatten.

„Wann genau haben Sie den Toten aufgefunden?"

„Wie gesagt, Samstag. So gegen sieben Uhr. Abends."

„Wo waren Sie davor?"

„Was hat das mit dem Tod meines Mannes zu tun?"

„Wir müssen die Umstände des Todes Ihres Mannes genau rekonstruieren. Dazu gehört auch, wer sich wann wo aufgehalten hat", erklärte Rieder betont gelassen. „Also?"

„Ich war auf der Insel unterwegs."

Schlick lachte auf. „Du hast dich wahrscheinlich mit deinem Lover getroffen, während Werner hier verreckte."

Rieder hob ein wenig seine rechte Hand. „Herr Schlick. Sie sind noch nicht dran. Vielleicht wäre es besser, wenn wir Sie getrennt voneinander vernehmen."

„Ich will hören, was die Schl…", Schlick verstummte, als er den strafenden Blick des Polizisten sah.

„Herr Damp, würden Sie bitte Herrn Schlick …"

Damp setzte seine Mütze auf und wollte schon Schlick bitten, aufzustehen. Da winkte Schlick ab. „Schon gut. Ich sage nichts mehr."

Rieder wandte sich wieder an die Frau. „Können Sie mir vielleicht genauer sagen, wann Sie das Haus verlassen haben und wo Sie waren?"

Martina Gilde strich ihre Haare hinter das rechte Ohr. Ein Ohrsticker blitzte auf. Rieder hatte zwar keine Ahnung von Schmuck, aber der eingefasste Stein musste teuer gewesen sein.

„Ich bin kurz vor zwei hier weg. Der Herr Sohn", erklärte sie hämisch, „wollte mit der Fähre halb eins von Schaprode nach Kloster kommen. Ob dem so war, kann ich nicht sagen."

„Und dann?", hakte Rieder nach.

„Ich war in ein paar Geschäften in Vitte und Kloster. Viel hat ja noch nicht auf. Später war ich dann noch im Hochland spazieren. Ich musste mal raus. Außerdem wollte ich ihm nicht begegnen."

„Ich war jeden Samstagnachmittag bei meinem Vater", erklärte

Richard Schlick. „Am Samstag fand ich Werner in einem bedauernswerten Zustand. Er hatte nichts zu trinken. Wahrscheinlich wollte sie ihn verdursten lassen ..."

Martina Gilde stöhnte auf. „So ein Quatsch. Er konnte sich kaum noch bewegen, und mit seinem Tattrich hätte er jedes Glas umgekippt oder es wäre ihm aus der Hand gefallen. Glauben Sie ihm nur nicht, was er behauptet, Herr Kommissar. Die Pflegeschwester oder ich haben ihn immer mit allem versorgt, was er brauchte."

Richard Schlick schüttelte heftig den Kopf, sagte aber nichts.

„Also zurück zum Samstag", versuchte Rieder die Befragung voranzubringen. „Sie kamen gegen sieben nach Hause und fanden Ihren Mann tot auf."

„Ja, genau. Er hat ihn erstickt oder vergiftet", brauste sie erneut auf. „Er will doch nur die Firma an sich raffen."

„Zu möglichen Motiven kommen wir später. Und was haben Sie dann gemacht? Sie haben doch sicher einen Arzt verständigt, der den Tod bestätigt hat?"

„Ich habe die Pflegerin geholt. Sie hat sich um alles gekümmert."

„Die Pflegerin? Und warum keinen Arzt?"

„Dass Werner tot war, habe ich selbst gesehen. Ich war so geschockt." Sie tupfte mit dem Taschentuch erneut ihre Wangen trocken. „Er war am Vormittag noch so lebendig gewesen."

„So lebendig!", mischte sich Schlick jetzt doch ein. „Er war schon halbtot, als ich kam. Ich habe ihm ein Glas Wasser geholt und ihm zu trinken gegeben. Da erwachten seine Lebensgeister wieder etwas. Die Pflegerin hatte mich schon ein paar Tage vorher ins Vertrauen gezogen und gebeten, etwas zu tun, ihn in ein Pflegeheim zu verlegen, weil sie dir nicht getraut hat und sich Sorgen gemacht hat."

„Du spinnst doch."

„Wer ist diese Pflegerin?", ging Rieder dazwischen.

„Anna Rese", antworteten beide zugleich.

Rieder drehte sich zu Damp um. „Hausärztlicher Pflegedienst", klärte ihn sein Kollege auf.

„Hat die Pflegerin einen Arzt geholt? Es musste doch ein Totenschein ausgestellt werden."

„Ja, hat sie."

„Kann ich den Totenschein mal sehen?"

Martina Gilde stand auf und verschwand aus dem Zimmer. Als sie draußen war, beugte sich Schlick etwas vor. „Ich habe Beweise, dass sie dafür gesorgt hat, dass Werner sterben musste. Das ist Totschlag. Mindestens."

Rieder beugte sich auch vor. „Vielleicht aber auch nur unterlassene Hilfeleistung. Kommt auf die Beweise an. Also, was haben Sie gegen Frau Gilde in der Hand?"

Statt zu antworten, legte Schlick den Finger auf den Mund. Martina Gilde kehrte ins Zimmer zurück. Sie reichte Rieder den Totenschein. Der Polizist überflog das Formular und gab es Damp. Am 30. März, 20.45 Uhr, hatte Dr. Möselbeck den Tod von Werner Gilde festgestellt. Todesursache: Herzversagen. Möselbeck war ein verantwortungsvoller Arzt. Mehrfach hatte Rieder erlebt, wie er bei ungeklärten Todesfällen auf der Insel das Ausstellen eines Totenscheins verweigert und stattdessen eine Autopsie durch die Rechtsmedizin in Greifswald angeordnet hatte. Meistens zu Recht.

„Um die Todesursache zu überprüfen, müsste eine Exhumierung mit anschließender Obduktion durch die Staatsanwaltschaft angeordnet werden", klärte Rieder die Hinterbliebenen auf. „Dafür müssen aber triftige Gründe vorliegen. Ich kann sie aufgrund des Totenscheins nicht erkennen. Sie können natürlich Anzeige erstatten, und wir müssten dann Ermittlungen aufnehmen, die Ergebnisse der Staatsanwaltschaft übergeben, und die entscheiden dann …"

„Ich dachte, dazu sind Sie hier", erwiderte die Witwe.

Rieder schaute zu Schlick. Der nickte. „Gut, dann werden wir jetzt Ihre Anzeigen aufnehmen." Er bat Damp, den Polizeilaptop aus dem Auto zu holen. Damp eilte hinaus.

Während Rieder mit Martina Gilde und Richard Schlick schweigend auf die Rückkehr Damps wartete, stand er auf und betrachtete die Bilder im Raum näher. Eines der Porträts zeigte einen jungen Mann. Er hatte einen runden, fast kahlen Kopf. Seine Augen blickten ernst. Zu seinem dunklen Anzug trug er eine Fliege. Rieder fielen besonders die Hände auf mit ungewöhnlich langen, feingliedrigen Fingern. Trotz des strengen Blicks wirkte der Mann gelangweilt. Auch dieses Bild war von Elisabeth Büchsel signiert. „Das ist mein Vater", klärte Richard Schlick die Polizisten auf. „Das Bild ist in den frühen fünfziger Jahren entstanden, nachdem er die Firma übernommen hatte."

Aus den Augenwinkeln versuchte Rieder Ähnlichkeiten des Vaters mit dem Sohn zu entdecken. Er fand allerdings keine. Im Hintergrund des Bildes war ein kleiner Schriftzug. „Erfolg haben ist Pflicht", entzifferte er und sprach die Worte dabei leise vor sich hin.

„Der Leitspruch unseres Unternehmens", meldete sich Richard Schlick, der Rieder offenbar gehört hatte.

„Und? Haben Sie Erfolg?"

„Wir können nicht klagen." Schlick setzte sich auf und warf sich wie ein Sänger in Pose. Er begann einen Vortrag über den wirtschaftlichen Erfolg der Firma Gildemeister mit Backmischungen und Tütensuppen. Martina Gilde verdrehte immer wieder die Augen, wenn sie nicht ausgiebig die Qualität des Nagellacks auf ihren Fingernägeln betrachtete.

„Gildemeister ist im Osten der Marktführer in diesem Segment. Im Westen läuft es auch nicht schlecht. Immerhin muss man bedenken, dass wir 1990 noch einmal bei null angefangen haben ..."

Damps Rückkehr beendete Schlicks Solo. Die Polizisten nahmen die gegenseitigen Anzeigen auf.

Am Ende bat Rieder darum, dass die Witwe und der Sohn am nächsten Tag ins Revier kämen, um die Formulare zu unterschreiben, damit sie an die Staatsanwaltschaft Stralsund weitergereicht werden konnten. Damp und er würden aber schon einige Vorermittlungen aufnehmen. „Deshalb möchte ich mir jetzt das Sterbezimmer ansehen. Aber vorher würde ich Herrn Schlick bitten, das Haus zu verlassen."

Richard Schlick sah ihn entsetzt an. „Wie bitte?"

Um Rieders Anweisung zu unterstützen, hatte sich Damp erhoben. Trotz Gewichtsverlust machte seine Körpergröße immer noch ziemlichen Eindruck.

„Und diese Frau?" Schlick deutete mit dem Kopf zu Martina Gilde.

Rieder zuckte mit den Schultern. „Was soll mit ihr sein? Sie kann hier bleiben. Es ist ihre Wohnung. Sie ist hier gemeldet."

„Aber wenn sie anfängt, Dinge verschwinden zu lassen? Ich glaube nicht, dass Sie einschätzen können, was das für Werte sind, die sich in diesem Haus befinden?"

„Auch wenn wir beide in Ihren Augen nur Dorfpolizisten sind, Herr Schlick", sagte Rieder völlig ruhig, „können Sie sich darauf verlassen, dass auch wir erkennen, dass es sich hier um eine sehr wertvolle Kunstsammlung handelt. Sicher gibt eine Inventarliste oder bei der Versicherung eine Aufstellung der Werke, so dass wir jederzeit überprüfen können, ob etwas fehlt. Wo finden wir Sie? Bleiben Sie auf der Insel?"

„Ihr Ton gefällt mir nicht …"

„Mir gefällt Ihr Ton auch nicht", fiel ihm Rieder ins Wort. „Aber das tut auch nichts zur Sache. Also, wo finden wir Sie?"

„Im ‚Hitthim'."

„Danke." Rieder zeigte in Richtung Tür. Schlick stand wütend auf. Damp begleitete ihn hinaus.

Das Sterbezimmer lag im Erdgeschoss. Es war, bevor es zur Pflegestation wurde, Gildes Arbeitszimmer gewesen. Rieder trat in einen hellen Raum. Auch hier waren die Wände mit Bildern vollgehängt, allerdings war es ein ganz anderer Stil. Keine Landschaftsmalerei, sondern expressionistische Zeichnungen, zumeist von Kirchen. Sehr kantig, fast schroff im Ausdruck. Rieder wusste sofort, dass es Bilder von Lyonel Feininger sein mussten, einem bekannten Vertreter des Bauhauses.

„Das sind keine Originale, oder?", fragte er ungläubig die Hausherrin, die noch in der Tür stand.

„Doch, doch", antwortete sie. „Alle Bilder hier im Haus sind

Originale." Sie wollte Rieder in den Raum folgen, doch er bat sie, draußen zu bleiben, damit keine Spuren verwischt werden.

„Allerdings, wenn ich mich hier so umsehe", Rieder drehte sich einmal um die eigene Achse, „scheint hier jemand gründlich saubergemacht zu haben. Da ist es mit Spuren wohl eher Essig." Er deutete auf das Pflegebett in der Mitte des Zimmers. „Oder ist das Bett noch mit der Wäsche bezogen, in der ihr Mann zu Tode gekommen ist?"

Martina Gilde schüttelte den Kopf. „Anna Rese hat alles frisch bezogen."

„Und wo sind die Laken und Bezüge, die davor drauf waren?", fragte Rieder resigniert.

„Im Müll."

„Im Müll", wiederholte Rieder fatalistisch. „Die Sachen müssen wir für die Spurensicherung mitnehmen. Ebenso die Kleidung, die Ihr Mann bei seinem Tod trug."

„Die ist auch im Müll. Und der Müll wurde schon abgeholt."

Rieder konnte nur noch resigniert mit den Schultern zucken. „Tja, dann könnte es mit den Ermittlungen schwierig werden."

Damp kam zurück. „Er ist weg", meldete er.

Rieder schaute sich noch einmal um und wandte sich dann an die Witwe. „Sie haben doch sicher eine Inventarliste von diesen ganzen Kunstwerken?"

„Also ich weiß gar nicht, ob Werner so etwas ..."

„Wir brauchen gar nicht lange zu reden", erwiderte Rieder völlig gelassen. „Entweder Sie geben mir die Liste, oder Sie müssen auch das Haus verlassen."

„Oberste rechte Schublade im Schreibtisch. Der Schlüssel liegt in dem Behälter für die Stifte."

Rieder fand Schlüssel und Liste. Sie erschien ihm umfangreicher als erwartet. Er blätterte sie durch. Es mussten mehrere hundert Bilder aufgeführt sein. Die meisten Bilder waren von Elisabeth Büchsel, einige von Feininger. Von den anderen Künstlern kannte er nur noch Henni Lehmann dem Namen nach. Aber Katharina Bamberg, Elisabeth Andrae, Dorothea Strohschein, Clara Arnheim, Käthe Loewenthal und Julie Wolfthorn waren ihm völlig unbekannt.

Martina Gilde hatte Rieders Staunen bemerkt. „Mein Mann war Kunstsammler. Seit seiner frühen Jugend. Besonders hatten es ihm die Malerinnen des Hiddenseer Künstlerinnenbundes angetan. Wie Elisabeth Büchsel. Aber das haben Sie ja schon in der Halle und oben gesehen. Das hier", dabei zeigte sie auf die Bilder in Gildes Arbeitszimmer, „war Werners Refugium und diese Bilder von Feininger sein ganz besonderer Schatz. Aus Feiningers Weimarer Zeit am Bauhaus. Unter diesen Bildern arbeitete Werner, wenn wir hier auf Hiddensee waren. Sie inspirierten ihn. Mit Blick auf die Bilder ist er auch gestorben." Sie wandte sich ab. Ihre Schultern zuckten. Mit der rechten Hand drückte sie über der Nasenwurzel auf ihre geschlossenen Augen. „Oder ermordet worden", stieß sie noch hervor. Rieder gab Damp ein Zeichen. Er wollte endlich gehen.

Als sie beim Polizeiauto ankamen, lehnte sich Damp erschöpft an den Wagen. Er atmete tief aus. „Danke, dass Sie gekommen sind. Die beiden haben mich echt geschafft."

Rieder ahnte, wie schwer Damp diese Worte gefallen waren. „Da nicht für. Ich denke, hier geht es nur ums Erben. Der Sohn hat Angst, dass die junge Stiefmutter alles erben könnte. Umgekehrt genauso. Die brauchen nicht uns, sondern Gildes Notar plus Testament." Er lehnte sich neben Damp ans Auto und schaute in den Himmel. „So ein Unternehmen wird schon seinen Wert haben, auch wenn es nur Backpulver und Tütensuppen herstellt. Und dann diese ganzen Bilder. Da kommt was bei rum." Dann schüttelte er kurz den Kopf. „Aber diese Anzeigen werden im Sande verlaufen."

„Und was heißt das nun?", fragte Damp.

Rieder rieb sich das Kinn. „Wir machen Dienst nach Vorschrift, besuchen zur Sicherheit Möselbeck und hören uns seine Version von Gildes Tod an, nehmen ein Protokoll auf und schicken danach den Kram nach Stralsund. Sollen die entscheiden, was passieren soll."

Rieder öffnete die Beifahrertür des Streifenwagens, doch als er sich reinsetzen wollte, hielt er noch einmal inne. „Rufen Sie sicherheitshalber mal Bökemüller an. Wäre gut, wenn er nicht aus der Zeitung erfährt, was sich hier abgespielt hat."

Damp hatte bei Rieders letzten Worten aufgehorcht. Er sollte den Polizeidirektor anrufen? Er wurde misstrauisch. Verbarg sich dahinter irgendein Trick von Rieder? Er lief um den Wagen und beugte sich zu Rieder herunter, der inzwischen eingestiegen war. „Sie haben doch eigentlich die besseren Beziehungen zu Bökemüller."

„Wenn ich mich recht erinnere, sind Sie hier der Polizeichef auf der Insel." Er streckte sich auf seinem Sitz aus. „Abgesehen davon, dass ich heute meinen freien Tag habe, waren Sie auch Augenzeuge bei der Beerdigung und haben alles hier in der Villa mitbekommen. Sie können Bökemüller einen viel besseren Eindruck vermitteln."

Sie schauten sich beide für ein paar Sekunden stumm an. Dann nickte Damp.

„War das eigentlich eine Feuer- oder Erdbestattung?", fragte Rieder.

„Mit Sarg. Warum wollen Sie das wissen?"

„Falls wir den alten Herrn wieder ausbuddeln müssen."

3

Damp hatte den Polizeiwagen hinter dem Hotel „Hitthim" geparkt. Er wählte die Nummer von Bökemüllers Sekretariat. „Der Chef hatte Ihren Anruf schon früher erwartet", verkündete unheilvoll die Vorzimmerdame des Polizeidirektors. Es dauerte mindestens eine Minute, bis er endlich durchgestellt wurde. Die eintönige, sich wiederholende Tonfolge der Warteschleife war für Damp wahre Folter.

„Mensch, Damp, was ist das wieder für ein Mist", meldete sich sein Vorgesetzter. „Hier klingeln schon seit Stunden die Telefone. Warum muss ich aus dem Hiddensee-Forum im Internet erfahren, was bei Ihnen los ist? Hätten Sie das nicht verhindern können?"

„Wie denn?", platzte Damp heraus. „Wir hatten alle Hände mit der Witwe und dem Sohn zu tun."

Bökemüller ging nicht darauf ein. „Aber was ist denn nun Stand der Dinge?"

Damp berichtete über die Vorgänge auf dem Friedhof, dem Gespräch mit Gildes Hinterbliebenen und von den Anzeigen.

„Und was meint Rieder dazu?" Die Frage versetzte Damp einen Stich. Zählte denn sein Urteil gar nicht?

„Der glaubt nicht, dass es zu Ermittlungen kommt."

„Hm", machte Bökemüller. „So wie das jetzt hochkocht, müssen wir der Sache nachgehen. Der Gilde war ein wichtiger Mann. Eine Fabrik mit über zweihundert Angestellten. Die einzige Fabrik auf Rügen."

„Also wieder ausgraben?"

„Wieso ausgraben? Sie haben doch wohl verhindert, dass Gilde eingegraben wurde?"

Zur gleichen Zeit stand Stefan Rieder auf dem Hiddenseer Inselfriedhof in Kloster. Er sah dem Friedhofsgärtner Tobias Zion zu, wie er säuberlich den frischen Grabhügel über Gildes letzter Ruhestätte glatt strich. Zion war wie immer ganz in schwarz gekleidet und schien die personifizierte Trauer zu sein. Schwarzes Kopftuch, schwarze Jeans und schwarzes T-Shirt mit der Aufschrift „live fast, die young". Angesichts des Alters des Toten war es aus Rieders Sicht nicht ganz passend. Aber es entsprach Zions Lebensphilosophie. Zion fühlte sich mehr dem Tod als dem Leben zugeneigt, obwohl er erst Ende zwanzig war. Er hasste die Sonne und das Tageslicht, liebte die Dunkelheit und den Mond. Zion lebte seit einigen Jahren auf der Insel. Der frühere Inselpfarrer Schneider hatte ihn als Friedhofsgärtner eingestellt und dafür gesorgt, dass er die alte Gärtnerei in Kloster pachten konnte. Allein von der Grabpflege und den Beerdigungen hätte Zion nicht leben können. Er zog in den Gewächshäusern und auf den Beeten der Gärtnerei Schnittblumen und frisches Gemüse. Beides verkaufte er über die Supermärkte in Kloster und konnte davon gut leben. Auch nach Schneiders tragischem Tod vor einem halben Jahr hatte der neue Inselpfarrer Laube ihn weiter beschäftigt, gegen den Widerstand einiger Mitglieder aus dem Kirchenvorstand. Sie störte Zions Angewohnheit, nachts auf Gräbern Lichter anzuzünden und dann stundenlang auf dem Friedhof sehr schaurige dunkle Musik zu hören. Es gab Gerüchte, der sonst sehr zurückhaltende junge Mann würde dabei den Teufel anbeten. Das sei doch mit dem christlichen Glauben nicht vereinbar, hatten einige im Kirchenvorstand geklagt. Aber Pfarrer Laube hatte ihnen entgegengehalten, er fühle sich auch für eine verlorene Seele verantwortlich.

Gildes Grab befand sich im vorderen Teil des Inselfriedhofs. Dort waren die Ruhestätten der Hiddenseer Prominenz aus vergangenen Tagen. Gegenüber war das schlichte Holzkreuz für den früheren Inselpfarrer Arnold Gustavs, der über ein halbes Jahrhundert Seelsorger der Insulaner gewesen war. Ein paar Gräber neben Gilde hatte die Tänzerin Gret Palucca ihre letzte Ruhe gefunden. Auf dem schlichten Stein lagen Kiesel der Erinnerung. Neben Gildes Grabhügel türmten sich auf einem kleinen Wagen die Kränze und Gestecke. Rieder entzifferte die Texte auf den Schleifen. Nicht nur für Witwe und Sohn sollte Werner Gilde unvergessen bleiben, sondern auch für die Geschäftsführung der Gildemeister Holding, den Personalrat, die Abteilung Gildemeister Back und die Abteilung Gildemeister Suppen. Auch der Unternehmerverband und die Insel Hiddensee gaben mit großen Gebinden das letzte Geleit. Dazu kamen viele Sträuße. Kunstvoll versuchte Zion alles so auf und um das Grab zu platzieren, dass auch keine Schrift verdeckt war.

„Vielleicht ist das vertane Liebesmüh", unterbrach Rieder die Arbeit des Friedhofsgärtners. Zion hielt inne. „Ist nicht wahr, oder?" Er richtete sich auf und sah Rieder an.

„Die Angehörigen gönnen dem Toten noch nicht seine letzte Ruhe", erklärte der Polizist.

„Habe ich schon mitbekommen", erwiderte Zion und klopfte sich den Dreck von seiner Jeans. „So ein Theater am offenen Grab habe ich noch nicht erlebt. Sonst krachen sich alle erst beim Leichenschmaus." Er schüttelte den Kopf.

„Wenn es dicke kommt, kannst du ihn wieder ausgraben."

Zion starrte kurz auf das Grab und zuckte dann mit den Schultern. „Mir egal. Wird ja wohl bezahlt?"

Ein alter Mann in blauer Schifferjacke und mit einer weißen Kapitänsmütze kam aus dem hinteren Teil des Inselfriedhofs. Er stützte sich auf einen Krückstock und schritt vorsichtig voran, um auf dem schmalen Weg nicht zu stürzen. Rieder trat zur Seite, um Platz zu machen.

„Tach, Björn, wie geht's? Warst du wieder bei deinem Grab?", sprach ihn Zion an. Der Mann blieb stehen.

„Jo, hast schöne Blumen hingestellt. Danke."

Zion nickte. „Keine Ursache."

Mit der Krücke zeigte der Alte auf das frische Grab. „Und da liegt nun der Gilde?"

„Jo. Heute begraben."

„Wurde auch Zeit."

Rieder blickte den alten Mann verwundert an. „Entschuldigung, wie meinen Sie das? Wurde auch Zeit?"

Der Mann musterte den Polizisten. Sein Blick war dabei ein wenig verwirrt. Zion trat zu ihm. „Björn, das ist Kommissar Rieder von der Polizei."

„Polizei? Hm …" Der Mann schüttelte den Kopf. „Ihr kommt zu spät. Viel zu spät." Dann setzte er seinen Weg fort. Ohne ein weiteres Wort.

„Wer ist das eigentlich? Gesehen habe ich ihn hier in Kloster schon öfter."

„Björn Just. Kommt jeden Mittwoch und Samstag von Stralsund hierher. Er besucht das alte Grab für den ‚Unbekannten Seemann'. Es liegt im oberen Teil des Friedhofs, auf dem Blauen

Berg. Da sitzt er dann auf der kleinen Bank daneben ein paar Stunden und starrt auf den Stein. Früher hat er immer Blumen mitgebracht. Aber er hat es nicht so dicke. Nun stelle ich ihm immer einen frischen Strauß hin."

„Von Stralsund? Jeden Mittwoch und Samstag?"

Zion nickte. „Selbst im Winter. Solange die Schiffe fahren."

„Und was will er an dem Grab?"

„Keine Ahnung. Angeblich weiß ja keiner, wer da liegt. Nach ein paar Jahren auf der Insel würde ich eher sagen, alle Hiddenseer wissen es, aber keiner will es sagen."

„Und Björn Just?"

„Der weiß es ganz sicher auch. Aber sobald man ihn fragt, schweigt er. Selbst das Meer hat mehr zu erzählen als Björn."

4

Rieder lief vom Friedhof am Pfaffenteich vorbei zum Hafen in Kloster. Dort wollte Damp auf ihn warten. Das Polizeiauto stand vor dem Supermarkt im Hafenweg. Damp kam aus dem Laden mit einer Flasche Wasser. Er setzte sie an und trank sie in einem Zug aus. Rieder ging auf ihn zu. „Gilde ist schon unter der Erde."

Damp starrte ihn kurz an. „So eine Scheiße!", brüllte er und warf mit aller Kraft die leere Flasche in den gegenüberliegenden Garten. Dort stoben die Hühner mit lautem Gegacker auseinander, und ihr Hahn begann lauthals zu krähen.

„Was können die Hühner dafür?", fragte Rieder ungerührt über den Wutausbruch seines Kollegen.

„Alles läuft schief", klagte Damp. „Warum konnte Zion nicht warten?"

„Zion hat nur seine Pflicht getan."

Rieder stieg über den Zaun und sammelte Damps Flasche ein. Damp trabte zum Polizeiauto und setzte sich hinein. Als Rieder zu ihm kam, saß er völlig apathisch da. Er hatte die Hände auf das Lenkrad gelegt, seinen Kopf zwischen den breiten Schultern eingezogen und starrte vor sich hin. „Bökemüller wird mich total rund machen, wenn er es erfährt."

Rieder zuckte mit den Schultern. „Ist jetzt auch nicht mehr zu ändern. Das löst sich bestimmt alles in Wohlgefallen auf", versuchte er seinen Kollegen zu trösten. „Ich denke, Möselbeck wird schon genau hingeschaut haben, und alles ist korrekt mit Gildes Tod."

„Ihr Wort in Gottes Ohr. Der Chef sieht das ganz anders."

„Abwarten, der muss den Schein wahren und Aktivität heucheln", meinte Rieder betont gelassen. „Ich hole mein Rad, und dann treffen wir uns in einer halben Stunde bei Möselbeck in seiner Praxis in Vitte."

Damp nickte, wirkte aber weiter unglücklich. Er wollte gerade den Motor anlassen, da entdeckte er Thomas Förster. Der Bürgermeister kam aus dem Hotel „Hitthim". Als er die beiden Polizisten sah, winkte er kurz und lief auf sie zu. Damp stieg aus. „Ist die Party zu Ende?"

„Eigentlich schon lange", antwortete Förster, „nur die drei fanden kein Ende." Er deutete hinter sich. Aus dem Gebäude stolperten drei Männer. Zwei hatten ziemlich Schlagseite. Rieder kannte die beiden vom Sehen, wusste aber nicht ihre Namen. Den dritten erkannte Rieder sofort. Malte hatte es also noch zum Leichenschmaus geschafft und sich dafür, zu Rieders Überraschung, in einen schwarzen Anzug geworfen. Sonst trug er seine Fischeruniform. Sie sei für ihn so eine Art Dienstkleidung, hatte er Rieder erzählt. „Damit biete ich den Pensionsgästen ein wenig Inselfolklore." Allerdings war Malte nie Fischer gewesen. „Das ist gut fürs Geschäft. Die Leute erzählen dann zuhause, sie hätten die Insel ganz echt erlebt. Sie fühlen sich dann besser und kommen wieder. Das ist eine Art Paartherapie zwischen Gast und Gastgeber zum gegenseitigen Vorteil."

Als die drei nach ihren Rädern griffen, straffte sich Damp. Rieder wusste, sein Kollege nahm Witterung auf. Die hatten bestimmt mehr Alkohol als erlaubt intus. Rieder sah schon in Damps Augen den Bußgeldrechner rotieren. Doch Malte sah Damp und verdarb ihm das Vergnügen. „Männer", rief er, „wir sollten doch besser schieben. Lasst uns mal Richtung Deich gehen."

Die drei liefen los, aber Rieder ahnte, dass sie auf ihre Räder steigen würden, sobald sie auf dem Deichweg aus Damps Sichtweite waren. Da konnte ihnen Damp mit dem Polizeiwagen nicht folgen. Es gab zwar den Fahrweg unterhalb des Deichs, doch der war vom Schmelzwasser des Packeises auf dem Bodden noch völlig aufgeweicht. Der Streifenwagen würde unweigerlich steckenbleiben.

„Wer war das?", fragte Rieder den Bürgermeister.

Als Thomas Förster Rieder etwas erstaunt ansah, fügte er noch hinzu. „Malte habe ich schon erkannt. Aber die anderen beiden?"

„Der mit dem alten Strohhut ist Hans Kempe, der Inselmaler", setzte Förster süffisant hinzu. „Der andere ist Karl Born. Der war mal Gildes rechte Hand, hat hier auf der Insel die Brotfabrik geleitet."

„Eine Brotfabrik?", fragte Rieder irritiert. „Hier auf Hiddensee?"

„Früher, zu DDR-Zeiten, gab es hier auf der Insel eine Brotfabrik", klärte ihn der Bürgermeister auf. „Ich kenne es auch nur aus den Unterlagen. Komme ja auch nicht von der Insel. Die war übrigens genau gegenüber von deinem Haus im Wiesenweg. Dort, wo jetzt die Post-Appartements drin sind."

„Und wo sind die anderen Gäste abgeblieben?", mischte sich Damp ein.

„Wie auf der Flucht", berichtete Förster. „Die meisten haben gleich das nächste Schiff genommen. Wundert mich nicht nach dem Eklat am Grab. Haben sich die beiden beruhigt?"

Rieder und Damp schüttelten beinahe synchron ihre Köpfe. „Sie haben sich gegenseitig angezeigt", klärte Rieder den Bürgermeister auf. „Wegen Mordes an Werner Gilde."

„Der soll ermordet worden sein?", fragte Förster verwundert. „Der war doch steinalt."

„Trotzdem müssen wir sehen, was dran ist", ergänzte Damp. „Ich werde heute noch die Unterlagen an die Staatsanwaltschaft in Stralsund weiterleiten. Dort wird dann entschieden."

An Damps Geschäftston erkannte Rieder, dass sein Kollege gegenüber dem Bürgermeister klarmachen wollte, wer hier auf der Insel der Polizeichef sei. Wenn er es brauchte ...

Förster runzelte die Stirn. „Ich wäre dankbar, wenn es keine neuen Aufregungen auf der Insel gibt nach dem harten Winter und so kurz vor dem Saisonstart."

Das Klingeln von Damps Telefon unterbrach das Gespräch. Er schaute nur kurz auf das Display und ließ es dann weiter klingeln, bis sich offenbar die Mailbox meldete oder der Anrufer aufgelegt hatte. Rieder wunderte sich. Sonst ging Damp immer ran. Er bemerkte auch, wie Damp die Stirn runzelte und es plötzlich sehr eilig hatte. „Ich fahre schon mal vor. Wir sehen uns dann beim Doc. In zwanzig Minuten?"

Rieder nickte. Damp stieg in den Wagen, ließ den Motor an und gab kräftig Gas. Förster und Rieder blickten ihm erstaunt hinterher.

„Was war das denn?", fragte Förster.

„Keine Ahnung. Muss mit dem Anruf zusammenhängen."

Sie gingen zusammen zum Hafen. „Wie willst du nun das Problem mit deiner Wiese lösen?", fragte Förster.

„Woher weißt du davon?", stutzte Rieder kurz. „Ach klar, Malte. Hast du so einen Aufsitzmäher oder irgendeine andere Mähmaschine?"

„Meinst du das ernst? Wir sind hier im Biosphärenreservat", antwortete Förster, der im Hauptberuf Chef des Nationalparks war. „Ich darf nicht in die Natur eingreifen, auch wenn ich mir es manchmal wünsche." Er schlug Rieder mitfühlend auf die Schulter. „Da kann ich dir nicht helfen."

Rieder schwang sich auf sein Rad und schlug auch den Weg über den Deich nach Vitte ein. Wenn er pünktlich bei Inselarzt Möselbeck Damp treffen wollte, musste er heftig in die Pedale treten. Dazu ging es jetzt gegen den Wind. Beim Fahren schaute er über die Sumpfwiesen Richtung Ostsee. Am Strandaufgang kurz vor Vitte stand das Polizeiauto. Irgendetwas stimmte nicht mit Damp.

5

Damp kam zehn Minuten zu spät, tat aber so, als wäre er noch pünktlich. Rieder hatte in der Zwischenzeit die Veranstaltungsplakate am Hotel „Godewind" studiert. Mit Schwung schlug Damp die Tür des Autos zu. Er wirkte wie ausgewechselt und schien voller Tatendrang. „Mal sehen, was der Doc zu sagen hat", rief er Rieder zu und marschierte, ohne auf seinen Kollegen zu warten, auf Möselbecks Praxis zu. Rieder hätte zu gern gewusst, was diesen Stimmungswechsel bewirkt hatte.

„Was treibt euch denn hierher? Ist eine Epidemie im Anmarsch?", fragte der Arzt, als die beiden Polizisten von seiner Sprechstundenhilfe hereingeführt wurden. Er war aufgestanden und reichte beiden zur Begrüßung die Hand.

„Es geht um Gilde", erklärte Damp. Möselbeck zog die Stirn in Falten, doch bevor er etwas fragen konnte, zog Damp den Totenschein aus einer Mappe und reichte ihn Möselbeck. „Sie haben dieses Dokument ausgestellt. Nun gibt es aber Zweifel, dass es sich um einen natürlichen Todesfall handelt."

Möselbeck nahm das Formular. „Wie kommt ihr denn darauf?" Er wartete aber die Antwort der Polizisten nicht ab, sondern rollte mit seinem Stuhl zu einem Aktenschrank, zog eines der Fächer auf und suchte nach einer Akte. „Nix für ungut. Aber Gilde war ein alter Mann. Über neunzig. Ein tolles Alter. So alt muss man erst mal werden. Da ist es ganz natürlich, dass man stirbt. Punkt." Er zog einen Hefter heraus, klappte ihn kurz auf, sah hinein und rollte dann wieder zurück an den Schreibtisch.

„Können Sie uns erzählen, wie Sie von Gildes Tod erfahren haben und was Sie daraufhin getan haben?", meldete sich Rieder.

„Anna Rese rief mich an. Sie war von Frau Gilde gerufen worden, die ihren Mann tot aufgefunden hatte. Ich bin hingefahren, und es war alles korrekt." Möselbeck hatte dabei in der dünnen Akte geblättert und beim Sprechen auf der einen oder anderen Seite etwas nachgelesen. „Hier steht's auch. Ich notiere mir immer alles genau bei Todesfällen. Heute steht man als Arzt ja immer mit einem Bein im Knast. ‚Eintreffen gegen 20.00 Uhr. Atemstillstand. Kein Puls an der Halsschlagader. Abhören Brustkorb und Herz. Keine Herztöne. Geweitete Pupillen. Gräuliche Färbung an den Fingerspitzen. Bei Beschau des Körpers keine Anzeichen für äußerliche Einwirkung. Auf Grund der Vorerkrankung Diagnose: Herzversagen. Keine Anzeichen für einen unnatürlichen Tod. 20.45 Uhr: Ausstellen des Totenscheins und Information der Witwe. Absprache mit Frau Rese über weiteres Vorgehen. Information an Notfallteam und Herrn Zion. Abtransport der Leiche in die Kapelle am Friedhof Kloster.'"

Möselbeck reichte die Akte über den Schreibtisch. Rieder nahm sie und blätterte sie durch. „Mehr kann ich euch auch nicht sagen", erklärte Möselbeck, „Gilde war nicht mein Patient, sondern ging hier auf Hiddensee immer zum alten Lang."

„Der praktiziert noch?", fragte Damp ungläubig.

„Ja, leider."

Rieder sah den Arzt fragend an. „Lang war mein Vorgänger. Selbst Damp war noch nicht auf der Insel, als ich seine Praxis übernommen habe. Mancher Hiddenseer geht immer noch lieber zu ihm als zu mir. Dabei sind seine Methoden, na, sagen wir mal, etwas fragwürdig."

„Was meinen Sie damit?"

Möselbeck stand auf, stellte sich hinter seinen Schreibtischstuhl und stützte sich mit den Händen darauf ab. „Lang ist eher ein Purist. Kommt einer zu ihm mit einer Wunde am Fuß, könnte seine Behandlung schon allein aus dem Rat bestehen, ein Bad in der Ostsee zu nehmen. Manchmal hilft es, manchmal auch nicht. Und was Gilde angeht ... Ich habe mal einen Blick in den Nachttisch geworfen. Immer eine gute Informationsquelle für den Arzt." Möselbeck rieb sich das Kinn. Offenbar war er sich unsicher, ob er wirklich nicht seine Schweigepflicht verletzten würde. „Also da lagen diese blauen Pillen ... ihr wisst, was ich meine."

„Na, bei so einer jungen Frau", meinte Rieder trocken. Damp schien noch nicht zu verstehen und sah seinen Kollegen verständnislos an.

„Mensch, Viagra, Damp!"

Bei Damp rutschte der Groschen. „Ach so."

„Aber ich glaube nicht, dass er daran gestorben ist. Sein Gesamtzustand muss schon so kläglich gewesen sein, so erzählte es jedenfalls Anna Rese, dass ihm sicher nicht mehr der Sinn nach Sex stand. Er kämpfte mit seinem absterbenden Körper, war aber noch klar bei Verstand. Das zu erleben, wünsche ich keinem." Möselbeck richtete sich auf. „Reicht euch das?"

Damp schien unzufrieden zu sein. „Mir wäre es egal, aber ob es Bökemüller reicht? Und ob es die Hinterbliebenen glauben?", gab er zu bedenken.

Möselbeck steckte die Hände in die Taschen seiner weißen Arzthose. „Mensch, Damp, wie gesagt, Gilde war über neunzig. Er hatte sein Leben gelebt. Wollt ihr ihn jetzt wieder ausgraben, oder was? Ich habe das am Samstag auch schon der jungen Witwe erklärt. Sie machte da schon ziemlichen Wind."

„Das hat aber nichts gebracht", konstatierte Rieder trocken. „Und Gildes Sohn ist auch nicht viel besser."

„Du meinst Richard? Der ist doch eigentlich ganz verträglich."

Daraufhin berichtete Damp, was am offenen Grab von Werner Gilde passiert war. Möselbeck grinste. „Da haben die Hiddenseer wieder einen echten Skandal. Und ihr beide macht euch auch noch die Mühe, diesem Schwachsinn nachzugehen. Grad nicht viel los auf der Insel?"

„Wir glauben diesen Schwachsinn nicht, aber wir müssen ihm nachgehen", antwortete Rieder resigniert. „Vorschrift ist Vorschrift.

Gemeinsam mit Ihrer Aussage packen wir den ganzen Kram zusammen, schicken ihn nach Stralsund und warten ab."

Die Polizisten standen auf. „Wo finden wir diesen Doktor Lang?", fragte Rieder noch.

„Auf Teneriffa. Von Oktober bis Ostern überwintert er dort. Deshalb haben sie auch mich und nicht ihn geholt."

Eine Stunde später war Rieder zu Hause. Gemeinsam mit Damp hatte er im Revier noch die Anzeigen von Gildes Hinterbliebenen und das Protokoll des Gesprächs mit Möselbeck fertiggemacht. Damp wollte die Sache schnell vom Tisch haben. Er hatte die Unterlagen an die Staatsanwaltschaft in Stralsund gemailt, auch wenn die Unterschriften fehlten, und dann dort angerufen, um die Entscheidung über eine Exhumierung Gildes zu beschleunigen. Rieder staunte über das energische Auftreten Damps. Das war gar nicht seine Art. Irgendetwas musste mit ihm passiert sein. Aber was nur, fragte sich Rieder.

Als er das Tor zum Grundstück im Vitter Wiesenweg öffnete, wurden alle Gedanken an Gildes Tod und Damps Verhalten verdrängt. Er stöhnte, als er wieder auf den hüfthohen Grasdschungel schaute. Es half nichts. Der Rasenmäher stand noch neben dem Schuppen. Rieder nahm den Fangkorb vom Mäher ab, fixierte die geöffnete Klappe mit einem Spanngurt und schloss das Netzkabel an. Der kleine Motor jaulte auf. Langsam begann Rieder eine erste Bahn entlang der Hausmauer zu ziehen. Die gehäckselten Gräser und Grashalme flogen durch die Luft. Bald war seine Kleidung mit einem grünen Pelz aus Heu überzogen. Obwohl es zum Abend hin immer kühler wurde, schwitzte Rieder. Aber es ging langsam voran. Nach einer Stunde hatte er fast die Hälfte seines Grundstücks abgemäht. Weil es so gut lief, kehrten die Gedanken an den Fall zurück – wenn es überhaupt ein Fall war. Rieder war überzeugt, dass es keine Ermittlungen geben würde und Gilde in seinem kalten Grab bleiben würde. Der medizinische Befund Möselbecks war eindeutig.

Rieder wischte sich den Schweiß von der Stirn. Er sehnte sich nach einer Abkühlung. Nachdem er seine Kleidung abgeklopft hatte, schloss er das Häuschen auf. Sofort umfing ihn dieser besondere, leicht bittere Duft nach alten Möbeln, Kohlengrus und Staub. Im großen Zimmer waren die blaugemusterten Vorhänge noch geschlossen. Aber durch den kleinen Spalt tanzten die Schatten der Wolken im vergehenden Sonnenlicht. Rieder durchfloss ein warmes Gefühl von Geborgenheit. Das war sein Refugium. Aus dem alten Schrank im Zimmer mit den Glastüren nahm er sich einen Becher und ging in die Küche. Dort hatten über den Winter Spinnen Quartier gemacht und in allen Ecken Netze gespannt. Morgen würde er alles in Ordnung bringen. Er drehte den Wasserhahn auf. Doch es kam nichts heraus. Ihm fiel ein, dass hier das fließende Wasser nicht einfach aus der Wand kam. Er musste erst den Haupthahn im Garten aufdrehen. Rieder ging wieder hinaus, räumte die Feuersteine von der Abdeckung der Wassergrube. Das Grundwasser war durch das Tauwetter angestiegen und hatte die Hähne überspült. Rieder legte sich flach auf den Bauch und griff in das eiskalte Wasser. Glücklicherweise waren letztes Jahr die Hähne ausgetauscht worden. Er öffnete sie und spürte, wie das Wasser durch die Leitung floss. Auch aus dem Haus hörte er lautes Rauschen. Allein der geöffnete Wasserhahn in der Küche konnte das nicht sein. Rieder stand auf und lauschte. Es musste aus der Toilette kommen. Sie befand sich zwar im Haus, war aber nur von außen zugänglich. Dort konnte eigentlich nichts eingefroren sein. Über den Winter war dort ein kleiner Heizer auf niedrigster Stufe gelaufen, und Malte hatte kiloweise Salz ins Klo geschüttet. Rieder ging um das Haus und öffnete die Toilettentür. Ein kalter Wasserschwall überschüttete ihn. Er war sofort klatschnass. Aus einem Rohr schoss das Wasser. Rieder stürzte zurück zur Grube und schloss den Hahn wieder. Wenig später stand er vor Maltes Tür. Sein Nachbar konnte sich ein Grinsen nicht verkneifen. „Komm rein."

6

Gudrun Witt saß in der Morgensonne vor ihrem Haus am Schabernack und schälte Kartoffeln. Hier am Ortsausgang von Neuendorf, dem südlichen Inselort auf Hiddensee, konnte sie gut beobachten, wer wegfuhr und ankam. Ihr Telefon klingelte. Sie hatte es mit nach draußen genommen. Heiner sollte nicht geweckt werden. Er war von Mitternacht bis kurz nach sechs draußen gewesen. Auf Heringszug. Die Schwärme zogen gerade durch den Bodden. Ihr Mann hatte reiche Beute gemacht. Aber dann musste er noch nach Schaprode fahren, um dort den Fang abzuliefern. Dieser Umweg machte ihn immer ärgerlich. Auf Hiddensee war noch keine Saison, und damit bestand auch keine Nachfrage für den Fisch. Anders auf Rügen. Da lief der Verkauf an die Fischfabrik in Sassnitz und ein paar lokale Abnehmer, die daraus Pfefferhering, Bismarckhering, Brathering oder Matjes machten.

Gudrun nahm ab und meldete sich. „Beruhige dich erst einmal", sprach sie in den Hörer. Dann lauschte sie wieder. „Das kann doch nicht wahr sein!", rief sie wenig später aus. „Wo genau?", und hörte wieder zu. „Ja, klar! Ich weiß, wo das ist." Sie warf das Kartoffelmesser in die Schüssel und stemmte entrüstet den Arm in ihre Hüfte. „Was soll ich machen? Bist du meschugge? Was hab' ich damit zu schaffen? Ich habe auch gar keine Zeit. Bin gerade beim Kartoffelschälen. Heiner muss doch sein Mittagessen bekommen." Wütend schüttelte sie den Kopf, auch wenn es der Anrufer nicht sehen konnte. „Ja, ist ja gut. Ich mach' schon. Hoffentlich gibt das keinen Ärger." Gudrun verdrehte die Augen. „Klar versteh' ich dich. Aber irgendwann ... Ja, ich ruf' an. Nein. Ich sage nichts."

Sie drückte den roten Knopf an ihrem Telefon und trug den Kartoffeltopf in die Küche. Dort legte sie Heiner einen Zettel auf den Tisch, dass sie gegen elf wieder da sein würde und hoffte, dass ihr Mann bis dahin schlafen würde. Kurz danach trat sie wieder vor die Tür, hatte ein Kopftuch umgebunden und eine blaue Wetterjacke über die Nylonschürze gezogen. Sie ging zum Schuppen und holte eine alte weiße Plane heraus. Sie hatte früher zu einem Pavillon gehört, den jedoch ein Sturm zerstört hatte. Gudrun begutachtete das Stück Kunststoff und klemmte es auf den Gepäckträger ihres Fahrrads. Dann setzte sie sich mit einem Ruck auf den Sattel, fand die Pedale und fuhr los, Richtung Süden.

Damp schaute immer wieder ungläubig auf das Telefon. Das tat er schon seit einer Stunde. Rieder hatte kurz angerufen, dass er heute freinehmen würde, wenn nichts weiter anliegen würde. Die Unterschriften von Martina Gilde und Richard Schlick könne er doch sicher selbst eintreiben. Wenn sich die Staatsanwaltschaft melden würde, solle Damp ihn anrufen. ‚Der feine Herr macht es sich schön bequem', hatte sich Damp gedacht. ‚Kippt den Müll einfach auf meine Seite des Schreibtischs.' Andererseits war er eigentlich der Chef des Hiddenseer Polizeireviers. Aber eben nur eigentlich.

Kurz danach hatte Damp eine SMS erhalten. Immer wenn die Anzeige aus dem Display verschwand, drückte er schnell eine Taste, und die Schrift war wieder da. Er las wieder und wieder den kurzen Text. Damp drehte sich zum Kalender an der Wand. Nur noch neun Tage bis Karfreitag. Er stand auf, steckte die Hände in die Hosentaschen und schaute aus dem Fenster. Draußen lief die morgendliche Geschäftigkeit. Die Elektrokarren der Reederei zogen Container mit Waren für die Supermärkte nach Kloster. Inselfrauen mit vollgepackten Taschen an den Rädern fuhren vorbei. Ebenso Handwerker, nur eine Hand am Rad, die Werkzeugtasche über der Schulter und unter einem Arm Rohre oder Holzbretter. Der Saisonbeginn stand vor der Tür. Ostern. Bis dahin musste sich Damp entscheiden.

„Lochfraß. Eindeutig Lochfraß." Hans Claasen klopfte mehrfach mit einem Schraubenzieher an das aufgeplatzte Bleirohr in der Toilette von Rieders Haus. Dabei schüttelte er immer wieder den Kopf.

„Ich sag's ja, Lochfraß." Er warf das Werkzeug in seine Ledertasche. „Das war nicht nur der Frost. Das war einfach alt. Und dann war das Rohr gleich hier hinter der Tür. Bei dem Winter. Keine Chance."

Claasen schloss zum Beweis die Toilettentür und zeigte dann auf die breiten Ritzen zwischen Tür und Rahmen. „Das hält nix ab, Chef."

„Kann man das denn reparieren?", fragte Rieder vorsichtig. Er war schon froh, dass Claasen gleich gekommen war. Es hatte keine halbe Stunde gedauert, dann war der Vorarbeiter der Firma Inselbau mit dem alten weißen Lieferwagen vorgefahren.

Claasen kratzte sich am Kinn. „Kann man. Wie gut, dass du gleich angerufen hast. Die Frage ist, ob du wieder Kupfer haben willst oder wir gleich mal die ganze Schose hier umbauen auf Plastik. Das ist besser. Verstehste?"

Geduzt wurde der Polizist von den Bauarbeitern der Inselbau, seit er den Mord an ihrem Chef aufgeklärt hatte. Es war eine Art Hiddenseer Ritterschlag. Obwohl auch Damp daran seinen Anteil hatte und sogar in Lebensgefahr geraten war, verwehrten ihm die Bauleute diese Ehre. Er war Rüganer. Eine unüberwindbare Hürde für Vertraulichkeiten.

Rieder hatte von unterschiedlichen Rohrqualitäten keine Ahnung, sondern wollte nur wieder fließendes Wasser. „Das kann ich nicht entscheiden. Ist ja nicht mein Haus. Ich bin nur der Mieter."

„Musste aber", beschied ihm Claasen eindringlich. „Viel Zeit ist nicht. Wenn ab übermorgen die Sommerhäusler antraben, dann keine Chance. Dann kommste nicht mehr dran."

Als Sommerhäusler bezeichneten die Hiddenseer die Besitzer der zahlreichen Datschen auf der Insel. Viele befanden sich in der Dünenheide zwischen Vitte und Neuendorf, aber auch im Hochland von Kloster. Die meisten waren vor Jahrzehnten gebaut worden. Obwohl viele Häuser nach der Wende saniert worden waren, blieben es Sommerhäuser mit dünnen Wänden und Wasserleitungen, die nicht tief in der Erde lagen.

„Eins ist ja klar, nach dem Winter fliegen denen in der Heide die Hähne und Rohre um die Ohren wie die Löcher aus dem Käse.

Da ist für uns Saison. Und da sie es ja alle so hübsch wie zu Hause haben wollten, ist das richtiger Dreck. Alle Rohre unter Putz. Noch schön Kacheln draufgeklebt. Das muss dann alles runter. Und dann sind wir ausgebucht. Da kiekste in den Mond. Also?"

„Ja, dann …"

Claasen nahm das als Zustimmung, hockte sich hin und begann in seiner Werkzeugtasche zu wühlen. Er holte verschiedene Rohrstücke hervor, hielt sie kurz hoch und verglich sie mit dem geplatzten Rohr und warf sie dann wieder zurück, bis er endlich ein passendes Plastikteil gefunden hatte. Er hielt es neben die geborstene Leitung und nickte.

„Das ist dann wie in einer Fabrik", erzählte der Handwerker weiter. „Einer geht rein, kloppt die Wand auf, holt den Mist raus, dann komme ich, schraube die neuen Rohre rein, und zum Schluss müssen die Maurer und der Fliesenleger ran."

Claasen hatte sich mit einer Rohrzange bewaffnet und versuchte das kaputte Rohr abzuschrauben. Er umfasste die metallene Muffe mit der Rohrzange und versuchte sie zu drehen. Doch es war widerspenstig. Es tat sich nichts. Claasen begann heftig zu rütteln. Das Haus bebte. Rieder lief ins Bad und sah, dass sich an dem Loch, durch dass das Rohr von der Toilette in das kleine Bad führte, immer mehr Putz ablöste und ins Waschbecken fiel. Er eilte zurück und bot Claasen an, auf der anderen Seite der Wand gegenzuhalten. Claasen lehnte ab und würgte weiter. „So ein Schiet!", brüllte er dabei. „Wie alt ist denn dieser Kladderadatsch? Das hat wohl noch der Kaiser eingebaut?"

Rieder rannte wieder ins Haus. Die Putzbrocken wurden größer. „Hier fällt alles von der Wand!", rief er.

Claasen hielt ein. „Dann halt doch endlich mal gegen", befahl er. Und wirklich. Mit gemeinsamer Kraft gab das Rohr seinen Widerstand auf und konnte abgeschraubt werden. Claasen trabte zu seinem Lieferwagen. Er holte einen mobilen Schraubstock heraus, um das neue Teil auf Maß zu schneiden. Rieder wollte nicht nur blöd danebenstehen. „Haben Sie … äh … habt ihr von der Inselbau auch das Haus von Gilde saniert?"

„Haha", lachte Claasen, ohne die Arbeit zu unterbrechen, hässlich auf. „Dem waren wir nicht gut genug." Er richtete sich auf, beugte den Rücken gerade und verzog dabei vor Schmerz das Gesicht. „Der hat sich alles von Berlin kommen lassen. Maurer, Klempner und was weiß ich. Völlig gegen die Regel. Wer hier baut, baut mit uns. Aber bei Gilde Pustekuchen." Er spuckte aus. Für einen Hiddenseer das höchste Maß der Verachtung. Schlimmer als nur den Gruß zu verweigern.

Mit dem zugeschnittenen Rohr ging Claasen in die Toilette und begann es einzubauen. „Ein Theater hat der Gilde gemacht. Alles wurde abgesperrt mit großen Wänden, damit keiner reingucken kann. War aber trotzdem drin." Claasen grinste.

Rieder wurde hellhörig. „Und?"

„Schon alles gut gemacht", räumte Claasen ein. „Die Wände gespachtelt, aber so glatt. Wahrscheinlich mit so einer Maschine. Da siehste keine Spur. Auch sonst alles vom Feinsten. Marmorfliesen in Bad und Küche, Eichenparkett in allen Zimmern." Claasen zwinkerte verschwörerisch mit einem Auge. „Viel Freude wird man daran nicht haben bei dem Sand hier. Da kannste die Füße abtreten, wie du willst. Der Sand ist wie ein Reibeisen, zieht schöne kleine Furchen. Kommt dann die Feuchtigkeit von Herbst bis Frühjahr, dann gute Nacht."

Er klopfte an das eingebaute Rohr. „So, fertig. Jetzt kannste mal das Wasser anstellen."

Rieder langte in den Schacht vor dem Haus und drehte den Hahn auf. Er hörte es rauschen und schreckte hoch. Doch Claasen hatte nur den kleinen Wasserhahn über dem Waschbecken in der Toilette aufgedreht. Dann probierte er die Spülung der Toilette aus. „Alles klar. Rechnung folgt." Claasen hängte sich die Werkzeugtasche um und ging zum Lieferwagen. Rieder lief ihm hinterher, zog seine Geldbörse heraus und wollte ihm einem Zwanzig-Euro-Schein geben. „Nee, lass mal, Meister. Die Zeiten sind vorbei."

Rieder hielt ihm aber weiter den Schein hin. „Dann für die Kaffeekasse."

„Dann will ich mal nicht so sein." Er nahm den Schein, schob seine Tasche in den Wagen und deutete auf eine ganze Ladung von Kartons. „Schon voll munitioniert für die große Schlacht. Rohre, Hähne, Kacheln und was weiß ich. Ist das beste Wochenende im ganzen Jahr. Da rollt der Rubel. Unsere Frauen schicken wir zur Verwandtschaft nach Rügen, denn dann geht's rund von früh bis spät."

Claasen reichte Rieder die Hand und stieg ein. „Tja, dem Gilde hat das ganze Geld auch nicht geholfen", philosophierte er, während er in der Brusttasche seiner Latzhose nach dem Autoschlüssel suchte. „Sterben muss jeder. Und nun hat es ihn auch erwischt. War ja auch alt genug". Damp kam auf der Gegenseite mit dem Streifenwagen angefahren. Kein Blaulicht. Es konnte also nicht dringend sein. Damp hatte wieder die alte grüne Uniform an. Er ließ die Seitenscheibe herunter, winkte kurz Claasen zu, doch der erwiderte nicht seinen Gruß, sondern fuhr einfach los. Dann wandte sich Damp an Rieder: „Ein Toter liegt am Schwarzen Peter."

7

Besonders eilig schien es Damp nicht zu haben. Sonst würde er auf das Gaspedal treten, die Sirene einschalten und somit den Insulanern verkünden: Es ist was passiert. Aber heute fuhr er trotz Notruf ziemlich gemächlich Richtung Neuendorf.

„Haben wir schon was über die Identität der Leiche?", fragte Rieder.

Damp schüttelte den Kopf. „Gudrun Witt hat angerufen. Danach bin ich gleich los."

„Und Möselbeck und die Rettungssanitäter?"

Damp schlug sich an die Stirn. „Mensch, habe ich völlig vergessen!"

Was war mit seinem Kollegen los, fragte sich Rieder erneut im Stillen und wählte die Nummer des Inselarztes.

Möselbeck meldete sich. „Ich bin schon unterwegs", rief er. „Gudrun Witt hat mich angerufen." Es waren laute Fahrgeräusche zu hören. Wahrscheinlich nutzte der Arzt seine neue Freisprecheinrichtung. Ein Erfolg von Damps neuer Bußgeldstrategie. Er hatte festgestellt, dass Telefonieren am Steuer – oder auf Hiddensee am Fahrradlenker – viel mehr an Bußgeld einbrachte als Fahren ohne Licht oder die mangelnde Fahrtüchtigkeit der Inselräder, nämlich das Doppelte. Dazu sogar noch einen Punkt in Flensburg. Für Damp war das eine ganz neue Liga. Punkte für Autofahrer, obwohl sie bis auf Möselbeck gar nicht beim Autofahren gegen die Verkehrsregeln verstoßen hatten. Jedenfalls machte Damp nun geradezu Jagd auf die telefonierenden Verkehrssünder. Den Inselarzt hatte er schon dreimal erwischt.

„Wir treffen uns vor Ort." Damit beendete Möselbeck das Gespräch.

„Ach übrigens, ich bräuchte Ostern die vier Tage frei", erklärte Damp.

„Könnte schwierig werden, wenn Gilde ausgebuddelt werden muss oder der Tote heute Probleme macht", fügte Rieder nach einer kurzen Pause hinzu.

„Ich denke, Gilde wird nicht ausgebuddelt", erwiderte Damp. Die beiden Polizisten wechselten einen kurzen Blick. „Ihre Worte", beschied Damp seinem Kollegen. „Ich brauche aber von Karfreitag bis Montag frei. Keiner kann von mir verlangen, dass ich an den Feiertagen arbeite."

So hatte Rieder seinen Kollegen noch nicht erlebt. Damp war ihm bisher immer als Polizist mit Leib und Seele erschienen. Er meckerte mal über seinen Chef in Stralsund. Aber wer tat das nicht. Damp war sicher auch keine Fleißmeise, wenn es nicht gerade um Verkehrskontrollen ging. Aber er hatte sich noch nie vor dem Dienst gedrückt, schon gar nicht, seit er Revierleiter auf Hiddensee war.

„Also wie gesagt, von mir aus kein Problem, wenn nichts dazwischen kommt", meinte Rieder, um die Diskussion zu beenden. Trotzdem hätte er gern gewusst, was hinter Damps Frage steckte. Was hatte er Ostern vor?

Sie fuhren bereits durch Neuendorf. Möselbeck hatte mit seinem Jeep zu ihnen aufgeschlossen. Im Seitenspiegel sah Rieder, dass wenigstens er das Blaulicht eingeschaltet hatte. Rieder drückte den Knopf für das Sondersignal. Damp knurrte. „Muss ja nicht jeder gleich wissen, was los ist. Dann haben wir gleich die ganzen Gaffer am Hacken."

Rieder ging nicht darauf ein. „Wir sollten auch die Spurensicherung in Stralsund anrufen." Er begann in seinem Telefonspeicher nach der Nummer von Holm Behm zu suchen, dem Chef der Stralsunder Spurensicherung.

„Warum? Muss ja nicht jeder Tote gleich ermordet worden sein", wandte Damp barsch ein. Rieder blickte erneut zu ihm hinüber. Sein ganzes Gesicht war jetzt angespannt, er knirschte mit den Zähnen. Rieder antwortete nicht. Er steckte das Telefon ein, und beide schwiegen. Am Strandcafé am Ortsende von Neuendorf bogen sie nach links auf den Deichweg ein. Rieder schaute zu dem verlassenen Haus. Er spürte einen Stich in der Brust. Bis zum Herbst hatte hier Charlotte Stein die Geschäfte geführt. Sie waren ein Paar gewesen, doch Charlotte wollte mehr als nur eine Liebe ohne Verpflichtungen. Sie hatte ihn und Hiddensee verlassen, war nach Mallorca gegangen und dort Geschäftsführerin in einem Restaurant. So meldete es jedenfalls Malte Fittkau. Woher er seine Information hatte, wollte er Rieder nicht verraten. Charlotte hatte sich nicht einmal von Rieder verabschiedet. Sie hatte ihm nur einen Brief hinterlassen. Darin hatte sie sich über Rieders Unentschiedenheit beklagt. Er hatte den Brief von Malte Fittkau erst im Januar nach seiner Rückkehr auf die Insel erhalten. Geantwortet hatte er ihr nicht. Dazu fühlte er sich zu schuldig, denn er hatte Charlotte auch noch mit seiner Kollegin Nelly Blohm betrogen. Sollte er ihr das schreiben? Vor sich selbst rechtfertigte er seinen Fehltritt als harmlosen One-Night-Stand. Aber warum feuerten jetzt so seine Wangen und wurden seine Hände feucht? Symptome des schlechten Gewissens? Rieder drehte sich noch einmal nach dem „Strandcafé" um. Er hielt kurz inne. Hatte sich dort nicht gerade die Gardine bewegt? Bevor er genauer hinsehen konnte, wurde er heftig durchgeschüttelt. Damp war nach rechts auf den alten Deich eingebogen. Der Steindamm war von riesigen Betonfugen durchzogen. Ein Härtetest für jeden Stoßdämpfer. Rieder musste leicht den Mund öffnen. Sonst hätten seine Zähne angefangen zu klappern.

Gudrun Witt stand mit verschränkten Armen mitten auf dem Deich. Um sich vor dem Wind zu schützen, hatte sie die Kapuze ihrer Wetterjacke über den Kopf gestülpt. Rieder erkannte in der kleinen stämmigen Frau die Köchin aus dem „Strandcafé". Sie war berühmt für ihren gebratenen Dorsch und ihre Matjesfilets. Selbst Insulaner, die selten in ein Restaurant gingen, waren extra wegen Gudruns Kochkünsten ins „Strandcafé" gekommen. In seiner Zeit auf der Insel hatte Rieder fast alle Gaststätten auf der Insel mit Charlotte getestet. Sie nannte das ‚Feindbeobachtung'. Danach hatte sie mit Gudrun beraten, mit welchen Gerichten man der Konkurrenz Paroli bieten konnte.

„Guten Tag, Gudrun", begrüßte Rieder die Frau. „Lange nicht gesehen."

Gudrun erwiderte den Gruß nicht. „Wird Zeit, dass ihr endlich kommt. Ich erfriere vor Kälte." Dann deutete sie mit dem Kopf zur Boddenseite. „Da liegt er."

Die beiden Polizisten blickten nach unten. Möselbeck kam dazu. Es waren nur die Füße des Toten zu sehen. Sonst war der Körper mit einer schmutzig weißen Plastikplane zugedeckt. Neben der Leiche lehnte ein Fahrrad am Fuße des Deichs. Etwas weiter weg war eine Staffelei aufgestellt, daneben ein Holzkasten. Dahinter befand sich ein Fahrradanhänger mit einer Abdeckung.

„Ich hol' mal den Einsatzkoffer", erklärte Rieder und ging zum Heck des Wagens. Er war schon dabei, als Damp hinter ihm her stürzte und rief: „Der Koffer liegt auf dem Rücksitz."

Aber Rieder hatte schon die Klappe des Kombis geöffnet. „Was ist das?", fragte er erstaunt. Im Kofferraum standen mehrere Eimer Wandfarbe, einige Pinsel sowie allerlei weiteres Malerzubehör. Außerdem ein Eimer mit zahlreichen Putzmitteln

„Das geht Sie nichts an!", blaffte Damp und versuchte die Klappe wieder zu schließen.

„Wollen Sie renovieren?", hakte Rieder neugierig nach.

„Und wenn?"

„Schon gut", versuchte Rieder die Situation zu entspannen. Er ging zur hinteren Tür des Wagens und zog den Koffer heraus. „Wollen wir dann mal nach unten gehen?"

Damp schüttelte den Kopf, offenbar immer noch wütend. „Ich bleibe hier oben und schau mich mal um. Außerdem muss auch einer mit Frau Witt reden."

„Was war denn mit Damp los?", fragte der Inselarzt, als er mit Rieder über die glatten Steine des Deichs hinunter zum Ufer kletterte.

„Keine Ahnung", erwiderte der Polizist. „Er ist momentan etwas merkwürdig. Mal total aufgekratzt, dann wieder wütend. Ich frage mich, warum er renovieren will."

„Hat das noch mit Ihrem Undercover-Einsatz im Winter zu tun? Ist er immer noch beleidigt, dass Sie ihn damals nicht informiert haben?"

Rieder zuckte mit den Schultern. „Sicher war das von mir nicht ganz sauber, aber ... ach, was soll ich sagen ... vielleicht, vielleicht auch nicht. Lassen wir das und kümmern uns um unseren Kunden hier."

Er machte ein paar Fotos von der abgedeckten Leiche und der Umgebung. Die Steine des Bollwerks waren mit einer leichten Teerschicht überzogen. Was Rieder wunderte: dass auf der Staffelei kein Bild stand. In der Holzkiste befanden sich Pinsel, Farben, ein gefülltes Wasserglas, Farbpaletten. Rieder stellte sich vor die

Staffelei und hielt nach einem Motiv Ausschau. „Was kann man hier malen wollen? Was ist das Motiv für einen Maler?"

Auch Möselbeck schaute sich um. „Schaprode ist definitiv zu weit weg." Der Arzt deutete über den Bodden nach Rügen, zu dem kleinen Dorf, von dem die Fähren nach Hiddensee ablegten. „Da sieht man kaum noch den Kirchturm."

„Das Schilf ist nun auch nicht besonders attraktiv. Von dem alten Deich ganz zu schweigen", bemerkte Rieder.

Dann hoben sie vorsichtig die Plane nach oben, um keine Spuren auf dem Körper des Toten zu verwischen. „Das ist ja der olle Kempe!", rief Möselbeck aus.

Jetzt erkannte auch Rieder den Toten. „Ich habe ihn gestern noch gesehen. Nach dem Leichenschmaus für Gilde. In Kloster am ‚Hitthim'. Da war er noch ganz munter." Als er sich den Toten näher anschaute, erinnerte sich Rieder, dass er Kempe früher öfter auch im Strandcafé gesehen hatte. „Ich glaube, der hat er immer mal bei Charlotte an der Theke gesessen mit Bier und Korn."

Möselbeck nickte. „Das kann ich mir vorstellen. Er war kein Kostverächter, wenn's ums Trinken ging. Seine Leber fand das nicht so gut. Sein Herz auch nicht. Die typische Künstlerkrankheit. Er war ja auch schon über achtzig. Vielleicht war es einfach zu viel für ihn. Erst trinken, dann mit dem Rad hier runter. Da kann das Herz schnell mal schlapp machen. Hier hängen nicht wie in Berlin an jeder Ecke Defibrillatoren."

Rieder machte noch ein paar Aufnahmen. Die Gesichtszüge des Toten wirkten entspannt, als sei er friedlich eingeschlafen. „Also ein ganz natürlicher Tod", stellte Rieder fest.

„Mal sehen", verkündete Möselbeck, zog ein paar Latexhandschuhe über und hockte sich hin. Er begann mit der äußeren Leichenschau, bewegte Arme und Beine. „Die Leichenstarre ist schon voll ausgeprägt", verkündete der Arzt. „Wenn man die kalte Nacht berücksichtigt, ist er so zwischen zwölf und vierzehn Stunden tot." Möselbeck schaute kurz auf die Uhr. Es war jetzt kurz nach zehn. „Ich würde den Todeszeitpunkt auf gestern Abend zwischen 20 und 22 Uhr eingrenzen."

„Da war es doch schon dunkel. Wie soll er ohne Tageslicht noch gemalt haben?", wunderte sich Rieder.

Möselbeck öffnete die Kleidung des Toten, um nach Wunden zu suchen. Als er Kempes Kopf anhob, stutzte er. Darunter hatte sich eine kleine Blutlache gebildet. „Sehen Sie mal." Rieder kniete sich neben den Arzt. Möselbeck war schon dabei den Kopf des Toten zu drehen. Am Hinterkopf klaffte eine tiefe Wunde. Es war ein richtiges Loch. Der Arzt sah sich um, schaute sich den Boden genauer an. „Diese Wunde passt nicht zu der Fläche hier. Hier ragt nichts Spitzes aus dem Boden. Der Teerüberzug über den Steinen ist völlig glatt. Er muss von hinten erschlagen worden sein. Vielleicht mit einem Stein."

Damp hatte seinen Notizblock aus der Brusttasche gezogen. „Also, Gudrun, nur mal fürs Protokoll. Wann hast du den Toten gefunden?"

Gudrun Witt stand immer noch mit verschränkten Armen. „Na, kurz bevor ich dich angerufen habe."

„Geht es etwas genauer?"

„So gegen halb zehn. Ich habe nicht auf die Uhr gesehen."

„Hm", brummte Damp. „Und kennst du den Toten?"

Gudrun schüttelte den Kopf. „Keine Ahnung, wer das ist."

Rieder war wieder auf die Deichkrone geklettert und zog Damp ein Stück zur Seite. Er flüsterte seinem Kollegen zu, was Möselbeck entdeckt hatte. „Also Mord!", rief Damp aus. „So ein Mist! Und es ist der alte Kempe?"

Genau das hatte Rieder vermeiden wollen. „Wenn Sie weiter so brüllen, können wir gleich einen Aushang am Rathaus machen."

Aber Gudrun hatte genug gehört. Sie schlug die Hand vor den Mund. Damp straffte seine Uniform und ging wieder zu ihr.

„Willst du mich eigentlich für dumm verkaufen? Du willst den alten Kempe nicht erkannt haben?"

„Ich habe nicht so genau hingesehen. So eine Leiche ist ja kein schöner Anblick."

Damp fixierte sie mit einem stechenden Blick, bohrte aber nicht weiter nach. Er machte erst mal mit Routinefragen weiter.

„Also Gudrun, was hast du hier gemacht?"

Gudruns Augen verengten sich kurz, bevor sie antwortete: „Ich bin spazieren gefahren. Mit meinem Rad."

Da brach auch schon das Donnerwetter über sie herein. Damp stemmte sein Hände in die Hüften. „Du willst hier um halb zehn spazieren gefahren sein? Wer soll dir das glauben? Deine Großmutter?"

Gudrun war etwas zurückgewichen. Ihre Arme hingen schlaff herab. „Aber so war es", brachte sie stockend hervor.

„So soll es gewesen sein?", wiederholte Damp im scharfen Ton. „Du fährst um halb zehn früh spazieren? Dass ich nicht lache!" Dann kam er mit seinem Gesicht Gudrun ganz nah. „Ich sag' dir mal, was du um halb zehn machst. Du sitzt in deiner Küche und schälst Kartoffeln, damit um zwölf für Heiner das Essen auf dem Tisch steht!"

„Woher willst du denn das wissen?"

„Weil ich es weiß. Oder hast du nicht immer bei Charlotte gejammert, wie dich dein Alter nervt, weil immer um zwölf das Essen auf dem Tisch stehen muss?"

„Lass Charlotte aus dem Spiel!", blaffte Gudrun zurück.

Doch Damp hörte gar nicht zu, so war er in Fahrt. „Und die Plane? Die haste immer bei deinen Spazierfahrten dabei?"

Gudrun stutzte kurz. Dann verschränkte sie wieder die Arme vor der Brust. „So ist es aber gewesen", beharrte sie trotzig auf ihrer Aussage.

„Aber so kann es nicht gewesen sein", widersprach ihr Damp erneut. Rieder hatte bisher schweigend danebengestanden. „Gudrun, mit hoher Wahrscheinlichkeit ist Kempe ermordet worden. Ich würde mir an deiner Stelle genau überlegen, was du uns sagst."

„Ich kann nur sagen wie es gewesen ist", erwiderte sie mit brüchiger Stimme. Dann brach sie in Tränen aus. Sie konnte sich kaum noch auf den Beinen halten.

8

Obwohl die Steine noch recht kalt waren, saßen Damp und Rieder auf der Deichkrone. Der Wind hatte nachgelassen. Die Sonne brach zwischen den Wolken hervor und wärmte die Luft. Sie warteten auf die Spurensicherung aus Stralsund. Der Greifswalder Rechtsmediziner, Dr. Krüger, hatte mitgeteilt, dass er seine Vorlesungen an der Universität nicht verschieben könne. Wenn die Spurensicherung ihre Arbeit gemacht habe, solle ein Beerdigungsunternehmen von Rügen die Leiche ins Rechtsmedizinische Institut nach Greifswald bringen.

„Warum kommt Behm eigentlich nicht mit der Wasserschutzpolizei?", fragte Rieder.

„Gebauers Boot ist in der Werft. Motorschaden", antwortete Damp.

„Schon wieder?" Rieder überlegte kurz. „Das ist doch das dritte Mal, seit ich hier bin." Und er war erst seit einem Jahr auf der Insel.

„Das ist eine alte Schabracke. Der Kahn war schon so gut wie ausgemustert, als er aus Kiel hierher verfrachtet wurde. Die Wessis haben uns doch nach der Wende den ganzen Schrott angedreht. Diese Fähre, die im Winter nicht fährt, und diese Polizeiboote, die im Frühjahr kaputt sind. In Dienst gestellt 1974. Da bin ich noch zur Schule gegangen."

„Also, wir konnten uns nicht beschweren. Wir bekamen in Halle 1990 zwar alte Passat Kombi. Erdbraun. Aber hinten war so viel Platz, da konnte man bei Observationen mal 'ne Schicht Schlaf einlegen. Und da die Jungs immer noch dachten, wir seien mit Lada und Wartburg unterwegs wie Hauptmann Fuchs aus dem ‚Polizeiruf 110' und nicht mit einem alten Westschlitten, waren wir auch ganz schön erfolgreich …"

Damp wandte sich Rieder zu. „Sie kommen aus dem Osten?"

„Ja."

„Das haben Sie nie erzählt."

„Warum auch? Spielt das eine Rolle?"

„Aber Sie waren doch Leitender Ermittler einer Mordkommission in Westberlin."

„Na und? Mein Partner kam aus dem Ruhrgebiet. Wir saßen in Charlottenburg. Westberlin gibt's schon länger nicht mehr."

„Für mich schon." Damp versank in Gedanken. „Ich dachte immer, Sie sind aus Berlin", begann er wieder.

„Selbst wenn, hätte ich ja auch aus dem Osten Berlins kommen können."

„Komisch, hätte ich nicht gedacht, dass Sie ein Ossi sind."

„Dann haben wir das jetzt mal geklärt."

„Ich fand es nicht gut, die Witt einfach gehen zu lassen", wechselte Damp das Thema.

„Die wird schon nicht abhauen. Wo soll sie denn hin?"

„Trotzdem."

Rieder hatte gewartet, bis sich Gudrun Witt beruhigt hatte und sie dann nach Hause geschickt. „Wir werden aber noch mal mit Ihnen reden müssen."

Damp war zwar mit dieser Entscheidung nicht einverstanden, hatte aber nicht widersprochen. Gudrun Witt hatte ihr Rad genommen, war aufgestiegen und langsam auf dem Deich zurück nach Neuendorf gefahren.

„Und wenn sie doch abhaut?", beharrte Damp.

„Sie haben ja recht, dass mit Gudruns Geschichte was nicht stimmt. Aber können wir ihr das Gegenteil beweisen? Was nicht stimmt, kriegen wir hier auf der Insel nicht raus, wenn wir Gudrun Witt aufs Revier mitnehmen. Da haben wir gleich die Neuendorfer gegen uns. Die reden schon so nicht gern mit uns." Die Bewohner des südlichen Inseldorfes waren eine verschworene Gemeinschaft. Schon seit Jahrhunderten. Früher hatten sie in einer Fischerkommune, einer Art Genossenschaft, miteinander gearbeitet und alles miteinander geteilt. Der Zusammenhalt war bis heute geblieben. Die Insulaner in Vitte und Kloster waren von einem anderen Schlag. Sie hatten sich immer als stolze freie Fischer gefühlt. Zwischen Neuendorf und Vitte schien eine unsichtbare Grenze quer über die Insel zu verlaufen. Oder wie sagte Malte Fittkau? „Neuendorf ist Ausland."

Aber Malte spielte in Rieders Überlegungen eine wichtige Rolle. „Ich habe eine andere Idee. Wir müssen Gudrun Witt beobachten und sehen, was sie tut."

„Na prima, wir sind ja auch auf der Insel so unsichtbar wie ein rosa Elefant", entgegnete Damp und winkte ab.

„Ich dachte an eine Art Spion", erklärte Rieder.

„Und wer soll das sein? Wollen Sie die Blohm von Rügen holen?", fragte Damp listig.

„Keinen Fremden. Der fällt doch hier nur auf. Ist doch noch keine Saison. Ich dachte an Malte."

„Den Fittkau?!", rief Damp aus. „Der quatscht doch alles aus."

„Hat er im Winter auch nicht getan", erwiderte Rieder und bereute sofort seine Antwort. Malte Fittkau war Rieder im Winter bei seinem Undercover-Einsatz auf der Insel, wenn auch durch Zufall, auf die Schliche gekommen, hatte ihn aber gegenüber Damp nicht verraten. Deshalb war er auch nicht gut auf Fittkau zu sprechen.

„Die suchen doch Leute, die den alten Fischerschuppen in Neuendorf entrümpeln. Da soll doch dieses neue Museum rein. Gleich da am Ortseingang und ganz in der Nähe vom Haus der Witts. Dafür könnte sich Malte doch melden und dabei ein Auge auf Gudrun werfen."

Damp schwieg, aber Rieder konnte fühlen, wie es in seinem Kollegen arbeitete. „Sie glauben, die Neuendorfer lassen einen aus Vitte ihre alten Sachen rausräumen? Träumen Sie weiter."

„Es kommt auf einen Versuch an."

Da hörten sie das Brummen eines Hubschraubers in der Luft. „Na endlich!"

Holm Behm und sein Assistent Sascha buckelten die Koffer der Spurensicherung über den Deich. Der Polizeihubschrauber war weit hinter dem Deichende am kleinen Leuchtturm Gellen niedergegangen. Der Pilot hatte sich nicht getraut, in der Nähe des

Boddenufers zu landen. Er fürchtete, beim Aufsetzen im moorigen Boden zu versinken. Doch auch am Leuchtfeuer war der Boden durch die Schneeschmelze weich und schlammig. Von dort bis zum Schwarzen Peter waren es einige hundert Meter. Die Hosen der beiden Beamten aus Stralsund waren übersät mit braunen sandigen Spritzern.

„Diese Plackerei", stöhnte Behm, als er endlich am Tatort ankam. „Hätte ich das gewusst, wäre ich mit dem Auto gekommen. Die Fähre von Schaprode fährt doch wieder?"

Damp und Rieder nickten.

„Wahrscheinlich wäre ich auch schneller gewesen. Erst mit dem ganzen Zeug raus zur Marineschule, dann mit dem Ding da hierher", er deutete zum Hubschrauber, der gerade wieder abhob, „und nun noch die Schlepperei."

Die beiden Inselpolizisten nickten wieder. Jetzt mit einem mitleidigen Blick.

„Und? Was haben wir hier?"

Rieder wies auf den Toten am Fuß des Deichs. „Alter Mann, wahrscheinlich erschlagen." Er schaute kurz auf die Uhr. „Jetzt so sechzehn Stunden tot. Der Inselarzt meinte, es könnte ein spitzer, kantiger Gegenstand gewesen sein."

„Habt ihr die Tatwaffe schon gesucht oder gefunden?"

Damp und Rieder schüttelten die Köpfe.

„Warum nicht?"

„Du beschwerst dich doch immer, wenn alles zertrampelt ist."

„Sollen wir beide jetzt hier rumsuchen …"

Wenig später waren Damp und Holms Assistent Sascha ausgeschwärmt und suchten das Gelände um den Deich und das Bollwerk nach der Tatwaffe ab. Man hatte sich auf einen spitzen massiven Stein geeinigt. Rieder war bei Behm geblieben. Zuerst hatte der Spurensicherer die Jackentaschen des Toten geleert. Ein paar Schlüssel und eine abgenutzte Brieftasche waren zum Vorschein gekommen. Er reichte die Sachen Rieder. Die Schlüssel verstaute Rieder gleich in einer durchsichtigen Asservatentüte, das Lederetui durchsuchte er nach Papieren. Einen Ausweis gab es nicht, aber dafür einen rosa DDR-Führerschein, Klasse B. Rieder klappte die Pappkarte auseinander. Ihm schaute ein jüngerer Kempe entgegen, doch Frisur und selbst die Falten im Gesicht ähnelten dem Toten. Das Ausstellungsdatum war 1985. Damals war Kempe um die fünfzig gewesen. Eine Adresse gab das Dokument nicht her. Sicher wusste Damp, wo der Tote gewohnt hatte.

Behm untersuchte die Hände des Toten, gab es aber bald auf. „Der hat so viel Malerdreck unter den Fingernägeln. Da wird es schwierig werden, irgendwelche Fremd-DNA zu sichern, wenn es überhaupt welche gibt. Anzeichen für einen Kampf sind ja auch nicht zu sehen."

Rieder schaute kurz hoch und beobachtete seinen Kollegen, wie er die Hände der Leiche vorsichtig in Plastiktüten verpackte und dann an den Unterarmen zuschnürte. Dann tastete er weiter die Kleidung des Toten ab. In einer Hosentasche fand Behm ein paar Münzen und ein Stofftaschentuch. Rieder hatte gehofft, er würde ein Funktelefon finden.

„Haste übrigens gehört, dass Bökemüller eine neue Truppe aufstellt?"

„Nö, woher?"

„Na, ich dachte, dass du mit dem Alten doch auf gutem Fuß stehst." Behm wandte sich den Schuhen zu, suchte zuvor mit einer Lupe noch die Kleidung nach Faserspuren ab.

„Ich habe Bökemüller zuletzt im Januar gesehen, kurz nach der Aktion hier auf der Insel. Was soll das denn für eine Truppe sein?"

„Soll sich SOKO Bäderpolizei nennen. Bökemüller hat mich gefragt, ob ich mitmachen würde."

„Und?"

„Würde mich schon reizen. Einsatzgebiet soll vom Darß über Rügen bis nach Usedom reichen. Hauptstandort Stralsund. Das käme mir natürlich zupass. Da kannste meistens, wenn was passiert, abends auch noch nach Hause fahren."

„Nach Hiddensee kann man weder von Stralsund noch von sonstwo hier oben abends nach Hause. Und dann immer in Hotels und Pensionen abhängen, na, ich weiß nicht."

„Willst du denn auf der Insel bleiben?"

Rieder zuckte mit den Schultern. „Im Moment schon. Mir gefällt's hier."

„Und mit Damp?"

„Was soll mit Damp sein?"

„Kommt ihr miteinander klar nach der Nummer im Winter?"

„Schon", um nach einer Pause noch anzufügen, „irgendwie eben."

„Naja", plauderte Behm weiter, „ich habe Bökemüller gesagt, du müsstest den Chef machen."

„Was hast du ihm gesagt?" Rieder war aufgebracht. Er mochte es nicht, wenn sich andere in seine Angelegenheiten einmischten oder glaubten, sein Anwalt sein zu müssen.

Behm schaute sich kurz um. „Nicht so laut. Die beiden müssen nicht hören, was läuft."

Er trat näher an Rieder heran. „Mal im Ernst, wer sollte es sonst machen? Nichts gegen die Kollegen aus Stralsund, Bergen oder Greifswald. Aber die bösen Buben, die da anrücken, aus Berlin zum Beispiel, sind eher deine Kragenweite. Auch die Bandenkriminalität an der Grenze und so, das aufkommende Drogengeschäft, die Rotlichtcliquen, also beim besten Willen, das ist eine Nummer zu groß für einen von uns. Da muss ein Fachmann mit deiner Kompetenz ran. Immerhin warst du stellvertretender Leiter einer Mordkommission."

Rieder schnaufte kurz. „Das nannte sich Abwesenheitsvertreter und war die bessere Umschreibung für Dienstplanverantwortlicher, weil es keiner machen wollte. Außerdem weißt du genau, warum ich hier hoch gekommen bin."

Behm zog die Augenbrauen nach oben. „Irgendwann musst du deinen Kururlaub mal beenden. Ich kenne einen, der letzten Herbst losgetigert ist, kaum dass er wieder unter den Lebenden war, mit einem Verband um Arm und Schulter, und dann um die halbe Welt einen Mörder verfolgt hat …"

„Das war etwas anderes", unterbrach ihn Rieder und trat einen Schritt zurück. Über den Deich kam der schwarze Kombi des Beerdigungsinstituts.

„Was soll ich Bökemüller sagen?", drang Behm noch einmal auf seinen Kollegen ein.

„Was du ihm sagen sollst?", fragte Rieder unwirsch. „Bist du sein Bote?" Er steckte die Hände in die Hosentaschen. „Wäre schon keine schlechte Kombination für ein Team, Ermittler und Spurensicherer", bemerkte er nachdenklich. „Aber da steht sicher irgendeine Vorschrift oder der Tarifvertrag dagegen."

Behm grinste. „Also hast du doch Lust …"

„Ich weiß nicht …", blockte Rieder ab. Er wollte das Thema beenden. Aber in seinem Hirn hatten sich Behms Worte festgesetzt und begannen nun ein Eigenleben zu führen. Rieder versuchte sie zu verdrängen. „Jetzt kümmern wir uns erst mal um den Toten hier."

Damp und Sascha kamen zurück. „Nichts gefunden", erklärte Damp. „Kein Stein, keine Flasche, kein Brett, kein Werkzeug."

„Dann liegt es vielleicht auf dem Grund des Boddens." Behm machte eine ausschweifende Handbewegung über das Wasser und drehte sich dabei zur Staffelei. „Wo ist eigentlich das Bild?"

„Das habe ich mich auch schon gefragt", antwortete Rieder.

9

Rieder setzte sich auf die Ladekante des Polizeiautos und zog die Wathose über. Hier auf Hiddensee gehörte das zum Standard der Polizeiausrüstung. „Wie kalt wird das Wasser jetzt sein?", fragte er zögerlich.

„Vielleicht zehn Grad", antwortete Holm Behm.

Rieder überlief ein Schauer. Er atmete tief durch, stand auf und kletterte den Steindeich hinunter. Damp stand mit verschränkten Armen auf dem Kai. „Ich finde es total sinnlos, jetzt in die kalte

Boddenbrühe zu springen", grummelte er. „Das Bild ist doch sowieso futsch."

Rieder konnte ihm nicht ganz widersprechen und wusste eigentlich auch nicht, was er mit seiner Badeeinlage beweisen wollte. Vorsichtig tauchte er seinen rechten Fuß in das Wasser und zog ihn gleich blitzartig wieder zurück. „Scheiße! Ist das kalt!"

Rieder zog die Luft zwischen den Zähnen ein. Damp und Behm grinsten. Auch Sascha konnte sich ein Lächeln nicht verkneifen, beugte sich aber gleich wieder über die Staffelei und pinselte weiter das Gestänge ab auf der Suche nach Fingerabdrücken.

Rieder unternahm einen zweiten Versuch. Langsam tauchte er den Fuß ins Wasser. Er hoffte, dass sich so sein Körper besser an die Temperatur gewöhnen würde. Es schien auch zu klappen. Er senkte auch den zweiten Fuß in den Bodden. Das Wasser war so flach, dass es ihm nicht mal bis zu den Knien reichte. Langsam stapfte er los. Seine Füße durchschnitten das Wasser. Trotz der Wathose kroch die Kälte des Wassers langsam an den Beinen empor. Rieder schaute sich um und achtete dabei nicht, wohin er gerade trat. Sein Fuß erwischte einen Stein, rutschte ab. Er wedelte mit den Armen und konnte nur durch hektisches Springen von einem Bein auf das andere das Gleichgewicht halten. Wasserspritzer durchnässten sein Hemd. Rieder fluchte. Vom Ufer hallte lautes Lachen. Rieder schaute ins Wasser. Der Stein war der einzige weit und breit. Sonst war hier nur Schlick und Sand. Er griff in das kalte Wasser und holte einen quadratischen roten Backstein heraus. Rieder erinnerte sich, neben der Staffelei eine Lücke in der Kaikante unbewusst wahrgenommen zu haben, als er den Fundort der Leiche inspiziert hatte. Er betrachtete den nassen Stein, drehte ihn zwischen seinen Händen hin und her. Langsam ging er zurück zum Ufer. Seine Kollegen spendeten übertrieben Beifall.

„Echt super Fund!", rief ihm Holm Behm zu. Doch Rieder ließ sich nicht beirren. Er ging zum Kai und drückte den Stein in den Spalt in der Kaimauer neben der Staffelei. Er passte wie angegossen. „Das könnte die Mordwaffe sein", erklärte er. Holm Behm kam näher und kniete sich hin. „Kann schon sein. Aber Spuren kannste vergessen. Das Salzwasser hat den Stein saubergewaschen. Höchstens das Spurenbild am Kopf des Opfers kann beweisen, dass er mit dem Stein erschlagen wurde." Der Spurensicherer sah das enttäuschte Gesicht Rieders. „Naja, besser als nichts", tröstete ihn Behm, löste dann den Stein wieder aus der Lücke und legte ihn zu den anderen Fundstücken.

Rieder war wieder losgelaufen, aber auf dem Grund des ehemaligen Hafenbeckens fand sich nichts mehr. Er lief nun auf den rechten Schilfstreifen zu. Ein paar Blässhühner flogen schreiend auf. Zwischen den Schilfpflanzen entdeckte Rieder eine Plastikfolie. Sie hatte sich um ein einige Stängel gewickelt. Offenbar war sie vom Wind hierhingeweht worden. Sie wies ein paar bunte Flecken auf. Rieder hob sie vorsichtig an und trug sie wie eine Trophäe zum Ufer. Er zeigte Behm und Damp die Farbspuren. „Das ist schon besser", meinte Behm anerkennend. Er winkte seinen Assistenten Sascha heran. Gemeinsam rollten sie die Plane in eine spezielle Folie. Aber das Bild dazu blieb verschwunden.

Wenig später saß Rieder beim Neuendorfer Hafenmeister Franz Plewe. Da die Gaststätten in Neuendorf noch nicht geöffnet hatten, war es der einzige Ort, wo sich der Polizist aufwärmen konnte. Plewe hatte Tee gekocht und einen Eimer mit heißem Wasser gefüllt. Rieder ließ seine Füße hineingleiten. Langsam kamen die Lebensgeister zurück. Sein Hemd hing über einem Stuhl, der vor einem bullernden Kanonenofen stand. Plewe warf alle paar Minuten ein Holzscheit hinein. Das Feuer loderte dann richtig auf. „Das ist der Teer", bemerkte Plewe. „Die alten Reusenstangen sind ja alle noch geteert. Das brennt wie Zunder."

Rieder wollte besser nicht über den Brandschutz nachdenken. Er war von Malte gewohnt, dass die Hiddenseer mit allem heizten, was irgendwie brannte. Rieder war froh, nicht mehr zu frieren. Plewe hatte dafür gesorgt, dass Behm und sein Assistent Sascha mit einem der flachen Fischerkähne auf den Bodden rausgefahren waren, um weiter nach dem Bild zu suchen. „So viel Wind war ja nun auch nicht. Also wenn da noch was ist, dann ist es auch noch da", hatte Plewe verkündet. „Das dauert, bis so was bis nach Rügen getrieben ist." Damp hatte sich abgeseilt, um seine Farbe nach Hause zu bringen. Danach wollte er seine Kollegen wieder einsammeln, um zu Kempes Haus in der Dünenheide zu fahren. Wie erwartet, wusste er, wo es war.

„Kannten Sie den Kempe?", fragte Rieder, während er seine Füße trockenrubbelte.

Plewe ließ sich mit der Antwort Zeit, stopfte seine Pfeife und starrte aus dem Fenster auf den Neuendorfer Hafen. „Was heißt schon kennen", sagte er wie nebenbei. Er steckte seine Pfeife in den Mund und kramte in seiner alten schwarzen Cordjacke nach Streichhölzern. Genüsslich setzte er den Tabak in Brand. Er machte zwei, drei Züge, und sofort erfüllte das einzige Zimmer aromatischer Geruch. „Prestige Vanille, noch gute alte DDR-Ware", meinte der Hafenmeister als er sah, wie Rieder schnupperte. „Rauche ich seit meinen Lehrlingsjahren auf ‚Vit 46', Ende der sechziger Jahre."

„Gibt's denn den Tabak noch?"

Plewe nickte. „Hier, im Konsum. Die haben für mich immer einen Vorrat."

Rieder wollte weniger über Pfeifentabak plaudern, sondern mehr über Hans Kempe erfahren. Aber bei den Hiddenseern war es nicht klug, zu drängen. Man musste Geduld haben. Geduld brachte Vertrauen. Ohne Vertrauen biss man bei den Insulanern auf Granit. Plewe schaute noch immer auf den Hafen und rauchte seine Pfeife. Es schien, als habe er Rieders Frage vergessen. Doch plötzlich nahm er die Pfeife aus dem Mund, formte die Lippen zu einem Kreis und blies den Rauch in kleinen Ringen in die Luft. Sie schwebten durch den Raum wie Seifenblasen, bevor sie sich langsam auflösten. Rieder schenkte Plewe den erwarteten bewundernden Blick. „Also Kempe war schon ein komischer Kauz", bedankte sich der Hafenmeister für Rieders stillen Beifall und seine Geduld. „Wissen Sie, früher, in den alten Zeiten, da kam der immer mal, wollte mit uns rausfahren, sehen, wie wir arbeiten.

Da hat er immer Fotos gemacht." Plewe nahm wieder einen Zug, stopfte die Pfeife nach. „Die waren Vorlagen für seine hübschen Bilder. Wie sie so gewünscht waren. Kennen Sie die?"

Rieder schüttelte den Kopf. „Ach bestimmt, aus dem Malunterricht in der Schule. Sie sind doch von hier." Rieder nickte. Plewe begann leicht zu lächeln. Die Erinnerung schien ihn zu erheitern. „Die Fischer kämpfen um den Fisch und natürlich für den Sozialismus. Da drüben", Plewe deutete mit seiner Pfeife auf den Schuppen der Fischereigenossenschaft auf der anderen Seite des Neuendorfer Hafenbeckens, „da mussten wir uns mal alle hinsetzen. Wir mussten so tun, als wenn wir Netze flicken würden, und einer saß davor und las in der Zeitung. ‚Fischer studieren die Beschlüsse der Partei', hat er das genannt." Plewe lachte auf. „Das hat in Stralsund gehangen, im Kultursaal der Gewerkschaft. Wir waren doch alle im FDGB. Alle anderen Fischer von Rügen und selbst die aus Vitte haben sich schiefgelacht über uns. Die wussten doch alle, dass wir die Zeitung nur zum Einwickeln der Fische nehmen. Nun ist das Bild weg, und Hiddenseer Fischer gibt's bald auch nicht mehr." Plewe widmete sich wieder seiner Pfeife.

„Aber das ist ja schon einige Zeit her", flocht Rieder vorsichtig ein, um das Gespräch in Gang zu halten.

Plewe nickte stumm. „Nach der Wende hat er umgesattelt. Statt sozialistischem Realismus gab's nun Hiddenseer Idylle. Du musst mal zum Eckardt rübergehen, vom ‚Haus am Strand'. Der hat Kempe immer seinen Zaun als Schaufenster geborgt. Gezahlt hat er dafür wahrscheinlich nichts. Der war ja ein knuckriger Zeitgenosse. Und da hing dann der Leuchtturm Gellen mit Strand. Leuchtturm Gellen zwischen den Strandkiefern. Hafen Neuendorf mit Schiffen. Hafen Neuendorf ohne Schiffe. Seglerhafen. Schabernack." Plewe schob seine Mütze in den Nacken. „Das war eine richtige Serienproduktion. Aber die Geschäfte liefen nicht so gut. Hier kommen zu wenige Touristen vorbei. Wer hier in Neuendorf wohnt, ist sowieso eine besondere Urlaubersorte. Der hat die Insel im Herzen. Der braucht keine Bilder."

Rieder hatte den alten Hotelier Eckardt bei seinem ersten Fall auf der Insel kennengelernt. Bei ihm hatte ein Kunsthistoriker Quartier genommen, der am Gellenstrand ermordet worden war. Das war bald ein Jahr her. Seitdem hatte er Eckardt nicht wieder getroffen. „Wie geht es Herrn Eckardt?", fragte Rieder.

Plewe wiegte den Kopf hin und her. „Man sieht ihn kaum noch. Man wird ja nicht jünger. Seinen kleinen Nebenerwerb habt ihr ihm ja genommen." Eckardt hatte seine Zimmer immer noch vermietet. Natürlich schwarz. Durch den toten Kunsthistoriker war die Sache aufgeflogen. Auch wenn Rieder es nicht beweisen konnte, hatte wahrscheinlich Damp dem Finanzamt einen Tipp gegeben.

Die Pfeife war aufgeraucht. Plewe klopfte sie an seinem Stiefel aus und kratzte die Asche aus dem Pfeifenkopf. „In den letzten Jahren hat er das auch nicht mehr gemacht mit der Sommergalerie. Ich frage mich, wovon der Kempe gelebt hat."

„Haben Sie ihn mal mit dem Herrn Gilde gesehen?"

„Mit Suppen-Gilde? Unserem großen Inselgönner? Der uns jetzt ein Museum schenkt?"

Rieder war kurz irritiert. Von einem Museum hatten weder die Witwe noch der Sohn Gildes erzählt. „Welches Museum?"

Plewe drehte sich zu seinem Tisch. Dort lagen ein paar alte Ausgaben der „Ostsee-Zeitung". Er sah eine nach der anderen durch. „Muss so vor zwei Wochen gewesen sein. Da stand es drin. Kleine Notiz, aber wenn du hier den ganzen Tag sitzt, liest du den Kram von vorn bis hinten. Ich krieg' sie umsonst. Die von der Stralsunder Fähre bringen mir immer die Zeitung mit. Jetzt fährt sie endlich wieder. Im Winter ist Ebbe."

Plewe hielt Rieder eine Zeitung hin und zeigte mit dem Zeigefinger auf eine kleine Nachricht auf der ersten Seite. Nicht mehr als fünf Zeilen. Die Überschrift lautete: „Neues Museum auf Hiddensee?" Darunter war zu lesen: „Wie die Lokalredaktion aus gut unterrichteten Kreisen erfuhr, will der Unternehmer Werner Gilde seine Gemäldesammlung mit Werken des Hiddenseer Künstlerinnenbundes nach seinem Tod der Öffentlichkeit zugänglich machen. Als Ausstellungsort sei das ehemalige Strahleninstitut der Universität Greifswald in Kloster geplant. Gespräche über den Ankauf des Gebäudes würden auf informeller Ebene bereits laufen. Eine Bestätigung steht noch aus." Dahinter stand in Klammern nur das Kürzel „GK".

„Kann ich das mitnehmen?"

Plewe nickte. „Warum nicht? Ich brauch' es nicht mehr. Fisch wird nicht mehr in Zeitungen eingewickelt. Jetzt gibt es Plastiktüten."

„Nochmal zurück zu Kempe und Gilde." Rieder faltete die Zeitung sorgsam zusammen. „Haben Sie die beiden mal miteinander gesehen?"

Plewe schüttelte den Kopf. „Nicht, dass ich mich erinnern kann. Aber Gilde machte mit seinem Kahn auch nicht hier in Neuendorf Station. Zu wenig Publikum. Der brauchte die große Bühne beim Einlaufen. Und die hat man nur in Kloster."

„Haben Sie Kempe vielleicht gestern gesehen?"

„Auf die Frage habe ich schon die ganze Zeit gewartet. Aber ich steh' nun auch nicht den ganzen Tag vor der Tür und starre, wer kommt und wer geht. Von hier fährt eh keiner mit dem Rad zum Schwarzen Peter. Da ist der Deich zu schlecht. Die kommen alle durchs Dorf und dann bei …", Plewe zögerte kurz. „Die fahren dann alle da beim ‚Strandcafé' rum, dort, wo Charlotte gewohnt hat." Offenbar wusste Plewe wie jeder auf der Insel von Rieders gescheiterter Beziehung zur Wirtin des „Strandcafés".

Ole Damp trat durch die Tür. „Na, wieder warm?"

Rieder stutzte über das plötzliche Mitgefühl. „So langsam. Schon was von Behm gehört?"

„Sind auf dem Rückweg. Haben nichts gefunden. Sie sind mehrfach über den Bodden gekreuzt vom Schwarzen Peter bis zum Hafen Neuendorf. Waren fast bis zur Öhe drüben bei Schaprode."

„Dann gibt es auch nichts zu finden", warf Plewe ein.

10

Das Boot mit Behm und seinem Assistenten Sascha hatte am Kai festgemacht. „War ein Schlag ins Wasser. Nichts gefunden."

„Hat Damp schon erzählt. Also könnte das verschwundene Bild vielleicht Grund für den Mord an Kempe sein", meinte Rieder.

„Steile These", entgegnete Behm. „Die Folie muss nur allein wegen der Farbkleckse nicht von einem Bild stammen. Sie kann genauso gut um die Staffelei gewickelt gewesen sein und dann bei einem Luftstoß auf den Bodden geflogen sein."

„Glaub' ich nicht", beharrte Rieder. „Das ist kein Ort zum Malen. Die Staffelei, die neuen Farben … Da steckt was anderes dahinter. Vielleicht wollte Kempe nur Malen vortäuschen? Plewe hat mir erzählt, dass er immer hübsch das idyllische Inselleben gemalt hat. Am Schwarzen Peter ist nichts idyllisch."

Behm zuckte mit den Schultern. „Vielleicht finden wir einen Hinweis in Kempes Atelier." Rieder ging zum Streifenwagen und öffnete die Tür. Er war voller Tatendrang.

„Wie wäre es erst mal mit einem Happen zu essen?", bremste ihn Behm aus. „Es ist schon nach Mittag, und ich müsste mal was zwischen die Kiemen bekommen."

„Hier in Neuendorf kriegen wir nichts", erwiderte Damp, der auch Hunger verspürte. „Hier ist alles noch zu. Vorsaison."

„Können wir nicht nach dem Atelierbesuch was essen gehen?", fragte Rieder ungeduldig. Aber die Mienen seiner Kollegen gaben ihm eine abschlägige Antwort. Dann wollte er wenigstens nicht noch lange nach einer Kneipe suchen, vielleicht noch bis Kloster fahren. „Wie wäre es mit der ‚Heiderose'?", schlug er vor. „Die haben schon auf." Rieder war in den vergangenen Tagen schon zweimal während seiner Inselpatrouillen dort eingekehrt, um etwas Warmes zu trinken. Die drei anderen nickten und stiegen in den Streifenwagen.

Damp fuhr langsam durch Neuendorf. Gudrun Witt stand vor ihrem Haus und plauderte intensiv mit einer Nachbarin. Wahrscheinlich erzählte sie von ihrem Leichenfund.

‚Die Witt weiß mehr, als sie sagt', dachte sich Rieder.

Gestärkt mit Matjesfilet, Bratkartoffeln und einem kleinen Bier waren die Polizisten eine Stunde später auf dem Weg zu Kempes Haus. Es lag südlich in der Dünenheide. Dorthin führte nur ein Feldweg vom Süddeich um Vitte. Damp balancierte vorsichtig den Polizeiwagen auf den Kanten der Spurrillen. Wenn die Räder abrutschten, würde das Auto im Schlamm versinken. Im Auto waren alle angespannt. Endlich hielt Damp.

„Und wo ist das Haus?", fragte Rieder. Damp deutete auf eine hohe Hecke aus Büschen und Bäumen. „Dahinter."

Bis dahin erstreckte sich eine Wiese. Das Gras war knöchelhoch. Sicher wurde sie als Weide für die Pferde auf der Insel genutzt. Rieder wollte sich gar nicht vorstellen, welche Tretminen auf sie lauerten.

„Gibt es dahin nicht vielleicht auch einen Weg?", fragte Behm, der offenbar die gleichen Gedanken hegte. Damp wandte sich um.

„Vielleicht, wenn Kempe in diesem Jahr schon mal gemäht hat."

Behm stöhnte auf. „Dann müssen wir den ganzen Kram wieder schleppen?"

„Ich denke schon", erwiderte Damp.

„Ich fasse es nicht. Sucht euch echt mal andere Trottel!"

Es gab wirklich eine kleine gemähte Schneise. Deutlich zeigten sich auf dem weichen Boden die Abdrücke von einem Fahrrad mit Anhänger. „Hier ist er auf alle Fälle langgefahren", bemerkte Rieder. Jeder nahm ein Teil von Behms Ausrüstung. Dann liefen sie auf das Buschwerk zu. Als sie näherkamen, wurden Zaunfelder sichtbar, von Gestrüpp überwuchert. Es gab auch eine Pforte, über der sich die Äste von zwei Büschen zu einem natürlichen Torbogen vereinigt hatten. Rieder drückte die Klinke. Sie war verschlossen. Er kramte aus einer Tüte Kempes Schlüsselbund hervor und sperrte die Tür auf. Hinter der Hecke war der Garten zwar nicht besonders gepflegt, aber der Rasen schien regelmäßig gemäht worden zu sein. Links standen mehrere Unterstände, bis obenhin mit Holzscheiten gefüllt. Das Haus war frisch mit weißer Farbe getüncht und hatte offenbar erst vor kurzem ein neues Reetdach bekommen, denn das Schilf war noch nahezu goldgelb. Es hatte erst einen, höchstens zwei Winter erlebt. „So schlecht können Kempes Geschäfte nicht gelaufen sein", bemerkte Behm. „Sieht alles frisch renoviert aus. So ein Dach kostet schon gut seine zwanzig-, wenn nicht sogar dreißigtausend."

„Plewe hat dagegen erzählt, dass er nicht viel verkauft hat, wenn er seine Bilder in Neuendorf angeboten hat."

„Er kann auch noch woanders was verkauft haben", äußerte Damp.

Sie stellten die Koffer der Spurensicherung auf einer Bank vor dem Haus ab. Rieder wunderte sich, dass alle Fensterläden geschlossen waren. Kein Hiddenseer tat das, wenn er nur mal in den Nachbarort fuhr. Sascha verteilte an alle blaue Plastiküberzieher für die Schuhe. Die Haustür befand sich an der Giebelseite des Hauses. Rieder schloss auf. Ihnen schlug ein Geruch von frischer Farbe entgegen. Es war stockdunkel. Rieder suchte nach einem Lichtschalter und fand ihn neben der Tür. Eine Glühbirne erhellte einen kleinen Flur. Rieder machte drei Schritte ins Haus. Links ging es zum Bad, rechts zur Küche. Eine steile Stiege führte ins Obergeschoss. Weiter hinten gab es zwei geschlossene Türen. Rieder öffnete eine davon. In dem dunklen Raum zeichneten sich die Umrisse eines Sofas ab. Wahrscheinlich war es das Wohnzimmer. Behm rief Sascha zu, er solle mal die Fensterläden öffnen. Der Assistent eilte hinaus. Das hereinfallende Licht zeigte halbhohe Regale, angefüllt mit Kunstführern und Bildbänden. Die Sitzgruppe war aus Teak mit grauen Polstern. Es gab keinen Fernseher. An den Wänden hingen Gemälde, vom Stil und den Motiven ähnlich den Bildern in Gildes Haus. Rieder trat näher heran und studierte die Signaturen. „Alles Bilder von Elisabeth Büchsel."

„Was?", fragte Behm überrascht. „Dann wäre es ja ein Vermögen, das hier rumhängt."

„Sieht so aus", meinte Rieder.

Damp war inzwischen in den gegenüberliegenden Raum gegangen. Es war das Atelier des Malers. Mitten im Raum stand eine große Staffelei. Überall standen Farbtöpfchen, bekleckste Paletten und Becher mit Unmengen an Pinseln herum. Auf breiten Tischen lagen Dutzende Bilder, meist Aquarelle mit Hiddensee-Motiven. Außerdem war durch das Zimmer eine Wäscheleine gespannt, an der weitere Bilder hingen. In einer Ecke standen zahlreiche Bilderrahmen, mit und ohne Bilder. „Hier ist wohl die Werkstatt des Meisters", rief Damp leicht ironisch. Rieder und Behm folgten ihm und betrachteten die Bilder. Unter einer Mappe entdeckte er einen schwarzen Laptop. Er griff danach und reichte ihn gleich an Sascha weiter. Sein Assistent galt als Experte für alles, was mit Computern oder Internet zu tun hatte. Sascha ging mit dem Gerät in die Küche, klappte es auf und schaltete ein.

Während Behm und Damp weiter Kempes Werke durchstöberten, stieg Rieder die Treppe hoch. Im Obergeschoss gab es kein Zimmer, sondern nur einen offenen Raum mit einem Bett. Es war ordentlich gemacht. Auch sonst wirkte alles sehr sauber und aufgeräumt. Rieder durchsuchte den kleinen Nachttisch und die Kleidung. Auch hier fand sich nirgendwo ein Funktelefon.

Er kletterte wieder nach unten. „So richtig ergiebig ist das hier ja nicht."

Auch Behm schüttelte den Kopf. Er zeigte in eine Ecke. „Da hinten sind Hefter mit Kempes Unterlagen, von der Geburtsurkunde bis zur letzten Steuererklärung. Alles sauber geordnet. Ein Geschenk für unsere Truppe. Vielleicht finden wir da noch etwas. Eins fällt schon auf. Offiziell sind seine Einkünfte ziemlich gering, aber auf seinen Konten gibt es immer wieder hohe Einzahlungen. Immer bar. Offensichtlich hat das Finanzamt auch nie die Konten von Kempe überprüft. Vielleicht ist das ein Ansatz."

Damp kramte im Papierkorb, faltete jeden zusammengeknüllten Zettel auseinander. Meist waren sie für Farbtests genutzt worden. Dann hielt er plötzlich inne. „Ich glaube, ich habe hier was!", rief er.

Behm und Rieder liefen zu ihm. Er hielt ihnen ein Stück Papier entgegen. Es schien aus einem Notizblock zu stammen.

„Sehen Sie mal, was da steht", meinte Damp.

Rieder nahm den Zettel. „Treffen wie üblich. Schwarzer Peter. Sonnenuntergang."

Er gab ihn an Behm weiter, der ihn sofort in eine Tüte schob. „Die Verabredung mit dem Mörder?", fragte der Spurensicherer. Rieder zuckte mit den Schultern. Behm drehte ihn noch einmal hin und her. „Schreibschrift. Nicht schlecht. Kann man sicher gut identifizieren, wenn man eine Gegenprobe hätte." Dann hielt er das Papier noch mal sehr nah vor die Augen, zog sogar eine Lupe aus seiner Jacke, um es sich genau anzusehen. Damp und Rieder sahen Behm mit wachsendem Interesse zu. „Jungs, ich will euch ja mal nicht die Hoffnung nehmen. Aber das Papier ist noch gute Friedensware. Ich könnte mich täuschen, aber ich tippe auf das Schreibpapier ‚Madeleine', Made in GDR. Das ist steinalt." Er reichte es Rieder zurück, der ihn enttäuscht ansah. „Komisch, dass es noch nicht zu Staub zerfallen ist", meinte Behm süffisant. „Schaut mal die Holzspäne an, die dort im Papier zu sehen sind. Die müssen damals das Holz gleich im ganzen Stück verarbeitet haben."

Rieder machte trotzdem ein Foto von dem Papier. „Ich packe es zu den Asservaten. Man kann nie wissen, wofür es gut ist", und schob es in eine Klarsichthülle. Sascha kam mit dem Laptop auf dem Arm aus der Küche. „Ich habe hier ein paar Dinge rausbekommen." Er stellte den Laptop auf einen der Tische im Atelier und öffnete den Browserverlauf. „Das sind alles Adressen von Antiquitätenläden, An- und Verkaufsgeschäften und Firmen, die auf Haushaltsauflösungen spezialisiert sind. Meist in Bayern oder Baden-Württemberg. Dann war er noch auf den Seiten von ein paar Auktionshäusern."

„Vielleicht suchte er nach Bildern von Büchsel oder anderen Ostseemalern." Rieder war mittlerweile Kempes Bibliothek durchgegangen und hatte festgestellt, dass sich viele Bücher mit Künstlern beschäftigten, die eine Vorliebe für das Meer und die Landschaften an den Küsten sowie ihre Bewohner gehabt haben mussten. Er hatte schon überlegt, ob er sich nicht ein paar Bände ausleihen sollte. Irgendwie schien es in diesem Fall um Kunstmalerei zu gehen, besonders um Künstler von der Ostseeküste.

„Nee", wandte Sascha ein, „der hat hier nach irgendwelchen alten Schinken mit Berg und Hirschen gesucht." Er betätigte eine Taste und führte seinen Kollegen Kempes Suchergebnisse im Internet vor. Alpenpanoramen, Almhütten, röhrende Hirsche. „Das ist doch komisch, oder?"

„Vielleicht eine unterdrückte Sehnsucht", spekulierte Damp. „Wenn man hier immer auf Hiddensee ist, dann kann man doch auch für die Berge schwärmen, weil es die hier einfach nicht gibt. Umgekehrt ist es doch auch so. Da kommen Thüringer und Leute aus dem Harz oder Erzgebirge hier auf die Insel, obwohl sie so eine schöne Landschaft mit Wäldern und Bergen um sich haben, nur um das Meer zu erleben."

Rieder war erstaunt über Damps lebensphilosophische Einsichten. Behm sah sich um. „Aber hier gibt es diese Bilder nicht, die er sich da angesehen hat …"

„… und auf die er geboten hat", warf Sascha ein und zeigte auf eine Mail. „Hier hat er ein Gebot von zweihundert Euro für diesen Schinken abgegeben. Und den Zuschlag erhalten."

„Okay, die Zeit rennt, wir müssen auch noch zurück", beendete Behm die Debatte. „Wir pinseln hier noch mal alles ab, ob außer den Fingerabdrücken von Kempe noch andere Leute ihre Hausnummer hinterlassen haben. Dann packen wir die Akten ein, holen den Hubschrauber."

Rieder nickte. Er trat mit Damp vor die Tür. „Und nun?"

„Wir könnten mal Malte fragen, was er über Kempe weiß. Immerhin ist er mit ihm gestern abgezogen."

„Wir? Sie wohl doch eher allein. Wenn ich mit dabei bin, wird er wohl kaum ins Plaudern kommen."

Rieder schaute nach links. „Da hinten gibt es noch einen Schuppen."

„Wahrscheinlich steht da der Rasenmäher."

„Ich schau' mal nach. Wir müssen sowieso warten, bis die beiden fertig sind."

Gemeinsam schlenderten sie durch den Garten zu dem Gebäude. Es war größer als erwartet, zum Teil von Bäumen und Büschen überwuchert. Fensterläden gab es hier nicht. Rieder versuchte durch eines der kleinen quadratischen Fenster zu schauen, aber die Scheiben wirkten wie blind. Die Tür war nicht aus Holz, sondern Stahl und mit zwei Sicherheitsschlössern gesichert. Dabei kamen Einbrüche auf der Insel äußerst selten vor. Rieder suchte nach den passenden Schlüsseln. Er öffnete erst das obere, dann das untere Schloss und drehte den runden Knauf. Die Tür ging nach außen auf. Dahinter befand sich ein Vorhang. Mit einem Ruck zog Rieder ihn zur Seite und suchte dann nach einem Lichtschalter. Langsam erhellte sich der Raum. Rieder und Damp staunten. Alles war weiß gekachelt. Von oben bis unten und auch der Fußboden. An den Wänden standen Labortische. Darauf kleine Fläschchen mit Farben und Pigmenten. Einige schienen sehr alt zu sein. Viele waren verschmutzt, auf ihnen klebten verblichene Etiketten. Andere Gläschen schienen neu zu sein und waren sauber beschriftet. Auch die Pinsel waren offenbar sortiert. Mitten im Raum war eine Leinwand gespannt und an vier Spannseilen befestigt. Sie zeigte die Umrisse einer Figur. Nur die schwarzen Stiefel und braunen Hosen waren schon koloriert. Außerdem war im Hintergrund ein altes Segelboot zu sehen. Rieder starrte auf die Leinwand. Irgendwie kam ihm das bekannt vor.

„Ich hole mal Behm", erklärte Damp und verschwand.

Rieder drehte sich um. An der gegenüberliegenden Wand stand ein Projektor. Sein Objektiv war genau auf die Leinwand gerichtet. Rieder ging hin und drückte den Einschaltknopf. Auf der Fläche entstand ein blasses Bild. Er dimmte das Licht im Raum, und immer deutlicher trat das Bild eines Jungen mit einer Angelrute am Strand hervor. Rieder schüttelte den Kopf. Er hatte das Bild erst gestern gesehen. In Gildes Haus. Es hatte im Treppenhaus gehangen. Es musste ein Gemälde von Elisabeth Büchsel sein.

Behm kam mit Damp. Beide blieben in der Tür stehen und schauten ebenfalls auf das Bild. „Interessant, nicht?", meinte Rieder. Er drehte das Licht wieder hoch. „Aber was ist das?"

Behm schaute sich um. Im hinteren Bereich gab es eine weitere Stahltür. „Hast du hierfür auch einen Schlüssel?", fragte er Rieder. Der zog das Schlüsselbund von der Eingangstür ab und gab es seinem Kollegen. Der dritte Schlüssel passte. Auch hinter dieser Tür befand sich ein gekachelter Raum. In Regalen standen Bilder und lagen Mappen. Darunter waren Motive von röhrenden Hirschen und schneebedeckten Alpenpanoramen, aber auch Bilder mit Ostseeeindrücken. Es gab außerdem leere Holzrahmen und alte, schmutzige aufgezogene Leinwände. In einer Ecke stand ein übergroßes Gerät mit einer breiten verglasten Öffnung an der Vorderseite.

„Tja", stellte Behm fest, „alles da. Die richtigen Farben, die passenden Leinwände, ein alter Pizzaofen, um frische Bilder künstlich altern zu lassen und natürlich ein *corpus delicti*." Er ging zurück in den vorderen Raum und zeigte auf das Bild. „Ein entsprechendes Bild. Willkommen in der perfekten Fälscherwerkstatt."

11

„Vergiss es, ich mach' doch für die Neuendorfer nicht den Putzlappen!" Malte Fittkau verschränkte die Arme vor der Brust und drehte den Kopf zur Wand.

„Aber du würdest mir sehr helfen", bat Rieder. „Ich brauche jemanden, der ein Auge auf Gudrun Witt wirft und was sie so treibt."

Er saß am Frühstückstisch seines Nachbarn. Eigentlich hatte Rieder keine Zeit für die Werbeaktion. Am Abend vorher hatte sich noch Polizeidirektor Bökemüller gemeldet. Bökemüller wollte wissen, was auf Hiddensee los sei. „Zwei ungeklärte Todesfälle innerhalb weniger Tage", hatte er Rieder erregt vorgehalten, als er ihm mitgeteilt hatte, dass Gildes Leiche exhumiert werden solle. „Die Sicherheitslage auf der Insel ist unbefriedigend. Jetzt gerade, vor Saisonbeginn. Ahnen Sie, welche wirtschaftlichen Auswirkungen diese Ereignisse auf den Tourismus haben können? Sie persönlich stehen mir dafür gerade, dass alles so schnell und so diskret wie möglich aufgeklärt wird. Haben Sie mich verstanden?!"

Rieder hatte seinem Stralsunder Vorgesetzten zwar zugestimmt, auch wenn er ratlos war, wie ihm das gelingen sollte. Schon das Anliegen des Staatsanwalts, die Exhumierung Gildes geheimzuhalten, würde kaum möglich sein. Rieder fürchtete vielmehr, dass die Hiddenseer in großer Zahl daran teilnehmen würden. Es wäre der Höhepunkt im tristen Inselalltag der Vorsaison. Rieder hatte Witwe und Sohn informiert, dass am nächsten Morgen, zehn Uhr, die Öffnung des Grabes und Entnahme des Sarges unter Aufsicht von Staatsanwaltschaft und Rechtsmedizin stattfinden würde. Beide hatten es mit Fassung aufgenommen. Immerhin war es ihr Wille gewesen, den Toten nicht in Frieden ruhen zu lassen. Damp hatte inzwischen alles mit Pfarrer Lose und Friedhofsgärtner Zion in die Wege geleitet.

Gleichzeitig mussten die Ermittlungen im Mordfall Kempe weiterlaufen. Und dazu brauchte Rieder Malte Fittkau.

„Bei dir fällt es am wenigsten auf, wenn du den alten Reusenschuppen aufräumst und gleichzeitig die Witt beobachtest", agitierte Rieder seinen Nachbarn. „Da fällt sicher eine Menge für dich ab. Bestimmt liegen dort viele alte Reusenstangen und so ein Kram. Nur was wertvoll ist, muss dableiben für das Museum. Den Rest kannst du mitnehmen und verheizen."

„Und die Neuendorfer machen da mit, dass ich ihren alten Reusenschuppen leerräume", zweifelte Fittkau.

„Plewe hat grünes Licht gegeben. Die sind froh, wenn sie sich nicht selbst die Hände schmutzig machen müssen."

„Also, ich weiß nicht."

„Wir müssen uns vielleicht mit zwei Mordfällen rumschlagen, und mit Verstärkung sieht es schlecht aus."

„Das ist nicht mein Problem." Malte schaute verstohlen auf die Uhr an seiner Wand. Er wollte auf keinen Fall die Exhumierung verpassen und rechtzeitig dort sein, um einen guten Platz auf dem Friedhof zu ergattern. „Hol doch Nelly. Die war fit", schlug Malte vor.

„Das genau will ich nicht. Da hole ich mir nur noch mehr Probleme auf den Hals."

„Charlotte ist ja nun nicht mehr da", erwiderte sein Nachbar.

„Damp will das bestimmt nicht. Sie ging ihm immer ziemlich auf die Nerven mit ihrem ganzen Computerkram."

„Seit wann geht's nach Damp auf der Insel?" Malte beugte sich vor. „Warum will der eigentlich seine Wohnung renovieren?"

„Woher weißt du das schon wieder?"

„Wenn Damp im Supermarkt in Kloster drei Eimer weiße Wandfarbe kauft und dazu noch zig Pinsel, macht das die Runde. Hat er vielleicht 'ne Frau am Start? Immerhin kam er vorgestern zu Gildes Beerdigung auch in einer neuen Uniform. Sah gar nicht mehr wie Damp aus."

„Damp? Und eine Frau?" Das überstieg Rieders Vorstellungskraft. „Wie kommst du denn da drauf? Außerdem hatte er gestern wieder die alte an."

„Oder ob er renoviert, weil er die Wohnung aufgibt? Vielleicht haut er ab von der Insel."

Daran hatte Rieder auch schon gedacht. Damp war nicht beliebt auf Hiddensee. Dazu die Heimlichtuerei. Hatte sich Damp vielleicht auf seiner Heimatinsel Rügen auf eine der Stellen beworben, die im Revier Bergen ausgeschrieben waren? Rieder beunruhigte das. Andererseits musste man nicht gleich das Schlimmste denken, wenn einer mal einen Topf Farbe auf Hiddensee kaufte. Doch für Damp war es schon ungewöhnlich. Aber darum ging es jetzt nicht.

„Die Sache in Neuendorf soll nicht dein Schaden sein. Die Gemeinde zahlt dir was. Das habe ich mit Förster geklärt."

„Und wie viel? Jetzt ist Vorsaison. Ich muss hier eigentlich klar Schiff machen. Da habe ich keine Zeit für Nebenjobs." Rieder wusste allerdings, dass bis auf sein ehemaliges Zimmer bei Malte schon alles bereit war für die ersten Gäste.

„Und dann das mit der Spioniererei. Ist ja nicht ungefährlich", legte Malte noch nach.

„Du sollst nicht James Bond spielen."

„Aber Neuendorf ist ja so gut wie Feindesland für einen, der aus Vitte kommt."

„Förster zahlt dir vierhundert, wenn du in zwei Tagen den Schuppen leerräumst", erklärte Rieder. Allerdings hatte ihm der Bürgermeister nur dreihundert zugesagt. Den Rest würde er selbst beisteuern müssen. Doch die Sache war zu wichtig.

Malte schaute wieder auf die Uhr. Nur noch knapp eine Stunde, bis die Exhumierung beginnen sollte. Ein Vorteil für Rieder. „Also gut. Ich mach' es", gab Malte endlich nach. Er stand auf. „So, jetzt muss ich aber los."

Rieder schob sein Rad auf die Deichkante in der Sprenge. Die Autofähre aus Schaprode fuhr gerade in den Hafen. Rieder setzte sich auf sein Rad. An der Kreuzung von Deich und Hafenweg musste er scharf bremsen. Eine Fahrzeugkolonne kam in hohem Tempo vom Hafen und überquerte, ohne zu bremsen, den Deich, um dann nach rechts in Richtung Norderende abzubiegen. Damp führte den Tross mit dem Hiddenseer Streifenwagen an, natürlich mit eingeschaltetem Blaulicht. Dahinter folgte ein größerer dunkler BMW, ebenfalls mit Blaulicht. Am Kennzeichen erkannte Rieder, dass es Bökemüllers Wagen war. Dann ein Benz. Sicher der Staatsanwalt. Dann kam der graue VW-Bus der Spurensicherung. Behm saß auf dem Beifahrersitz. Er winkte Rieder kurz zu. Das Auto bog nach links in den Wiesenweg ein. Behm wollte heute Morgen die Spurensicherung in Kempes Haus fortsetzen. Am Ende fuhr ein schwarzer Leichenwagen. So sieht also Diskretion aus, sagte sich Rieder. Rieder ging aus dem Sattel und trat heftig in die Pedale. Er musste sich ranhalten.

Die Autos waren alle auf dem Kutschenparkplatz neben dem Friedhof geparkt. Daneben stand das Löschfahrzeug der Vitter Feuerwehr. Vom Supermarkt bis zum Ende des Friedhofs war alles mit weiß-rotem Flatterband weiträumig abgesperrt. Das war Damps Werk. Die Hiddenseer Feuerwehrleute standen vor der Sperre und blickten mit ernsten Gesichtern in die Runde. Ihr Kommandant Barnhöft entdeckte Rieder, als er schwitzend den Mühlberg heraufkam und in den Kirchweg einbog. Rieder stieg vom Rad und wischte sich die Stirn. Barnhöft griff nach dem Lenker des Fahrrads und zog es Rieder unter den Beinen weg. „Die Herrschaften sind schon am Grab", berichtete er dienstbeflissen. „Ich werde Ihr Rad an dem Fahrradstellplatz neben der Anzeigetafel abstellen."

Rieder stieg die Stufen vom Kirchweg zum Friedhof nach oben und schlängelte sich durch die Gräber zum Ort des Geschehens. Zahlreiche Insulaner hatten sich an der Absperrung an der alten Wasserpumpe des Friedhofs eingefunden. Von dort hatte man einen sehr guten Blick auf Gildes Grab. Malte Fittkau stand natürlich in der ersten Reihe. Pfarrer Lohse sprach ein Gebet. Tobias Zion hatte das Grab schon geöffnet. Sein schwarzes T-Shirt trug heute die Aufschrift „Death is the End". Offenbar ein stiller Protest gegen die Exhumierung. Neben ihm stand Doktor Krüger, der Rechtsmediziner aus Greifswald. Auf der anderen Seite des Grabes hatten sich Bökemüller, Damp und ein Mann in schwarzem Anzug mit einer Kollegtasche unterm Arm, wahrscheinlich Staatsanwalt Podewin, sowie Richard Schlick in einer Reihe aufgestellt. Martina Gilde hätte er beinahe übersehen. Sie schien im Rücken des Staatsanwalts Schutz zu suchen vor den neugierigen Blicken der Hiddenseer. Mit ihrem enggeschnittenem schwarzen Hosenanzug und hochhackigen Schuhen war ihr aber die Aufmerksamkeit der weiblichen Inselbevölkerung sicher. Alle schauten bei Lohses Worten andächtig in die Grube. In der Tiefe leuchtete der helle Eichensarg. Zion musste die Erde abgekehrt haben. Es fand sich kein Staubkorn auf dem Deckel. Über dem Grab hatte die Feuerwehr den Flaschenzug vom Restaurant „Wiesenweg" aufgebaut. Sonst wurden damit die Fässer in den Bierkeller transportiert.

Nachdem Pfarrer Lohse mit einem „Amen" das Gebet beendet hatte, trat der Staatsanwalt nach vorn und verlas die Anordnung zur Exhumierung der Leiche von Werner Gilde. Zur Begründung fügte er die vorliegenden Anzeigen der Angehörigen und die unklare Beweislage zur Todesursache Gildes an. Dann nickte er Zion zu. Der Friedhofsgärtner winkte zwei Feuerwehrleute heran. Er selbst ließ sich in die Grube hinab und stellte sich auf den Sarg.

„Hoffentlich bricht er nicht ein", flüsterte Martina leise.

Zion hatte es trotzdem gehört. „Das ist echte deutsche Eiche. Da bricht nichts. Da können Sie drauf tanzen."

Von den Zuschauern kam leises Gelächter. Selbst Bökemüller konnte sich ein Schmunzeln nicht verkneifen. Zion steckte die Haken der vier Kettengehänge durch die Ösen der Sargschrauben. Dann krabbelte er wieder nach oben und setzte sich auf den Rand des Grabs. Er gab seinen Helfern ein Signal. Sie zogen an der Kette des Flaschenzugs, und langsam wurde der Sarg angehoben. Zion dirigierte mit seinen Händen die Ketten, damit der Sarg nicht anschlug. Als er am Rand des Grabes schwebte, sprang Zion auf, und gemeinsam mit einem Feuerwehrmann balancierte er den Sarg auf einen Handwagen.

„So, nun ist er wieder oben", erklärte Tobias Zion. „Soll ich jetzt die Grube wieder zuschütten oder …?"

Pfarrer Lohse machte eine abwiegelnde Handbewegung. „Das klären wir noch."

„Ja, dann kann der Sarg abtransportiert werden", meldete sich Staatsanwalt Podewin.

„Nicht so schnell!", mischte sich Krüger ein. „Ich würde gern die Angehörigen bitten, den Toten zu identifizieren."

„Was?", schrie Martina Gilde auf.

„Das ist nicht Ihr Ernst", erklärte auch Richard Schlick wütend. Doch Krüger blieb völlig ruhig.

„Das ist ja wohl des Mindeste, dass Sie Ihren Toten identifizieren. Er hat ja nun nicht Jahre da unten gelegen, sondern gerade mal einen Tag. Und was ist schon dabei, einmal aufschrauben, Deckel heben, reinschauen, nicken oder auch nicht. Klappe wieder zu. Da spar' ich mir ziemlich viel Arbeit und muss keinen DNA-Test machen, ob Werner Gilde auch Werner Gilde ist."

Krüger trat an den Sarg. „Vielleicht können mir die Herren kurz helfen", sprach er die Leute vom Bestattungsunternehmen an. Sie begannen die Schrauben zu lösen, da legte Bökemüller Krüger die Hand auf den Arm. „Wollen wir das nicht lieber in der Kapelle ...", er suchte kurz nach dem richtigen Wort, „... erledigen?"

Krüger schüttelte die Hand ab, hielt aber kurz inne. „Sie meinen also, es ist diskreter, wenn wir den Sarg nochmal über den ganzen Friedhof kutschieren, dem der Tross hier", er umriss mit einer Kopfbewegung die Leute am Grab, „hinterherwackelt, um dann dort, natürlich völlig diskret, in die Kiste zu schauen?"

Bökemüller schaute verdutzt, doch Krüger ließ ihm keine Möglichkeit, zu widersprechen. „Wenn wir jetzt hier nicht so viel quatschen würden, wäre die Sache schon längst erledigt." Er winkte seinen Helfern. „Also los."

Die Schrauben am Sarg wurden gelöst. „Fertig", verkündete der Rechtsmediziner. „Wer der Hinterbliebenen sieht sich der Aufgabe gewachsen?"

Martina Gilde trat vor. „Ich werde es schon schaffen." Pfarrer Lohse nahm ihren Arm und führte sie zum Sarg. Krüger hob den Deckel nur so weit an, dass man den Kopf des Toten sehen konnte. Rieder erkannte einen alten Mann, den er immer mal in Kloster auf seinen Patrouillen über die Insel gesehen hatte. Ein leises, weinerliches „Ja" äußerte die Witwe. Krüger schloss sofort den Sarg. „Na, war doch gar nicht so schlimm", versuchte er die Situation zu entspannen. Martina Gilde drehte sich zu Pfarrer Lohse um und warf sich ihm schluchzend an die Schulter. Rieder konnte sehen, wie Schlick die Augen verdrehte. Lohse gelang es, der Witwe den Arm um die Hüfte zu legen und sie sanft vom Grab zum Ausgang des Friedhofs wegzuführen. Als sie bei Damp vorbeikamen, flüsterte der Pfarrer dem Polizisten etwas zu. Damp eilte den beiden voraus. Wahrscheinlich sollte er den Streifenwagen holen, um Martina Gilde zum Schwedenhagen zu fahren. Rieder entdeckte zu seiner Überraschung an der Absperrung des Friedhofs Björn Just. Heute waren weder Mittwoch noch Samstag. Wie hatte er von der Exhumierung erfahren? Der alte Mann verfolgte ganz gebannt, was sich auf dem Friedhof tat. Neben ihm stand ein größerer Mann. Er trug eine dieser englischen dunkelbraunen Outdoorjacken, dazu eine passende Schiebermütze. Die Hände hatte er in die Taschen gesteckt. Er nickte Rieder zu. Auch wenn Rieder nicht wusste, wer das war, erwiderte er den Gruß.

Zion und die Mitarbeiter des Bestattungsunternehmens hatten den Sarg mittlerweile zum Leichenwagen gezogen, der am Hinterausgang des Friedhofs geparkt war, und hoben den Sarg hinein. Wenig später rollte das Fahrzeug schon den Weg „Am Bau" hinab.

Damp tauchte neben ihm auf. „Sind Sie schon wieder zurück?"

„Von wo?"

„Ich dachte, Sie hätten Martina Gilde nach Haus gefahren."

„Der Staatsanwalt war schneller. Ich hatte den Eindruck, die kennen sich ziemlich gut. Zu gut."

„Das könnte für uns die Sache nicht einfacher machen."

„Sie sagen es." Damp nahm seine Mütze ab. Er wischte sich den Schweiß von der Stirn. „Wissen Sie, wer auf Martina Gilde zustürzte, als sie in den Wagen von Podewin stieg?"

„Ich war zu weit weg, um etwas zu sehen."

„Gudrun Witt", sagte Damp mit gehässigem Ton. „Voller Mitleid. Sie fielen sich in die Arme. Völlig übertrieben."

„Gudrun Witt", wiederholte Rieder verwundert den Namen der Fischersfrau aus Neuendorf.

„Heute brauchte Heiner offenbar auch nicht sein Mittagessen. Komisch, nicht?", erregte sich Damp. „Auch der weite Weg von Neuendorf war nicht weit genug, um nicht hier Maulaffen feilzuhalten, gemeinsam mit den ganzen Klatschbasen der Insel. Waren alle da. Alle."

„Ich würde gern wissen, was Gudrun Witt mit Martina Gilde verbindet? Kommt mit auf die Liste."

„Ich habe schon gestern gesagt, dass mit der Witt was nicht

stimmt", erklärte Damp. „Der müssen wir mal die Daumenschrauben anlegen."

Dieser Jagdeifer Damps war Rieder völlig neu. Als er Damp ansah, entdeckte er auf seinem Gesicht und in seinen Haaren viele weiße Farbsprenkel. „Läuft es mit der Renovierung?"

Damp war irritiert. „Wie kommen Sie jetzt da drauf?"

„Ihre Haare haben Wandfarbe abbekommen."

Damp wuschelte mit einer Hand durch seine wilde Haarpracht.

„Das hilft nicht. Ich würde es mit Waschen versuchen."

Das Klingeln von Rieders Handy unterbrach das Gespräch. Behm war dran. „Ist der Alte aus der Grube?"

„Ja, alles erledigt. Krüger ist mit ihm schon auf dem Weg nach Greifswald."

„Und das Oberkommando, Bökemüller und der scharfe Staatsanwalt Podewin?"

„Podewin fährt Martina Gilde nach Haus. Und Bökemüller?" Er sah sich nach dem Polizeidirektor um. Er redete mit dem Bürgermeister. „Bökemüller spricht hier noch mit Förster", gab Rieder an Behm weiter. „Wieso überhaupt scharfer Staatsanwalt?"

„Podewin gibt gern den harten Hund. Will noch Karriere machen. Ist politisch bestens vernetzt", belehrte ihn sein Stralsunder Kollege. „Da solltest du aufpassen. Wenn die Nummer mit Blohms Datenklau beim LKA auf seinem Tisch gelandet wäre, würde sie heute höchstens noch bei einem privaten Wachdienst eine Uniform tragen. Es wäre aber auch an Bökemüller was hängengeblieben, und im Innenministerium in Schwerin hätte jemand einen Vermerk aus der Staatsanwaltschaft Stralsund in seiner Personalakte abgeheftet. Du verstehst?"

Rieder nickte und fragte sich zugleich, über was sich Bökemüller und Förster unterhielten. Jetzt kam noch Podewin dazu. Er war offenbar zurück. „Bist du noch dran?", fragte Behm.

„Ja, ja", erwiderte Rieder genervt. Er hasste diese Strippenzieher und Intriganten.

„Musst du mit denen noch reden?"

„Wenigstens verabschieden."

„Danach solltet ihr mal hierherkommen. Es gibt ein paar interessante Dinge."

12

Ob sie wollten oder nicht, Rieder und Damp konnten nicht gehen, ohne mit Bökemüller über den Stand der Ermittlungen gesprochen zu haben. Als Damp und er auf die Gruppe mit dem Polizeichef, Staatsanwalt und Bürgermeister zuliefen, hatten es Podewin und Förster plötzlich eilig, sich von Bökemüller zu verabschieden. Rieder fand das merkwürdig.

„Tja, Damp", wandte sich Bökemüller zunächst an den Hiddenseer Revierleiter, „ich hoffe, wir können bald einen Fahndungserfolg im Fall Kempe vermelden. Scheint ja wirklich ein interessanter Typ gewesen zu sein. Behm hat uns einiges auf der Fähre erzählt. Ein Meisterfälscher auf Hiddensee. Was es nicht alles gibt." Dann drehte er sich unvermittelt zu Rieder um. „Auf ein Wort, Herr Hauptkommissar." Bökemüller nickte Damp noch einmal kurz zu und ging dann mit Rieder ein paar Schritte zur Seite. Schon die Anrede hatte Rieder stutzig gemacht.

„Wie soll ich es sagen?", begann Bökemüller stockend, als er sich außer Hörweite von Damp wähnte. Der stand immer noch verdutzt da, ratlos über die ruppige Verabschiedung durch seinen Vorgesetzten.

„Sagen Sie es einfach", entgegnete Rieder. Er ahnte schon, was kommen würde, und seine Erwartungen wurden nicht enttäuscht.

„Staatsanwalt Podewin ist", druckste der Polizeidirektor herum, „tja, er ist nicht total überzeugt, dass Damp und Sie", er sah Rieder an, „na, Sie wissen schon …"

Rieder trat einen Schritt zurück. Er wollte Abstand zwischen sich und seinen Chef bringen. „Nein, weiß ich nicht."

„Also, Podewin meint, Sie beide könnten mit dem Fall Gilde überfordert sein. Jetzt noch die andere Geschichte mit dem Maler. Das wirft natürlich auch beides kein gutes Licht auf die Polizei hier auf Hiddensee."

„Hatten wir nicht die Debatte auch damals vor einem Dreivierteljahr, als Pfarrer Schneider zu Tode gekommen war und hier sogar das BKA aufmarschierte? Ich kann mich nicht erinnern, dass die beiden Beamten den Mörder ausfindig gemacht hätten, sondern Damp unter Lebensgefahr ..."

Bökemüller unterbrach ihn. „Nicht so laut. Wir können das doch ganz ruhig diskutieren, ohne die Contenance zu verlieren." Mit Fremdwörtern wollte der Polizeichef einen modernen Führungsstil herauskehren.

„Gilde ist ein ganz anderes Kaliber als dieser verkappte Schriftsteller im Talar, dieser Pfarrer Schneider. Wie hatte der sich immer genannt bei seinen Schreibereien?"

„Hoffstede."

„Genau. Hoffstede", zog er den Namen ins Lächerliche um gleich wieder ernst zu werden. „An der Firma Gildemeister hängen eine Menge Arbeitsplätze. Über zweihundert Leute sind dort beschäftigt. Wissen Sie, was das für eine Stadt wie Sassnitz bedeutet?"

„Ich denke schon."

„Also kurz und gut. Es gibt Stimmen aus dem politischen Bereich ..."

„... und von der Partei des Staatsanwalts ...."

Bökemüller schien durch Rieders Einwurf kurz irritiert. Er starrte ihn an, als müsse er sich erst mal sammeln.

„Welcher Partei gehört er denn an?", fragte Rieder.

Überraschenderweise begann Bökemüller zu grinsen. „Der richtigen", bemerkte er trocken.

„Reden wir nicht weiter um den heißen Brei, Chef", schlug Rieder vor. „Er will nicht, dass Damp und ich den Fall bearbeiten, vorausgesetzt, Gilde ist wirklich ermordet worden. Mit dem Mord des Inselmalers hat der Staatsanwalt bestimmt kein Problem, ihn uns zu überlassen."

„Das mag ich an Ihnen, Rieder. Sie kommen schnell auf den Punkt."

„Sie teilen die Ansicht des Staatsanwalts?"

„Verstehen Sie mich nicht falsch, aber mir sind da die Hände gebunden."

„Podewin offensichtlich auch", entgegnete Rieder. „Ich weiß, dass er Frau Gilde nach Haus chauffierte."

Bökemuller wirkt überrascht. „Wie?"

„Ich dachte, ich hätte mich klar ausgedrückt. Er hat Frau Gilde nach Hause gefahren."

„Ich habe mich schon gefragt, wohin er verschwunden ist."

„Ich denke, Sie sollten das wissen, um zu sehen, wo hier die Frontlinien verlaufen, und man sollte Herrn Podewin daran erinnern, dass wir nicht blind sind."

Bökemüller nickte.

„Damp und ich wollen weiter am Ball bleiben, auf alle Fälle bei Kempe und auch bei Gilde, wenn es sich herausstellt, dass …"

„Rieder, Sie müssen aufhören, immer nur schwarz oder weiß zu sehen. Ich wollte Sie nur für gewisse Feinheiten sensiblisieren."

Das war Bökemüller auf jeden Fall gelungen. Dass der Stralsunder Polizeidirektor bei solchen diffizilen Angelegenheiten eher ein Rohr im Wind war, wusste Rieder schon lange. Aber wie stand es um den Bürgermeister? „Und Förster? Wie sieht er die Sache?"

„Der steht hinter Ihnen. Wie eine Eins. Übrigens auch hinter Damp", setzte er noch hinzu.

Innerlich atmete Rieder auf. „Ihr Vorschlag?"

Bökemüller war offensichtlich erleichtert, dass Rieder keine großen Zicken machte. „Wir gründen eine Sonderkommission – natürlich nur, wenn Gilde ermordet wurde oder es weiter Unklarheiten über sein Ableben gibt."

„Wer soll dazu gehören? Kommen Kollegen aus Stralsund oder von Rügen? Oder doch vom LKA?"

„Natürlich Holm Behm. Und auch sein Assistent Sascha Thiede." Zum ersten Mal erfuhr Rieder den Nachnamen des jungen Mitarbeiters der Spurensicherung. „Vielleicht noch Frau Blohm."

Rieder zog die Augenbrauen nach oben. „Sie braucht ein wenig Rehabilitierung nach der Datengeschichte mit dem LKA", warb Bökemüller. Nur die erfolgreiche Aufklärung des Mords an einem Hiddenseer Hotelier im Winter hatte sie vor einer Entlassung aus dem Polizeidienst bewahrt. „Ich weiß um Ihre persönlichen Differenzen …"

„Differenzen ist gut", warf Rieder ein. „Kann sie wenigstens dann Aufgaben außerhalb von Hiddensee erfüllen? Ich weiß nicht, ob wir momentan ein gutes Team abgeben würden."

Bökemüller schien keine Kompromisse machen zu wollen. „Also, wenn es eine Sonderkommission gibt, dann muss sie auch einen Standort haben. Und das ist Hiddensee. Ich habe auch schon mit Förster gesprochen. Er würde Ihnen den Raum der Inselbibliothek im Henni-Lehmann-Haus zur Verfügung stellen." Bökemüller sah, wie Rieders Wangenknochen arbeiteten. „Vielleicht ist es auch gar nicht nötig", versuchte er ihn zu beschwichtigen, „und Krüger sagt uns, Gilde war einfach alt und ist ganz natürlich eingeschlafen."

Rieder nickte schicksalsergeben. „Na gut, warten wir es ab. Ich muss zu Behm. Er hat im Haus des toten Malers etwas gefunden und will es uns zeigen."

Bökemüller hielt ihn zurück. „Rieder, noch eine Sache. Wenn das hier alles vorbei ist, müssen wir dringend mal reden."

„Um was geht es?"

„Wie gesagt, wir reden, wenn der Fall abgeschlossen ist."

Mehr sagte Bökemüller nicht, schlug Rieder nur noch einmal kurz auf die Schulter und ging dann. Die letzten Worte hatten Rieders innere Unruhe gesteigert. Er sah sich um. Damp war verschwunden. Wahrscheinlich wartete er am Streifenwagen. Rieder lief über den Friedhof zum Kutschenparkplatz. Vorher wollte er noch sein Rad einsammeln. Das weiß-rote Flatterband wie auch die Schaulustigen waren verschwunden. Aber der Mann, der neben Björn Just gestanden hatte, saß auf der Bank neben dem Fahrradständer. Er stand auf, als Rieder nach seinem Fahrrad griff. „Entschuldigen Sie, mein Name ist Friedrich Drews. Ihr Vermieter."

Rieder richtete sich auf. „Ach … ich habe Sie vorhin dort hinten beim Friedhof gesehen."

„Ja, jetzt lernen wir uns mal direkt kennen. Bisher lief ja alles über Telefon, Mail und Malte. Eigentlich wollte ich heute Abend bei Ihnen vorbeikommen. Wir müssten ein paar Dinge wegen des Hauses besprechen."

Das klang in Rieders Ohren nicht sehr verheißungsvoll. „Heute Abend?" Rieder kratzte sich am Kinn. Er dachte an den momentanen Zustand des Häuschens. Da würde er als Mieter auf Drews sicher keinen guten Eindruck machen. Vielleicht könnte er am Nachmittag etwas Zeit rausschinden, um so halbwegs klar Schiff zu machen. „Gut, vielleicht so gegen 18 Uhr? Wir sind gerade an einem Fall dran."

„An einem?", fragte Drews skeptisch. „Der tote Inselmaler und hier", er zeigte in Richtung Friedhof, „Werner Gilde? Das sind doch schon zwei."

„Tja, selbst auf Hiddensee macht das Verbrechen keinen Urlaub."

13

Damp fuhr langsam durch Kloster. Überall standen Handwagen und die kleinen Lieferwagen auf dem Kirchweg. Hämmern, Sägen, Bohren, Summen von Staubsaugern drang an Rieders Ohr. Die Handwerker erledigten in den Ferienwohnungen noch letzte Arbeiten vor Saisonbeginn. Eigentlich freute er sich auf die Touristen, aber jetzt war durch Bökemüllers Ansprache seine Laune ziemlich im Eimer. Dazu noch der Besuch seines Vermieters. Außerdem musste Malte dringend in Neuendorf Posten beziehen, um Gudrun Witt zu beschatten. Ein Ruck riss ihn aus seinen Gedanken. Damp hatte scharf gebremst. Rieder wäre fast an die Frontscheibe gestoßen. „Können Sie nicht aufpassen!", blaffte er seinen Kollegen an.

„Da lief eine Katze über den Weg", verteidigte sich Damp. „Außerdem können Sie sich ruhig anschnallen. Man hat auch eine Vorbildfunktion als Polizist."

„Sonst noch was?", maulte Rieder.

„Was habe ich Ihnen getan?", verteidigte sich Damp.

„Schon gut", entschuldigte sich Rieder halbherzig. „Es ist wegen Bökemüller. Er will hier eine Sonderkommission einrichten, wenn Gilde ermordet worden ist."

„Eine Sonderkommission?", fragte Damp nach, als habe er Rieder nicht genau verstanden.

„Ja. Behm soll dazu gehören, Sascha und …", er machte eine Pause, „… und Nelly Blohm."

„Nicht die Blohm", stöhnte Damp. „Die macht nur Ärger. Andererseits könnte ich mich dann vielleicht mal ab und zu abseilen", fügte er nach einer kurzen Pause hinzu.

Rieder schaute zu seinem Kollegen. „Vergessen Sie es. Ich brauche Sie. Wer kennt sich sonst so gut auf der Insel aus. Die anderen kommen doch alle von außen."

Damp glaubte, sich verhört zu haben. „Als wenn ich mich hier auf der Insel groß auskenne. Die denken doch alle, ich bin doof."

„Gestern haben Sie das Gegenteil bewiesen. Sie wussten ziemlich genau, was Gudrun Witt wann macht, weil Sie das Leben der Leute auf der Insel kennen. Darauf wäre ich nie gekommen. Übrigens habe ich Malte Fittkau überredet, die Witt zu beobachten. Als Tarnung räumt er den alten Reusenschuppen in Neuendorf auf. Da soll doch das Fischereimuseum rein."

Damp verzog sein Gesicht. „Wir können Fittkau doch nicht einfach zu einem Hilfspolizisten machen. Wir sind doch nicht mehr in der DDR, wo es die Helfer der Volkspolizei gab? Weiß Bökermüller davon?"

„Bökemüller muss es ja nicht unbedingt wissen. Es ist eher eine Art Beifang, wenn Malte beim Aufräumen immer mal schaut, was Gudrun Witt so treibt."

„Und wenn es schiefgeht?"

„Das darf es eben nicht. Lassen Sie uns erst mal zu Behm fahren."

Sie fanden Behm in Kempes Wohnzimmer. Er saß auf dem Sofa und blätterte in einem Bildband. Sein Assistent Sascha war nirgendwo zu sehen.

„Hat ja ganz schön gedauert", begrüßte Behm die beiden Polizisten, ohne aufzusehen. „Und neue Erkenntnisse nach dem Ausflug auf den Hiddenseer Friedhof?"

„Du kannst schon mal Koffer packen", erklärte Rieder.

Behm schaute Rieder überrascht an. „Es gibt eine SOKO, wenn Gilde ermordet wurde. Und du darfst dabei sein."

Behm schien nicht übermäßig begeistert. „Was sagst du dazu, Damp?" Der winkte ab.

„Okay, was morgen ist, können wir heute noch nicht wissen", verkündete der Spurensicherer. Dann klappte er den Bildband zu und hielt ihn seinen beiden Kollegen vor die Nase. „Dieses Buch kann ich euch nur empfehlen, auch wenn man es bei dem Namen der Autorin zuerst nicht glauben wollte. Mandy Puffe: ‚Frauen erobern eine Insel. Der Hiddenseer Künstlerinnenbund'. Das einschlägige Standardwerk zur Künstlerkolonie um Elisabeth Büchsel in der ersten Hälfte des zwanzigsten Jahrhunderts auf dieser schönen Insel." Rieder wollte nach dem Buch greifen, doch Behm klemmte es sich unter den Arm, sprang vom Sofa auf und machte eine Handbewegung in Richtung des Flurs. „Wenn mir die Herren folgen wollen."

Er marschierte zur Haustür und deutete auf das Schließblech im Türrahmen. Es war völlig verbogen. „Die Tür wurde letzte Nacht aufgebrochen. Nicht professionell, sondern mit roher Gewalt. Ich hatte zunächst auf ein Brecheisen getippt, lag damit aber falsch." Er zog eine Lupe aus der Brusttasche seines Overalls und hielt sie an das Türblatt auf der Höhe des Schlosses. Rieder und Damp stellten sich neben ihn. „Spuren von Holzrinde. Es muss jemand einen Ast benutzt haben. Sehr hartes Holz. Ich tippe auf Eiche." Er drehte sich zu den Polizisten. „Gibt es hier Eichen auf der Insel?"

Rieder und Damp zuckten mit den Schultern.

„Was mich optimistisch stimmt: Wir haben einen Fingerabdruck gefunden", verkündete Behm. „Leider fehlt uns das Gegenstück, nämlich die Person dazu. Eine erste Recherche in den Weiten des Systems ergab keinen Treffer. Weiter verwunderlich", Behm machte eine ausladende Handbewegung ins Innere des Hauses, „alles liegt noch an seinem Platz. Nichts ist verwüstet. Entweder wusste unser Täter ganz genau, wo er suchen musste und vielleicht auch finden würde – das könnte bedeuten, wir haben gestern etwas übersehen –, oder er war hier an der falschen Adresse. Denn es gibt noch Tatort Nummer zwei."

Behm führte Rieder und Damp zum Eingang des Schuppens. Die Stahltür war geschlossen, doch auf dem Lack des stählernen Türrahmens zeichneten sich deutliche Kratzer ab. „Hier wurde auch ein Einbruch versucht, doch diese Tür ist wie ein Safe." Behm zog Kempes Schlüsselbund aus seiner Hosentasche und steckte einen Sicherheitsschlüssel in den Zylinder. Er öffnete die Tür und drehte den Schlüssel. Aus der dicken Tür wurden fünf dicke Bolzen rausgeschoben. „Da versagte auch die deutsche Eiche."

Drinnen stand Sascha und beschriftete kleine Gläschen, in denen sich Farbproben befanden.

„Doch nun zum eigentlichen Geheimnis dieses Gebäudes." Er winkte den beiden Polizisten, ihm zu folgen. Sie gingen durch das Atelier in das Lager. „Gestern Abend hatte ich gedacht, das ist hier nur eine Ansammlung von alten Bildern. Klar, eine Fälscherwerkstatt und alles, was man dazu braucht. Dazu passt ja auch das Fragment von einem Bild draußen auf der alten Leinwand. Heute Morgen stöberte ich ein wenig durch die Bilder und Mappen."

Behm legte den Bildband auf einen Tisch und zog ein paar Latexhandschuhe über. Dann nahm er eine Mappe aus dem Regal und entnahm ihr zwei Bilder. „Da fand ich das hier."

Sie sahen aus wie Grafiken, doch Rieder kannte sich damit nicht aus. Behm legte die beiden Bilder nebeneinander auf den Tisch. Sie glichen sich völlig. Zu sehen war eine Landschaft. Rieder tippte auf die Dünenheide oder den Strand, jedenfalls schien es sich um Hiddensee zu handeln. Er kannte ähnliche Motive von den Ausstellungen der Inselmaler in der kleinen Galerie vor dem alten Torbogen in Kloster. Behm suchte noch zwei Ölgemälde aus einem Regal heraus, die er dann vor den Polizisten auf dem Tisch aufstellte. Auch sie waren identisch und zeigten den Blick vom Dornbusch über die Insel Hiddensee hinweg. Es musste im Frühjahr entstanden sein, denn im Vordergrund war blühender Ginster zu sehen. Rieder und Damp starrten auf die Bilder, während Behm in dem Bildband blätterte und dann eine Seite aufschlug. Dann zeigte er auf die beiden Ölbilder. „Darf ich vorstellen: Elisabeth Büchsel, ‚Inselblick auf Hiddensee', entstanden um 1940. So schreibt es jedenfalls Mandy Puffe hier in ihrem Standardwerk." Dann legte Behm das Buch zur Seite und drehte die beiden Bilder um. Auf der Rückseite klebte jeweils ein Zettel. Behm nahm eines der Bilder hoch und las vor: „Lieber Heinz, hiermit gratuliere ich Ihnen zur Hochzeit und schenke Ihnen dieses Bild. Mit herzlichem Gruß, die olle Tante Büchsel'. Auf dem Zettel des anderen Bildes steht genau derselbe Text. Nun die Preisfrage: Welches der beiden Gemälde ist echt und welches nur eine Kopie? Oder sind beide Kopien? Und warum gibt sich jemand die Mühe, nicht nur das Bild, sondern auch diese Widmung zu kopieren?"

Rieder und Damp waren Behms Vorstellung verblüfft gefolgt und konnten nur mit den Schultern zucken. „Laut Mandy Puffes Buch ist dieses Bild in Privatbesitz, allerdings habe ich in ihrem Quellenverzeichnis nicht finden können, wer es sein Eigen nennen darf, um ihn zu fragen, warum er es kopieren ließ."

„Ich könnte mir schon vorstellen, wem es gehörte", meinte Rieder nachdenklich. „Gilde besitzt oder besaß viele Büchsel-Bilder …"

„Leider können wir ihn nicht mehr fragen", wandte Behm ein.

„Ihn nicht", unterbrach ihn Rieder, „aber seine Inventarliste, die mir Martina Gilde ausgehändigt hat. Ich habe sie im Revier. Das sind nicht nur die Namen der Gemälde und die Künstler verzeichnet, sondern hinter jedem Eintrag befindet sich ein Foto des Kunstwerkes."

„Das könnte uns schon weiterhelfen", beschied ihm Behm, war aber offenbar unzufrieden, dass Rieder seine Vorstellung unterbrochen hatte. Er zeigte auf die beiden anderen Bilder. „Noch interessanter wird es bei diesen beiden Werken." Er schlug eine andere Seite in dem Bildband auf. Dort war eine Abbildung des Motivs zu sehen. „Käthe Löwenthal, ‚Dünenheide', Ölkreide auf Pappe. Entstanden 1930. Alles klar?" Rieder und Damp nickten. Was sollten sie auch tun. „Auch sie sind scheinbar total identisch. Hier ist aber nicht nur die Frage, was ist das Original und was ist die Kopie; hier ist die Frage, woher ist das Bild und wem gehört es, denn eigentlich gibt es das Bild nicht mehr." Behm blätterte eine Seite in dem Bildband zurück und zeigte auf die Kapitelüberschrift, „Verschwundene Schätze".

„Dieses Bild", referierte Behm weiter, „ist angeblich bei einem Bombenangriff 1943 in Stuttgart vernichtet worden, wie auch rund 250 weitere Werke von Käthe Löwenthal. Sie war damals schon tot, umgekommen in einem Vernichtungslager in Polen. So jedenfalls steht es hier im Text ..."

„Naja, vielleicht hat es Kempe einfach abgemalt", mischte sich Damp ein.

„Auf alter Pappe?", zweifelte Behm.

„Dann ist es doch sicher wertvoller beim Verkauf", beharrte Damp. Während die beiden weiter darüber diskutierten, wie das Bild zu Kempe gekommen sei oder warum sie der Maler angefertigt haben könnte, nahm sich Rieder den Bildband und blätterte weiter in dem Buch. Er blieb an einer anderen Abbildung hängen. Zwei Mädchen mit Kopftüchern, die im Wind am Strand stehen. So hieß das Bild auch. „Im Winde". Daneben war vermerkt, dass dieses Bild von Elisabeth Büchsel verschollen wäre. Rieder tippte auf das Bild. „Das habe ich bei Gilde gesehen." Seine beiden Kollegen drehten sich um.

„Was?", fragte Behm.

„Das Bild hängt bei Gilde mitten im Treppenhaus. Alle anderen Bilder von der Büchsel hängen drum herum, als wäre es etwas ganz Besonderes. Eine Trophäe."

„Sascha!", rief Behm nach seinem Assistenten, der wenig später in der Tür erschien mit einem Glasfläschen in der Hand.

„Ich bin hier noch nicht fertig", erklärte der junge Mann mürrisch.

„Lass mal die Farbe stehen. Hol mal diese Diapackung, die wir im Labortisch gefunden haben, und schmeiß den Projektor an."

Sascha zog genervt die Augenbrauen nach oben, verschwand dann aber wieder im vorderen Raum. Die drei Polizisten folgten ihm und schauten zu, wie Sascha ein Magazin in den Projektor an der Wand schob. Er richtete das Gerät auf die Wand aus, denn mitten im Raum hing noch die Leinwand mit dem angefangenen Bild.

Dann startete er mit einem Knopfdruck die Vorführung. Bild auf Bild wurde auf die weiße Wand geworfen. Vom Stil und der Anmutung her mussten es zumeist Bilder von Elisabeth Büchsel sein, aber es gab auch Werke, die offensichtlich von anderen Künstlerinnen stammten. Behm nannte immer mal die Namen, wenn er die Bilder auch im Band von Mandy Puffe entdeckt hatte. Eines war bei allen Werken gleich. Sie zeigten alle Motive von Hiddensee. Rieder rief immer mal: „Das habe ich bei Gilde gesehen!" Auch Damp kamen die Bilder bekannt vor, aber er hatte sich bei Gilde nicht so genau umgesehen, um etwas wiederzuerkennen.

„Die Frage ist", bemerkte Behm, nachdem das Magazin mit den Dias durch war, „warum alle diese Bilder hier archiviert sind. Übrigens auch die beiden, die ich euch drüben gezeigt habe."

„Ganz klar ist doch, dass es eine Verbindung zwischen Kempe und Gilde gibt. Wie soll er sonst an die Gemälde, Kopien oder Dias der Bilder gekommen sein?", erklärte Rieder.

Da meldete sich Damp. Ihn beschäftigte etwas anderes. „Wenn gestern Abend hier jemand versucht hat, einzubrechen, dann könnte der Mörder von Kempe doch von der Insel kommen und gar nicht mit dem Boot am Schwarzen Peter gewesen sein."

Rieder war überrascht von Damps Einwurf. „Daran habe ich noch gar nicht gedacht, dass sich Kempe mit jemandem von der Insel am Bollwerk getroffen haben könnte", erwiderte er. „Es ist immerhin total einsam dort. Jedenfalls abends."

„Jetzt auch am Tag", meinte Damp. „Wenn keine Touristen auf der Insel sind, geht oder fährt doch kaum einer zum kleinen Leuchtturm am Gellen und schon gar nicht über diese Holperstrecke auf dem Deich am Schwarzen Peter. Ein guter Treffpunkt." Damp hielt kurz inne. „Vielleicht auch für ein kleines Rendezvous", setzte er süffisant hinzu, „in stillen Abendstunden, wenn der Mann auf dem Bodden fischt. Ich sage nur: Gudrun Witt."

„Die Witt und der Kempe?", warf zweifelnd Behm ein. „Das will ich mir gar nicht vorstellen. Bitte kein Kopfkino."

„Na, so übel sieht die Witt nicht aus", rutschte es Damp heraus und sah in die erstaunten Gesichter seiner Kollegen. „Ich ... äh ... meinte ja nur."

„Wie auch immer, wir müssen noch mal mit der Witt reden", erklärte Rieder. Er schaute kurz auf die Uhr. „Heute schaffe ich es nicht mehr. Ich habe noch einen Termin mit meinem Vermieter, ihr müsst zurück nach Stralsund, und Damp hat auch noch was vor."

„Wir müssen uns überlegen, was wir mit dem Haus und dem Schuppen machen", entgegnete Behm. „Der Einbrecher könnte heute Abend wiederkommen und einen zweiten Versuch unternehmen."

Rieder hatte keine Lust, eine Nachtwache zu übernehmen. „Die Frage ist, ob man hier wartet oder ob man abschreckt."

Behm und Damp sahen ihn fragend an. „Naja, es kann einer hier warten, und wenn die Einbrecher auftauchen, eine Festnahme vornehmen. Wir können aber auch einfach den Streifenwagen vor die Tür stellen und so tun, als wäre jemand von uns im Haus."

„Und wie komme ich nach Hause?", maulte Damp.

„Wie ich", erwiderte Rieder. „Mit einem Fahrrad."

Damp stöhnte auf. „Was ist denn mit Sascha, kann der denn nicht hier Wache schieben?"

Behm winkte ab. „Sascha ist seit heute Morgen im Einsatz. Außerdem ist Verbrecherjagd nicht sein Metier, sondern Spurensicherung."

„Mich fragt auch keiner, wie lange ich hier auf der Insel Dienst schiebe", entgegnete Damp, obwohl er als Revierleiter auf der Insel die Dienstzeiten recht großzügig auslegte.

„Es gäbe noch eine andere Variante", unterbrach Rieder die Diskussion.

„Da bin ich ja gespannt", meinte Damp verächtlich.

„Die Witt muss beobachtet und Kempes Haus geschützt werden. Klar soweit?" Damp zuckte mit den Schultern. Behm nickte zustimmend.

„Sie fahren jetzt in ihre Wohnung", wandte sich Rieder an Damp. „Wenn ich mich recht erinnere, haben sie von ihrem Schlafzimmer einen guten Blick auf den Schabernack und das Haus der Witts. Damit hätten wir diese Flanke abgedeckt. Ich übernehme dafür die Nachtwache hier im Haus, aber mit Streifenwagen."

Damp verzog das Gesicht, stimmte aber zu. „Und was ist mit Fittkau?"

„Der bezieht morgen Posten, wenn er anfängt, den Reusenschuppen aufzuräumen."

„Und was machen wir mit Frau Gilde und Herrn Schlick?", hakte Damp noch einmal nach. Rieder war genervt. Eigentlich hatte er gehofft, mit dieser Lösung Damp einen Gefallen zu tun.

„Die nehmen wir uns morgen vor. Vielleicht bringt uns ja die Nacht neue Erkenntnisse."

„Gut", meinte Behm. „Dann ist ja alles klar. Wir nehmen mal die vier Bilder mit und ein paar Farbproben. Dann hören wir uns morgen."

„Oder wir sehen uns, wenn es die SOKO gibt."

„Mal den Teufel nicht an die Wand", meinte Behm.

14

Behm hatte Rieder das Buch von Mandy Puffe dagelassen. Er blätterte in dem Band herum, blieb hier und da an Abbildungen von Bildern des „Hiddenseer Künstlerinnenbundes" hängen und betrachtete sie genauer. Die Bilder erzählten viel über das Leben der Menschen auf der Insel im vergangenen Jahrhundert. Als er es zuklappte, entdeckte er auf dem Einband eine kurze Biographie der Autorin. „Lebt auf Hiddensee", stand dort als letzter Satz. Vielleicht könnte Mandy Puffe bei den Ermittlungen helfen. Möglicherweise konnte sie Originale von Kopien unterscheiden. Er schlug das Vorwort auf. Dort fand er eine Danksagung an das Inselmuseum in Kloster. Die könnten also wissen, wo Mandy Puffe zu finden sei. Er griff nach einem der Prospekte der Touristeninformation und machte die Telefonnummer des Museums ausfindig. Es klingelte, aber es schien niemand da zu sein. Rieder schaute auf seine Uhr. Erst Nachmittag. Es musste noch geöffnet sein. Endlich wurde abgenommen. Eine Frau meldete sich in unerwartetem Sächsisch. Rieder hielt den Hörer kurz weg und schaute ungläubig, bevor er ihn wieder an sein Ohr hielt.

„Hauptkommissar Stefan Rieder, Inselrevier Hiddensee. Ich bin auf der Suche nach Frau Puffe. Ich bräuchte eine Telefonnummer oder Mailadresse. Können Sie mir helfen?"

„Die Mandy kann ich Ihnen gleich geben", erwiderte die Stimme am anderen Ende der Leitung, „denn ich bin schon dran. Höchstpersönlich. Aber was habe ich denn mit der Polizei zu schaffen?"

„Wir brauchen ein paar Auskünfte von Ihnen bei einer Ermittlung auf der Insel. Es geht um den Hiddenseer Künstlerinnenbund."

„Um den Künstlerinnenbund? Die Damen sind doch alle tot."

Rieder lachte auf. „Das stimmt, aber ihre Geister spuken noch auf der Insel herum durch die vielen Bilder, die es von Elisabeth Büchsel und ihren Mitstreiterinnen gibt."

„Hier im Museum gibt's nicht so viele."

„Könnten wir uns heute noch treffen?"

„Heute? Es passt mir eigentlich nicht. Nach meiner Schicht im Museum bin ich beim Segelkurs. Theorie. Da darf ich nicht fehlen. Vorher wollte ich noch einen Blick in die Bücher werfen, damit ich nicht das blöde Blondchen bin unter diesen Hobbykapitänen."

„Ist der Kurs hier in Vitte, bei den Surfern hinter der alten Mühle?", fragte Rieder.

„Genau."

„Wie wäre es, wenn wir uns danach treffen? Ich hätte jetzt auch noch einen Termin."

„Ist ja eh abends nichts los auf der Insel. Bevor ich in meiner Unterkunft versauere, scheint mir das eine gute Alternative zu sein."

„Ihr Kurs geht so bis halb neun?"

„Sie sind gut informiert."

„Mein Job. Kommen Sie doch danach einfach ins Revier im Rathaus. Ich bin da."

„Abgemacht."

Rieder musste sich sputen, wenn er bis zum Besuch seines Vermieters einmal mit Staubsauger und Wischlappen durch seine Unterkunft wirbeln wollte. Er putzte das Haus von oben bis unten. Selbst die Fenster zum Wiesenweg ließ er nicht aus, um einen guten Eindruck zu machen. In einem Jahr hatte sich viel Staub angesammelt. Einige Möbel hatte er nach seinem Einzug umgestellt und sie nun wieder an ihren alten Platz gerückt. Als er sich auf der Schwelle des Hauses noch einmal umdrehte, bevor er Staubsauger und Wischeimer unter dem Waschtisch in der Küche verschwinden ließ, war er mit sich ganz zufrieden. Seine Ex-Freundin Charlotte hätte sicher hier und da noch Korrekturbedarf gesehen, aber es war nun mal ein reiner Männerhaushalt. Da musste man ein paar Abstriche machen. Warum dachte er jetzt an Charlotte? Ein Streich des Unterbewusstseins oder seines schlechten Gewissens? Rieder verdrängte den Gedanken. Zugleich hoffte er, seine Bleibe nicht aufgeben zu müssen. Aber das lag nicht in seiner Hand. Ein Blick auf die Uhr verriet Rieder, dass ihm jetzt noch eine Viertelstunde blieb. Er öffnete die

Haustür und erschrak, denn Friedrich Drews saß schon auf der kleinen weißen Holzbank neben dem Eingang. Drews stand auf und streckte Rieder seine Hand entgegen. „Entschuldigen Sie, dass ich mich hier so einfach hingesetzt habe. Ich war zu früh."

„Da müssen Sie sich nicht entschuldigen. Es ist Ihr Haus."

„Naja, stimmt schon, aber ich darf mich nicht einfach hier hinsetzen, ohne meinen Mieter zu fragen. Ich wollte noch ein wenig die Stimmung genießen und Erinnerungen nachhängen."

Rieder schien es, als wenn die Augen des großen Mannes mit dem kahlrasierten Schädel etwas feucht würden. „Ich war seit meiner Kindheit so oft hier, und da werde ich immer etwas schwermütig."

Rieder wollte Drews nicht weiter in Verlegenheit bringen. „Vielleicht gehen wir einfach rein. Dann können Sie sich umsehen, wie es jetzt aussieht, und wir …" Er wusste nicht, wie er seine Befürchtungen in Worte fassen sollte.

Drews musste ein wenig den Kopf einziehen, um durch die Tür zu kommen. Im Flur holte er tief Luft. „Es riecht hier noch genauso wie früher. Ein wenig nach Meer, nach alten Möbeln, nach verbrannter Kohle." Er trat in die Stube. „Dort hinten am Kopfende des Tisches hat mein Großvater immer gesessen. Das war sein Ausguck wie auf hoher See." Er trat an den Tisch und schaute aus dem Fenster. „In die Hecke hat er immer eine Delle geschnitten, damit er einen freien Blick auf den Wiesenweg hatte."

Rieder war erstaunt. Er saß auch immer am Kopfende und schaute auf die Straße. Und auch er hatte dazu die Hecke gestutzt.

„Möchten Sie etwas trinken? Einen Tee oder ein Wasser? Kaffee habe ich leider nicht im Haus."

„Tee wäre gut."

Rieder verschwand in der Küche. Drews folgte ihm, blieb aber im Türrahmen stehen. „Darf ich mich in den anderen Räumen auch mal umsehen?"

„Tun Sie sich keinen Zwang an. Wie gesagt, es ist Ihr Haus."

Die Holzstufen der schmalen Stiege nach oben knarrten unter Drews Füßen. Schwere Schritte waren oben auf den alten Dielen zu hören. Ab und zu schien Drews stehenzubleiben. Rieder ging im Kopf durch, welche Schwachstellen er bei dem Versuch einer Grundreinigung des Hauses hinterlassen haben könnte.

Als er den Tee auf den Tisch stellte, kam Drews wieder herunter. „Sie haben oben die Betten zusammengerückt. Leben Sie nicht allein hier?"

Rieder ging ein heißer Schauer über den Rücken. Die zusammengeschobenen Betten waren ein letztes sentimentales Überbleibsel seiner gescheiterten Beziehung mit Charlotte. Natürlich hatte er nie seinem Vermieter gemeldet, dass ab und zu Charlotte hier übernachtet hatte. „Äh ... nein ... da hatte ich mal Besuch ...", stotterte Rieder.

„Verstehen Sie mich bitte nicht falsch", unterbrach ihn Friedrich Drews freundlich. „Ich bin kein Moralapostel. Sie sind jung. Bei uns standen die Betten immer entlang der Wände und sogar noch zwei Betten in der Mitte. Manchmal waren wir zu zehnt hier im Sommer. Wir mit unseren drei Kindern und meine Schwester mit ihren Kindern. Da war was los. Ist denn sonst alles in Ordnung im Haus?"

Rieder berichtete Drews von dem Frostschaden in der Toilette.

„Ich übernehme natürlich die Kosten", erklärte Drews sofort, aber Rieder wiegelte ab. Er schenkte Tee ein. Drews nahm zwei Löffel Zucker und rührte gedankenverloren um, ließ dabei noch einmal seinen Blick durch die Stube gleiten. „Ich muss mich eher bei Ihnen entschuldigen", meinte er dann. „Das mit dem Außenklo kann man eigentlich keinem mehr zumuten. Deshalb haben wir das Haus auch nicht als Ferienwohnung angeboten, abgesehen davon, dass wir uns mit dem ganzen Gedöns wie Endreinigung, Bettwäsche und so nicht belasten wollten. Das können wir Malte auch nicht zumuten. Er hat immer ein Auge auf das Haus. Von Ihnen spricht er übrigens in den höchsten Tönen. Das will bei Malte was heißen. Also mit dem Klo müssen wir dringend Abhilfe schaffen, wenn ..."

Rieder hielt den Atem an. Jetzt kommt die Botschaft, dass sie das Haus umbauen und dann vermieten wollen, schoss es ihm durch den Kopf. „... Sie hier weiter wohnen wollen. Der Standard, auch in der Küche, ist natürlich schon …", Drews wiegte den Kopf hin und her und bemerkte so nicht, wie Rieder aufatmete, „… grenzwertig. Eine neue Spüle ist das Mindeste, was wir Ihnen spendieren werden. Natürlich ohne Mietsteigerung." Drews sah Rieder an. „Aber vielleicht wollen Sie hier auch gar nicht bleiben. Möglicherweise haben Sie ganz andere Pläne. Zu zweit ist es hier sicher zu eng."

Rieder hob abwehrend die Hände. „Nein, nein, ich möchte hier gern weiter wohnen. Es ist ideal für mich", antwortete er. „Sie müssen hier auch nichts machen. Ich komme gut zurecht. Wenn es klemmt, hilft mir Malte mit seinen goldenen Händen oder seinen Beziehungen."

Drews nickte. „Malte ist schon echt klasse." Dann schien er wieder in Gedanken versunken zu sein. Er schaute aus dem Fenster zur Rosenhecke. Dort zeigten sich heute die ersten rosa Blüten. „Darf ich Sie etwas fragen?", wandte er sich wieder an Rieder.

„Nur zu."

„Werner Gilde hat man doch bestimmt wieder aus der Erde geholt, weil etwas mit seinem Tod nicht stimmt."

„Dazu darf ich Ihnen eigentlich nichts sagen. Es sind laufende Ermittlungen. Aber Sie haben recht, und die Möwen schreien es auf Hiddensee bestimmt von den Dächern. Die Hinterbliebenen haben Zweifel an einem natürlichen Tod. Sie kannten Gilde?"

„Nicht persönlich. Aber mein Großvater. Gustav Drews. Er war Kapitän." Drews trank einen Schluck. „Es gibt da eine wilde Geschichte über eine Tour, die er für Gilde nach Kriegsende gemacht hat und bei der viel schiefgelaufen ist. Sein Bootsmann, Björns Onkel, ist damals kurz nach dem Krieg dabei ertrunken …"

„Björn?", hakte Rieder fragend ein. „Björn Just?"

„Ja, der kleine alte Mann, der auf dem Friedhof neben mir stand. Ich bin sein Vormund. Er hat bei dem Unfall damals auf dem Schiff einen schweren Schock erlitten, als er mit ansehen musste, wie sein Onkel über Bord gegangen und ertrunken ist. Wahrscheinlich gibt er sich auch eine Mitschuld. Er hat seinen Tod nie überwunden. Durch den Schock ist er etwas langsam im Kopf. Mein Opa wollte aber nicht, dass er in irgendeinem Heim vor sich hinvegetiert. Sie können sich vielleicht vorstellen, wie damals da so die Zustände waren. Also hat er Björn zu sich genommen und wurde sein Vormund. Björn war immer bei meinem Großvater an Bord, so lange er noch zur See gefahren ist. Danach wohnte er bei ihm. Wenn wir die Sommer über hier waren auf Hiddensee, war Björn auch immer dabei. Ich bin im Westen großgeworden, aber in den Ferien ging es immer nach Hiddensee zu Opa Gustav und Björn. Kurz bevor mein Großvater starb, bat er mich, die Vormundschaft zu übernehmen. Jetzt lebt er im Heim der Schifferkompanie in Stralsund. Das ist ein Altersheim für Seeleute. Er kommt immer noch ganz gut zurecht. Wer ihn nicht kennt, bemerkt vielleicht gar nicht seine Behinderung. Zweimal die Woche fährt er hier nach Hiddensee zu Hennings Grab, auch wenn dort nur „Unbekannter Seemann" draufsteht. Alle kennen ihn auf dem Stralsunder Dampfer. Wenn er mal nicht pünktlich am Hafen ist in Kloster, dann ruft die Besatzung Herrn Zion an. Der sammelt ihn dann ein und bringt ihn zum Schiff." Drews machte eine Pause und sah Rieder an. „Jetzt habe ich Sie aber ganz schön mit meinen alten Geschichten gelangweilt. Ich habe mir ein wenig mein schlechtes Gewissen von der Seele geredet. So oft komme ich von Celle nun auch nicht nach Stralsund, um nach Björn zu sehen."

„Nein, nein", erwiderte Rieder. „Interessante Geschichte. Aber warum steht auf dem Grab kein Name, sondern nur ‚Unbekannter Seemann', wenn doch alle wissen, wer dort begraben liegt?"

„Sie sind noch nicht so lange auf der Insel. Manches wissen alle auf Hiddensee, tun aber so, als ob sie es nicht wüssten."

„Hängt das auch mit Gilde zusammen?"

„Gilde hat den Grabstein und die Inschrift bezahlt. Ach ja, da waren wir ja vorhin abgekommen. Von dieser unseligen Tour. Sie war nicht ganz legal. Mein Opa hat Hiddensee in der Nachkriegszeit mit Genehmigung der Russen mit seinem Schiff, der ‚Hertha', mit Nahrungsmitteln und was sonst noch gebraucht wurde, versorgt. Auf der Rücktour hat er den Fang der Fischer nach Stralsund gebracht. Einmal hat er nachts Kisten für Gilde hier auf die Insel gebracht.

Die Firma Gildemeister war Stammkunde der Reederei Drews. Als Gilde die Kisten auf dem Bodden übernommen hat, tauchte der damalige Inselpolizist, der lange Herrmann, am alten Bollwerk in Kloster auf und hat gleich geschossen. Wie das nun mal nach dem Krieg war. Auf der Flucht hat der Großbaum des Segels Henning erwischt. Er ist ins Wasser gestürzt und tauchte jedenfalls nicht wieder auf. Erst Tage später wurde seine Leiche an Land gespült, oben am Bessin. Es wusste zwar jeder, dass es Henning Just war, aber um kein Gerede und bei den Russen keinen Verdacht aufkommen zu lassen, haben sie ihn schnell auf dem Friedhof vergraben. Gilde hat alles bezahlt. Beerdigung, Stein und Grabpflege. Meinen Opa muss das immer gefuchst haben. Wir haben uns schon immer gewundert, warum er das Weite suchte, sobald Gilde auf Hiddensee auftauchte. Wir gingen immer gern hier im Bodden baden, und Großvater musste aufpassen. Er konnte natürlich nicht schwimmen, wie das früher bei den Seeleuten üblich war. Sobald die ‚Henriette', Gildes Segelyacht, in Sicht kam, hieß es: Zurück, marsch, marsch! Man erkannte sein Boot an dem glänzenden Aluminiummast. Es war der einzige, den es an der Ostseeküste hier gab."

„Wie hat Björn auf Gilde reagiert? Er war doch wohl immer dabei?"

„Er wurde unruhig, schon wenn der Name nur erwähnt wurde."

„Unruhig?"

„Er wurde nervös, begann zu zittern. Warum fragen Sie?"

„Ich traf ihn vorgestern am Grab von Gilde. Da sagte er immer wieder: ‚Ihr kommt zu spät.'"

„Naja, er macht Gilde für den Tod seines Onkels verantwortlich."

In seinen Gedanken machte sich Rieder eine Notiz. Er wusste nicht, warum. Aber Björn kam immer Samstag und Mittwoch auf die Insel. Also wahrscheinlich auch an dem Samstag, als Gilde starb oder ermordet wurde.

Drews deutete aus dem Fenster auf das Gebäude gegenüber. „Das war eine von Gildes guten Taten hier auf der Insel. Heute sind es die Post-Hiddensee-Appartements. Zu DDR-Zeiten war dort eine Brotfabrik. Sie wurde in den achtziger Jahren gebaut, um die Feriengäste auf der Insel mit Brot zu versorgen. Gildes Suppenschmiede in Sassnitz war zwar verstaatlicht, aber er war immer noch Geschäftsführer. Seine rechte Hand schickte er als Bauleiter."

„Karl Born", warf Rieder ein.

„Keine Ahnung, wie der hieß. Mit dem Projekt konnte sich Gilde jedenfalls schön bei den Oberen einkratzen. Jedenfalls ging Opa dann nicht mehr über den Wiesenweg raus, sondern immer nur über die Sprenge, um nicht daran vorbeizumüssen. Mein Opa glaubte immer, es sei auch Gildes Rache, weil er nicht die gesamte Ladung damals bekommen hat."

Rieder horchte auf. „Was hatte Gilde denn so Wichtiges zu transportieren nach dem Krieg?", wollte Rieder wissen. „Gehörte er zu den Schiebern? Mehl oder irgendwelche Backzutaten? Das stand doch damals sicher hoch im Kurs."

„Nicht so was. Etwas ganz anderes", entgegnete Drews. Er holte sein Mobiltelefon aus der Tasche und zeigte Rieder sein Hintergrundfoto. Rieder riss die Augen auf. Es war unzweifelhaft ein Bild von Elisabeth Büchsel. Drei Frauen standen am Strand und schauten einem Segelboot nach.

„Das war in einer der Kisten, die nicht mehr ausgeladen werden konnten, nachdem der Polizist aufgetaucht war. Und noch zwei andere Bilder. Sie gehören Björn und hingen immer in seinem Zimmer im Haus meines Großvaters in Stralsund. Jetzt haben wir Drucke anfertigen lassen und sie in seinem Heimzimmer aufgehängt. Man weiß ja nie. Die Originale sind bei uns in Celle." Drews schaute noch einmal auf das Bild auf seinem Mobiltelefon. „Vielleicht wollte mein Opa dem Gilde nicht begegnen, um ihm die Bilder nicht zurückgeben zu müssen. Sie sind einfach auch wunderschön. Wenn ich sie mir anschaue, dann bin ich gleich wieder auf Hiddensee. Sie sind wohl ein gerechter Preis für ein verlorenes Leben und einen verlorenen Freund."

Er schaute noch einmal auf das Bild. „Wenn Björn die Geschichte erzählt von den Kisten und dem Unglück, meinte er immer, es wäre ganz unheimlich gewesen. Die Ladung sei an Land im Berg verschwunden."

15

Rieder saß im Revier und wartete auf Mandy Puffe. Bei Gudrun Witt tat sich nichts, hatte Damp aus Neuendorf gemeldet. Sie hatte nur Heiners Fischerklamotten von der Leine genommen, war im Haus verschwunden und nicht wieder aufgetaucht. Drews hatte Rieder am Ende des Gesprächs angeboten, den Mietvertrag um ein Jahr zu verlängern, zu den gleichen Konditionen wie bisher, und Rieder hatte zugestimmt. Eine Sorge weniger.

Auf seinem Schreibtisch hatte er eine Liste begonnen. Oben standen die Namen Gilde und Kempe. Darunter führte er die Personen auf, die zu einem von ihnen oder beiden Beziehungen gehabt hatten. Richard Schlick? Er schrieb ihn unter Gilde. Martina Gilde? Rieder schwenkte den Stift hin und her, bevor er sie zwischen die beiden schrieb. Dort landete auch Gudrun Witt. Dann überkam ihn wieder ein diffuses Gefühl, als er an Björn Just dachte. Er tippte mit der Spitze des Stiftes mehrfach auf. Dann schrieb er Björn Just unter Gilde.

Es klopfte. Herein kam eine junge Frau. Rieder fielen zuerst die kurzgeschnittenen blonden Haare auf. Sie waren ein deutlicher Kontrast zu den dunklen Augenbrauen. „Bin ich hier richtig? Ich suche einen Herrn Rieder?" Mandy Puffe enttarnte sich durch ihren Dialekt.

Rieder stand auf. „Hauptkommissar Stefan Rieder."

Sie war schlank, trug Kapuzenshirt und Jeans. Über der Schulter hatte sie eine blaue Umhängetasche. Darauf war das neue Logo der Insel, ein weißes Segel, abgebildet. Darunter stand der Schriftzug „... mehr als eine Insel". Rieder erkannte in ihr die junge Frau wieder, die im letzten Herbst immer Touristengruppen über die Insel geführt hatte.

„Ist ja wie im ‚Tatort'. Da sind auch alle immer Hauptkommissar." Sie sah sich im Büro um. „Die sitzen aber nicht in so kleinen Butzen."

„Die Größe des Reviers hängt auch von der Größe des Einsatzgebietes ab."

Sie entdeckte ihren Bildband auf dem Schreibtisch. „Oh, meine Doktorarbeit", rief sie erstaunt aus und griff danach. „Irgendwie macht es mich immer noch stolz, wenn ich das Buch irgendwo sehe. Ich verrate Ihnen was. Wenn ich im Hauptmann-Haus an der Kasse sitze, nehme ich mir manchmal den Band aus dem Regal und drücke ihn an mein Herz."

Rieder schmunzelte. „Kann ich schon verstehen." Zugleich war er verwundert. Auf ihn wirkte Mandy Puffe eher wie eine Studentin, nicht wie eine promovierte Kunstwissenschaftlerin. Als sie ihm das Buch wieder zurückgab, schaute er noch einmal auf den Waschzettel auf der Innenseite des Einbands. Dort stand ihr Geburtsjahr. Mandy Puffe musste 31 sein. Hätte er nicht gedacht.

„Was ist das?" Sie zeigte auf einige Unterlagen, die Rieder auf seinem Schreibtisch ausgebreitet hatte. Sie griff nach der Hülle mit dem Zettel, den sie bei Kempe gefunden hatten.

„Das sind Spuren und Fundstücke aus dem Haus des Mannes, den wir tot aufgefunden haben. Der Zettel wird uns wohl nicht weiterhelfen. Unser Spurensicherer sagt, vom Papier her könnte die Notiz drauf ein Vierteljahrhundert alt sein. Aber wir sammeln alles ein."

„Klingt richtig romantisch. ‚Schwarzer Peter. Sonnenuntergang'", las sie vor. „Bestimmt die Verabredung von zwei Verliebten. Vielleicht eine heimliche Affäre?" Sie sah Rieder mit einem Augenzwinkern an. Er nahm ihr die Hülle aus der Hand, schob sie in die Ermittlungsakte und klappte sie zu.

„Müssen wir eigentlich hier reden?", fragte Mandy Puffe. „Macht mich nicht so an. Außerdem habe ich nach der trockenen Theorie einen ziemlichen Durst."

Rieder schlug vor, in den „Roten Affen" zu gehen. Die kleine Kneipe befand sich in einem rotgestrichenen Holzhaus gegenüber des Supermarktes im Vitter Wallweg. „Nehmen wir den Polizeiwagen. Das fände ich cool."

„Ich glaube, den Weg schaffen wir auch so."

Vom Rathaus bogen sie nach links in den Weg „Norderende" ein und liefen an der alten Bäckerei Löwe vorbei. Da blieb Mandy Puffe stehen und deutete auf das blaue Reetdachhaus auf der gegenüberliegenden Straßenseite. „Dort hatte übrigens der Künstlerinnenbund sein Hauptquartier, in der ‚Blauen Scheune'. Waren Sie da schon mal drin?"

Rieder schüttelte den Kopf.

„Henni Lehmann hat das Haus 1924 gekauft, damit sie und ihre Mitstreiterinnen einen Ausstellungsraum hatten und ihre Werke verkaufen konnten." Sie lief auf das Haus zu. Es war von einer hohen weißen Mauer umgeben. „Damals war es noch immer nicht normal, dass eine Galerie Bilder von Malerinnen in Kommission nahm", erklärte Mandy Puffe. „Sie mussten alles selbst organisieren. Ich hoffe, dass man irgendwann hier ein Museum für den Hiddenseer Künstlerinnenbund einrichtet, mit vielen Bildern, auf die dann das Sonnenlicht durch das große Fenster im Dach fällt und sie erstrahlen lässt."

Rieder trat neben die junge Frau. Ihn überraschte ihr Enthusiasmus. Sie drehte sich zu ihm um, verzog das Gesicht. „Leider ist es in Privatbesitz. Damit bleibt es wohl ein Traum."

Sie gingen weiter. Im „Roten Affen" war schon nicht mehr viel los. Drei Männer standen an der Theke. Einer war von der Insel. Die beiden anderen trugen Seglerkleidung. Rieder erinnerte sich, dass er auf dem Rückweg ins Revier beobachtet hatte, wie ein Zweimaster im Hafen Vitte festgemacht hatte.

Hinter dem Tresen trocknete die Kellnerin Gläser ab. Rieder wollte Mandy Puffe zu einem Tisch im hinteren Teil der Kneipe führen. „Küche ist schon aus", blaffte die Bedienung ihnen hinterher. Rieder sah Mandy Puffe an, die den Kopf schüttelte. „Wir wollen nur etwas trinken", erklärte Rieder.

„Aber in einer Dreiviertelstunde ist Ausschankschluss."

Sie ignorierten diese zweite Mahnung, hier nicht zu bleiben, und setzten sich. Wenig später tauchte die Kellnerin auf und ließ die Karten auf den Tisch fallen, gab ihnen aber keine Gelegenheit, darin zu blättern, sondern wartete aufdringlich neben dem Tisch auf die Bestellung. Rieder wollte einen Cappuccino. Ihm drohte immerhin noch die Nachtwache in Kempes Haus. „Ist schon aus. Ich habe die Maschine schon saubergemacht."

„Und die kann man nicht wieder einschalten?"

„Dann muss ich sie ja wieder sauber machen. Fällt aus."

Rieder beugte sich dieser Logik mangelnder Gastfreundschaft und nahm eine Cola. Mandy Puffe erging es nicht besser. „Könnte ich eine Sanddornschorle bekommen?", fragte sie schon leicht eingeschüchtert.

„Gibt's nicht. Gibt nur Sanddornsaft."

„Den vertrage ich so schlecht."

„Dann bestellen Sie was anderes", war der ungeduldige Ratschlag von der Seite.

„Was ist so schwer dran, ein halbes Glas Sanddornsaft mit einem halben Glas Wasser aufzufüllen", versuchte seine Begleiterin Widerstand zu leisten.

„Wie soll ich das verbuchen? Dafür gibt's keine Taste an der Kasse."

Rieder schüttelte den Kopf. Eigentlich müssten sie aufstehen und gehen.

„Gut, dann nehme ich eine Apfelsaftschorle", kapitulierte Mandy Puffe. „Willkommen auf Hiddensee", bemerkte sie leise, als die Kellnerin fort war.

„Wie hat es Sie denn hierherverschlagen?", fragte Rieder.

„Sie meinen, wie kommt eine Sächsin nach Hiddensee? Es ist auch immer noch der Knaller, wenn ich die Leute auf der Inselführung in Sächsisch begrüße und sie doch diesen Hauch des mecklenburgischen Platt erwartet haben. Ich habe in Dresden Kunstwissenschaften studiert. Da macht man in den vielen Fächern viele Scheine, nur nicht den entscheidenden. Den Taxischein. Kunstwissenschaftler werden nicht gerade gesucht. Schon die Promotion war eine Notlösung, um nicht gleich arbeitslos zu werden. Da ich immer mal auf Hiddensee gewesen bin und mich für Malerinnen um die Wende vom neunzehnten zum zwanzigsten Jahrhundert interessiert habe, schlug ich den Hiddenseer Künstlerinnenbund als Thema vor, erbettelte von einer Kulturstiftung Drittmittel und hatte für drei Jahre Arbeit, Lohn und Brot. Dann war Ebbe. Da sah ich in der Inselzeitung die Annonce für eine Stelle im Kurbetrieb auf Hiddensee. Es wurden ausdrücklich Leute von außerhalb gesucht. Wissen Sie, warum?"

„Die 1.000-Einwohner-Quote. Gibt es weniger Hiddenseer, wackelt die Schule und noch einiges anderes."

„Genau."

Die Kellnerin kam mit den Getränken. „In einer halben Stunde kassier' ich ab. Also dann jetzt letzte Runde."

„Wir haben doch noch nicht einmal die Gläser angerührt", widersprach Rieder.

„Ist ja nicht mein Problem", entgegnete sie schroff und verschwand dann wieder.

„Der würde ein bisschen sächsische Gemütlichkeit echt gut tun", flüsterte Mandy Puffe.

Rieder grinste. „Irgendwann werden sie es auch noch lernen. Noch kommen genug auf die Insel, dass man sich diese Unfreundlichkeit leisten kann."

„Was wollen Sie nun überhaupt von mir?", fragte die Frau. „Wie kann ich Ihnen helfen?"

Rieder trank einen Schluck. Er überlegte, wie er am besten beginnen sollte. „Gestern wurde ein Toter am ‚Schwarzen Peter' gefunden. Es handelt sich um …"

„Ach, der tote Inselmaler. Wie hieß der noch …?"

„Kempe. Hans Kempe."

„Genau. Davon erzählten alle heute im Inselmuseum."

„Kannten Sie Herrn Kempe?"

Mandy Puffe schüttelte den Kopf. „Vielleicht bin ich ihm mal auf der Straße begegnet. Hiddensee ist schon ein Dorf. Wahrscheinlich würde ich ihn wiedererkennen, wenn ich ein Bild von ihm sehen würde."

Rieder holte sein Handy raus und zeigte ihr ein Tatortfoto mit Kempe. Es sah so aus, als würde er friedlich schlafen.

Mandy schaute es sich genau an. „So sieht also ein Toter aus.

Ich habe noch nie einen richtigen Toten gesehen. Nur immer im Krimi. Es gruselt mich richtig." Sie reichte Rieder das Telefon wieder zurück. „Kennen tu ich ihn nicht, aber der war immer mal in Kloster oder Vitte mit seinem Rad unterwegs, hatte immer einen Handwagen hinten dran."

„Konnten Sie erkennen, was in dem Handwagen war? Eine Staffelei oder ein Bild, Malerutensilien?"

„Das kann ich Ihnen nicht sagen. Herr Kempe passte nicht mehr so in mein Fangschema." Sie sah Rieder verschmitzt an.

„In seinem Haus haben wir einige Bilder des Hiddenseer Künstlerinnenbundes entdeckt, vor allem von Elisabeth Büchsel. Wir sind nicht sicher, ob sie echt sind oder Kopien. Manche gibt es zweimal."

„Da ist dann ganz bestimmt eins die Kopie", erklärte Mandy.

„Genau. Aber wir brauchen jemanden, der uns sagt, welche Bilder echt sind."

Mandy Puffe schaute Rieder in die Augen. „Und Sie glauben, ich könnte das sein?"

„Nach Ihrem Buch zu urteilen, warum nicht."

Sie lächelte ihn an. „Das ehrt mich natürlich. Ich kann mir die Bilder auch gern ansehen. Aber ich bin keine Expertin für Malstile, Farben und Pinselführung. Mein Fachgebiet ist eher die Kunstgeschichte."

Die Kellnerin tauchte wieder auf. „Nun also letzte Runde", verkündete sie erneut und unfreundlich wie bisher.

Rieder fröstelte ein wenig. „Ich würde gern einen Aquavit trinken. Welche Sorten hätten Sie da? Kann ich nochmal in die Karte schauen?"

„Das können Sie sich sparen. Es gibt nur eine Sorte."

„Und welche?"

„Aquavit eben", beschied sie Rieder und verschränkte dazu die Arme vor der Brust.

„Gut. Dann lasse ich es. Oder wollten Sie?", wandte er sich an sein Gegenüber. Doch Mandy Puffe lehnte auch ab.

„Dann also zahlen."

„Ja", meinte Rieder resigniert. „Das ist wohl das Beste."

Die Rechnung hatte die Kellnerin schon dabei. Als Mandy Puffe ihren Geldbeutel rausholen wollte, winkte Rieder ab.

„Hierherzugehen war keine so gute Idee", meinte Rieder.

Mandy Puffe zuckte mit den Schultern. „Ist eben Inselflair."

„Hätten Sie Lust, sich Kempes Atelier und die Bilder mal anzusehen?"

„Wann? Jetzt?"

„Warum nicht? Aber vielleicht erwartet Sie ja auch jemand." Rieder fand seine Bemerkung dann doch zu indiskret. Was gingen ihn die privaten Verhältnisse von Mandy Puffe an? Doch sie schien nicht verärgert zu sein.

„Hier auf der Insel? Wer soll mich da erwarten?"

Sie liefen zum Rathaus zurück und fuhren mit dem Polizeiwagen zu Kempes Haus. „Wo wohnen Sie hier auf der Insel?", fragte Rieder.

„In einem alten Holzhaus unten am Wallweg, gegenüber vom alten ‚Strandhotel' oder was davon noch übrig ist. Und Sie?"

Sie fuhren gerade durch den Wiesenweg. „In dem kleinen Kapitänshaus dort drüben." Er zeigte auf sein Haus hinter den Heckenrosen.

„Hübsch. Und allein?"

„Ja, allein."

Rieder registrierte, wie aufmerksam ihn Mandy Puffe nach seiner Antwort von der Seite ansah.

„Sie sind Berliner?", fragte sie wenig später.

„Ich komme aus Berlin. Mich hat auch eine Stellenausschreibung hergelockt."

„Von Berlin nach Hiddensee? Würde ich nie machen. Bei mir ist das eher eine Notlösung."

„Bei mir könnte man das auch so nennen", erwiderte er. Er wollte sich nicht näher erklären und musste es auch nicht, denn sie waren angekommen. Die Dünenheide lag in absoluter Dunkelheit. Nur weit weg gab es das Licht einer Laterne auf der Straße von Vitte nach Neuendorf. „Gehen Sie einfach genau hinter mir. Es gibt hier eine kleine Gasse."

„Also hier möchte ich nicht leben müssen, in dieser totalen Einsamkeit", bemerkte sie und schaute sich ängstlich um.

„Mir wäre das auch zu einsam." Er öffnete die Tür des Hauses, machte Licht und ließ der Frau den Vortritt.

„Drinnen sieht es ja ganz hübsch aus", rief sie nach einem ersten Rundgang. Dann blieb sie vor den Bildern von Elisabeth Büchsel stehen. „Alle reden immer nur von Elisabeth Büchsel oder von Tante Büchsel. Die anderen Mitglieder des Hiddenseer Künstlerinnenbundes sind weitgehend vergessen, selbst hier auf der Insel. Henni Lehmann, Clara Arnheim, Käthe Löwenthal, Julie Wolfthorn", zählte sie auf. „Dabei waren sie ebenso gute Künstlerinnen wie die Büchsel. Vielleicht hängt es auch damit zusammen, dass die Hiddenseer immer noch ein schlechtes Gewissen haben, wie schlecht sie nach 1933 die Frauen behandelt haben, weil sie Jüdinnen waren. Sie liebten alle diese Insel und durften dann nicht mehr hierher. Nicht wenige, die Bilder der jüdischen Malerinnen im Haus hängen hatten, nahmen sie schnell ab und lieferten sie bei den Nazis ab."

Rieder war neben Mandy Puffe getreten. „Und Elisabeth Büchsel?"

„Sie war ‚arisch' und durfte weitermalen, hat danach auch noch auf Kunstausstellungen ausgestellt, zum Beispiel in Stettin. Nach dem Krieg hat sie weitergemalt und blieb auch hier auf Hiddensee präsent. Unbestritten widerspiegeln ihre Bilder die Natur und die Menschen hier auf der Insel. Aber das war den Bildern aller Malerinnen des Künstlerinnenbundes eigen. Sie faszinierte diese kleine Insel, und sie versuchten ihre Faszination in ihren Bildern einzufangen."

Mandy Puffe drehte sich um und ging zum Bücherregal. Sie schaute die Bildbände durch und zog einen heraus. „Das ist ein Buch über die norddeutschen Künstlerkolonien." Sie schlug es auf und blätterte darin. „Das Buch war eine meiner Quellen." Dann hielt sie Rieder eine Abbildung entgegen. „Hier, ‚Vitte Hiddensee', von Julie Wolfthorn." Das Bild zeigte eine entfernte Dorfansicht mit Reethäusern unter dunklen Häusern. Dann wies sie auf ein anderes Bild mit einer Insellandschaft. „Das ist von Käthe Löwenthal, ‚Dünenheide'. Hier sieht man, dass alle Impressionistinnen waren. Man spürt geradezu beim Anschauen der Bilder die Liebe zu dieser Insel."

„Was ist dann aus den Bildern der anderen Künstlerinnen geworden?"

„Viele sind verschwunden oder zerstört. Einige in Privatbesitz. Manchmal tauchen Aquarelle oder Gemälde in Galerien oder bei Versteigerungen auf." Sie zeigte auf die Bilder von Elisabeth Büchsel an der Wand. „Aber dass jemand hier gleich ein paar Bilder so nebeneinander hängen hat, ist schon überraschend."

„Wenn Sie jetzt so auf die Bilder schauen, könnten Sie mir so vom ersten Eindruck sagen, ob sie echt sind oder nur Kopien?"

Sie ging auf die Bilder zu, trat ganz nach heran. „Kann man mal anfassen, oder ist da eine Alarmanlage dran?", fragte Mandy Puffe.

„Ich glaube nicht. Außerdem bin ich ja dabei."

Sie strich mit ihren Händen über die Farben, trat ein paar Schritte zurück und dann wieder heran. „Nein, tut mir leid", wandte sie sich wieder Rieder zu. „Ich würde sagen, die sind echt. Aber heute wird so geschickt gefälscht ... Da brauchen Sie einen echten Spezialisten. Der kann wahrscheinlich an der Pinselführung erkennen, ob das Bild echt ist oder gefälscht. Brauchen Sie einen?"

„Haben Sie einen?"

„Bei meiner Promotion hatte ich einen fachlichen Mentor, der schon eine Art Koryphäe ist für Elisabeth Büchsel und Co. Den Chef des Stralsunder Museums im Katharinenkloster. Professor Richnow. Er lehrt in Dresden und in Halle an der Burg Giebichenstein. Der könnte Ihnen bestimmt helfen, die faulen Früchte herauszufinden."

„Guter Tipp. Waren Sie denn bei Ihren Recherchen auch mal im Haus von Werner Gilde? Da hängen die Wände voll mit Büchsel, Lehmann und Wolfthorn. Da gibt es ganze Reihen vom selben Motiv, dem Inselblick auf dem Weg zum Leuchtturm."

„Herr Richnow hat mir mal davon erzählt, dass Herrn Gilde ein paar Bilder von Elisabeth Büchsel gehören und er sie auch immer mal für Ausstellungen ausleiht, aber dass er so viele Bilder vom Künstlerinnenbund haben würde ..."

„Sie sollen jetzt nach seinem Tod auch öffentlich zugänglich werden. So steht es wohl in seinem Testament. In dem alten Unigebäude am Schwedenhagen soll ein Museum entstehen. Stand jedenfalls in der ‚Ostsee-Zeitung‘."

„Habe ich nicht gelesen, obwohl ich eigentlich immer die Lokalausgabe, den ‚Rügener Anzeiger‘, durchschaue, ob unsere Pressemitteilungen vom Kurbetrieb veröffentlicht worden sind. Das wäre ja ein Knaller. Darüber würden alle reden, gerade jetzt, wo die Touristen keinen Gesprächsstoff bieten."

„Ich kann es Ihnen zeigen. Habe die Notiz im Büro. Hat mir der Hafenmeister von Neuendorf gegeben. Schwarz auf weiß."

Mandy Puffe schüttelte verstört den Kopf. „Ich habe davon nichts gehört oder gelesen. Komisch."

„In Gildes Haus hängt auch ein Bild, das als verschollen gilt. Es zeigt Mädchen am Strand."

„‚Im Winde‘? Heißt es so?" Die Stimme der Frau zitterte vor Erregung.

„Ich glaube, so heißt es." Rieder schaute sich in Kempes Bücherregal um und fand ein Buch über Elisabeth Büchsel, blätterte es durch, bis er eine Abbildung des Gemäldes gefunden hatte. „Das hier ist es."

Er klappte das Buch auf, hielt es sich vor die Brust, so dass Mandy Puffe die Abbildung sehen konnte.

„‚Im Winde‘", flüsterte sie. „Das hängt bei Herrn Gilde im Flur? Das wäre eine Sensation, wenn es echt wäre."

Rieder nickte. „Kommen Sie mal mit."

Sie folgte ihm aus dem Haus zum Nebengebäude. Rieder schloss auf, machte das Licht an. Mandy Puffe sah sich um in dem weißgekachelten Raum mit den vielen Fläschchen, Pinseln und Farbtöpfen. „Ist das hier das Atelier von Herrn Kempe?"

„So kann man es auch nennen. Unser Spurensicherer nannte es Fälscherwerkstatt. Schauen Sie hier." Er zog sie sanft am Ärmel vor die aufgespannte Leinwand. „Erkennen Sie was?"

„Das könnte …", sie wendete den Kopf hin und her. „Das könnte ‚Der Hütejunge' sein."

Rieder schaltete den Projektor ein, und das vollständige Bild wurde nun sichtbar.

„Aber warum hat dieser Herr Kempe die Bilder abgemalt oder kopiert?"

„Das ist eben die Frage. Hat er sie kopiert oder gefälscht? Wir haben keine Belege für das eine oder das andere. Aber wir haben hier viele Bilder gefunden, alte Bilder, alte Leinwände und einige Bilder von Malerinnen des Künstlerinnenbundes, wie gesagt immer zwei. Die Spurensicherung tippt auf Original und Fälschung, ausgeführt mit alten Farben und Malutensilien. Sind denn die Bilder des Künstlerinnenbundes sehr gefragt?"

„Das sind keine Millionenobjekte. Wenn es gut läuft, gehen sie schon mal für zehn- bis zwanzigtausend Euro weg. Oft liegen die Preise aber auch deutlich darunter. Besonders wenn es sich um Bilder der weniger prominenten Mitglieder des Künstlerinnnenbundes handelt. Julie Wolfthorn fällt da ein wenig heraus. Sie war auch Mitglied der Berliner Secession, einer sehr bekannten Berliner Künstlervereinigung am Ende des neunzehnten Jahrhunderts. Kenner wissen solche Werke schon zu schätzen, wenn sie auf dem Markt auftauchen."

„Woher wissen Sie das alles?"

„Es gibt eine Galerie in Lübeck, die sich auch auf Künstler spezialisiert hat, die an der Ostsee in einer der Künstlerkolonien gewirkt haben. Schwaan, Ahrenshoop oder Hiddensee. Die haben einiges auf Lager, aber nicht viel. Sie haben alle Bilder, die sie jemals verkauft haben, fotografiert und katalogisiert. Das war für mich die reinste Fundgrube. Daher sind viele Abbildungen in meinem Buch. Die kannten übrigens auch Werner Gilde."

„Hat er dort Bilder gekauft oder verkauft?"

„Das habe ich nicht gefragt. Bei solchen Sachen werden die Galeristen und Auktionshäuser auch immer sehr einsilbig."

Sie sah auf die Uhr. „Ist schon ganz schön spät."

„Wenn Sie mir noch den Namen der Galerie sagen könnten."

„Loth und Ungnade'. Die haben auch eine Dependance auf Rügen. Ich glaube, in Gingst. Die heißt aber ‚Lothsenhaus', mit ‚th' in der Mitte. Warum, weiß ich auch nicht. Wahrscheinlich soll es witzig sein."

Sie gingen nach draußen. Rieder schloss das Nebengebäude ab.

„Für einen Fälscher ist das bestimmt eine ideale Lage", bemerkte Mandy Puffe. „Hier kommt doch kein Mensch vorbei. Die nächsten Häuser sind weit weg. Absolut einsam. Ja, allein würde ich mich hier fürchten."

„Ich werde das heute mal ausprobieren, wie das ist. Ich schiebe Wache, damit hier nichts wegkommt", erklärte Rieder.

Mandy Puffe sah ihm in die Augen und schaute dann etwas verlegen nach unten. „Soll das eine Einladung sein, Sie hier nicht alleinzulassen?"

16

Malte sah sich um. Dabei schüttelte er immer wieder den Kopf. Dann schob er seine Schiffermütze in den Nacken, wischte sich über die Stirn und machte dabei ein ratloses Gesicht. „Mensch, Plewe, das ist hier ja ein ganz schönes Gerümpel. Wo soll das alles hin, wenn ihr hier den Laden auf Vordermann bringen wollt?"

Inselbürgermeister Förster und Neuendorfs Hafenmeister Plewe standen ratlos in der Tür des Reusenschuppens. Vor ihnen türmten sich die Überreste des Neuendorfer Fischereiwesens aus den letzten hundert Jahren. Da lagen hölzerne Fischkisten, zerrissene Netze, verblichene Taue, Tampen aus Kork und Gummi, Reusenstangen, alte Anker und der Motor eines Fischkutters.

„So ein Chaos hatte ich mir nicht vorgestellt", meinte Förster.

„Ja, was nicht mehr gebraucht wurde, landete hier", nuschelte Plewe. Er hatte seine Pfeife im Mund und die Hände in den Hosentaschen. „Man hat immer geglaubt, das kannste noch mal als Ersatzteil brauchen. War ja nicht so einfach, was zu kriegen, wenn was kaputtging. Ich sag' nur Insellage."

„Für das Holz finde ich schon Verwendung", erklärte Malte. „Das säge ich hier noch vor Ort klein. Die Kisten zerkloppe ich hier und dann gleich ab in den Ofen. Das brennt wie Zunder."

„Aber ein paar Kisten müssen als Ausstellungsstücke übrigbleiben", entgegnete der Bürgermeister und begann, Kisten aus dem Haufen zu ziehen und zu begutachten. „Wenn der Name ‚Neuendorfer Fischerkommune' gut zu lesen ist, stellst Du sie erst mal zur Seite."

„Klar, Chef", meldete Malte wie ein Soldat. „Ich lass' einfach vom allem etwas da. Ein oder zwei Stücke."

„Ich schau' drauf, dass nicht zuviel in Maltes Ofen landet. Vor allem nicht die wertvollen Stücke", erklärte Plewe.

Rieder hatte Maltes Fahrrad mit Hänger vor dem Reusenschuppen stehen sehen. Eigentlich wollte er Damp abholen. Aber nun war er doch neugierig geworden, was sein Nachbar hier trieb, und überrascht, auch Förster und Plewe zu treffen.

„Was macht ihr denn hier?", fragte er in die Runde.

„Wir klären mit Malte, wie wir uns das Aufräumen des Reusenschuppens vorstellen. Wir wollen so bald wie möglich mit dem Umbau zum Fischereimuseum anfangen", erklärte Förster. „Dank deiner Vermittlung kam Malte heute Morgen vorbei, fragte, wann es losgehen soll. Da habe ich gesagt, am besten gleich, und wir sind hierhergefahren."

Rieder zog die Augenbrauen zusammen, und Malte zwinkerte ihm zu.

„Das klingt ja sehr gut", erklärte der Polizist laut. „Dann kommt das Projekt endlich voran."

Malte drehte sich hin und her, vollführte geradezu eine Pirouette und stand plötzlich neben Rieder, während Förster und Plewe weiter in dem Haufen mit den aufgetürmten alten Sachen wühlten. „Übrigens, die Witt ist weg", raunte er dem Polizisten ins Ohr. Rieder riss die Augen auf. „Sie ist mit dem Fahrrad weg", ergänzte Malte noch seine Beobachtung und deutete mit der Hand durch das fast blinde Fenster in der Tür des Reusenschuppens. Rieder stürmte nach draußen, kam aber gleich wieder herein. Förster und Plewe schauten den Polizisten verwundert an. „Gudrun Witt ist verschwunden", rechtfertigte er sich. Es änderte nichts an der Verwirrung der beiden.

„Hast du gesehen, wohin sie gefahren ist?", wandte sich Rieder an Malte, während er sein Telefon aus der Hosentasche holte und im Display nach der Nummer von Damp suchte.

Malte zuckte mit den Schultern. „Ich habe nur bemerkt, dass das Fahrrad weg ist. Als wir ankamen, war es noch da."

„Was wollt ihr denn von Gudrun?", warf Plewe ein. „Ich dachte, das hätte sich erledigt."

Doch Rieder beachtete ihn nicht. „Die Witt ist weg", rief er ins Telefon, als sich Damp nach längerem Klingeln endlich meldete. Gleichzeitig ging er wieder nach draußen und schaute den Pluderbarg, die Hauptstraße Neuendorfs, nach rechts und links hinunter. Nirgendwo war Gudrun Witt zu entdecken.

„Wie, weg?", fragte Damp völlig überrascht.

„Offenbar raus aus dem Haus, aufs Rad und weg."

„Und wohin?"

„Keine Ahnung. Wir müssen los und nach ihr suchen", erklärte Rieder.

„Vielleicht ist sie ja nur zu einer Nachbarin gefahren", meinte Damp.

„Zu einer Nachbarin nimmst du doch in Neuendorf kein Fahrrad", warf Malte ein, der das Gespräch der Polizisten mitgehört hatte. „Da trittst du dreimal in die Pedale und stehst nicht vor der, sondern in der Tür."

Rieder hatte für Maltes Ironie keinen Sinn. „Wir treffen uns bei der Einkaufsquelle, neben dem ‚Haus am Meer'. Vielleicht ist sie dort." Damit legte Rieder auf, ohne eine Antwort seines Kollegen abzuwarten.

Als Rieder zum Streifenwagen gehen wollte, hielt ihn Förster zurück. „Was ist das mit Frau Witt?"

Rieder atmete kurz durch. „Ich kann das jetzt nicht erklären. Auf alle Fälle kannte Gudrun Witt Gilde und Kempe. Irgendwo müssen wir mit unseren Ermittlungen anfangen ..."

„... also ist Gilde auch ermordet worden", unterbrach ihn Förster mit erregter Stimme.

„Nein", versuchte ihn Rieder zu beruhigen. „Wir haben dafür bisher keine Bestätigung. Die Untersuchung läuft noch in Greifswald."

Endlich konnte er zum Streifenwagen. Er kam mit Damp gemeinsam bei der Einkaufsquelle an. Damp schnaufte heftig. Er war die wenigen Meter gerannt. Sein Haar und Gesicht waren immer noch mit weißen Farbsprenkeln übersät. Zusammen sahen sie in den kleinen Laden. Aber auch dort gab es keine Spur von Gudrun Witt.

Die Besitzerin des kleinen Supermarkts, Ilse Bantow, hatte sofort ihren Platz an der Kasse verlassen, als die beiden Polizisten in der Tür aufgetaucht waren. „Wieder mal hoher Besuch", verkündete sie für alle Kunden. „Der liebe Herr Rieder aus Berlin und Ole Damp. Was schnüffelt ihr beide hier wieder rum?"

„Wir suchen nach Gudrun Witt. War sie heute schon hier?" Rieder ließ sich nicht so schnell von der beleibten Verkäuferin mit der donnernden Stimme einschüchtern.

„Warum wollt ihr das wissen?"

„Wir müssen dringend mit ihr sprechen", antwortete Rieder, ohne damit zu viel preiszugeben.

„Über was?"

„Bei allem Verständnis für Ihre Neugier, Frau Bantow, würden wir darüber gern die Betroffene, Frau Witt, zuerst sprechen. Ich denke, danach wird Sie Frau Witt sicher detailliert informieren. So wie es hier in Neuendorf üblich ist, wo doch alles miteinander geteilt wird." Die kleine Nachbemerkung konnte sich Rieder zwar nicht verkneifen, bereute sie aber auch zugleich.

„Sie war hier", teilte Ilse Bantow mit.

„Hat sie was gekauft?", hakte Rieder nach.

„Wozu müssen Sie das wissen, wenn Sie mit ihr sprechen wollen?"

Dieser Logik war schwer zu widersprechen. „Nur so", versuchte sich Rieder aus der Affäre zu ziehen.

„Ich wünsche Ihnen viel Erfolg bei Ihrer Suche", verkündete die Bantow, baute sich vor Damp und Rieder auf und zwang sie so zum Rückzug. Danach fuhren sie gemeinsam alle Wege und Straßen in Neuendorf ab, liefen zwischen den Häusern hin und her, fragten auch im Hafen nach Gudrun Witt. Die Frau blieb verschwunden. Sie setzten sich auf die Bank an der Mole und blickten auf die Fahrrinne von Neuendorf. „Wie wäre es mit einem Ausflug zum Schwarzen Peter?", schlug Damp vor. „Der Täter kehrt an den Tatort zurück."

„Irgendwie glaube ich nicht, dass Gudrun eine Täterin ist."

„Man muss auch mal über seinen Schatten springen", erwiderte Damp.

Rieder schwieg. Er überlegte, wie sie weiter vorgehen sollten. „Ich fahre Sie zu Ihrer Wohnung. Dort nehme ich Ihr Rad und sehe mich hier noch ein wenig um. Sie fahren mit dem Streifenwagen ins Revier, damit jemand da ist, falls Krüger aus Greifswald anruft oder Behm sich meldet." Auch wenn Rieder wusste, dass beide zuerst ihn über sein Handy anrufen würden, wenn sie etwas herausgefunden hätten, wollte er seinen Kollegen loswerden. Allein versprach er sich eher einen Fahndungserfolg oder einen Tipp von einem Neuendorfer.

Vor Damps Wohnung schwang er sich auf das Hiddenseer Polizeirad. Er bog auf den Pluderbarg ein. In der Dorfmitte fuhr er nicht in Richtung Hafen weiter, sondern halb rechts vorbei an den Restaurants „Zur Boje" und „Stranddistel" direkt zum geschlossenen „Strandcafé". Hier und da werkelte jemand an einem Kahn oder einem Rad. Frauen hängten Wäsche auf. Der Wind blähte die Bettbezüge zu Stoffballons auf. Wer aufblickte, wenn Rieder vorbeifuhr, grüßte ihn freundlich. Am „Strandcafé" spürte Rieder einen Stich im Herzen und ein komisches Gefühl im Bauch. Als er hinter der geschlossenen Kneipe nach links auf den Deich einbog und kurz zum Haus rüberschaute, glaubte er wieder, dass sich die Gardine an einem Fenster des ehemaligen Schankraumes bewegt hätte. Er bremste ab, musste sich aber getäuscht haben. Nichts rührte sich im „Strandcafé". „Ich sehe schon Gespenster", redete Rieder vor sich hin, stieg wieder auf sein Rad und fuhr weiter über den Deich zum Schwarzen Peter.

Am Bollwerk angekommen, legte Rieder sein Rad einfach auf die Steine der Deichkrone. Die gespannten Flatterbänder rund um Bollwerk und Deich waren unversehrt. Auf dem Bodden trieb der Westwind kleine Wellen über das Wasser. Dann lief er noch einmal auf der Deichkrone hin und her, schaute dabei nach unten, ob nicht vielleicht eine Spur übersehen worden war. Aber es war nichts zu finden. Dann kletterte er hinunter zum Kai. Auch dort gab es keine neuen oder übersehenen Spuren. Als er wieder oben stand, schaute er in Richtung Inselinneres. Durch den Deich war die Bucht des Schwarzen Peters geteilt worden. Auf der anderen Seite war ein See entstanden. Sein Ufer war von hohem Buschwerk gesäumt. Rieder rutschte rücklings die Deichwand hinunter. Nur mit Mühe konnte er verhindern, sich im Schilfgürtel nasse Füße zu holen. Auf allen vieren krabbelte er entlang des Deichfußes, erst nach links, dann nach rechts. Auch dort gab es nichts zu entdecken. Gebückt kroch er wieder auf die Deichkrone. Als er sich noch einmal umsah, fiel ihm ein kleiner Trampelpfad auf, der vom Deichfuß auf der Landseite ins Buschwerk führte.

Der Boden des Pfads war sehr weich. Rieder kam es vor, als würde er auf einem Schwamm laufen. Da sah er mitten auf dem Weg zwei Reifenabdrücke. Kempes Spur konnte es nicht sein. Dazu fehlten die Abdrücke des Hängers. Daneben gab es noch das tiefe Profil von Sportschuhen oder Wanderstiefeln. Kempe hatte allerdings ausgetretene Straßenschuhe mit einer glatten Sohle getragen. Rieder schwankte, was er tun sollte. Am besten wäre es, abzusperren und Behm anzurufen, damit er die Spuren sicherte. Doch die Neugier war größer. Er lief weiter, wand sich am Rand des Dickichts entlang. Offenbar war der Pfad in diesem Frühjahr noch nicht viel genutzt worden. Einige Büsche und Bäume hatten ihre jungen Äste in die Mitte des Wegs getrieben, aber keiner war abgeknickt. Nirgendwo fanden sich Fasern von Kleidungsstücken. Die Fußabdrücke und die Radspuren führten bis zur Einmündung auf den Hauptweg, der von Neuendorf zum Leuchtturm Gellen führte. Die Fußspuren endeten an der Einmündung. Auf dem Fahrweg und dem gegenüberliegendem Strandaufgang war zum Ärger Rieders in den letzten Tagen Stroh gestreut worden. Er fluchte leise vor sich hin. Die Reifenspur des Rads konnte er jedoch weiter verfolgen. Sie bog nach rechts in Richtung Neuendorf ab. Aus dem Spurenbild der Reifen konnte selbst er ablesen, dass jemand mit seinem Fahrrad von Neuendorf zum Schwarzen Peter und wieder zurück gefahren sein musste. Vielleicht war Damps Vermutung doch nicht so abwegig, dass Kempes Mörder von der Insel kommen könnte. Doch zu wem gehörten die Spuren? Rieder zog sein Handy aus der Tasche und fotografierte die Spuren. Um sie nicht zu verwischen, nahm er nicht denselben Weg zurück zum Schwarzen Peter. Er lief ein Stück weiter Richtung Leuchtturm Gellen, bog dann am Ende des Buschwerks nach links ab. Von dort führte ein ausgetretener Wiesenpfad zum Deich. Er nahm sein Rad und fuhr wieder nach Neuendorf. Am „Strandcafé" stutzte er erneut. Jetzt glaubte er hinter den Gardinen ein Licht gesehen zu haben. Sollte jemand in Charlottes Restaurant eingebrochen sein? Immerhin war das Gebäude seit Monaten nicht mehr bewohnt. Er stoppte und beobachtete das Haus. Nichts tat sich. Er schob sein Rad weiter, schloss es am Strandaufgang gegenüber vom „Strandcafé" an. Tat so, als würde er zum Strand gehen. Kaum war er hinter der Düne verschwunden, schlich er sich gebückt zum nächsten Aufgang und von dort wieder zum „Strandcafé". Am Haus angekommen, duckte er sich, schnellte kurz hoch, um durch eines der Fenster ins Innere zu schauen. Erst konnte er nichts entdecken, aber dann glaubte er, einen Schatten im Schankraum zu sehen. Rieder tauchte wieder ab. Er zog seine Waffe und seinen Schlüsselbund. Daran war noch ein Schlüssel für Charlottes Haus. Er hatte ihn ihr nicht zurückgeben können. Er bewegte sich im Entengang bis zur seitlichen Eingangstür. Vorsichtig schob er den Schlüssel in das Schloss und drehte ihn langsam, um möglichst kein Geräusch zu verursachen. Er erinnerte sich, dass die Tür immer heftig knarrte. Er drückte die Klinke nach unten und schob sie ganz langsam auf. Er wusste ungefähr, wann das erste Quietschen des Türblatts kommen musste. Kurz davor hielt er die Tür fest, entsicherte seine Waffe, hielt die Luft an und quetschte sich durch die schmale Öffnung. Drinnen glaubte er, Charlottes Parfüm riechen zu können. Dabei hatte sie doch schon so lange das Haus verlassen.

Rieder horchte ins Haus. Es war völlig still. Nirgendwo gab es einen Lichtschein. Er winkelte den rechten Arm an und umfasste nun seine Waffe mit beiden Händen. Dann schlich er sich an der Wand entlang bis zur Tür des Schankraumes. Er öffnete sie ganz leise, sprang er mit einem Satz nach vorn, streckte seine Arme mit der Waffe im Anschlag aus und sah Charlotte. Sie lächelte ihn an. Rieder nahm völlig entgeistert die Waffe herunter. „Charlotte", rief er erstaunt aus, „wo kommst du denn her …?!"

„Von Mallorca." Sie saß auf einem Stuhl und hatte ihre Beine auf einen anderen gelegt. Sie versuchte aufzustehen, hatte aber sichtbar Mühe. Erst jetzt bemerkte Rieder, dass Charlotte hochschwanger war. Er ging ihr entgegen und half ihr, auf die Beine zu kommen. Sie wankte etwas. Er starrte auf ihren Bauch. „Hast du noch nie eine Schwangere gesehen?", fragte sie kess.

„Eh …" Mehr bekam er erst einmal nicht raus. Dann fiel ihm auf, dass er immer noch seine Waffe in der rechten Hand hatte. Er steckte sie ein. „In welchem Monat bist du?"

„Im achten."

„Und wer ist der Vater?"

Charlottes Gesicht verfinsterte sich blitzschnell. Ihre Hand klatschte auf seine Wange.

17

Rieder wurde von seinem Funktelefon geweckt. Er spielte kurz mit dem Gedanken, es einfach zu ignorieren. Wahrscheinlich war es Damp. Seit gestern Nachmittag hatte er ein dutzend Male versucht, ihn zu erreichen. Aber Rieder war nie rangegangen. Nur am Abend hatte er Damp eine SMS geschickt, dass er ihn in Kempes Haus gegen Mitternacht ablösen würde. Getan hatte er es allerdings nicht.

Der Anrufer war hartnäckig. Das Telefon klingelte weiter. Rieder griff nach dem Handy mit geschlossenen Augen, wischte mit dem Daumen über den Bildschirm und meldete sich.

„Krüger hier. Habe ich Sie geweckt?" Der Greifswalder Rechtsmediziner war offenbar in Hochstimmung.

Rieder öffnete die Augen und schaute kurz auf das Display. Es zeigte 07.25 Uhr. „Ist ja auch noch ziemlich früh."

„Tja, aber nur der frühe Vogel und so weiter ...", scherzte Krüger weiter. „Ich wollte Sie nicht warten lassen. Es gibt gute Nachrichten."

Rieder war sofort hellwach. Gute Nachrichten! Das konnte nur heißen, dass Gilde nicht ermordet worden war. „Toll!", rief er ins Telefon.

„Ihr Inseldoc hatte recht. Dieser Herr Gilde ist eindeutig an Herzversagen gestorben."

„War ja auch alt genug. Möselbeck ist auch wirklich ein sehr sachkundiger und gründlicher Arzt", kommentierte Rieder das Obduktionsergebnis. „Ich kann also die Akte schließen." Er freute sich schon auf die Gesichter von Martina Gilde und Richard Schlick. Sollten sich nun die Anwälte mit den streitsüchtigen Erben rumplagen.

„Man sollte allerdings nicht den Tag vor dem Abend loben", entgegnete Krüger.

Rieder stutzte. „Was meinen Sie?"

„Es ist schon richtig, die Todesursache ist Herzversagen. Aber gründlich war ihr Doktor Möselbeck nicht. Ich dachte, Sie freuen sich, mal wieder einen interessanten Fall auf dem Tisch zu haben. Einen mit dem Stein erschlagen wie Ihren Inselmaler ist ja keine Herausforderung. Aber das hier ..."

„Können Sie mal Klartext reden", raunzte Rieder ins Telefon.

„Das Stichwort heißt Leichenschau. Muss eigentlich bei jedem Todesfall gemacht werden. Okay, Herr Gilde war nicht eine zwanzigjährige Maid, die man sich selbst tot noch mal gern ansieht. Laut Unterlagen gab es eine Pflegestufe, und der Mann war bettlägerig. Da ist natürlich der Tod zu erwarten ..."

„Kommen Sie bitte zur Sache", forderte Rieder.

„Wenn Doktor Möselbeck eine korrekte Leichenschau vorgenommen hätte, dann wären ihm an der Innenseite des linken Oberschenkels zwei parallele kleine Wunden aufgefallen. Außerdem muss die Haut angeschwollen und leicht bläulich gefärbt gewesen sein."

„Wunden?"

„Ja, nix Großes. Aber auch an kleinen Dingen kann man sterben."

„Wie bitte?" Rieder fiel es schwer, Krüger zu folgen.

„Ein Schlangenbiss. Modell Kreuzotter. *Vipera berus*, giftig, aber eigentlich nicht tödlich."

„Ein Schlangenbiss?", fragte Rieder ungläubig. Dann wurde ihm bewusst, was Krüger noch gesagt hatte. „Aber wenn ihr Biss nicht tödlich ist, warum ist er dann gestorben?"

„Zu alt, zu herzkrank. Möglicherweise war auch die Konzentration des Schlangengiftes sehr stark, weil das Tier lange nicht gebissen hatte. Vielleicht war es gerade erst aus seiner Winterstarre erwacht", erwiderte Krüger. „In der Literatur gibt es hier oben nur einen Fall mit gleichen Symptomen. Eine Achtzigjährige aus Bergen auf Rügen wurde in ihrem Garten auch von einer Kreuzotter gebissen und ist dann an Herzversagen gestorben. Der Schreck. Die Konzentration des Giftes."

Rieder versuchte in seinem Kopf sein Wissen über Schlangen abzurufen. „Aber ist es jetzt nicht für Schlangen noch zu kalt?"

Krüger brummte ins Telefon. „Hiddensee lobt sich immer für die vielen Sonnenstunden, selbst jetzt schon im Frühjahr. Es war ziemlich warm in den letzten Tagen, und da sind sicher auch einige Tierchen aus ihren Löchern gekrochen."

„Puh", machte Rieder. „Das ist ja ein Schlag ins Kontor. Ich muss das erst einmal verdauen. Aber muss es denn Mord gewesen sein? Kann die Schlange nicht von selbst bei Gilde im Bett gelandet sein?"

„Ich glaube kaum. Sie wird nicht an der Hauswand hochgeklettert sein oder sich selbst die Tür aufgemacht haben. Da hat jemand nachgeholfen …"

„… der ein paar Vorkenntnisse gehabt haben muss", stellte Rieder fest.

„Naja, würde ich nicht mit Bestimmtheit sagen", entgegnete der Rechtsmediziner. „Im Volksmund gilt der Biss der Kreuzotter als giftig und durchaus als tödlich, auch wenn das so nicht ganz stimmt. Für Kinder und alte Menschen besteht schon eine gewisse Gefahr, aber für Sie und mich eher nicht. Manche merken zunächst gar nicht, dass sie gebissen werden, sondern spüren die Folgen erst, wenn die typischen Symptome auftreten. Atemnot, Herzbeschwerden, Schwellung der Haut an der Bissstelle. Andererseits gab es auf Hiddensee in den letzten Jahren beinahe zwei Dutzend Fälle, wo Leute mit Schlangenbissen im Krankenhaus behandelt werden mussten, in zwei Fällen sogar auf der Intensivstation."

„Also Mord", stellte Rieder resigniert fest.

„Da kenn' ich mich nicht so aus", erklärte Krüger. „Vielleicht ist es auch Körperverletzung mit Todesfolge oder Totschlag. Na, egal. Ihr Fall. Der Bericht geht Ihnen zu. Viel Vergnügen."

Damit legte er auf. Rieder schmiss sein Telefon ans Ende des Betts. Es einfach auf den Boden zu werfen, hatte er dann doch vermieden. ‚Es kommt alles zusammen', dachte er bei sich. Zwei unaufgeklärte Morde, die Rückkehr von Charlotte und eine unerwartete Vaterschaft. Noch immer brannte seine Wange von Charlottes Ohrfeige. Er hielt seine Frage noch immer für legitim. Beim

Nachzählen der Monate war ihm allerdings schnell klargeworden, dass er der Vater sein musste. Aber warum hatte sie sich so lange nicht gemeldet? Und warum war Charlotte hierher nach Hiddensee zurückgekehrt? Darauf hatte ihm Charlotte keine Antworten gegeben. Sie hatten sich lange schweigend gegenübergestanden. Dann hatte Charlotte gesagt, dass es besser wäre, wenn er jetzt gehen würde. Vom „Strandcafé" war er nicht nach Vitte ins Revier, sondern zum Leuchtturm Gellen gefahren. Dort hatte er sich in die Dünen gesetzt und auf das Meer gestarrt. Immer wieder hatte sich Rieder gefragt, was er nun tun sollte. Wenn er der Vater war, musste er auch Verantwortung übernehmen. Davor wollte er sich gar nicht drücken. Aber was wollte Charlotte?

Der Fall war durch das Wiedersehen mit Charlotte völlig in den Hintergrund geraten. Erst später, auf dem Weg zu seinem Haus in Vitte war ihm klar geworden, dass er natürlich mit ihr über den Mord an Kempe sprechen musste. Immerhin war das „Strandcafé" das letzte Haus vor dem Deich. Doch war sie vorgestern schon in Neuendorf gewesen? Wann war sie überhaupt zurückgekommen?

Da klingelte sein Telefon schon wieder. Er suchte auf seiner Decke nach dem Gerät. Das Display zeigte Damps Nummer. Sein schlechtes Gewissen meldete sich schlagartig. Sein Kollege wartete wahrscheinlich immer noch in Kempes Haus.

„Schön geschlafen", meldete sich wütend sein Kollege. „Ich hab' mir hier die Nacht über den Arsch abgefroren. In Kempes Haus ist es scheißkalt ... Wo sind Sie?"

„Zu Hause."

„Zu Hause?!", brüllte Damp ins Telefon. „Und haben sicher gut geruht!"

„Ja, tut mir leid", wandte Rieder ein. „Es ist mir was dazwischengekommen ..."

„Tut mir leid, tut mir leid", äffte Damp Rieder mit schriller Stimme nach.

„Ist denn bei Ihnen heute Nacht irgendetwas passiert?", versuchte Rieder die Tiraden zu unterbrechen.

„Nicht. Gar nichts. Total sinnlos diese Wache hier."

„Gudrun Witt ist übrigens wieder aufgetaucht", wechselte Rieder das Thema. „Alles harmlos. Sie war bei einer Bekannten."

Soviel hatte Rieder noch von Charlotte erfahren. Gudrun Witt versorgte sie mit Lebensmitteln und war deshalb am Morgen bei ihr gewesen.

„Und wer ist diese Bekannte?", fragte Damp hämisch nach. Er war offenbar nicht überzeugt.

„Eine Frau aus Neuendorf." Mehr wollte er nicht sagen und gegenüber Damp auch nicht preisgeben. Er musste sich erst selbst über seine Beziehung zu seiner früheren Freundin klarwerden, bevor er Damp über ihre Rückkehr informierte.

Doch Damp gab nicht so schnell auf. „Wo war Gudruns Rad?"

„Sie hatte es mit ins Haus genommen", behauptete Rieder einfach. Als Köchin im „Strandcafé" hatte Gudrun Witt ihr Rad immer im Haus abgestellt. Damp gab sich damit zufrieden.

„Wir haben übrigens noch ein größeres Problem", erklärte Rieder. „Gilde ist ermordet worden."

„Was? ... Wie? ... Gilde ermordet?" Dann stöhnte Damp auf. „Ich glaub' es nicht."

„Ist aber so. Krüger hat mich gerade angerufen. Mit einem Schlangenbiss ermordet."

Ein paar Sekunden war es still im Hörer. „Muss ja nicht ermordet worden sein. So eine Schlange kann ins Haus gekommen sein ..."

„Genau", unterbrach Rieder Damp. „Sie schlängelte sich schnurstracks in das Krankenzimmer, kroch in Gildes Bett, weil es unter der Decke schön warm war und verging sich dann an seinem Oberschenkel. Vergessen Sie es."

„Hm", machte Damp nur. „Die Witt kennt doch irgendwie die Gilde. Vielleicht haben sie zusammen dem Alten die Schlange ins Nest gelegt. Die Witt könnte die Schlange besorgt haben, damit seine Frau ihn damit töten kann. Zutrauen würde ich den beiden das. Töten nicht Frauen gern mit Gift?"

„Das ist eher ein Vorurteil. Noch was anderes. Ich war gestern noch einmal am Schwarzen Peter. Dort habe ich einen Pfad entdeckt, der vom Deich zum Fahrweg hinter der Ostseedüne führt. Ich habe eine Fußspur und Abdrücke von einem Rad gefunden. Vielleicht könnten Sie da bitte mal vorbeifahren und den Pfad von beiden Seiten sperren. Ich habe zwar Fotos gemacht, aber Behm sollte sich das noch einmal ansehen. Die Reifen schienen ziemlich abgefahren."

„Sie könnten zum Rad von Gudrun Witt passen."

„Wir sollten die Abdrücke auf alle Fälle mit ihrem Rad vergleichen", räumte Rieder ein.

„Ich kümmere mich drum", verkündete Damp ziemlich aufgekratzt. Er schien sich darin verbissen zu haben, Gudrun Witt einen oder beide Morde nachzuweisen.

„Danach treffen wir uns im Revier", entschied Rieder. „Ich besorge Frühstück als Entschädigung. Jetzt rufe ich erst einmal Bökemüller an. Er wird wahrscheinlich eine SOKO zusammentrommeln."

„Na, prost Mahlzeit", meinte Damp. „Dann kommt die Blohm auch wieder."

18

Nelly Blohm fuhr zu schnell. Aber zwischen Bergen und Trent war die Straße fast schnurgerade. Man musste nur aufpassen, dass nicht eine Trantute aus einer der Seitenstraßen einbog und einem die Vorfahrt nahm. Sie war wütend. Auf ihren Chef in Bergen. Auf Stefan Rieder. Auf Männer überhaupt. Wie konnte Hauptkommissar Gottschalk sie in diese Sonderkommission abkommandieren? Er wusste doch ganz genau, wie sie von Stefan Rieder hinters Licht geführt worden war. Ihr Widerspruch war rundweg abgelehnt worden.

„Sie sind noch auf Bewährung", imitierte sie Gottschalk vor sich hin. Sie hatte Mist gebaut und war nur knapp daran vorbeigeschrammt, wieder zur Streifenpolizistin degradiert, wenn nicht sogar ganz aus dem Polizeidienst entlassen zu werden. Aber wem haben schon die paar Daten geschadet, die sie aus dem Polizeicomputer des LKA illegal herausgezogen hatte? Gut, sie hatte um ein Haar eine lange geplante Polizeiaktion vermasselt. Andererseits hatte sie eins und eins richtig zusammengezählt und war ziemlich nah dran gewesen, die gesuchte Doppelmörderin selbst zu stellen. Darüber redete niemand. Damit war sie bei Rieder. Der hätte sich für sie in die Bresche werfen können. Aber nein, Herr Hauptkommissar weidete sich lieber an seinem eigenen Triumph, statt sie mal gegenüber Bökemüller und Gottschalk in Schutz zu nehmen. Sie fragte sich, wie sie sich in jemandem so getäuscht haben konnte. Seine plumpen Annäherungsversuche, nachdem sie wieder in Bergen im Revier Dienst schieben musste, hätte er sich sparen können. In dieser Zeit hatte sie allerdings eine Affäre mit dem Piloten Carl Groth. Wenn Groth im Winter mit seinem Hubschrauber nicht die Fähre zwischen Hiddensee und Rügen ersetzen musste, hatte er mit Nelly tolle Ausflüge gemacht. Natürlich mit dem Hubschrauber. Es war total geil gewesen, über die vereiste Ostsee nach Bornholm zu fliegen oder mal schnell nach Rostock. Die Nächte waren auch nicht zu verachten gewesen. Nur als sie ihren Sohn Lukas ins Spiel gebracht hatte, war Carls Begeisterung für sie ziemlich abgekühlt. Ihre Mutter hatte natürlich recht behalten. Sie hatte von Anfang an die Nase gerümpft über diese Beziehung. Bei einer Überwachung einer Bande von Trickdieben in Binz hatte sie Carl in inniger Umarmung mit einer dunkelhaarigen jungen Frau erspäht. Die anschließende Szene im Restaurant des Kurhotels hätte sie sich sparen können. Aber Hormone und verletzte Gefühle konnten zu einer sehr explosiven Mischung werden.

Nelly seufzte. Endlich Schaprode. Diese SOKO würde sie auch überstehen. Ihre Professionalität würde siegen. Da war sie sich sicher.

Sie kurvte um die kleine Dorfkirche und bog dann rechts auf den Parkplatz ein. Klaus Möbius kam in gelbem Ostfriesennerz und Regenhut aus seiner kleinen Butze. Er erkannte Nelly sofort. „Frau Kommissar. Sie waren lange nicht da!", rief er aus, als sie ihr Seitenfenster herunterkurbelte. Es war gerade mal drei Monate her, dass sie Hiddensee fluchtartig verlassen hatte. Sie riss sich zusammen und grüßte freundlich den Parkplatzwächter. „Hallo, Herr Möbius! Wird aber vielleicht nur ein kurzer Aufenthalt. Wahrscheinlich fahre ich heute Abend wieder nach Bergen zurück."

„Na, dann parken Sie mal gleich hier, neben dem Wagen von Kommissar Rieder."

Nelly schluckte, rang sich aber ein Lächeln ab. „Prima. Gleich am Eingang."

„Rufen Sie einfach an, wann Sie kommen." Möbius drückte ihr seine Karte in die Hand, als sie ausstieg. „Ich komme dann schnell her und lasse Sie raus. Sie sind doch bestimmt im Einsatz." Er neigte etwas den Kopf. „Man hört ja schlimme Dinge von der Insel. Mehrere Tote."

„Deshalb muss ich mal nach dem Rechten sehen", versuchte Nelly zu scherzen, um gleichzeitig zu denken: ‚Auf mich haben Damp und Rieder bestimmt gewartet.'

Damp hatte sich im Stillen wieder mit Rieder versöhnt. Frische Brötchen, dazu Hackepeter und Butter. Außerdem dampfte frischer Kaffee in seiner Tasse. Rieder hatte ihn im Büro des Bürgermeisters organisiert. So ließ es sich leben. Rieder saß ihm gegenüber. Er hatte nur einmal von seinem halben Brötchen abgebissen. Auf einem Block notierte er, welche Schritte die Mitglieder der Sonderkommission „Schwarzer Peter" unternehmen sollten. Rieder blieb bis zehn Uhr nur noch eine halbe Stunde. Dann sollten Bökemüller und Staatsanwalt Podewin mit Behm und seinem Assistenten Sascha in Vitte auf dem Sportplatz landen. Damp hatte es geschafft, von der Insellogistik einen kleinen Transporter für die Kriminaltechniker zu besorgen. Wie ihm das gelungen war, blieb

Rieder ein Rätsel. Die Lösung war einfach. Sein Gegenüber hatte Barnhöft, dem Chef des Inselunternehmens, versprochen, ein paar Bußgeldbescheide verschwinden zu lassen. Das Elektroauto mit drei Rädern hatte vorn eine Fahrerkabine, die für zwei Leute ziemlich eng war, dafür aber dahinter einen geschlossenen Kasten, in dem die beiden Polizisten ihre Sachen unterbringen konnten.

Rieder schaute auf und sah, dass Damp gerade genüsslich die fünfte Brötchenhälfte mit Hackepeter bestrich. „Haben wir eigentlich über Gilde irgendetwas in den Akten?"

Damp hielt kurz inne, schüttelte dann aber den Kopf. Er wollte essen, nicht ermitteln. Alles zu seiner Zeit. „Nicht, dass ich wüsste."

„Könnten Sie vielleicht noch einmal nachsehen?", bat ihn Rieder. „Ich will bloß sichergehen, dass uns nichts durch die Lappen gegangen ist, wenn Bökemüller und Podewin kommen. Der Staatsanwalt wartet nur auf einen Fehler von uns."

Das war ein schlagendes Argument. Damp ließ sein Brötchen fallen. Er zog das unterste Fach seines Schreibtischs auf mit dem Archiv des Reviers Hiddensee. Es waren nicht viele Hängeordner. Die meisten enthielten Verstöße gegen die Verkehrssicherheit wie im Fall Barnhöft. Bevor er es vergaß, nahm Damp die Akte Barnhöft heraus und legte sie auf den Tisch.

„Kann ich mal sehen?", fragte Rieder ungeduldig.

Damp winkte ab. „Das hat damit nichts zu tun. Die Angelegenheit hat sich gerade erledigt."

Damp schob weiter Hefter um Hefter nach vorn und schaute dabei kurz auf die beschrifteten Plastikreiter. Dann stutzte er. Ein Reiter trug nicht seine Handschrift. Dafür stand der Name „Gilde, Werner" darauf. Damp zog den Hefter heraus und klappte ihn auf. „Gilde, Werner: Verstoß gegen Auflagen des Landesamtes für Denkmalschutz. Was ist das denn für ein Mist?" Er überflog die erste Seite der Kladde. „Hat die Blohm aufgenommen. Wahrscheinlich, als wir beide nicht auf der Insel waren." Er blätterte weiter. „Die Anzeige hat Karl Born erstattet." Damp schaute kurz auf. „Das ist der Typ vom Heimatverein."

Rieder horchte auf. Hatten ihm nicht Bürgermeister Förster und sein Vermieter, Friedrich Drews, erzählt, dass Born ein enger Mitarbeiter Gildes gewesen war? Wieso dann die Anzeige? Auch vom Hiddenseer Heimatverein hatte er bisher nichts gewusst.

„Es geht um den Abriss des Hauses von Pia Cicero …", verkündete Damp. „Um die alte Hütte war es nun echt nicht schade. Stand eh leer. Die soll unter Denkmalschutz gestanden haben?" Damp las weiter. „Hat wohl Gilde gehört. Da kann er sie doch auch abreißen. Merkwürdig."

„Kann ich mal sehen?", fragte Rieder. Damp reichte ihm die Akte. Rieder sah sich das Protokoll an. „Komisch. Das Landesamt hat das Haus am 29. November unter Denkmalschutz gestellt und an diesem Tag den entsprechenden Brief an Gilde abgeschickt. Das Haus ist am 6. Dezember abgerissen worden, aber das Schreiben erst am 7. Dezember auf Hiddensee angekommen. Laut Aussage des Briefträgers." Rieder holte aus seinem Schreibtisch seinen Kalender vom Vorjahr und schlug den November auf. Der 29. November war ein Montag gewesen. Dann zählte er die Wochentage bis zum 6. Dezember. „Sieben Tage soll der Brief von Schwerin nach Hiddensee gebraucht haben?", bemerkte Rieder überrascht. Das war merkwürdig. Wenn ihm sein Freund aus Mainz schrieb, war der Brief spätestens nach zwei Tagen da. „Warum war denn das Haus von dieser Pia Cicero so wichtig?", fragte Rieder Damp.

Der zuckte mit den Schultern. „War irgend so eine Berühmtheit. Ich glaube, eine Schauspielerin. Als ich auf die Insel kam, war die Cicero schon tot. Es gibt oben in Kloster jedes Jahr Pia-Cicero-Wochen. Da toben sich dann junge Schauspieler aus, rennen nackt durchs Hochland und brüllen irgendwas in die Gegend. Nicht mein Fall."

Das wunderte Rieder nicht besonders. „Wir sollten dem noch einmal nachgehen."

Die Tür des Reviers wurde geöffnet, und Försters Sekretärin trat ein. Sie wedelte mit einem Brief. „Hallo, Ole, der ist bei uns gelandet, aber an dich." Sie schaute noch einmal auf den Umschlag. „Scheint wichtig zu sein. Per Einschreiben und von der Polizeidirektion." Damp wurde rot. Er sprang auf und riss ihr den Brief aus der Hand. Dann zog er die oberste Schreibtischschublade auf, legte das Schreiben hinein und schloss ab. Das tat er sonst nie, wunderte sich Rieder.

19

Die erste Sitzung der SOKO „Schwarzer Peter" sollte in der Inselbibliothek im Henni-Lehmann-Haus stattfinden. In der Mitte des Raums hatte Damp ein paar Tische zusammengeschoben. Nelly Blohm lehnte mit verschränkten Armen an der Wand und schaute gelangweilt in die Runde. Holm Behm sortierte seine Notizen und Asservate. Sascha war in dem geliehenen Elektromobil weiter nach Neuendorf gefahren, um die Spuren auf dem Pfad zum Schwarzen Peter zu sichern. Damp kam herein mit ein paar Flaschen Wasser im Arm, die er noch schnell im Supermarkt besorgt hatte. Nelly nickte er nur kurz zu. Behm begrüßte er mit Handschlag.

„Wo sind denn Rieder und die Chefs?", fragte der Kriminaltechniker arglos, aber Damp versetzte es einen kleinen Stich im Herzen. Obwohl er Revierleiter auf Hiddensee war, hatten sich Staatsanwalt Podewin und Polizeichef Bökemüller mit Rieder, aber ohne ihn, in das Büro des Bürgermeisters zurückgezogen. Er musste dafür das Mädchen für alles spielen. Wie aufs Stichwort öffnete sich die Tür, und die Stralsunder Chefs betraten, gefolgt von Rieder und Bürgermeister Forster, den Raum. Sofort war Spannung im Raum. Nellys Blick schärfte sich. Damp nahm Haltung an. Behm stand auf. Sein Stuhl drohte umzufallen durch die hektische Bewegung. Bökemüller bat alle mit ausladender Geste, Platz zu nehmen. Rieder und Podewin setzten sich zu seiner

Rechten und Linken. Förster ließ zu Nelly und Holm Behm ein paar Plätze frei, als wolle er damit demonstrieren, dass er kein Polizist war.

„Schön, dass Sie es alle so schnell geschafft haben, auf die Insel zu kommen", eröffnete Bökemüller die Sitzung. „Hiermit nimmt die SOKO ‚Schwarzer Peter' ihre Arbeit auf." Er schlug Rieder sanft auf die Schulter. „Hauptkommissar Rieder wird die SOKO leiten, und Sie sind ihm bis auf Widerruf unterstellt."

Nelly entglitten die Gesichtszüge. Damp riss die Augen auf. Wieder war er übergangen worden. Behm nickte Rieder freundlich zu. Podewin scannte mit seinen kalten Augen jeden ab. Rieder selbst machte ein ernstes Gesicht.

„Wir müssen so schnell wie möglich die beiden Todesfälle aufklären", setzte Bökemüller fort. „In gut einer Woche ist Ostern. Dann beginnt die Saison. Bis dahin muss die Sache aus der Welt sein. Sie alle haben Erfahrungen mit kriminalistischer Arbeit auf der Insel gesammelt. Ich würde ungern die Dinge an das LKA weitergeben." Der Polizeichef beugte sich nach links und wollte das Wort an den Staatsanwalt geben. Doch Podewin hob abwehrend die Hände.

Dafür meldete sich Förster. „Ich muss wohl nicht sagen, dass sich unter den Insulanern Unruhe breitmacht. Erst dieser Winter und das Chaos, die Touristen von der Insel zu bringen. Das hat unserem Image schon erheblich geschadet. Jetzt noch die beiden Morde. Ich möchte darum bitten, dass Sie möglichst schnell die Täter finden, aber dabei diskret vorgehen."

„Eine absolute Nachrichtensperre ist hiermit verhängt", erklärte daraufhin der Staatsanwalt mit schneidender Stimme. „Und wenn ich absolut sage, meine ich absolut." Er fixierte Nelly mit seinem Blick. „Ich hoffe, wir haben uns verstanden. Ebenso keine Extratouren." Eisige Stille machte sich breit. Selbst Bökemüller schien erstarrt zu sein. Nelly konnte nur mit Mühe ein Zittern unterdrücken.

Rieder räusperte sich kurz. „Ich glaube, jeder hier am Tisch weiß, wie Polizeiarbeit am besten gelingen kann", versuchte er die

Situation zu entspannen. „Wir sollten jetzt beide Fälle durchgehen, damit wir alle auf dem gleichen Stand sind. Danach werden wir überlegen, wie wir weiter vorgehen."

Rieder nahm seinen Block. Er berichtete über die bisherigen Erkenntnisse im Fall Gilde und im Fall Kempe. „Unser Rechtsmediziner geht in beiden Fällen von Mord aus. Bei Kempe mit einem stumpfen Gegenstand, wahrscheinlich einem Stein; Gilde, und das ist das Bemerkenswerte, wurde durch den Biss einer Kreuzotter getötet."

„Durch eine Kreuzotter?", rief Förster erstaunt. „Die halten doch bei den Temperaturen noch Winterruhe und sind nicht aktiv."

„Letzte Woche war es schon sehr warm", entgegnete Damp. „Da kommen die raus und sonnen sich."

„So sieht es auch der Rechtsmediziner", bestätigte Rieder.

Förster wiegte den Kopf hin und her. „Ja, schon, aber ich habe keine Schlange gesehen. Und ich war auf der Insel viel unterwegs. Besonders in der Dünenheide und am Enddorn, wo es einige Nester gibt."

„Was heißt das? Dass der Mörder die Schlange mit auf die Insel gebracht haben muss?", fragte Rieder.

Förster schüttelte den Kopf. „Nicht unbedingt. Wer Nester auf der Insel kennt, kann sich eine Schlange rausgefischt haben. Wenn er sie warmgehalten hat, wird sie langsam lebendig geworden sein. Aber ob dann schon ihr Gift reicht, um einen allergischen Schock auszulösen und so einen Menschen zu töten …"

„Einen alten Menschen zu töten", warf Damp ein.

„Na, wie auch immer."

„Also, ich habe vor den Viechern einen Heidenrespekt", meinte Damp. „Ich weiß noch, wie Fittkaus Karthäuser von einer Kreuzotter gebissen worden ist. Das war auch im Frühjahr. Der arme Kater. Der hat sich gequält vor Schmerzen, und es hat ewig gedauert, bis die Lähmung nachgelassen hat. Ich möchte jedenfalls nicht von einer Kreuzotter gebissen werden."

Rieder wunderte sich, woher Damp das von Maltes Katze wusste und so plötzlich das Mitgefühl kam.

„Aber im Normalfall ...", versuchte Förster abzuwiegeln.

„Es war hier aber kein Normalfall", beharrte Damp. „Der Mann war steinalt. So steht es jedenfalls im Obduktionsbericht."

Rieder wurde langsam klar, warum Damp hier so einstieg. Er wollte den Chefs beweisen, dass er ein guter Polizist sei. Er konnte das durchaus verstehen.

„Wir müssen also davon ausgehen, dass der Mörder biologische Kenntnisse hat ...", versuchte Rieder den Streit zwischen den beiden Hiddenseern abzuwiegeln.

„... oder von der Insel kommt und sich mit Kreuzottern auskennt", meinte Förster. „Früher war hier jedes Kind mit den Schlangen vertraut."

„Damit wären wir bei Gudrun Witt. Sie ist Hiddenseerin, kennt sich auf der Insel aus, auch mit Kreuzottern. Da gibt's jede Menge um Neuendorf", stellte Damp fest. „Gerade letztes Jahr habe ich dort ein riesiges Exemplar auf der Straße gefunden. War leider überfahren worden."

„Sie meinen die Frau, die den toten Maler gefunden hat?", fragte Bökemüller nach und blätterte gleichzeitig in den Ermittlungsunterlagen, um die Informationen zu Gudrun Witt nachzulesen.

„Und sie hat auch mit Martina Gilde zu tun", ergänzte Damp. „Vielleicht hat sie beide umgebracht im Auftrag von Gildes Frau."

Dafür erntete er einen stechenden Blick des Staatsanwalts.

„Was sollte das Motiv der Frau sein?", erkundigte sich Nelly Blohm.

„Ein Motiv kann man noch nicht erkennen, aber Gudrun Witt kannte Kempe und auch Gilde", sprang Rieder seinem Kollegen bei. „Und es gibt eine Verbindung zwischen Gilde und Kempe. Die Bilder, die wir bei Kempe entdeckt haben, finden sich alle auch im Inventarverzeichnis von Gildes Sammlung in seinem Haus am Schwedenhagen. Ungeklärt ist allerdings, wie sie dahin gekommen sind. Wir können auch noch nicht genau sagen, ob es sich um Originale oder Kopien handelt."

„Vielleicht hat Gilde ihm die Bilder geschenkt oder ihn gebeten, Kopien zu machen. Möglicherweise als Geschenk für Geschäftspartner", äußerte Förster. „Soviel ich weiß, sollen die beiden sogar recht eng befreundet gewesen sein. Schon seit Jahrzehnten. Jedenfalls hat mir das sogar Kempe bei Gildes Leichenschmaus erzählt."

„Wahrscheinlich war das Kempes einziger Freund", warf Damp ein. „Ich habe ihn sonst immer nur allein auf der Insel gesehen."

„Das müsste natürlich überprüft werden, aber die Fakten sprechen dagegen", meldete sich wieder Behm. „Die gefundenen Farben im Atelier im Schuppen sind alt, sehr alt, und stammen mit großer Wahrscheinlichkeit aus der Entstehungszeit der Bilder. Woher Kempe dieses alte Malerzeug hatte, ist mir schleierhaft. Aber er hatte es. Damit wird es aber auch sehr schwierig, zu unterscheiden – was ist das Original und was ist die Kopie? Das traue ich mir nicht zu. Solchen Aufwand betreiben eigentlich nur Fälscher."

Wie zum Beweis nahm Behm zwei weitere Blätter hoch. Auf jedem war das bei Kempe entdeckte Bild „Inselblick" von Elisabeth Büchsel zu sehen. Behm reichte sie herum. „Gleiches gilt für die verwendeten Leinwände und die Papiere für die Aquarelle. Erste Untersuchungen mit dem Elektronenstrahlmikroskop sind auch nicht auffällig. Um es zusammenzufassen – für mich war Kempe ein Meisterfälscher. Nur ein absoluter Experte kann vielleicht am Strich oder an der Pinselführung erkennen, welches Bild echt und welches gefälscht wurde."

„Da kann ich vielleicht weiterhelfen", erklärte Rieder.

„Sind Sie jetzt auch noch Kunstexperte?", knurrte Damp. Sein Frust auf Rieders Ernennung zum SOKO-Chef war noch nicht verflogen.

„Ich habe gestern Mandy Puffe getroffen", erzählte Rieder weiter. Nelly lachte laut auf, schlug sich aber sofort die Hand vor den Mund. Auch die anderen mussten beim Namen der Kunstwissenschaftlerin lächeln. Rieder schüttelte den Kopf. „Für seinen Namen kann doch niemand was."

„Wer ist denn diese Mandy Puffe?", fragte Bökemüller.

„Sie ist Kunstwissenschaftlerin und Autorin eines Buchs über den Hiddenseer Künstlerinnenbund, der hier Anfang des zwanzigsten Jahrhunderts auf der Insel existierte. Sie arbeitet jetzt im

Inselmuseum und hat Herrn Richnow vom Kunstmuseum in Stralsund als Experten empfohlen."

„Den kenne ich!", rief Behm dazwischen. „Dass ich nicht selbst darauf gekommen bin. Ich bin Mitglied im Förderkreis des Kunstmuseums. Richnow kennt sich wirklich sehr gut aus mit den Künstlern der Künstlerkolonien hier an der Ostsee."

„Wir sollten ihn bitten, hierherzukommen und sich die Bilder in Kempes Haus anzusehen."

„Das scheint mir eine gute Idee zu sein", meinte Bökemüller. „Ich kenne Richnow auch und kann das nur unterstützen."

„Wir haben aber noch mehr", erklärte Behm. „Wir konnten am Türgriff von Kempes Haus einen Fingerabdruck sichern. Er muss bei dem Einbruch nach dem Mord entstanden sein. Er ist nicht ganz vollständig, aber das vorhandene Material könnte ausreichen, um den Täter zu identifizieren."

„Könnten der Abdruck nicht auch von Besuchern Kempes stammen?", fragte Nelly.

„Der hatte doch nie Besuch", bemerkte Damp.

„Das kann ich zwar nicht beurteilen", erklärte Behm unbeeindruckt, „aber der Fingerabdruck ist eindeutig nach unserem Besuch im Haus entstanden. Wir haben die Türgriffe untersucht, den Abdruck genommen und danach den Türgriff abgewischt. Die Spur ist also danach entstanden. Ebenso konnten wir Hautschuppen auf Kempes Schreibtisch sichern. Sie würden wahrscheinlich ausreichen für einen DNA-Abgleich."

„Eine teure Maßnahme. Außerdem bräuchten Sie meine Zustimmung", wandte Podewin ein. „Von wem würden Sie vorschlagen, DNA-Proben zu nehmen?"

„Auf alle Fälle von Frau Witt." Behm fühlte sich wie bei einer Prüfung. „Aber durch die Verbindung mit dem toten Herrn Gilde würde ich Frau Gilde und Herrn Schlick auf alle Fälle einbeziehen."

„Hm", machte Podewin. „Ich weiß nicht, ob bei Frau Gilde und Herrn Schlick dazu die Beweislage ausreicht."

„Aber diese Personen standen offenbar in Kontakt mit den Opfern", beharrte Rieder und blickte zu Bökemüller. Doch von seinem Chef war keine Hilfe zu erwarten. Er würde sich nicht gegen den Staatsanwalt stellen, der jetzt mit dem Bleistift rhythmisch auf die Tischplatte klopfte und dabei so tat, als würde er seine Entscheidung abwägen. „Haben Sie denn schon Frau Gilde und Herrn Schlick zum Tod von Herrn Kempe befragt, um ihre These, dass sie den Maler kannten, zu untermauern?", hakte Podewin dann nach.

„Noch nicht", räumte Rieder ein. „Vorgestern nach der Exhumierung wollte ich beide damit nicht konfrontieren ..."

„Gut", stellte der Staatsanwalt fest. „Dann genehmige ich nur den DNA Abgleich bei Frau Witt. Über die beiden anderen Anträge werde ich bei entsprechender Aktenlage und nach Einsicht in die Gesprächsprotokolle entscheiden."

Rieder und Behm konnten ihre Enttäuschung nicht verhehlen.

„Was noch fehlt, wäre ein Durchsuchungsbefehl für die Villa Gilde", setzte Behm nach. „Wir sollten wenigstens das Sterbezimmer nach eventuellen Spuren absuchen, ob man vielleicht Hinweise auf die Schlange findet."

Podewin kämpfte mit seinen Gesichtszügen. Er konnte dieses Ansinnen aus ermittlungstaktischen Gründen nicht ablehnen. Trotzdem spürte man, dass ihm Behms Bitte gegen den Strich ging. „Aber mit einer gewissen Zurückhaltung", bemerkte er nur. „Denken Sie daran, dass es sich um ein Trauerhaus handelt."

„Das ist schon mal ein guter Anfang", versuchte Bökemüller die Situation zu retten. „Vielleicht sollten wir jetzt noch kurz darauf eingehen, wie wir im Team die Arbeit organisieren. Hauptkommissar Rieder hat sich dazu schon etwas überlegt. Bitte, Herr Rieder."

„Mein Vorschlag wäre", setzte Rieder fort, „dass wir zwei Teams bilden sollten und jedes Team das Umfeld jeweils eines Opfers ausforscht und Zeugen befragt. Es ist sicher gut, wenn wir die Teams so zusammenstellen, dass immer ein Kollege im Team von der Insel kommt und damit Ortskenntnis besitzt."

Damp wurde nervös. Nelly schaute erstaunt auf. Beide wollten auf keinen Fall ein Team bilden. „Finde ich gut", warf Bökemüller fast überschwänglich ein.

„Also ich weiß nicht, ob das so aufgeht", entgegnete dagegen Behm. „Ich muss bestimmt immer mal wieder nach Stralsund, um Spuren und Asservate auszuwerten. Das kann ich nicht hier vor Ort machen. Zum Beispiel den Abgleich von DNA-Spuren oder die Untersuchung der Farben auf den Bildern. Beim Fall Gilde sollten wir außerdem nicht außer Acht lassen, dass er auf Rügen seine Fabrik hatte. Das wäre eher das Betätigungsfeld von Frau Blohm. Sie kommt von Rügen." Nelly sah Behm dankbar an. Damp atmete auf.

„Gut, dann würden Damp und ich hier auf der Insel weiter ermitteln, Holm Behm kümmert sich vorrangig um die vorhandenen Spuren und nimmt heute noch die Fingerabdrücke und eine DNA-Probe von Gudrun Witt. Außerdem können wir die Reifenspuren vom Schwarzen Peter gleich mit ihrem Rad vergleichen. Nelly Blohm bleibt als Reserve auf Rügen, wenn wir dahin die Ermittlungen ausdehnen müssen. Mit Martina Gilde und Richard Schlick reden wir beide", er zeigte kurz auf Damp, „gleich im Anschluss." In seinem Kopf spukte kurz noch ein anderer Name herum. Björn Just. Aber er nannte ihn nicht. Er wollte die Sitzung endlich beenden.

Da überraschte ihn Bürgermeister Förster. „Aber Schlick hat heute Morgen die Insel verlassen."

„Was?", rief Rieder ungläubig.

„Ich habe ihn in Kloster aufs Schiff nach Schaprode gehen sehen."

„Er sollte auf der Insel bleiben."

„Der Mann hat auch eine Firma zu führen", mischte sich Staatsanwalt Podewin ein. „Wir sollten da mehr Gelassenheit walten lassen und bei den Ermittlungen nicht mit der Brechstange hantieren. Er ist immerhin einer der wichtigsten Unternehmer in der Region. Unsere Rüganer Reserve, Frau Blohm, kann ihn doch diskret", er wandte sich an Nelly und schaute sie mit seinen kalten Augen an, „in Sassnitz befragen und auch die Fingerabdrücke nehmen."

Nelly nickte ängstlich. Sie fürchtete Podewin.

„Gut, dann machen wir das so", verkündete Bökemüller. „Ich denke, die Arbeit ist verteilt. Der Staatsanwalt und ich fahren in unsere Büros nach Stralsund zurück. Wir möchten jeden Tag einen Fortschrittsbericht. Schriftlich. Per Mail. Ich denke, wir haben uns verstanden."

20

„Wir sollten mal reden", meinte Rieder.

„Worüber?", entgegnete Nelly Blohm.

Die beiden standen auf den Stufen des Henni-Lehmann-Hauses. Sie wurden zwar von der Frühlingssonne beschienen, aber ihre Wärme kam nicht gegen den kalten Ostwind an. Alle Aufträge waren verteilt. Nelly würde nach Sassnitz fahren und mit Richard Schlick reden. Bökemüller und Staatsanwalt Podewin waren schon mit dem Hubschrauber wieder nach Stralsund gestartet.

„Ich wollte mich entschuldigen für die Aktion im Winter …"

„Lass mal, nicht nötig", unterbrach die junge Polizistin Rieder mit schnippischer Stimme. „Du hast ja jetzt die nette blonde Mandy als neue mögliche Geliebte, die du beschissen behandeln kannst." Sie hielt ihm ihr Smartphone vor die Nase mit einem Bild der Kunstwissenschaftlerin. „Aber übernimm dich nicht. Du bist auch nicht mehr der Jüngste."

„Nelly stieg die Stufen hinab und drehte sich noch einmal um. „Ich denke, wenigstens einer von uns sollte fähig sein, eine klare Entscheidung zu treffen. Ich fände es gut, wenn wir solche Aktionen wie diese hier auf ein Minimum begrenzen könnten und in Zukunft klar Privates und Dienstliches trennen, Herr Hauptkommissar." Damit wandte sie sich um und marschierte mit hocherhobenen Kopf und gezwungenem Lächeln auf den Lippen zum Hafen.

Rieder war kurz irritiert, zuckte dann aber mit den Schultern. Damit war ja wohl alles klar. „Sauberer Schnitt", würde Pathologe Krüger sagen. Damp kam gerade von drinnen, wo er noch alles aufgeräumt hatte. Er tippte auf seinem Handy eine Nachricht ein und sendete sie mit einem Grinsen ab. Als er sah, dass ihn Rieder beobachtete, steckte er das Telefon schnell in seine Brusttasche.

„Wollen wir dann los zu Martina Gilde?", fragte Rieder.

Damp schüttelte den Kopf. „Ich fahre erst mal mit Behm nach Neuendorf, damit er bei der Witt Fingerabdrücke und eine DNA-Probe nehmen kann. Sascha ist mit dem Logistik-Mobil noch am Schwarzen Peter."

Rieder nickte. „Gut, dann mache mich allein auf den Weg zur trauernden Witwe."

„Wenn Sie nicht warten können", entgegnete Damp und lief ohne ein weiteres Wort zum Streifenwagen, vor dem schon Behm wartete.

Martina Gilde öffnete Rieder die Tür. Die Trauerkleidung hatte sie getauscht gegen enge blaue Jeans und ein knappes weißes T-Shirt. „Was kann ich heute für Sie tun?", fragte sie genervt. „Haben Sie die Ergebnisse der Obduktion meines Mannes?"

„Ja, die haben wir. Darf ich eintreten?"

Sie ließ die Tür einen Spalt offen und verschwand im Inneren des Hauses. Er folgte dem Klacken ihrer Absätze. Martina Gilde erwartete den Polizisten mit verschränkten Armen in der Mitte der Empfangshalle. Wieder war Rieder von den vielen Bildern an den Wänden mit den Hiddensee-Motiven überwältigt. „Wirklich eine schöne Sammlung!"

„Ich habe keine Lust, mit Ihnen über Kunst oder Bilder zu reden", antwortete sie schroff. „Was haben Sie zu sagen?"

„Ihr Mann wurde ermordet."

Die junge Frau zog ihre Arme noch enger um ihren Oberkörper. „Und wie?"

„Durch den Biss einer Kreuzotter."

Martina Gilde klapperte mehrfach mit ihren Augendeckeln. Sie schien Rieders Wort erst mal verarbeiten zu müssen. „Durch den Biss einer Schlange?", fragte sie völlig verstört.

„Naja, der Biss hat im geschwächten Körper Ihres Mannes zu einem Herz-Kreislauf-Versagen geführt. Wahrscheinlich hat jemand die Schlange in sein Bett gelegt …"

„Na, wer wohl!", schrie sie auf. „Richard natürlich. Er war doch den ganzen Nachmittag bei ihm." Sie drehte sich um, machte drei, vier Schritte, um sich dann wieder umzuwenden und hasserfüllt Rieder anzugiften. „Ich verstehe nicht, wie Sie dann Richard Schlick einfach ziehen lassen konnten." Offenbar hatte Martina Gilde gute Informationsquellen. Woher sollte sie sonst wissen, dass Schlick die Insel verlassen hatte? Rieder tippte auf Podewin. „Sie sind unfähig!", blaffte ihn die Frau an. „Jetzt ist Richard sicher schon über alle Berge."

„Also ich bitte Sie", versuchte Rieder die Attacke zu parieren. „Sie werden unsachlich. Wir konnten Herrn Schlick nur bitten, zu bleiben. Er ist unserer Bitte nicht gefolgt. Aber wir hoffen, mit ihm in Sassnitz reden zu können."

„In Sassnitz", wiederholte sie höhnisch. „Glauben Sie wirklich, der sitzt brav in seiner Firma oder Wohnung und wartet, dass Sie mal vorbeikommen? Dass ich nicht lache."

„Frau Gilde, könnten Sie sich bitte beruhigen?"

„Ich beruhige mich, wenn es mir passt. Aber ich werde Herrn Podewin anrufen und Sie von diesem Fall entbinden lassen."

„Das können Sie sich sparen."

„Aha, hat er schon gehandelt. Auf diesen Mann ist wenigstens Verlass. Er holt endlich richtige Polizisten und nicht solche …"

„Herr Podewin war bei einer Dienstbesprechung der SOKO dabei, die den Tod ihres Mannes und des Malers Hans Kempe aufklären soll", unterbrach Rieder ihre Tirade, „und er hat mich keineswegs von meinen Aufgaben entbunden. Ich bin der Leiter der Sonderkommission. Auch sonst ist Herr Podewin über den Ermittlungsstand genau informiert."

Das nahm der Frau den Wind aus den Segeln. Sie ließ die Arme sinken. Rieder nutzte die Gelegenheit zum Gegenangriff: „Sie hätten die Schlange auch ins Bett Ihres Mannes legen können."

Martina Gilde schnappte nach Luft und pumpte sich wieder auf. „Welche Frechheit erdreisten Sie sich!"

„Wir können nicht genau bestimmen, wann die Schlange ins Bett Ihres Mannes gelegt wurde und wann der Biss erfolgte. Wir wissen nur, wann der Tod eintrat. Zwischen dem Aussetzen der Schlange und ihrem Biss kann einige Zeit vergangen sein. Damit kann ich Sie als Täterin nicht ausschließen."

„Was soll ich denn mit einer Schlange ... ich ekle mich vor Schlangen, also werde ich auch keine fangen und meinem Mann ins Bett legen. Das ist völlig absurd."

„Haben Sie vielleicht am Tag des Todes Ihres Mannes oder später eine Schlange im Haus oder im Umfeld vom Haus gesehen?"

Sie schüttelte heftig den Kopf. „Aber Richard Schlick, der ist doch so ein Inselkind. Der kann bestimmt mit Schlangen." Sie machte eine Pause, bevor sie mit ihr Gesicht Rieder näherte und zischte: „Der ist selbst eine Schlange. Eine Natter." Das Wort spuckte sie richtig aus. „Wie hat sich sein Vater um ihn gesorgt, ihm die Stelle in unserer Firma verschafft. Wie hat er es ihm gedankt, der Erbschleicher?"

Sie ließ sich auf eines der Sofas fallen, die in der Halle standen. Rieder setzte sich gegenüber. „Wir müssten noch einmal den Nachmittag durchgehen."

„Darüber habe ich Ihnen doch schon alles gesagt. Ich war außer Haus, als Richard kam, einkaufen in Vitte und in Kloster ..."

„Können Sie mir die Läden nennen, in denen Sie waren?"

Sie überlegte kurz. „In Vitte war ich nur im ‚Sommerpalast', diesem neuen Laden in der alten Turnhalle in Norderende, an der Ecke, wo es früher zum Zeltkino ging. Die haben immer ganz schicke Kleider. Da habe ich auch ein Eis gegessen. Die kennen mich auch. In Kloster war ich am Hafen in dem Laden, in dem Shop oben am Hafenweg in der alten Scheune, die sie jetzt zum Teil saniert haben und dann noch in dem Schmuckgeschäft gegenüber von Bach's Supermarkt. Dann bin ich noch ein wenig durchs Hochland gewandert und von dort zurück nach Haus."

„Wann waren Sie wieder hier?"

„Gegen 18 Uhr. Ich bin gleich zu Werner ins Zimmer, und da lag er ... es war so schrecklich. Erst dachte ich, er schläft nur, aber als ich ihn angefasst habe", sie kramte aus ihrer Jeans ein Taschentuch und schnäuzte sich kurz, „da war er so kalt." Jetzt brachen die Tränen aus ihr hervor. Rieder ließ sich nicht beeindrucken.

„Dann habe ich Frau Rese angerufen. Sie hat dann auch gleich Möselbeck informiert."

„Warum war Frau Rese eigentlich nicht hier?"

„Sie hatte den Nachmittag frei. Weil sich Schlick kümmern wollte und ihn getötet hat." Ihre Trauer war wieder in Wut umgeschlagen.

„Warum sind Sie eigentlich auf Herrn Schlick so schlecht zu sprechen?"

„Er hat Werner und mir unser Glück nicht gegönnt."

„Naja, ihr Mann war über neunzig, Sie sind gerade Mitte dreißig. Dass man da als Sohn vielleicht Zweifel an Ihren lauteren Absichten hat, kommt sicher vor."

„Was erlauben Sie sich!", fauchte Martina Gilde. Sie sprang auf und begann wieder durch die Halle zu tigern. „Richard hatte Angst, dass ich Werner noch einen Sohn schenke und dann seine Stellung in der Firma wackelt."

„Wer erbt denn nun die Firma? Sie oder Herr Schlick? Oder Sie beide?"

„Die Testamentseröffnung ist erst in zwei Tagen. In Stralsund."

„Ich muss Ihnen noch einige Fragen zu Hans Kempe stellen."

„Was hat das mit dem Mord an meinem Mann zu tun?"

„Lassen Sie mich einfach ausreden. Dann geht es schneller für uns beide."

Sie verzog das Gesicht, setzte sich aber beinahe diszipliniert gerade hin.

„Herr Kempe war mit Ihrem Mann befreundet?"

„Ja, ich denke schon. Herr Kempe hat meinen Mann in künstlerischen Fragen beraten. Sie kannten sich seit der Schulzeit. Jedenfalls hat mir das Werner erzählt."

„Was heißt künstlerische Beratung?"

„Keine Ahnung. Ich war bei ihren Gesprächen über Werners Sammlung nicht dabei. Das hat mich nicht interessiert. Für mich", sie umriss mit ihrem rechten Arm die Bilder an den Wänden, „sind das alles schöne Bilder, aber mehr auch nicht. Sie sind sicher viel wert. Es ist die nahezu komplette Sammlung der heute noch existierenden Gemälde des Hiddenseer Künstlerinnenbundes. Bei der Büchsel sind die Bilder natürlich nicht komplett. Die hat ja gemalt, wie andere Brötchen backen. Aber bei den anderen Künstlerinnen wohl schon."

„Hat Herr Kempe immer mal Bilder mitgenommen?"

Sie überlegte. „Ich glaube schon. Er hat einige restauriert. Die Luft hier ist nicht so ideal. Da war immer was zu tun, und Werner war auch immer sehr zufrieden mit der Arbeit von Hans."

Das erste Mal verwendete sie Kempes Vornamen, registrierte Rieder aufmerksam.

„Hat er auch im Auftrag Ihres Mannes Bilder kopiert und dann verkauft?"

„Darüber kann ich Ihnen nichts sagen. In die Geschäfte meines Mannes habe ich mich nicht eingemischt."

Die Antwort kam nach Rieders Geschmack etwas zu schnell. Er musste seinen nächsten Schritt überlegen. Er versuchte, etwas Zeit zu gewinnen. Deshalb stand er auf und spazierte durch die Empfangshalle und trat näher an das eine oder andere Bild heran. Martina Gilde sah auffällig gereizt auf ihre Armbanduhr.

„Schön, diese alten Abbildungen der Insel. Ob es für die Menschen auf der Insel früher wirklich so romantisch war, wie es manche der Bilder ausdrücken?" Darauf bekam er keine Antwort. „Ich finde es schön, dass Ihr Mann jetzt Hiddensee diesen einmaligen Schatz schenkt und hier nebenan dafür ein Museum eingerichtet wird."

Martina Gilde, die gelangweilt begonnen hatte, ihre Wimpern zu richten, hielt in der Bewegung inne und starrte Rieder erstaunt an.

„Wussten Sie nichts davon?"

„Äh … doch, doch, eine sehr schöne Geste." Sie japste zweimal wie ein Karpfen. Offenbar hatte ihr Rieders Information die Luft genommen. Jedenfalls für kurze Zeit. „Aber ich glaube, da ist noch nicht alles geregelt. Es war eine Überlegung Werners", verkündete sie, als sie sich wieder gefangen hatte. „Ob sie in die Tat umgesetzt wird, daran habe ich als Erbin auch noch etwas mitzureden."

„Also in der ‚Ostsee-Zeitung' soll es so gestanden haben …"

„Was Journalisten so schreiben. Darauf würde ich nun gar nichts geben. Ich habe jedenfalls weder etwas darüber gelesen noch davon gehört." Sie stand auf. „Sonst noch was?"

„Noch einiges. Gudrun Witt. In welcher Beziehung stehen Sie zu ihr?"

„Gudrun arbeitet hier, macht zweimal nachmittags die Woche sauber. Nachdem ihre Freundin Charlotte das ‚Strandcafé' geschlossen hatte und sich selbst verwirklichen wollte, suchte sie Arbeit. Allein mit der Vermietung und der Fischerei ihres Mannes kommen die beiden Witts nicht über die Runden."

„Sie wirkten gestern auf dem Friedhof sehr vertraut …"

„Ich kenne Gudrun schon seit Kindertagen", unterbrach Martina Gilde Rieder, bevor er weiter fragen konnte. „Ich habe mit meinen Eltern bei Witts Urlaub gemacht, später dort meine Semesterferien verbracht."

„Wissen Sie, ob Gudrun Witt Hans Kempe näher kannte, mit ihm vielleicht befreundet war?"

„Gudrun und der Kempe?" Martina Gilde schüttelte mit einer gewissen Abscheu den Kopf. „Gudrun hatte nie etwas übrig für Kempe oder irgendeinen anderen Inselmaler. Ich weiß noch, dass sie sich früher während unserer Urlaube immer lustig gemacht hat, wenn die Maler ganz schnell bei einem Regenguss ihre Bilder vor dem alten Hotel in Neuendorf zusammenraffen mussten." Sie lächelte kurz in sich hinein. „Die Bilder hier fand sie vielleicht ganz hübsch, aber mehr auch nicht."

In diesem Moment piepste Rieders Handy. Es zeigte eine Nachricht von Damp an. „Müssen uns dringend im Revier treffen. Es geht um die Witt."

Rieder überlegte kurz, ob er Damp zurückrufen sollte, um vielleicht mit eventuell neuen Erkenntnissen Martina Gilde zu konfrontieren. Doch dann unterließ er es.

„Noch zwei Dinge. Erstens muss ich leider das Haus versiegeln, bis die Spurensicherung durch ist. Ich hoffe, dass wir das heute noch schaffen. Es geht vor allem um das Zimmer, in dem ihr Mann gestorben ist. Zweitens muss mein Kollege Behm auch noch Ihre Fingerabdrücke nehmen."

Martina Gilde war bei Rieders Worten die Kinnlade nach unten geklappt. Sie brauchte einige Zeit, um sich zu fassen. „Sind Sie verrückt!", brüllte sie den Polizisten an.

„Nein, bin ich nicht. Aber aufgrund der neuen Situation muss ich so handeln."

„Ich werde meinen Anwalt anrufen. Das lasse ich mir nicht bieten."

Sie marschierte in das Arbeitszimmer und knallte die Tür zu. Rieder sah auf dem Parallelapparat des schnurlosen Telefons, dass sie telefonierte. Es zeigte an: „Leitung belegt". Es dauerte eine Weile. Er konnte zwar nicht verstehen, was Martina Gilde sprach, aber er konnte hören, dass sie sehr erregt war. Dann knallte etwas nach unten. Das Telefon zeigte, dass die Leitung wieder frei sei. Rieder drückte die Wiederwahltaste. Schöne neue Technik. Ihm wurde die Nummer angezeigt, die Martina Gilde gewählt hatte. Es war ein Anschluss in Stralsund, der Rieder bekannt vorkam. Rieder zog Podewins Visitenkarte aus seiner Brieftasche und verglich die Nummern. Volle Übereinstimmung.

Martina Gilde riss die Tür des Arbeitszimmers auf und rannte in die obere Etage. Ihre Absätze knallten auf den hölzernen Stufen wie ein Trommelfeuer. Nach ein paar Minuten kam Martina Gilde mit einer Umhängetasche in der Hand wieder nach unten und marschierte zur Haustür. Rieder trat ihr entgegen: „Ich hätte dann gern noch die Hausschlüssel."

Sie wühlte wütend in ihrer Tasche, holte ein Etui heraus und warf es Rieder zu. „Sie finden mich im ‚Hitthim'."

21

Rieder war mit seinem Rad nicht über den Deich zurück nach Vitte gefahren, sondern hatte die Straße hinter den Stranddünen genommen. Der Wind war stärker geworden und kälter, er fror beim Fahren. Seine Hände krampften sich um die Griffe des Lenkers. Als er auf der Höhe des Gasthauses „Norderende" war, kam ihm Heiner Witt entgegengerannt. Der Fischer griff mit beiden Händen den Lenker des Fahrrads. Rieder spürte die Kraft des Mannes, denn er konnte das Rad nicht mehr bewegen. „Sie müssen etwas tun, Herr Kommissar!", keuchte Witt. „Gudrun ist unschuldig. Sie muss freigelassen werden."

„Herr Witt, ich weiß nicht, was Sie meinen. Gudrun freilassen? Ich verstehe nicht …"

„Sie kennen doch die Gudrun. Die kann keinem was zuleide tun. Jetzt ist sie verhaftet! Ihre Kollegen haben sie verhaftet. Abgeführt haben sie meine Frau. Wie eine Verbrecherin. Alle haben es gesehen."

„Ich kümmere mich gleich drum. Meine Kollegen werden ihre Gründe gehabt haben."

„Gründe?!", schrie Witt. „Was denn für Gründe?"

„Herr Witt, lassen Sie mich einfach durch …"

„Ich will zu meiner Frau." Witt verstärkte noch den Griff an Rieders Rad. Womit er aber nicht gerechnet hatte, war, dass Rieder plötzlich blitzschnell sein Bein über den Sattel schwang, vom Rad absprang und nun neben Witt stand. Der war völlig verblüfft über die Aktion. „Herr Witt, Sie behindern polizeiliche Ermittlungen und bedrohen zugleich einen Polizeibeamten. Wir vergessen das beide, wenn Sie jetzt vernünftig sind."

Witt starrte Rieder kurz an und sackte dann in sich zusammen. „Ich will doch nur zu meiner Frau", jammerte er. „Wir haben nichts mit dem Toten zu tun, diesem Maler."

„Ihre Frau ist sicher nicht verhaftet, sondern nur zur Klärung des Sachverhalts von den Beamten mitgenommen worden. Wir werden jetzt mit Ihrer Frau reden, danach sehen wir weiter."

Witt nickte kurz.

„Würden Sie jetzt bitte mein Rad freigeben?" Nachdem Witt den Lenker losgelassen hatte, schob Rieder sein Rad bis zum Revier. „Sie können im Treppenhaus des Rathauses warten. Aber machen Sie keinen Rabatz. Verstanden?"

Als Rieder die Tür zum Revier öffnete, sah er drei Menschen, die sich anschwiegen. Am Fenster lehnte Behm, die Arme auf dem Fensterbrett abgestützt. Sein Gesicht hellte sich auf, als er Rieder erblickte. Davor am Schreibtisch saß Damp mit finsterer Miene und trommelte mit den Fingern auf die Tischplatte. Ihm gegenüber, auf Rieders Schreibtischstuhl, hockte mit gebeugtem Rücken Gudrun Witt. Um die Handgelenke Handschellen. Das konnte nur auf Damps Mist gewachsen sein. Sie hielt ihren Blick nach unten gesenkt.

„Was ist passiert?", fragte Rieder.

Damp stoppte sein Trommeln und zeigte auf zwei Fotos. Rieder griff danach. Das eine zeigte den Profilabdruck eines Reifens, das andere das Vorderrad eines roten *Mifa*-Fahrrads. Eindeutig das Rad von Gudrun Witt.

„Die Profile von Frau Witts Rad und den Abdrücken in der Nähe des Fundorts von Kempes Leiche stimmen überein", bestätigte Behm.

„Frau Witt verweigert jegliche Aussage, wie die Abdrücke ihres Rads dahingekommen sind", ergänzte Damp.

Rieder legte die Fotos wieder weg. „Okay. Und nun?"

„Ich habe Frau Witt festgenommen, weil sie auf Grund der Beweislage dringend verdächtig ist, Herrn Hans Kempe ermordet zu haben."

Gudrun Witt selbst regte sich nicht. Die Worte der Polizisten schienen von ihr abzuprallen. Rieder zog seine Jacke aus und hängte sie an den Haken an der Tür. Er fror immer noch. Er brauchte etwas Warmes zu trinken und griff nach dem Wasserkocher. „Ich muss mich erst mal aufwärmen und koche einen Tee. Noch jemand?" Behm und Damp schüttelten den Kopf. „Du, Gudrun?", wandte er sich an die Frau, doch sie starrte nur vor sich hin. Rieder verschwand im Flur. Als er zurückkam, stellte er den Metallkrug auf die Heizplatte und schaltete sie ein. Dann nahm er aus dem untersten Schubfach seine Tasse, hängte einen Teebeutel hinein und stellte sie neben den Kocher, der langsam anfing zu brummen. Er trat zu Damp. Der hatte wieder sein Trommeln aufgenommen.

„Den Schlüssel für die Handschellen bitte." Damp blickte hoch, offenbar nicht gewillt, Rieders Aufforderung nachzukommen. „Im Raum sind drei Polizisten. Wir werden Manns genug sein, Frau Witt an einem Fluchtversuch zu hindern."

Damp verzog das Gesicht, holte aber den Schlüssel aus seiner Hosentasche. Rieder ging um den Tisch. „Gudrun, heb bitte die Handgelenke." Sie sah kurz auf, bevor sie ihm ihre Arme entgegenstreckte. Rieder schloss die Fessel auf, nahm sie ab und reichte sie Damp zurück. Gudrun rieb sich die Handgelenke. Der Schalter des Teekochers schnellte mit einem Klicken nach oben. Rieder goss das kochende Wasser in seine Tasse. Dann lehnte er sich an die Wand, blies in die Tasse, die er jetzt mit beiden Händen umfasst hielt, um sich zu wärmen.

„Also, Gudrun, was hast du zu den beiden Bildern zu sagen?", fragte er, ohne sie anzublicken. Frau Witt antwortete nicht.

„Gudrun, das hilft doch nicht weiter. Draußen steht dein Mann und sorgt sich. Er ist völlig aus dem Häuschen. Es gibt doch sicher eine glaubhafte Erklärung für diese Übereinstimmung."

Wieder keine Reaktion. „Uns hast du erzählt, du bist über den Deich dahin gekommen. Aber wie kommen die Abdrücke von deinem Rad auf den Pfad hinter dem Schwarzen Peter?"

Gudrun Witt drehte sich kurz zu Rieder, blickte dann aber wieder auf den Boden und verschränkte die Arme vor der Brust.

„Früher warst du echt gesprächiger." Rieder nahm den Teebeutel raus, warf ihn in den Papierkorb, kostete vorsichtig von dem heißen Tee, um sich nicht die Zunge zu verbrennen. Er wandte sich an Behm. „Hast du noch mehr?"

Behm stieß sich vom Fenster ab. „Nach dem ersten Eindruck könnten auch die Erdreste aus dem Reifen von dem Pfad am Schwarzen Peter stammen. Es sind natürlich nur Indizien, aber ..."

„... aber man könnte Folgendes konstruieren", nahm Rieder Behms Satz auf: „Gudrun Witt und Hans Kempe haben sich am Schwarzen Peter verabredet. Ein kleines Stelldichein. Heiner ist auf See, Kempe allein. Kempe fährt über den Deich dorthin, Gudrun durch den Strandwald und über den Pfad. Man trifft sich, aber vielleicht forderte der Mann mehr, als die Frau geben wollte. Da liegt der Stein. Im Affekt greift die bedrängte Frau danach, kracht ihn auf seinen Kopf. Sie wirft den Stein ins Wasser. Dann radelt sie wieder zurück. Am Morgen treibt sie das schlechte Gewissen zurück an den Ort ihrer Tat, sie ruft die Polizei, weil der arme Kempe da auch nicht so liegen bleiben kann ..."

„... sonst hast du sie noch alle!", fauchte Gudrun. „Ich hatte mit dem alten Knacker nichts zu schaffen."

Rieder stellte seine Tasse ab, stützte sich mit beiden Armen auf die Tischplatte und beugte sich zu Gudrun. „Dann erzähl mir mal deine Version der Geschichte." Gudrun schwieg weiter. „Willst du vielleicht mal mit Heiner drüber reden?" Sie schüttelte den Kopf. „Pass auf, wir können dich hier nicht festhalten. Hier gibt es keine Zellen. Wir müssen dich deshalb nach Bergen bringen. Dort bleibst du, bis der Staatsanwalt entschieden hat, was weiter passiert. Die Beweislage ist dünn, aber wegen Verdunklungsgefahr könnte dein Aufenthalt länger dauern." Rieder sah auf die Uhr. „Heute würde wahrscheinlich nichts mehr passieren. Morgen würden wir dem Staatsanwalt in Stralsund unsere Begründung vortragen. Der entscheidet dann, ob die Angelegenheit einem Haftrichter vorgelegt wird ..."

„Ich will mit dir allein reden", unterbrach ihn Gudrun. Sie nickte zu Behm und Damp. „Ohne Damp und den anderen."

Rieder richtete sich wieder auf. „So einfach ist das nicht. Ich kann hier nicht irgendetwas kungeln."

Behm, dem die Situation immer unangenehmer wurde, räusperte sich. „Also, an mir soll es nicht hängen." Damp dagegen machte keine Anstalten, den Raum freiwillig zu verlassen und Rieder unaufgefordert damit entgegenzukommen.

Da flog die Tür auf, und Heiner Witt stürmte herein. Rieder versuchte sich ihm in den Weg zu stellen. Behm war blitzschnell an seiner Seite, um den wütenden Mann aufzuhalten. Nur mit Mühe konnten sie ihn zurückdrängen. „Was ist mit meiner Frau?!", schrie er.

„Herr Witt, ich hatte Ihnen doch …"

„Ich will wissen, was los ist! Gudrun!"

Gudrun schlug die Hände vor ihr Gesicht, atmete schwer ein und aus. „Stefan, du musst mit Charlotte reden", stieß sie hervor.

22

Nelly Blohm saß auf der Fähre nach Schaprode. Behm war sie dankbar, dass er sie davor bewahrt hatte, mit Rieder oder Damp zusammenarbeiten zu müssen. Bloß das nicht wieder. Dann lieber auf Rügen ermitteln und dazu noch allein. Sie kramte in ihrem Gedächtnis. Richard Schlick. Irgendwann war ihr der Name schon mal untergekommen. Es konnte nicht so lange her gewesen sein. Wahrscheinlich hatte sie in der Zeitung von ihm gelesen, wenn er so ein erfolgreicher Unternehmer auf Rügen war. Davon gab es außer einigen Hoteliers und Gastronomen auf der Insel wirklich nicht viele.

Sie holte ihren Laptop aus dem Rucksack, klappte ihn auf und schaltete ihn ein. Auf der Fähre gab es natürlich kein WLAN. Die Datenverbindung über Mobilfunk war mau. Sie googelte nach Richard Schlick, fand aber in den letzten Monaten keinen Eintrag. Sie loggte sich auf ihrer privaten Cloud ein. Dort hatte sie

alle ihre dienstlichen Vorgänge gespeichert. So ganz korrekt war das natürlich nicht und entsprach schon gar nicht der Dienstvorschrift. Aber außer ihr wusste keiner davon. Sie klickte den Ordner „ABV" an. ABV stand für Abschnittsbevollmächtigter. Das waren die Dorfpolizisten oder Polizeiposten in Wohngebieten zu DDR-Zeiten. Ihr Vater hatte seine Polizeilaufbahn als Abschnittsbevollmächtigter in Bergen auf Rügen angefangen und war zum Chef der Kriminalpolizei auf der Insel aufgestiegen. Sie tippte in die Suchfunktion „Schlick" ein. Sofort kam ein Treffer. Hatte sie es doch gewusst. Es war ein Fall aus ihrer Zeit auf Hiddensee. Ein Karl Born hatte Werner Gilde angezeigt. Abriss eines Hauses, das unter Denkmalschutz gestellt worden war, weil früher irgendeine Schauspielerin darin gewohnt hatte. Aber die Bagger waren schneller gewesen als der Brief vom Denkmalamt. ‚Typisch Hiddensee', dachte sich Nelly. Pia Cicero war der Name. Das klang ganz schön altmodisch. Die Frau war auch schon lange tot, 1992 gestorben. Aber warum war in der Anzeige Richard Schlick vermerkt worden? Sie las weiter. „… auch damit gegen die Interessen der lebenden Angehörigen von Frau Cicero verstoßen haben. Richard Schlick, wohnhaft Sassnitz …" Dann folgte die Adresse. Sie erinnerte sich, mit Richard Schlick telefoniert zu haben. Aber er hatte kein Interesse gezeigt, die Anzeige zu unterstützen. Schlick und Cicero, wie wird das verwandtschaftliche Verhältnis gewesen sein? Tante? Schwester wohl kaum. Dafür war der Schlick zu jung. Großmutter vielleicht? So hatte sie wenigstens einen Anknüpfungspunkt. Sie notierte sich Schlicks Handynummer. Der Kapitän verkündete, dass die Fähre gleich in Schaprode anlegen würde.
Nelly fuhr nicht über Bergen nach Sassnitz, sondern bog kurz vor der Ortseinfahrt links ab nach Lietzow. Sie mochte es, über die lange Brücke zu fahren, die den Kleinen vom Großen Jasmunder Bodden trennt. Dann wand sich die Strecke entlang des Boddenufers. Das Wasser funkelte in der Sonne durch die blühenden Bäume des Waldes. Sagard ließ sie links liegen und fuhr auf Sassnitz zu. Die neuen Hallen der Firma Gildemeister befanden sich vor der Stadt in einem Gewerbegebiet. Nelly parkte auf dem Firmen-

parkplatz. Sie kannte natürlich die Produkte, für die vor dem Fabrikgelände auf großen Plakatwänden geworben wurde. Lukas war ein großer Fan der Gildemeister-Eierkuchen, die sie aus einem Pulver mit etwas Wasser zauberte. Mit den verschiedenen Backmischungen war es selbst ihr zum Erstaunen ihrer Mutter gelungen, Hefekuchen oder sogar Torten zu backen. Die Dosensuppen waren schon öfter ihre Rettung gewesen, wenn sie es nicht geschafft hatte, für Lukas und sich einzukaufen.

Nelly meldete sich am Tor. Schlick war in der Firma und nicht auf der Flucht. Das war schon mal ein Lichtblick. Schlick kam in einem weißen Kittel über den Hof und begrüßte sie freundlich. „Nelly Blohm, Polizei Bergen", stellte sie sich vor. „Ich gehöre zur SOKO ‚Schwarzer Peter', die im Todesfall Ihres Vaters ermittelt."

„SOKO ‚Schwarzer Peter'?" Schlick zog die Stirn in Falten.

„Der Name ist etwas verwirrend. Wir sollen auch den Mord an dem Maler Hans Kempe aufklären. Der wurde auf Hiddensee am Schwarzen Peter tot aufgefunden."

Schlick nickte kurz und machte dann mit seinem linken Arm eine einladende Bewegung. „Kommen Sie erst mal mit rein in mein Büro. Hier draußen holen Sie sich sonst bei dem kalten Wind noch eine Erkältung."

Er öffnete das Tor zu einer Werkhalle. „Wir gehen gleich mal hier durch. Das ist zwar nicht kürzer, dafür aber wärmer." Hinter langen Glaswänden waren große Mischmaschinen zu sehen, in die aus verschiedenen Rohren verschiedenfarbige Pulver flossen. Davor standen Arbeiter in weißen Anzügen und mit Schutzhauben an Schaltpulten. „Hier werden die Backmischungen hergestellt", erklärte Schlick der Polizistin. „Heute ist Pizzateig dran, Zupfkuchen und Bisquitrolle. Wir haben gerade einen großen Auftrag von einer Supermarktkette für eine Promo-Aktion mit unseren Produkten. Jetzt vor Ostern ist so etwas wie ein Sechser im Lotto. Kam aber recht kurzfristig. Deshalb musste ich auch von der Insel runter."

„Hauptkommissar Rieder war davon nicht begeistert."

„Kann ich mir vorstellen. Ich habe mich einfach aus dem Staub gemacht, weil ich keine großen Debatten wollte. Danke übrigens, dass Sie nicht mit Blaulicht vorgefahren sind. Muss nicht jeder wissen, dass die Polizei im Haus ist. Die Belegschaft ist wegen des Todes vom Senior schon unruhig. Alle fragen sich, wie es weitergeht."

Es ging durch mehrere Gänge. Ab und zu wurde Schlick von einem Mitarbeiter aufgehalten. Geduldig hörte er ihnen zu oder gab freundlich Anweisungen. Nelly war beeindruckt. Ihre Chefs waren meistens nicht so freundlich. Mit einem Fahrstuhl fuhren sie in die oberste Etage des Bürogebäudes. Sie liefen durch den Flur. Schlick öffnete eine Bürotür. Nelly las das Zimmerschild. Da stand einfach nur „Werner Gilde". Ohne nähere Bezeichnung. Darunter gab es ein zweites Schild: „Richard Schlick. Operatives Geschäft", dann noch zwei weibliche Namen. Offensichtlich die Sekretärinnen. Schlick hielt ihr die Tür auf. Sie trat ein. Zwei Frauen mittleren Alters sahen sie erwartungsvoll an. Wenn Nelly nicht ihre Namen gelesen hätte, hätte sie die beiden für Schwestern gehalten, so ähnelten sie sich in Kleidung, Frisur und sogar Make-up. „Kaffee oder Tee?", fragte Schlick, nachdem er Nelly vorgestellt hatte.

„Tee bitte." Sofort stand eine der Frauen auf und begann das Getränk zuzubereiten. Schlick führte Nelly in sein Büro. Sie war wie erschlagen von dem Ausblick. Die gesamte Außenfront war verglast, und man hatte einen weiten Blick über die Ostsee.

„Man gönnt sich ja sonst nichts", kommentierte Schlick Nellys Erstaunen.

„Das kann man wohl sagen."

Er bot ihr einen Platz an einem kleinen Konferenztisch an. Die Sekretärin kam herein und servierte beiden ein Kännchen Tee. „Muss noch zwei Minuten ziehen", verkündete sie und zog sich sofort wieder zurück. Nelly starrte immer noch aus dem Fenster.

„Nelly Blohm?", fragte Schlick. „Der Name ist mir irgendwie schon einmal untergekommen. Aber …"

„Wir haben letzten November miteinander telefoniert. Da ging es um ein Haus auf Hiddensee, das einer Verwandten von Ihnen gehört hatte und …"

„Ach, das Haus meiner Mutter ..."

Nelly stutzte. „Ihrer Mutter?"

„Ich verstehe. Wegen des Namens. Ich heiße Schlick und sie Pia Cicero. Ihr richtiger Name war Petra Schlick. Aber sie hat nur ihren Künstlernamen verwendet. Er steht auch auf ihrem Grabstein auf Hiddensee." Schlick verstummte, schien sich sammeln zu müssen. „Ja, das mit dem Haus. Ich hatte Ihnen nur gesagt, dass ich mich da nicht einmische, auch wenn das Karl Born nicht versteht."

„Er war damals bei mir im Revier und hat Anzeige erstattet."

„Karl war der letzte Lebensgefährte meiner Mutter, hat sie betreut, bis sie starb. Er fühlt sich als Verwalter ihres Vermächtnisses, fürchtet immer, dass sie von den Menschen vergessen wird. Aber es gibt so viele Filme mit ihr in großen Rollen aus DDR-Zeiten, die auch immer wieder im Fernsehen gezeigt werden. Außerdem veranstaltet eine Schauspielschule jedes Jahr eine Pia-Cicero-Woche auf Hiddensee. Ich bin vielleicht auch schuld an der ganzen Geschichte."

Er stand auf und stellte sich an das große Fenster.

„Wissen Sie, viele schwärmen immer von Pia, meiner Mutter, wie man sich immer auf Hiddensee getroffen hat, zusammensaß, klug redete. Wir wohnten in Stralsund, aber sobald es Frühling und warm wurde, fuhren wir auf die Insel. Jedes Wochenende. Den ganzen Sommer. Meine Mutter hatte ein kleines Motorboot. Wenn samstags die Schule aus war, ging es los und Sonntagabend wieder zurück. Wenn sie nicht gerade Theater spielte oder einen Film drehte. Aber für mich war da zwischen den vielen Erwachsenen kein Platz. Mit den Hiddenseer Kindern wurde ich auch nicht warm. Für die war ich immer der Zugereiste. Mir fehlte, wenn ich am Wochenende auf die Insel kam, immer ein Stück Film aus der Woche, um an ihrem Leben teilhaben zu können. Hinzu kam die Ehrfurcht ihrer Eltern vor meiner Mutter und den Leuten, die da bei ihr in Vitte in Norderende ein- und ausgingen und die sie sonst nur von der Leinwand im Zeltkino oder aus dem Fernsehen kannten. Deshalb war mir das mit dem Haus auch egal."

Schlick drehte sich wieder um und setzte sich wieder in seinen Sessel.

„Als Pia starb, bot ich Karl das Haus an, aber er hat ein eigenes in Norderende, etwas weiter Richtung Kloster, gleich hinterm Strand. Viel besser ausgestattet. Wir hatten kein Bad und nur ein Außenklo. Er wollte, dass ich Pias Haus behalte und eine Art Museum draus mache. Aber wie gesagt, ich verband mit dem Haus und Hiddensee nicht so gute Erinnerungen. Da bot mir Werner Gilde an, es zu kaufen und mir mit dem Geld meine Ausbildung zu finanzieren. Ein Studium in Amerika. Sie wissen, dass Werner Gilde mein Vater ist?"

Nelly nickte. „Hauptkommissar Rieder hat mich ins Bild gesetzt."

Schlick hob die Hände, als würde er kapitulieren. „Ich war jung und brauchte das Geld. Da habe ich es ihm verkauft. Werner Gilde hat mich mit dem Kauf gleichzeitig adoptiert und damit seine Vaterschaft anerkannt. Meine Mutter hatte mir zwar erzählt, dass Werner mein Vater ist, aber er sich nie dazu bekannt oder Unterhalt gezahlt hat. Sie hat daraus kein Drama gemacht. Nach dem Studium hat er Wort gehalten und mich in die Firma aufgenommen. Karl hat mir das alles nie verziehen. Als Werner das Haus letztes Jahr verkauft und für den Verkauf plattgemacht hat, weil ein leeres Grundstück mehr einbrachte, kochte alles wieder hoch. Für Karl muss es so gewesen sein, als würde Pia noch einmal sterben."

„Warum hat Ihr Vater das Haus überhaupt gekauft?"

„Und nach dem Kauf nie betreten", ergänzte Schlick. „Es war für ihn eine Art Geschäft, und für mich sollte es eine Lehre sein. Er machte mir ein gutes Angebot, dafür bekam ich eine gute Leistung. Ein Studium, einen Arbeitsplatz, jetzt sogar seine Firma. Ein Deal, wie man heute so schön sagt."

Er sah Nelly in die Augen, und ihr lief ein kalter Schauer über den Rücken. Sie musste echt aufpassen. Immer schön trennen zwischen Job und Privat. Das hier war Job. Schlick half ihr aus der Klemme. „Eine Sonderkommission gibt es sicher nicht, um zu einem alten Haus zu ermitteln. Was kann ich für Sie tun? Es geht sicher um den Tod meines Vaters?"

„Keine guten Nachrichten. Ihr Vater wurde ermordet."

„Also doch!" Er schlug mit der flachen Hand auf die lederbezogene Lehne, dass es knallte. „Ich wusste es."

„Allerdings ist das Mordwerkzeug etwas ungewöhnlich", setzte sie fort. „Eine Schlange, eine Kreuzotter."

„Eine Kreuzotter?" Schlick schien erstaunt und lehnte sich zurück. „Sind die jetzt eigentlich schon aktiv? Ist es für die nicht noch zu kühl?"

Nelly zuckte mit den Schultern. „So gut bin ich in der Biologie von Schlangen nicht bewandert. Auf jeden Fall hat der Biss einer Kreuzotter ein Herz-Kreislauf-Versagen bei Ihrem Vater ausgelöst und zum Tode geführt. Da wir annehmen, dass die Kreuzotter nicht von allein ins Bett gekrochen ist, müssen wir von einem Verbrechen ausgehen."

„Verdächtigen Sie mich?", fragte Schlick mit einem verschmitzten Lächeln.

Nelly war wieder kurz verwirrt, fing sich aber schnell. „Jeder, der an dem Todestag Ihres Vaters in seinem Haus auf Hiddensee war, ist verdächtig. Es kann einige Zeit zwischen dem Biss der Schlange und dem Tod Ihres Vaters vergangen sein."

„Mit Schlangen habe ich nichts am Hut. Schlangen, Gift, das klingt doch eher nach einer Frau."

„Sie meinen Ihre ...", Nelly suchte nach dem richtigen Wort.

„Sagen Sie es nur. Meine Stiefmutter. Auch wenn Martina über zwanzig Jahre jünger ist als ich."

Schlick nahm das Teesieb aus der Kanne und goss sich eine Tasse ein. Er griff über den Tisch und tat das gleiche mit Nellys Tee. „Ich möchte nicht, dass Sie beim Gespräch mit mir noch einschlafen, wenn er zu lange zieht. Ich gelte nicht gerade als Entertainer."

Das würde Nelly nicht bestätigen. Sie tranken beide einen Schluck.

„Ich würde es Martina zutrauen", setzte Schlick das Gespräch fort.

„Und das Motiv?"

„Um frei zu sein. Ich habe Martina nie das Märchen geglaubt, dass Werner und sie echte Liebe verbinde. Fast sechzig Jahre Altersunterschied. Ich bitte Sie. Ich bin doch nicht naiv. Sie hat einfach die Schwäche meines Vaters für junge, schöne Frauen ausgenutzt."

„Nun, dass ältere Männer auf junge Frauen stehen und auch umgekehrt, ist heute nicht mehr so ungewöhnlich", entgegnete Nelly. „Da müssen Sie hier nur mal in die Hotels an der Bäderküste gehen. Da sitzen viele graumelierte Männer an den Tischen mit ihren zweiten oder dritten, deutlich jüngeren Ehefrauen. Da sind Sie vielleicht etwas sehr moralisch ..." Nelly hatte sich ein wenig in Rage geredet. Vielleicht wollte sie schlicht nicht, dass er konservativer war, als er wirkte.

„Ich muss wahrscheinlich etwas mehr ausholen. Mein Vater hatte, wie gesagt, ein Faible für junge Frauen. Er hat sie auch immer benutzt. Wie gesagt, für ihn war alles ein Geschäft, und die Firma ging immer vor. Immerhin", er zeigte an die Wand hinter Nelly, an dem Plakate mit Gildemeister-Produkten aus ganz verschiedenen Zeiten hingen, wie man am Stil erkennen konnte, „hat diese Firma eine über hundertjährige Tradition. Mein Großvater hat die Firma durch zwei Kriege gebracht, Werner dann durch den Sozialismus. Er hat die Verstaatlichung unter Ulbricht und Honecker überlebt, ist Geschäftsführer geblieben, hat sogar ihren Namen gerettet und sie nach der Wende wieder übernommen. Doch sie stand damals auf der Kippe. Die Leute wollten keine Gildemeister-Kuchen, Gildemeister-Suppen. Sie wollten den Westen kosten. Die Supermärkte sortierten uns erst mal ganz unten ein. Früher war Bückware was Gutes, aber im Supermarkt bückt sich keiner gern. Sie müssen also die Einkäufer der Ketten überzeugen, weiter oben im Regal platziert zu werden. Die sind meist männlich. Also setzte Werner auf weibliche Reize. Für die Verkaufsgespräche engagierte er junge Damen, die, wie soll ich es zurückhaltend ausdrücken, nicht nur Gildemeister-Produkte, sondern auch mehr verkauften. Dafür zahlte Werner ihnen hohe Provisionen. Woher er das Geld hatte, will ich gar nicht wissen. Werners Strategie ging auf. Heute sind wir die Nummer zwei in Deutschland bei Backmischungen. Bei Suppen sieht es schlechter aus. Martina war eine dieser Mitarbeiterinnen, und sie war richtig gut, hat es geschafft, dass wir bei zwei wichtigen Discountern und einer großen Supermarktkette im Regal von ganz unten nach ganz oben wanderten. Das ist auch nicht der ideale Platz, weil der Kunde gern auf Augenhöhe kauft. Aber viele schauen, wenn sie über eine Alternative nachdenken, eher nach oben als nach unten. Scheint menschlich zu sein. Martinas Ruf war legendär, und die Einkäufer riefen hier an und fragten, ob Martina zu ihnen kommen könne. Martina wusste also auch um ihren Wert für unsere Firma und nutzte ihre Chance bei Werner. Manchmal nahm er die eine oder andere Marketingmitarbeiterin mit auf einen Bootsurlaub oder ein Wochenende auf Hiddensee. Werner wollte sie natürlich auch wie die anderen Frauen ohne Verpflichtung, doch Martina verkaufte ihre Gunst nur gegen die Ehe mit ihm. Und er wollte sie haben. Vielleicht war er auch müde geworden und den ständigen Wechsel leid. Nun hofft sie natürlich, sein Erbe anzutreten. Das hatte er ihr versprochen. Wenn das kein Motiv ist. Es geht um Millionen Euro."

„Das ist aber sehr gefärbt durch Ihre Sicht. Vielleicht war es doch Liebe."

„Man soll die Hoffnung nie aufgeben, aber ich bin Realist."

„Sie werden auch hoffen, die Firma zu erben und hätten so auch ein Motiv."

„Das werde ich auch." Schlick beugte sich über die Lehne seines Sessels und angelte mit dem rechten Arm nach seiner Aktentasche. Er öffnete sie und zog einen Brief heraus. „Das ist eine beglaubigte Kopie des Testaments meines Vaters, ausgefertigt vor drei Wochen, bei seinem letzten Besuch in Stralsund. Sein Anwalt, der zugleich Notar ist und das Testament aufgenommen hat, bestätigte mir, dass er zwei Tage vor seinem Tod mit ihm telefoniert hat und diesen letzten Willen bestätigt hat." Er reichte das Schriftstück Nelly. „Ich erbe die Firma. Martina bekommt den Pflichtteil, das Haus auf Hiddensee und jeden Monat eine Apanage von viertausend Euro. Die Kunstsammlung wird in eine Stiftung ‚Hiddenseer Künstlerinnenbund' überführt und unentgeltlich der Insel Hiddensee zur Verfügung gestellt. Mit einer Zuwendung von zwei Millionen Euro soll die Gemeinde das ehemalige Institutsgebäude der Universität Greifswald am Schwedenhagen in Kloster in ein Museum umwandeln, um die Bilder dort dauerhaft auszustellen."

Nelly las das Schriftstück durch. Wie Schlick kühl und gelassen die Fakten referierte, wandelte sich ihre anfängliche Sympathie in Abneigung. „Das entlastet Sie nicht. Es verstärkt ihr Motiv. Warum haben Sie schon eine Kopie? Die Testamentseröffnung soll doch erst in den nächsten Tagen erfolgen."

„Ich hatte erwähnt, dass wir bei Suppen noch nicht so gut dastehen. Für den osteuropäischen Markt wollen wir das ändern. Wir stehen gerade in Verhandlungen mit einer polnischen Firma, die dort Marktführer für Konserven ist. Wir wollen die Firma übernehmen. Aber dazu brauche ich Cashflow von unserer Hausbank. Sie wollten deshalb die Sicherheit, dass nach dem Tod meines Vaters die Fortführung des Unternehmens auf vertrauensvollen Füßen steht. Sie haben eine Kopie des Testaments verlangt. Werner und ich haben geliefert. Ein Vertreter der Bank war bei der Abfassung anwesend. Sicher alles nicht ganz regelkonform, aber hier hängen ziemlich viele Arbeitsplätze dran."

Sie hielt das Schreiben hoch. „Kann ich das behalten?"

„Ich mache Ihnen eine Kopie." Er nahm es ihr aus der Hand, stand auf und ging zum Schreibtisch. Während er auf seinem Drucker die Kopie machte, bat er sie, gegenüber Martina Gilde das Testament nicht zu erwähnen. „Ich bin auf ihr Gesicht gespannt, wenn es verlesen wird." Er reichte ihr die Kopie. Dann sah er sie mit einem verschwörerischen Blick an. „Dann habe ich noch etwas, das meine Unschuld beweist."

Schlick öffnete mit einem Schlüssel ein Schubfach seines Schreibtischs, nahm etwas heraus und kam wieder zurück.

Nelly konnte erkennen, dass es sich um eine CD-Hülle handelte. „Vielleicht hilft Ihnen das hier weiter." Er reichte sie Nelly. „Ich habe in Absprache mit meinem Vater eine Kamera in seinem

Zimmer installiert. Er wollte, um später jeglichen Zweifel auszuschließen, alle Pflegemaßnahmen dokumentiert wissen."

Nelly unterbrach ihn kurz. Sie glaubte sich, verhört zu haben. „Dann sehen wir darauf auch seinen Mörder oder seine Mörderin?", fragte sie ganz aufgeregt. Wenn sie den Mörder kennen und dingfest machen würde, wäre sie gegenüber Bökemüller und Gottschalk rehabilitiert, rasten ihre Gedanken.

„Warten Sie es ab. So einfach ist es nicht."

Das Kartenhaus ihrer Wünsche wankte. Das klang nicht gut.

„Ein paar Worte vorweg. Mein Vater war schwer herzkrank. Er hat sich vor dem Termin mit dem Testament in der Uniklinik Greifswald einer Ultraschalluntersuchung seines Herzens unterzogen. Da war ich dabei. Sein Zustand war schon damals schon sehr kritisch. Er hat sich aber geweigert, im Krankenhaus zu bleiben. Ein Stent hätte vielleicht sein Leben verlängern können, doch seine Blutwerte waren zu schlecht. Er hoffte, dass sein Herz aufhören würde zu schlagen, ohne dass er zuvor zum absoluten Pflegefall werden würde. Mit Mühe konnte er bis zuletzt aufstehen und hatte das Gefühl, bestimmte Dinge, wenn auch nur mit Hilfe, selbst ausführen zu können. Sie werden auch auf diesen Bildern sehen, wie ich ihm am Samstag beim Aufstehen geholfen und ihn zur Toilette gebracht habe und wieder zurück. Er war sonst sehr schwach. Sie werden sehen, dass Martina den Wasserbecher für ihn zu weit weg auf den Nachttisch stellte. Sie werden nicht sehen, wenn ich mich recht erinnere, dass sie eine Schlange in sein Bett getan hätte, bevor sie ihn am Mittag verlassen hat. Sie kann es natürlich später getan haben."

„Das werden ja die Bilder zeigen."

„Genau das ist das Problem. Leider Künstlerpech. Die Speicherkapazität der SD-Karte war, kurz nachdem ich meinen Vater verlassen habe, aufgebraucht. Sie sehen aber noch, dass er sich bewegt, also noch lebt. Das entlastet mich ja wohl."

Nellys Kartenhaus brach zusammen. „Das ist nicht wahr."

Schlick hob wieder die Hände. „Doch, leider."

‚Hier den großen Manager raushängen lassen und dann nicht die richtige Speicherkarte einlegen', dachte sich Nelly. Oder hatte er die Karte vielleicht manipuliert? Sie zeigte auf die CD. „Wo ist das Original?"

„Die SD-Karte liegt bei unserem Anwalt in Stralsund."

„Die brauchen wir, um Manipulationen auszuschließen."

„Dann muss ich aber darauf bestehen, dass in meinem Beisein von der SD-Karte für mich eine Kopie gezogen und danach kontrolliert wird. Denn auch Martina hat ihre Verbindungen."

„Das werde ich mit Hauptkommissar Rieder besprechen."

„Ich weiß, Sie sind jetzt ziemlich enttäuscht. Aber vielleicht gibt es noch einen Trostpreis. Sie sehen nach mir noch einen Besucher bei meinem Vater."

„Wen?" Sie schrie die Frage fast. Hoffnung glomm in ihr auf.

„Karl Born."

23

Rieder und Damp fuhren schweigend durch Vitte. Sie wollten nach Neuendorf zum „Strandcafé". Damp war immer noch fassungslos, dass Rieder ihm nichts von Charlottes Rückkehr erzählt hatte. Malte Fittkau hatte er auch nicht ins Vertrauen gezogen. Als sie beide auf dem Weg zum Streifenwagen aus dem Rathaus kamen, war Malte ihnen entgegengestürmt. „Wisst ihr, wer wieder auf der Insel ist? Da kommt ihr nie drauf?"

„Charlotte Dobbert", hatte Rieder nur kurz geantwortet und Malte ratlos stehengelassen. Er war, ohne ein weiteres Wort zu sagen, zum Auto gelaufen.

„Ach nee. Der weiß das schon?", hatte Rieders Nachbar daraufhin Damp gefragt.

„Mir hat er auch nichts gesagt."

„Sie ist schwanger, Damp. Hochschwanger. Ob das von ihm ist?"

Damp klappte die Kinnlade nach unten. „Die Dobbert ist schwanger?"

„Wenn ich es dir sage? Bestimmt dauert es nicht mehr lange", erklärte Fittkau. „Wo wollt ihr eigentlich hin?"

„Zu Charlotte Dobbert. Sie hat vielleicht was mit dem Mord zu tun. Sagt jedenfalls die Gudrun."

Das war ein wenig übertrieben. Gudrun hatte nach dem Satz „Du musst mit Charlotte reden!", keinen Ton mehr gesagt. Rieder hatte sie dann sehr zum Ärger von Damp mit ihrem Mann ziehen lassen, allerdings verlangt, dass sie die Insel nicht verlasse.

Sie waren jetzt fast am Ortsende von Vitte. Mitten auf der Straße stand das Elektromobil des Pflegedienstes. Anna Rese musste also in der Nähe sein. „Halten Sie bitte mal an!"

„Wir wollten doch zu Charlotte."

„Halten Sie an!" Rieders Ton ließ weder Widerspruch noch Zuwiderhandlung zu. Damp bremste. Rieder sprang aus dem Wagen. Er ging zum Elektromobil. Anna Rese kam aus dem Haus neben der Rezeptsammelstelle. Rieder holte seinen Dienstausweis aus der Jacke. „Frau Rese?" Sie schaute ihn überrascht an. „Hauptkommissar Stefan Rieder. Kann ich Sie sprechen? Ich muss dringend ein paar Dinge zum Todesfall Werner Gilde überprüfen."

„Hier? Auf der Straße?"

Rieder sah sich um. Er deutete auf das Polizeiauto. „Wie wäre es dort? Unser Ersatzrevier", versuchte er zu scherzen.

„Sie sind noch nicht so lange auf der Insel, sonst würden Sie wissen, dass es bei den Hiddenseern nicht so gut kommt, öffentlich mit der Polizei zu sprechen", belehrte sie Rieder. „Ich habe gleich meinen nächsten Termin in der Nähe vom ‚Feuerstübchen'. Die haben schon wieder auf. Jetzt am Nachmittag ist da kein Betrieb. Lassen Sie uns dort treffen. Ich bin in einer Viertelstunde da."

Im Gasthaus „Feuerstübchen" hatte man von der verglasten Veranda einen schönen Blick auf die Dünen. Dort zeigten sich in der frisch begrünten Wand aus Heckrosen erste rosa Blüten. Die Wirtin begrüßte sie freundlich. Rieder blieb am Eingang stehen. Seine Aufmerksamkeit wurde von einem Regal mit zahlreichen verschiedenfarbigen Gläschen gefesselt. Er nahm einzelne hoch und las die Etiketten. Es gab Sanddorngelee, Quittenmarmelade, Kirschkonfitüre und, was er noch nie irgendwo gesehen hatte, Rosengelee. „Wie schmeckt denn Rosengelee?", fragte er.

Die Wirtin überlegte kurz. „Schwer zu beschreiben. Sind Sie aus dem Osten?"

Rieder nickte.

„Können Sie sich noch an diese rosarote Grütze in den blassgrünen Tüten erinnern?"

Das konnte er.

„So ungefähr schmeckt Rosengelee. Macht mein Lebensgefährte aus den Blüten der Heckenrosen."

In diesem Moment kam Anna Rese herein. Man sah ihr an, dass sie im Stress war. „Können wir?", fragte sie hektisch. „Ich habe nicht viel Zeit."

„Wollen Sie etwas trinken?", erkundigte sich Rieder.

Sie lehnte ab. Rieder lotste sie gemeinsam mit Damp zu einem Tisch, so weit wie möglich weg von der Theke.

„Was wollen Sie wissen?", fragte sie ohne Umschweife.

„Es geht um den Tag, an dem Werner Gilde verstorben ist. Samstag vor jetzt gut zwei Wochen. Sie erinnern sich?"

„Ich bitte Sie, Herr Gilde war mein Patient."

„Können Sie uns noch einmal aus Ihrer Sicht den Tag schildern?"

„Ich war morgens eine Stunde da, um ihn zu waschen und Morgentoilette zu machen, und mittags noch einmal, um ihn zu füttern und mit ihm zur Toilette zu gehen."

„Das konnte er noch?", fragte Rieder dazwischen, während sich Damp Notizen machte.

„Ja, das ging noch. Dann hatte ich frei. Samstagnachmittag kam immer Herr Schlick, sein Adoptivsohn, und betreute ihn. Das hat er auch sehr gut gemacht. Besser als seine Frau."

„Wie meinen Sie das?"

„Frau Gilde war von den Pflegearbeiten nicht so begeistert, wenn Sie wissen, was ich meine. Ist auch nicht jedermanns Sache.

Da habe ich volles Verständnis. Wenn es mal nachts Probleme gab, dann rief sie schon mal an, und ich musste kommen, um ihn zur Toilette zu bringen oder, wenn es zu spät war, mich um die Dinge kümmern."

„Wie lange haben Sie ihn gepflegt?"

„Also in den letzten zwei Jahren war ich schon mal längere Zeit engagiert, nachdem er heftige Herzattacken hatte. Das war mehr Krankenpflege und Rehabilitation. Und dann so die letzten drei Wochen vor seinem Tod. Er war noch einmal in Stralsund. Danach baute er ziemlich schnell ab. Ich habe ihm immer wieder angeboten, Möselbeck kommen zu lassen. Sein Hausarzt, der alte Lang, war im Urlaub. Aber das wollte er auch nicht." Sie machte eine kurze Pause. „Ich glaube, er wollte sterben. Ich spüre so etwas."

„Aber jemand hat nachgeholfen", erklärte Rieder.

Anna Rese sah ihn erstaunt an. „Was meinen Sie?"

„Jemand hat ihn ermordet. Mit einer Schlange. Er starb an den Folgen des Bisses einer Kreuzotter."

Anna Rese schüttelte verwundert den Kopf. „Wie bitte? So was habe ich noch nie gehört."

„Wir auch noch nicht", erwiderte Rieder. „Deshalb müssen wir genau wissen, was an diesem Samstag passiert ist. Wann waren Sie wieder im Haus am Schwedenhagen?"

„So gegen halb sieben rief mich Frau Gilde an, völlig aufgeregt. Ihr Mann sei völlig kalt. Ich habe mich dann gleich auf den Weg gemacht, war vielleicht so viertel vor bei ihr. Ein Blick genügte mir. Er war tot."

„Haben Sie eine Schlange bemerkt?"

Sie schüttelte heftig den Kopf. „Nein."

„Können Sie uns bitte genau schildern, wie es war, als Sie in Gildes Haus gekommen sind?", forderte Rieder die Frau auf.

„Ich kam ins Zimmer. Frau Gilde stand am Bettende. Ich habe seinen Puls gefühlt. Null. Er war noch warm, kühlte aber bereits aus. Dann habe ich das Bett abgedeckt, mit meinem Stethoskop nochmal nach Herztönen gesucht, aber auch da kein Befund. Ich habe ich zu ihr gesagt, dass er tot sei und ich Doktor Möselbeck anrufe, um den Tod amtlich feststellen zu lassen. Sie ging daraufhin einfach aus dem Zimmer. Ich habe das Bett wieder zurückgeschlagen, seine Hände auf der Bettdecke gefaltet und nach dem Anruf auf den Arzt gewartet.

„Haben Sie irgendwelche Bissspuren im Schlafanzug gesehen?"

„Nein, kann ich mich nicht erinnern. Er trug auch nur noch ein Nachthemd. Das war besser so für die Verrichtungen während der Pflege."

„Haben Sie vielleicht eine Bewegung im Zimmer bemerkt, die von einer Schlange stammen könnte? Oder haben Sie ein Rascheln gehört?"

Wieder schüttelte sie den Kopf. „Da war nichts. Es war nur still. Ich habe mir einen Stuhl genommen, mich neben das Bett gesetzt und für ihn gebetet. Das mache ich immer, wenn einer meiner Patienten stirbt."

„Sie sagten erst, dass Frau Gilde am Telefon sehr aufgeregt war, dann aber, als Sie kamen, sehr gefasst. Könnte Sie das Erschrecken über den Tod nur gespielt haben?", hakte Rieder nach.

„Sie meinen, Frau Gilde hat ihn mit der Schlange ... umgebracht?"

„Wir müssen jede Möglichkeit bedenken", räumte der Polizist ein.

Sie drehte langsam den Kopf hin und her. „Wissen Sie, ich habe schon so viele Menschen und ihre Angehörigen in der letzten Stunde begleitet. Jeder reagiert anders, und manchmal wundert es einen schon. Aber bei Frau Gilde war das aus meiner Sicht alles ganz normal. Es kam für sie nicht unvorbereitet. Der Mann war über neunzig. Trotzdem war sie geschockt. Aber ihn zu ermorden lohnte doch gar nicht mehr ..."

Rieder sah aus dem Fenster. Sie fuhren gerade an der „Heiderose" vorbei. Gleich kam der kleine Birkenwald, der ihn immer an russische Märchenfilme erinnerte. „Müssen Sie eigentlich jetzt unbedingt zu Charlotte mitkommen?", fragte er, ohne den Blick zu wenden.

„Warum nicht?"

Jetzt drehte sich Rieder zu seinem Kollegen um. „Und wenn ich Sie inständig bitten würde, es nicht zu tun?" Damp brummte etwas, aber Rieder konnte es nicht verstehen. „Es geht um etwas Persönliches, das ich mit Charlotte besprechen muss. Verstehen Sie. Das kann ich nicht, wenn …", er stockte, „… wenn Außenstehende dabei sind."

„Was soll ich in der Zwischenzeit machen?"

Rieder drehte sich und schaute nach vorn. „Haben Sie nicht noch mit der Renovierung Ihrer Wohnung zu tun?"

Damp wiegte den Kopf hin und her. „Nachher stehe ich wieder da wie ein Trottel, weil ich wichtige Informationen …"

„Ich verspreche Ihnen", unterbrach ihn Rieder, „dass Sie alles erfahren. Wort für Wort. Jedenfalls, was den Fall betrifft."

„Wenn es denn sein muss", murmelte Damp mürrisch vor sich hin.

„Sie können mich gleich an der Bushaltestelle am Schabernack absetzen. Den Rest gehe ich zu Fuß. Ich muss mich noch etwas sammeln."

Wie am Tag zuvor wirkte das „Strandcafé" unbewohnt. Er ging die zwei Stufen am Nebeneingang nach oben, atmete tief durch und läutete. Das Klingeln hallte hart und kalt durch das Haus. Es tat sich aber nichts. Kein Geräusch von Schritten oder das Klappen von Türen. Rieder ging ein paar Schritte nach rechts und schaute durch eines der Fenster. Er konnte nichts erkennen. War Charlotte nicht da? Doch dann öffnete sie die Tür.

„Ich dachte schon …"

„Ich wollte erst nachschauen, wer draußen ist", äußerte Charlotte mit fast tonloser Stimme. „Auf Beileidsbesuche der lieben Nachbarn aus Neugier über meinen Zustand kann ich verzichten."

Unentschlossen standen die beiden im Flur, sahen sich betreten an und wussten nicht, wie sie miteinander umgehen sollten. Rieder fand zuerst die Sprache wieder. „Ich müsste dir ein paar Fragen zum Tod von Hans Kempe stellen. Gudrun Witt …"

„Sie hat mich schon angerufen. Lass uns in den Gastraum gehen." Charlotte öffnete die Personaltür zum ehemaligen „Strandcafé". Sie schleppte sich mehr als sie ging. Rieder wollte ihr den Arm unterschieben, um sie zu stützen. Sie wehrte ab. „Es geht schon. Es ist momentan nur ein bisschen viel."

Sie führte ihn zu einem Tisch direkt am Fenster mit Blick auf den Süddeich von Neuendorf. „Um es kurz zu machen, ich habe den toten Kempe vorgestern gefunden. Nicht Gudrun. Ich habe sie gebeten, für mich zu lügen, weil ich dich nicht treffen und mit der ganzen Sache nichts zu tun haben wollte. Ich dachte, Gudrun meldet euch den Toten, und damit hat es sich, weil Kempe einfach nur am Bodden gestorben sei. Er war schon alt. Dass Damp und du so ein Theater machen und Gudrun sogar verdächtigen würdet, ihn umgebracht zu haben, konnte ich ja nicht ahnen. Gudrun! Die keiner Fliege was zuleide tun kann."

„Sie hat sich aber auch verdächtig verhalten", entgegnete Rieder.

„Verdächtig verhalten?", fragte Charlotte entrüstet. „Sie wollte mich einfach schützen. Sie war die Einzige, die wusste, dass ich auf der Insel bin, und es sollte auch keiner weiter erfahren, bis ich entschieden habe, ob ich hierbleibe oder wieder verschwinde."

„Man hat als Bürger die Pflicht, einen Toten zu melden. Es kann immer ein Verbrechen vorliegen. Und wenn klar wird, dass es sich sogar um Mord handelt, muss man die Wahrheit sagen. Das ist kein Spaß." Rieder hatte sich in Rage geredet. „Uns ist durch euch viel Zeit verlorengegangen. Zeit, die dem Mörder genutzt hat. Gudruns Rücksichtnahme und deine Befindlichkeiten wiegen das nicht auf."

„Spiel dich nicht so auf!", fauchte sie ihn an.

„Wer spielt sich denn hier auf? Willst du dich dein weiteres Leben hier verstecken, das Kind im Dunkeln dieser Kneipe aufziehen?"

„Das geht dich nichts an!", schrie sie jetzt.

„Das denke ich nicht."

„Jetzt komm mir nur nicht mit der Vaternummer. Die zieht hier nicht."

„Es war deine Entscheidung, mir nicht zu sagen, dass du schwanger bist. Von mir. Wenn ich richtig rechne, waren wir da noch zusammen und beide noch auf der Insel, als du es erfahren hast. Du hast keinen Ton gesagt."

„Warum wohl?"

Sie starrten sich beide an. „So kommen wir nicht weiter", entschied Rieder. „Ich muss wissen, was vor drei Tagen am Abend und am nächsten Morgen passiert ist. Das andere können wir ein anderes Mal diskutieren."

Charlotte setzte sich wieder so hin, dass ihr Blick aus dem Fenster des Schankraumes ging. „Dort ist Kempe vor drei Tagen, so gegen fünf Uhr am Nachmittag vorbeigefahren", erklärte sie, als würde sie ein Protokoll diktieren. „Er kam von Neuendorf, bog hier am Café auf den Deich ein und ist auf der Deichkrone Richtung Schwarzer Peter gefahren. Bis zehn Uhr habe ich hier gesessen. Zurückgekommen ist er nicht. Am nächsten Morgen so gegen sechs Uhr habe ich meine Morgenrunde gemacht, den Weg durch den Wald, dann nach links auf dem Pfad zum Schwarzen Peter. Vor dort wollte ich wieder zurück hierher. Da habe ich Kempe liegen gesehen. Ich konnte nicht runterklettern in meinem Zustand, aber ich habe gesehen, dass er tot ist. Das spürte ich. Ich bin dann auf dem selben Weg zurück. Reicht das?"

„Wann hast du Gudrun angerufen?"

„So gegen acht Uhr. Ich habe hier gesessen und überlegt, was ich mache. Ob ich dich anrufe oder Damp. Aber ich wollte, wie gesagt, nichts damit zu tun haben. Da bin ich auf Gudrun gekommen. Sie ist dann mit dem Rad hin, hat es sich angesehen und ist dann nochmal zu mir gekommen, um zu besprechen, was sie sagen soll. Von hier hat sie Damp angerufen. Mehr hat sie nicht getan. Nur einen Freundschaftsdienst."

„Freundschaftsdienst", grummelte Rieder. „Nochmal zum Abend zurück. Wie war Kempe unterwegs? Auf einem Fahrrad, mit einem Anhänger?", fragte Rieder nach.

„Genau. Das Rad lag ja auch am Schwarzen Peter. Der Anhänger stand auch da."

„Hatte er ein Bild dabei?"

„Ein Bild?"

„Ja, ein Bild, vielleicht verpackt."

Charlotte überlegte. „Kann sein, habe ich aber nicht drauf geachtet."

„Und er kam nicht zurück?"

„Nein", erwiderte sie unwillig. „Das habe ich dir doch schon gesagt. Ich hätte ihn sonst sehen müssen." Sie hielt kurz inne. „Seit ich wieder hier bin, sitze ich hier jeden Tag. Stundenlang. Mehr kann ich bei meinem Zustand eh nicht machen. Ab und zu kommt Gudrun vorbei, versorgt mich mit dem Nötigsten. Sie ist schon richtig in Großmutterfieber. Ich dagegen bin eigentlich noch gar nicht wieder hier."

Rieder fürchtete, ihr Streit würde neu entflammen. Deshalb lenkte er das Gespräch zurück auf Kempe. „Hast du sonst etwas beobachtet? Ist ihm später jemand gefolgt? Oder jemand in die Richtung wie Kempe gefahren?"

„Nein. Bis in die Nacht nicht. Hier war niemand unterwegs. Weder über den Deich noch unten über den Weg hinter den Dünen. Ob jemand am Strand langgelaufen ist, kann ich natürlich nicht sagen. Ich kann nicht über die Düne sehen. Aber eigentlich ist es noch viel zu früh für Touristen oder Urlauber, und die Neuendorfer lassen spätestens um acht Uhr abends die Rollläden runter."

Also musste der Mörder entweder mit einem Boot auf dem Bodden oder der Ostsee gekommen sein. ‚Oder er ist über den Strand gelaufen', überlegte Rieder. Doch es war anlandiger Wind gewesen, recht stark sogar. Das Wasser war durch den Wellengang auf den Strand gedrückt worden. In Vitte hatte es bis zu den Dünen gestanden. Hier in Neuendorf würde es nicht anders gewesen sein. Dass jemand fast einen Kilometer bei den Temperaturen durch knietiefes eiskaltes Wasser am Strand entlanggelaufen sei, hielt er für unmöglich.

„Am Morgen ist dir auch niemand begegnet?"

Charlotte schüttelte den Kopf. „Deshalb bin ich so früh unterwegs gewesen. Damit mich niemand sieht."

Rieder rieb sich die Stirn. „Kanntest du Kempe näher?"

„Er kam immer mal hier im Strandcafé vorbei, wenn er zum Malen unterwegs war, trank ein Bier und einen Schnaps, sagte nicht viel. Draußen stand dann immer sein Rad mit dem Handwagen. Er hat bestimmt den kleinen Leuchtturm gemalt. Das ist doch ein beliebtes Motiv."

„Aber geredet habt ihr nicht? Über Maler oder Bilder? Oder hat er sich mit jemanden unterhalten?"

Charlotte verneinte. Rieder stand auf. „Ich werde alles zusammenfassen und dir morgen das Protokoll vorbeibringen. Gudrun ist wahrscheinlich aus dem Schneider. Ich werde mit Damp reden, dass er kein Verfahren wegen Behinderung der Polizeiarbeit gegen euch einleitet. Bei dir wird er bestimmt ein Auge zudrücken, bei Gudrun Witt bin ich mir da nicht so sicher."

Er ging langsam durch den Gastraum, schaute sich dabei um. „Damp würde sich sicher freuen, wenn du den Laden wieder aufmachen könntest. Ich glaube, ihm fehlt das ‚Strandcafé' als Rückzugsort."

Sie drehte sich zu ihm um. „Ich habe auch schon daran gedacht. Irgendwie muss ich Geld verdienen, um das Kind zu ernähren. Bisher gab es auch keine Kaufangebote. Der Makler meint zwar, sobald die Saison beginnt, könnte das anders werden, aber ich komme auch nicht los davon." Dabei schaute sie sich in ihrem ehemaligen Café um. „Zum Schluss wusste ich auf Mallorca gar nicht mehr, warum ich überhaupt dahin gegangen bin", erzählte Charlotte weiter. „Wegen dir? Wegen der Hiddenseer? Wegen der Touristen? Alles ging mir auf die Nerven. Eine Flucht erschien mir das Klügste. Dann hatte ich auch gleich einen Job. Erste Bewerbung, und gleich hatte es geklappt. Gut bezahlt. Ich musste nicht meine Reserven angreifen."

Rieder kam wieder ein paar Schritte näher. „Du hast mir gar nicht erzählt, dass du dich dort beworben hattest."

„Hätte es dich überhaupt interessiert?", fragte sie, ohne ihn dabei anzusehen. „Zuletzt waren wir doch nur noch wie Fremde zueinander, trafen uns, um uns nur so schnell wieder zu trennen."

„Ich hatte Stress ...", versuchte sich Rieder zu verteidigen.

„Du hattest immer Stress", schnitt ihm Charlotte das Wort ab. „Selbst wenn es auf der Insel nicht viel zu tun gab, hattest du Stress. Oder warst mit dir beschäftigt."

„Ich musste mich erst mal eingewöhnen ..."

„Eine Ausrede", stellte sie in einem Ton fest, der keinen Widerspruch duldete. „Malte und ich haben es dir so leicht gemacht. Andere auch. Thomas Förster zum Beispiel ..."

„Aber mit Damp war es nicht leicht", entgegnete Rieder, „und was hat das damit zu tun, dass du einfach gegangen bist, ohne mir etwas zu sagen?"

Sie schwiegen wieder, verdauten die gegenseitigen Vorwürfe.

„Klar ist, dass ich natürlich meinen Verpflichtungen nachkommen werde ...", erklärte Rieder. Er glaubte, dafür sei jetzt der richtige Zeitpunkt.

Charlotte sah zu ihm mit traurigen Augen an. „Als ob es darum geht. Du verstehst es einfach nicht. Es geht hier auch um uns, wie wir miteinander umgehen. Du hörst dich an, als hätte dir Damp einen Bußgeldbescheid wegen Fahrens ohne Licht ausgestellt, den du in deiner Ordnungsliebe als Polizist ohne Widerspruch bezahlst. Fällt dir sonst nichts ein?"

Rieder fühlte sich unwohl. „Lass uns das ein anderes Mal ..."

„So bist du immer. Wenn es eng wird, kneifst du ... Du bist ein Feigling."

Rieder schluckte. „Wie gesagt ..."

„Schon klar."

Charlotte versuchte aufzustehen. Es fiel ihr schwer, weil dem Stuhl Lehnen fehlten, um sich abzustürzen. Kurz sah es so aus, als würde sie auf den Boden rutschen. Rieder sprang hinzu und fing sie auf. Er griff ihr unter die Arme und half ihr, sich aufzurichten.

„Danke", sagte sie leise.

„Du solltest in deinem Zustand hier nicht allein sein."

„Und wer sollte bei mir Händchen halten? Ich kann von Gudrun kaum eine Rund-um-die-Uhr-Betreuung verlangen."

Sein Arm lag noch immer um ihrer Hüfte. Sanft befreite sie sich davon. „Ich komme schon zurecht", beendete sie den für beide überraschenden Moment der Nähe.

Rieder ging einen Schritt zur Seite. „Ich finde raus."

„Ich komme mit. Ich muss abschließen."

Langsam gingen sie gemeinsam zur Tür. „Wenn ich es recht überlege, war Kempe letztes Jahr zwei- oder dreimal hier mit einem Mann verabredet." Sie blieb stehen und deutete auf einen Tisch. „Sie saßen immer hier. Etwas abseits. Sonst hat Kempe wie alle Insulaner immer an der Theke gesessen."

„Kanntest du den Mann? War er von der Insel?"

Charlotte stützte sich auf die Tischplatte und zuckte dann mit den Schultern. „Ich weiß es nicht."

„Wie alt war er? Wie sah er aus?"

„Hier gingen so viele Leute ein und aus. Er muss schon eher ein Allerweltsgesicht gehabt haben. Sonst hätte er sich mehr eingeprägt. Er war vielleicht so Mitte dreißig, gut gekleidet, Markenkleidung, für Segler." Dann klopfte sie mit der flachen Hand auf den Tisch, als hätte sie einen Geistesblitz. „Wenn sich die beiden vor der Tür verabschiedet haben, ist der Typ immer nach links über den Deich Richtung Schwarzer Peter gelaufen. Jedenfalls nicht zum Seglerhafen."

„Dahin kann er ja trotzdem noch abgebogen sein, wenn er hinten auf dem Deich nicht nach rechts, sondern nach links gegangen ist."

„Nein. Er hatte so eine weiße Seglerjacke. Die leuchtet im Dunkeln oder in der Dämmerung." Charlotte ging zurück zur Fensterfront mit Blick auf den Deich. „Die Jacke habe ich immer noch dahinten gesehen."

Rieder trat hinzu. „Würdest du ihn wiedererkennen?"

„Nicht mit Sicherheit."

24

Als Rieder wieder vor der Tür stand, blendete ihn das helle Licht. Die Sonne stand nur noch knapp über den Dünen, aber in der kalten Luft wirkte alles sehr klar. Ganz im Gegensatz zu seinen eigenen Gefühlen. Ein paar Meter entfernt hatte Damp den Streifenwagen geparkt. Er betätigte die Lichthupe. Doch bevor Rieder zu ihm ging, zog er sein Telefon heraus. Während des Besuchs bei Charlotte hatte er es auf stumm geschaltet, aber mehrfach das Vibrieren von verpassten Anrufen bemerkt. Insgesamt acht zeigte ihm sein Display an. Nelly hatte sich fünfmal gemeldet. Rieder stöhnte auf. Zweimal war es Behm gewesen. Beide hatten Nachrichten auf der Mailbox hinterlassen. Außerdem gab es einen Anruf von Damp. Rieder tippte auf eine Taste und hörte die Botschaften ab. Behm vermeldete eine interessante Entwicklung, kündigte an, jetzt mit Sascha Gildes Haus zu durchsuchen und bat dann noch einmal um Rückruf. Nellys Stimme überschlug sich vor Aufregung. Es gäbe eine heiße Spur, verkündete sie fast atemlos. In der zweiten Nachricht forderte sie von Rieder einen schnellen Rückruf, denn es müsse so bald wie möglich gehandelt werden. Bei der dritten Botschaft fragte sie wütend, warum er sich nicht melde. Rieder drückte auf Rückruf, während er auf den Streifenwagen zulief.

„Na endlich!", rief Nelly ins Telefon. „Wo warst du so lange?"

„Bei einer Zeugin." Mehr wollte er nichts ins Detail gehen. Nelly musste nicht wissen, dass er bei Charlotte Dobbert gewesen war. Das würde nur zu neuen Komplikationen führen.

„Und da musstest du das Telefon abstellen oder was?"

„Das ist ja wohl meine Sache."

„Schon klar. Ich weiß schon, dass du bei Charlotte Dobbert warst. Da gelten natürlich Sonderregelungen für den Chef", giftete sie. Hatte Damp geplaudert, fragte sich Rieder. Er schickte einen bösen Blick in Richtung Streifenwagen – aber eigentlich war es auch egal. Irgendwann hätte sie es doch erfahren. Andererseits hatte Nelly natürlich recht, aber das wollte er nicht zugeben. „Ich weiß nicht, was du willst."

„Gehört es nicht zu den ungeschriebenen Gesetzen der Polizeiarbeit, dass bei einer möglichen Tatverdächtigen immer zwei Beamte bei der Vernehmung anwesend sind …"

Rieder hatte inzwischen das Auto erreicht. Damp stieg aus und hörte dem Gespräch zu.

„… das musst du schon mir überlassen …", wehrte sich Rieder.

„… aber alle anderen müssen nach deiner Pfeife tanzen", patzte sie dazwischen. „Und? Natürlich ist sie die Unschuld vom Lande, entschuldige, von der Insel!"

„Quatsch", polterte Rieder. „Sie hat Kempes Leiche gefunden und Gudrun Witt entlastet."

Damp zog die Stirn in Falten. Rieder bedeutete ihm, dass er ihm gleich alles berichten würde, aber Geduld haben solle, bis das Gespräch beendet sei.

„Sie hat nur Kempes Leiche gefunden?", höhnte Nelly. „Aber natürlich machst du nichts weiter. Nicht wahr? Du glaubst ihr das Märchen."

„Charlotte ist hochschwanger, kann sich kaum bewegen. Wie sollte sie da jemanden erschlagen?", erwiderte Rieder.

Nelly schwieg. Offenbar hatte ihr diese Nachricht die Sprache verschlagen. „Wie, schwanger?", fragte sie dann.

„Achter oder vielleicht schon neunter Monat."

Wieder Schweigen, aber Rieder wusste, dass Nelly jetzt genau nachrechnete und er bekam auch gleich das Ergebnis präsentiert. „Du Schwein! Du hast mit mir geschlafen, als sie schon schwanger war …"

„Ich wusste nichts davon", versuchte sich Rieder zu wehren.

„Ich habe es erst gestern erfahren. Außerdem hat es dich damals auch nicht interessiert …"

„Du hättest es ja nicht tun müssen … aber abgesehen davon

bist du dadurch nur noch mehr voreingenommen. Deshalb sollten zwei neutrale Beamte der Aussage von Charlotte Dobbert auf den Grund gehen ..."

„Und einer davon möchtest du sein", entgegnete Rieder. „Dass ich nicht lache. Ich spüre schon, wie unvoreingenommen du bist."

„Jedenfalls solltest du sie nicht weiter vernehmen", beharrte Nelly.

„Das musst du schon mir überlassen", hielt Rieder dagegen, sah aber zugleich, wie Damp die Augenbrauen nach oben zog und fast unmerklich den Kopf schüttelte.

„Ich denke, Bökemüller sollte das entscheiden. Oder der Staatsanwalt. Herr Podewin."

„Mach, was du willst, ruf sie an, wenn du es nicht bleiben lassen kannst", kapitulierte er und versuchte zugleich das Thema zu wechseln. „Du hast mir draufgesprochen, dass es eine heiße Spur gäbe?", fragte er immer noch genervt.

„Schlick hat mir die Kopie einer SD-Karte gegeben aus einer Kamera, die er im Schlafzimmer von seinem Vater platziert hatte."

„Eine Überwachungskamera?"

„Genau. Stark, was?" Stolz schwang in Nellys Stimme.

Obwohl sie es nicht sehen konnte, nickte Rieder. Das war offenbar der besondere Beweis, den Schlick in ihrem ersten Gespräch angekündigt hatte, erinnerte sich Rieder.

„Und was ist drauf zu sehen?", fragte er

„Eine ganze Menge, aber leider nicht alles."

„Was soll das heißen?"

„Die Aufnahmen enden, bevor Gilde tot ist. Man sieht nicht, dass jemand ihm eine Schlange ins Bett legt. Aber man sieht den vielleicht letzten Besucher und damit den Mörder."

Ohne Luft zu holen, berichtete sie Rieder, was ihr Schlick erzählt hatte.

„Karl Born war am Samstag bei Gilde?", hakte Rieder noch einmal nach.

„Genau."

„Okay." Hatte Born Rache genommen für die Geschichte mit

dem abgerissenen Haus? Rieders Gehirn arbeitete. „Du hattest doch schon mal mit Herrn Born in der Sache mit dem Haus zu tun. Er hat während deines Dienstes auf der Insel eine Anzeige erstattet. Du hast den Fall aber nicht abgeschlossen." Ein platzierter Gegenschlag. „Warum eigentlich nicht?", setzte er noch einen drauf.

„Äh ...", dann schwieg Nelly etwas. „Ich bin da nicht weitergekommen", rechtfertigte sie sich, „aber ich weiß jetzt, dass die frühere Besitzerin, die Schauspielerin Pia Cicero, Schlicks Mutter und Borns Lebensgefährtin war."

„Es jetzt zu wissen, ist vielleicht etwas zu spät. Der Abriss des Hauses könnte das Motiv für einen Mord gewesen sein", belehrte sie Rieder. „Hast du denn damals auch mit Gilde gesprochen?"

„Gilde war nicht auf der Insel, und ich dachte, es sei nicht so dringend", gab sie kleinlaut zu.

„Nun erscheinen die Dinge aber in einem anderen Licht." Rieder befand, sie genug in die Ecke gedrängt zu haben. „Wie kommen wir an die Bilder? Wo bist du jetzt?"

„Ich bin gleich im Revier in Bergen. Ich kann sie euch als Datei schicken, wenn Hiddensees Internetanschlüsse einen Download erlauben."

„Gut, danach können wir ja noch einmal telefonieren." Rieder legte auf.

„Karl Born soll Gilde umgebracht haben?", fragte zweifelnd Damp, als sie in den Wagen stiegen. „Der brütet doch sonst nur über seinen Heimatbüchern. Ich weiß nicht."

Rieder erzählte ihm, was die Aufnahmen zeigen sollten.

„Hm", machte Damp bloß. „Und was ist mit Charlotte?"

Rieder berichtete ihm von dem Gespräch.

„Die Witt wäre damit raus. Schade, wäre so einfach gewesen. Ich gebe ungern der Blohm recht, aber so ganz korrekt war es nicht, dass ich nicht mit dabei war."

„Nun fangen Sie nicht auch noch an!", beschwerte sich Rieder

„Ich glaube auch nicht, dass Charlotte jemanden umbringt oder mit einem Stein erschlägt. Aber wie wollen wir das beweisen?"

„Ich weiß es nicht ..." Rieder schwieg einen Moment. „Klar müssen wir dem noch einmal nachgehen. Aber welches Motiv sollte Charlotte haben, Kempe zu töten?"

„Vielleicht ist er ihr dummgekommen?"

Rieder sah fragend zu seinem Kollegen.

„Vielleicht hat er sie angemacht, wollte was von ihr, was weiß ich?"

„Der alte Knacker? Eine hochschwangere Frau?"

„Alter schützt vor Torheit nicht", verkündete Damp.

„Haben Sie noch mehr solcher Sprüche?"

Damp schüttelte den Kopf. „Die Blohm wird aber darauf rumreiten, dass Charlotte auf die Liste der Verdächtigen kommt. Wetten?"

„Das ist genau der Punkt. Dann müssen Sie noch einmal zu ihr mit Behm. Nelly würde ich da gern raushalten."

„Kann ich mir denken", meinte Damp vieldeutig.

Rieder verdrehte die Augen. Dann ließ Damp den Motor an, wendete den Wagen und fuhr Richtung Norden zum Ortsausgang von Neuendorf.

„Ich muss noch Behm zurückrufen."

„Das können Sie lassen. Ich weiß schon Bescheid", erklärte Damp. „Die Fingerabdrücke auf der Klinke von Kempes Haus stammen von Martina Gilde."

„Ach nee!", meinte Rieder. „Warum überrascht mich das nicht? Wo fahren wir eigentlich hin?"

„Zu Fittkau. Da gibt's Abendbrot und Lagebesprechung. Behm und Sascha kommen auch hin."

Malte Fittkau brutzelte in der Küche frische Heringe. Es duftete im ganzen Haus nach gebratener Butter. „Ein Mann mit vielen Talenten", scherzte Rieder. Gemeinsam mit Behm, Damp und Sascha saßen sie um den runden Tisch in Maltes Wohnzimmer. Seine Freundin Dora hatte sich zurückgezogen. Männerabende seien nicht so ihr Ding. Außerdem müsse sie noch die nächste Kinovorstellung vorbereiten. Nachdem im letzten Herbst Doras Zeltkino geschlossen und abgebaut worden war, veranstaltete sie einmal im Monat einen Filmnachmittag für die Frauen der Insel in der alten Bäckerei in Vitte.

Behm und Sascha hatten im Obergeschoss jeweils ein Zimmer bezogen. Sie konnten bis zum Gründonnerstag bleiben. Dann kämen die ersten Gäste. Alle hofften, bis dahin die Fälle geklärt zu haben. Immerhin gab es ein paar erfolgversprechende Ansätze. Behm bastelte an seinem Laptop. „Malte", rief er in die Küche, „kannst du mir mal das Passwort fürs WLAN geben?"

Malte kam mit einer Kelle in der Hand ins Zimmer. „Was willst du?"

„Das Passwort für deinen Internetzugang?"

„Internetzugang?"

„Du hast doch bestimmt WLAN für deine Gäste. Das brauchst du doch bestimmt auch, um deine Vermietung zu organisieren."

Malte deutete mit der Kelle auf sein Telefon im Flur und dann auf ein dickes grünes Buch, das daneben lag.

„Damit organisiere ich alles. Erst Anruf, dann Eintrag ins Buch, Brief zurück mit der Rechnung und wieder Eintrag, ob rechtzeitig bezahlt wurde. Ende."

„Du hast kein WLAN und kein Internet?", fragte Behm völlig perplex.

„Nö."

„Wie finde ich das denn?"

„Mir egal."

„Wie sollen wir jetzt eine Verbindung über Skype zu Nelly bekommen?"

Malte zuckte mit den Schultern.

„Aber du hast doch bestimmt einen WLAN-Anschluss", wandte sich Behm an Rieder. Doch auch der schüttelte den Kopf. „Nur im Revier." Behm konnte es nicht fassen. „Sind wir hier im neunzehnten Jahrhundert?"

„Nö, aber auf Hiddensee", antworteten Malte und Rieder im Chor.

„Wie ist das so? Ohne Internet?" Behm sprach in einem Ton, als würde ein Arzt die Symptome eines Kranken aufnehmen.

„Man gewöhnt sich dran", erklärte Rieder. „Es lohnt sich nicht für mich. Für den Wetterbericht kann ich aus dem Fenster schauen, und bei Försters Naturparkhaus hängt immer einer vor der Tür. Die Welt bringt mir mein Radio ins Haus. Man lebt so ruhiger."

„Aber wenn man jetzt so eine Ermittlungsgruppe vernetzen will ..." meinte Behm, „dann braucht ..."

„... dann braucht man nur ein Handy", fiel im Rieder ins Wort. „Man wählt die Nummer und stellt, wenn Nelly abgenommen hat, auf Lautsprecher." Das tat er auch. Nelly Blohm meldete sich auch gleich.

„Ich denke, es soll eine Skype-Schalte sein?"

„Skype gibt's hier nicht. Müsstest du doch noch vom Winter wissen."

„Wenn dann alle dabei sind, sehen wir mal den Stand der Dinge. Es müsste ja jeder ungefähr wissen, was heute passiert ist." Rieder hatte schon Behm über Nellys Erkenntnisse und sein Gespräch mit Charlotte informiert.

„Es scheint doch wieder nach zwei Tätern auszusehen", warf Behm ein.

Rieder wiegte den Kopf hin und her. „Kann schon sein. Auf alle Fälle hatte Born ein Motiv, Gilde zu töten. Der Schmerz über das abgerissene Haus seiner ehemaligen Lebensgefährtin Pia Cicero alias Petra Schlick, der Mutter von Richard Schlick. Späte Rache könnte man das nennen. Aber welches Motiv könnte Martina Gilde haben, Kempe zu töten? Im Haus hängen genug teure Bilder, von deren Verkauf sie gut leben könnte. Geschweige denn das Haus selbst. Das ist bestimmt eine Million wert. Bei der Lage."

„Das stimmt nur, soweit es das Haus betrifft", meldete sich Nelly und berichtete über das neue Testament. „Eine Kopie habe ich. Ich scanne sie ein und schicke sie per Mail an alle."

„Dann könnte sie vielleicht mit Kempe Geschäfte gemacht haben. Sie hat ihm die Bilder geliefert, und er hat die Kopien oder Originale verhökert", meinte Damp. „Als sie sich nicht einig wurden, krach, was auf die Nuss", dabei führte er einen heftigen Schlag in der Luft aus, „und Feierabend."

„Haben wir schon was zu der DNA-Spur, die du bei Kempe gefunden hast?", wandte sich Rieder an Behm. Behm kratzte sich am Kopf.

„Gudrun Witts Vergleichsprobe ist auf dem Weg nach Stralsund. Schneller geht's nicht, und mehr durften wir ja auch nicht machen", antwortete Behm mürrisch, begann dann aber zu grinsen. „Ich habe trotzdem zur Sicherheit auch ein paar Haare aus der Bürste von Martina Gilde im Bad mit dazugepackt."

Dann wurde er wieder ernst. „Apropos Bilder. Ich habe, kurz bevor du gekommen bist, Professor Richnow vom Stralsunder Kunstmuseum angerufen. Er war zwar ziemlich im Stress, weil er einige Veranstaltungen im Museum hatte. Aber er kann morgen auf die Insel kommen, um sich die Bilder und die Kopien anzusehen."

„Gut. Hoffentlich bringt uns der Mann weiter", meinte Rieder. „Charlotte hat mir übrigens erzählt, dass sich Kempe im letzten Jahr mehrfach mit einem jungen Mann im ‚Strandcafé' getroffen haben soll", berichtete er weiter. Dabei kam ihm spontan eine Idee: „Wie alt ist denn dieser Kunstprofessor?"

„Vielleicht Mitte sechzig, wenn nicht sogar älter."

„Dann kommt er dafür nicht in Frage. Trotzdem sollten wir diesem Hinweis nachgehen."

„Vielleicht können wir Gudrun Witt noch mal danach befragen", schlug Behm vor. „Sascha könnte versuchen, mit beiden Frauen ein Phantombild anzufertigen."

Malte trug eine Schüssel mit Kartoffeln und eine Platte mit gebratenen Heringen herein. Er platzierte sie in der Mitte vom Tisch. Für Rieder das Signal, das Gespräch mit Nelly zu beenden. Er hatte auch großen Hunger.

„Dann haben wir alles besprochen. Auf dem Arbeitsplan für morgen steht das Treffen von Sascha und Holm mit dem Kunstwissenschaftler, Damp und ich nehmen uns Karl Born vor. Danach machen wir einen Besuch bei Martina Gilde im ‚Hitthim'." Er verabschiedete sich von Nelly.

„Wenn ihr sie dort antrefft", unterbrach ihn Malte. Die Blicke der Polizisten richteten sich auf ihn. „Was glotzt ihr so? Als ich vorhin den Fisch vom Hafen in Kloster geholt habe, ist sie gerade mit einem Wassertaxi abgedüst."

Danach herrschte in Maltes Wohnzimmer Aufruhr. Alle hingen an ihren Telefonen. Rieder versuchte Bökemüller zu erreichen, um eine Fahndung nach Martina Gilde auszulösen. Behm sprach mit dem Diensthabenden in Stralsund, um das Handy der Frau orten zu lassen. Damp hatte Nelly Blohm an der Strippe. Sie sollte nach Schaprode fahren, um rauszubekommen, wohin Martina Gilde von dort gefahren sein könnte. Sascha checkte die Standorte der Streifenwagen auf Rügen, um eine Besatzung ebenfalls in den Fährort zu schicken, Nelly zu unterstützen.

Maltes Kater trat bei dem Krach den Rückzug an und trollte sich nach draußen.

„Das Handy der Gilde ist tot", vermeldete Behm. „Die Streifenwagen sind alle weit weg oder in Bergen im Revier", rief Sascha. „Die Blohm muss erst mal eine Betreuung für ihren Sohn organisieren und kann erst dann los", erklärte Damp. „Das ist sicher zu spät."

„Wenigstens hat Bökemüller zugestimmt, Martina Gilde zur Fahndung auszuschreiben und nachträglich bei Podewin die Genehmigung für den DNA-Test einholen." Er zwinkerte Behm zu.

„Vielleicht rufen wir mal Möbius an", schlug Damp vor. „Vielleicht hat sie ihr Auto bei ihm stehen und es abgeholt."

„Könnt ihr euch alles sparen", verkündete Malte, der für einige Zeit verschwunden war. Die vier Beamten starrten ihn an. Malte hatte das Essen in die Küche getragen und in seinem Backofen gestellt, um es warmzuhalten, war aber dann nicht wiedergekommen, offenbar, um im Flur zu telefonieren. „Sie ist nicht nach Schaprode gefahren."

„Wohin dann?", fragte Rieder aufgeregt.

„Nach Wiek."

„Nach Wiek?"

„Ja, nach Wiek. Dort hat sie der Kapitän des Wassertaxis abgesetzt. Die 150 Euro für die Solotour hat sie bar bezahlt."

Rieder bewunderte im Stillen Maltes Netzwerk auf der Insel, auch ohne Internet.

„Sie ist dort am Bollwerk ausgestiegen."

„Hat sie jemand erwartet?"

„Eigentlich müsstet ihr eure Arbeit mal selbst machen. Aber ich will mal nicht so sein. Es war niemand da. Sie ist ausgestiegen, hatte kein Gepäck und lief in Richtung Ortsmitte. Das Wassertaxi ist wieder zurück."

„Die Gildes haben doch bestimmt eine Wohnung auf Rügen", gab Sascha zu bedenken, „wenn der Alte immer noch da in der Fabrik gearbeitet hat. Der kam doch sicher nicht jeden Abend mit der Fähre zurück nach Hiddensee? Ich schau' mal nach."

Er rief in der Zentrale in Stralsund an um eine Wohnortabfrage machen zu lassen. Rieder gestand sich ein, dass sie daran bisher gar nicht gedacht hatten. Ein schwerer Fehler!

„Also, Martina Gilde ist auch in Buschwitz bei Bergen gemeldet. Dort hat sie eine Zweitwohnung", meldete Behms Assistent, nachdem er das Telefonat beendet hatte. „Hauptwohnsitz ist Kloster auf Hiddensee."

„Da ist die Blohm doch nah dran. Die wohnt in Bergen", meinte Damp und griff schon nach seinem Telefon.

„Hast du 'ne Karte?", fragte Rieder Malte.

„Klar, aber von Wiek nach Buschwitz ist es auf Rügen eine Weltreise. Warum steigt sie in Wiek aus, wenn sie dann über die halbe Insel zu ihrer Wohnung kommen muss?" Trotzdem ging er zu seinem Schrank und kramte eine alte Karte heraus. Sie stammte noch aus DDR-Zeiten. Er breitete sie auf seinem Tisch aus. „Hier ist Wiek", zeigte er auf den Ort im Norden Rügens, „und hier Buschwitz. Ein Kaff."

„Woher kennst du das?", wunderte sich Rieder.

„In der Lehre war ich in einem Restaurant in Bergen. Meine erste Freundin kam aus der Ecke. Lang ist es her."

Rieder betrachtete die Karte. „Malte hat recht. Es muss sie jemand in Wiek erwartet haben. Nelly hatte doch erzählt, dass Schlick gesagt hätte, sie wolle frei sein. Frei sein für wen? Vielleicht gibt es einen Geliebten?"

„Die Blohm ist unterwegs", erklärte Damp. „Ihre Mutter hat den Sohn übernommen. Auch blöd für sie", fügte er noch nachdenklich hinzu. Rieder schaute kurz erstaunt zu seinem Kollegen. „Rufen Sie Nelly noch einmal an. Sie soll nichts allein unternehmen, wenn sie vor Ort ist, sondern auf die Streife warten."

Sascha hob den Daumen. Er hatte das Geschehen verfolgt und schon selbstständig einen Streifenwagen aus Bergen angefordert, um ebenfalls nach Buschwitz zu Gildes Adresse zu fahren.

„Wir müssten noch mal zu Gildes Haus in Kloster. Vielleicht finden wir da einen Hinweis auf einen Freund von Martina Gilde", schlug Rieder vor. Behm stöhnte auf. „Jetzt noch?"

„Vielleicht wartet ihr erst mal, bis Nelly meldet, was Sache ist, und esst was", schlug Malte vor. Ohne Rieders Antwort abzuwarten, holte er das Essen wieder aus der Küche. Rieder gab sich geschlagen. Er hoffte, dass sie nicht zu viel Zeit verlieren würden. Nur mit Mühe konnte er seine Ungeduld während des Essens unterdrücken. Damps Handy klingelte. Nelly war dran. Er drückte die Lautsprechertaste, damit alle mithören konnten. „Hier ist alles dunkel", meldete die Polizistin. „Sollen wir reingehen?"

„Ohne Beschluss?", entgegnete Rieder. „Keinesfalls. Jedenfalls nicht du."

„Muss ja nicht unbedingt jemand mitbekommen", versuchte ihn Nelly zu überzeugen.

„Dann kannst du auch gleich deine Dienstmarke abgeben, oder glaubst du wirklich, dass in einem so kleinen Dorf nicht auffällt, wenn ein Streifenwagen vorfährt?"

„Hier scheint alles tot."

„Du sagst es. Es *scheint* alles tot, aber hinter den Gardinen schauen eine Menge Augen auf dich. Wartet ab, ob die Gilde auftaucht."

„Und was dann?"

„Wenn sie kommt, bringt sie auf das Revier in Bergen. Ich komme dann rüber."

„Okay." Nelly zog das Wort in die Länge. „Klingt ja echt nach einem tollen Abend. Warten in Buschwitz. Ich kann mir ja die Zeit mit Schlicks Video vertreiben. Vielleicht entdecke ich doch noch die Schlange." Damit legte sie auf.

25

Nelly wartete, bis der Streifenwagen abgefahren war. Anderthalb Stunden hatte sie zusammen mit ihren Kollegen im Streifenwagen gesessen und sich den ganzen Revierklatsch anhören müssen. Immer wieder hatte sie auf die Uhr gesehen. Von Wiek nach Buschwitz brauchte man eine Dreiviertelstunde. Diese Frist war längst verstrichen und Martina Gilde weder mit noch ohne Begleitung aufgetaucht. So hatte Nelly, wenn auch ohne Rücksprache mit Rieder, die Warterei abgebrochen und die Kollegen zurück zum Revier in Bergen geschickt. Für ihren Plan brauchte sie keine Zeugen. Nelly lief zu ihrem Auto, damit auch die Beamten beim Blick in den Rückspiegel den Eindruck hatten, sie würde gleich nach ihnen den Ort verlassen. Als die roten Rücklichter hinter der nächsten Kurve verschwunden waren, öffnete sie die Kofferraumklappe ihres alten Kombi, betätigte die Taschenlampen-App des Handys und suchte nach dem Griff im Ladeboden. Mit einer Hand hob sie die Abdeckung über dem Reserverad nach oben und forschte mit der anderen im Inneren der Felge. Sie zog ein kleines schwarzes Etui hervor und steckte es in ihre Jackentasche. Sie überlegte kurz. Wahrscheinlich war es besser, das Auto außerhalb des Ortes zu parken. Also stieg sie ein und fuhr aus Buschwitz heraus. Der nächste Feldweg erschien ihr noch zu nah am Dorf. Außerdem waren vielleicht Jäger unterwegs. Ihnen könnte ihr Auto auffallen. Aufmerksamkeit konnte sie nicht brauchen. Langsam fuhr sie die Straße entlang und suchte weiter nach einer günstigen unauffälligen Parkmöglichkeit. Sie war schon fast wieder an der Bundesstraße. Links und rechts erstreckten sich Felder, doch die Ackerpflanzen waren noch so niedrig, dass sie nicht als Versteck taugten. Sie hatte eine Idee. An der Kreuzung setzte sie den rechten Blinker und fuhr wieder in Richtung Bergen. Gleich hinter dem Ortsschild kam links das Wohngebiet in Sicht, wo sie wohnte. Sie bog ab. Ihre Mutter würde sicher am Fenster auf ihre Rückkehr warten, durfte sie aber nicht sehen. Deshalb parkte sie nicht direkt vor ihrem Haus, sondern in der Parallelstraße. Sie wollte sowieso durch den Hintereingang ins Haus. Nelly lief über die Rasenfläche, stieg die Stufen zum Keller hinab. Ihr Schlüsselbund hatte sie fest in der Hand, damit es kein Geräusch verursachte. Sie hielt den Atem an, als sie den Schlüssel ins Schloss steckte und drehte. Sie wusste, dass sie die geöffnete Tür leicht anheben musste, um kein Scharren auf dem Boden zu erzeugen. Nelly kam sich vor wie eine Einbrecherin. Wenig später kam sie wieder heraus, trug ihr Fahrrad nach oben, schwang sich aufs Rad und fuhr davon.

Nach gut einer halben Stunde traf sie wieder in Buschwitz ein. Sie hatte darauf verzichtet, Licht am Rad zu machen, obwohl das auf Rügens Straßen eigentlich Wahnsinn war. Kurz dachte sie an Damp und seine Jagd auf Hiddenseer ohne vorgeschriebene Beleuchtung am Rad.

Gildes Haus lag immer noch in völliger Dunkelheit. Keine Anzeichen, dass Martina Gilde inzwischen eingetroffen war. Vor dem Haus stand auch kein Auto. Nelly schob ihr Rad hinter einen Busch auf der anderen Straßenseite. Sie sah sich noch einmal um. Es gab keine Laterne, die sie sichtbar machte in ihrer dunklen Kleidung. Trotzdem wäre es unverfroren, von vorn das Haus zu betreten.

Kurz überkam sie ihr schlechtes Gewissen. Sie beruhigte es mit dem hehren Ideal des Polizisten im Kampf um die gute Sache, gegen das Verbrechen. Wie sich Martina Gilde verhalten hatte, machte sie verdächtig. Auch wenn das nicht jedes Mittel rechtfertigte. Nelly erinnerte sich an die Worte von Staatsanwalt Podewin und von Rieder. Sie überlegte sich schon mal Ausreden, wenn es schiefgehen würde. Sie habe einen Lichtschein im Haus gesehen. Aber warum hatte es nicht die Besatzung vom Streifenwagen gesehen? Warum war sie überhaupt noch einmal zu Gildes Haus gefahren? Darauf wusste sie keine Antwort. Doch das hielt sie nicht auf.

Sie schlich um das Haus und hoffte, eine offene Kellertür zu finden. Aber auf der Rückseite gab es keinen Keller, nur eine große Glastür, scheinbar mit einem Türschloss innen. Sie spähte ins Haus, konnte aber nichts erkennen. Es war drinnen und draußen zu dunkel. Sie wagte nicht, die Taschenlampe des Handys zu benutzen. Es würde sich im Glas spiegeln. Es blieb ihr also doch nur die Haustür. Nelly lief wieder zurück. Sie zog das Etui aus der Tasche und entnahm ihm ein kleines Werkzeug. Noch ein letzter Blick entlang der Fassade, über die Türrahmen und Fenster. Nirgendwo gab es Anzeichen für eine Alarmanlage. Ganz gegen die Gewohnheit der Rüganer gab es nicht einmal einen Bewegungsmelder, gekoppelt mit einem Scheinwerfer. Das hatte sie schon vorher gecheckt. Vorsichtig schob Nelly das Werkzeug in das Türschloss, bewegte es sanft hin und her. Das Schloss gab nach. Vorsichtig drückte sie die Tür auf. Es gab keinen Alarm. Nelly schlüpfte durch den schmalen Spalt ins Haus. Drinnen wartete sie einen Moment, bis sich ihre Augen an die Dunkelheit gewöhnt hatten. Sie stand in einer Diele. Eine hölzerne Treppe mit ausgetretenen Stufen führte nach oben. Links und rechts waren verschlossene Türen. Was suchte sie eigentlich? Sie hoffte, dass Martina Gilde in einem Schreibtisch Hinweise auf den vermeintlichen Geliebten aufbewahrte. Sie öffnete die erste Tür rechts und gelangte in ein großes Zimmer, eine Art Galerie. Im düsteren Licht konnte sie Wände voller Bilder sehen. Nelly trat näher heran, schaltete ihre Taschenlampe ein, deckte aber den Schein mit der Hand ab und leuchtete ein paar Bilder ab. Alle Motive schienen Landschaften an der Ostsee zu zeigen. Dünen, Strände, Windflüchter, hier und da war auch das Meer mit Fischerbooten gemalt worden. In der Mitte des Zimmers befand sich eine riesige Sofalandschaft. Davor ein großer offener Kamin. Mehr gab es nicht. Nelly ging hinaus. Wahrscheinlich würde sie im Obergeschoss eher fündig werden. Hier unten waren vielleicht nur Wohnzimmer und Diele, im Obergeschoss wahrscheinlich die Schlafzimmer. Sie schlich die Treppen hoch. Obwohl sie eigentlich keiner hören konnte, wollte sie jedes Knarren vermeiden. Oben waren die hölzernen Dielen im Flur mit einem Kokosläufer belegt. Sie öffnete wieder eine Tür und war in einem großen Badezimmer. Ein riesiger Whirlpool stand in einer Ecke, eine große gläserne Duschkabine auf der anderen Seite. Geradezu war eine verspiegelte Wand, davor ein Waschtisch mit zwei Becken. Da es kein Fenster gab, leuchtete Nelly die Fläschchen und Flakons ab. Nicht ihre Preisklasse. Rechts und links gab es Türen. Nelly wandte sich nach rechts. Dort war sie richtig. Es war offenbar das Schlafzimmer einer Frau. Darauf deuteten die Einrichtungsgegenstände, die Form des Betts und sein Bezug. Getrennte Schlafzimmer könnten Schlicks Verdacht bestätigen, dass es in der Ehe der Gildes um die Liebe nicht zum Besten gestanden hatte. Darüber ein Bild, vom Stil so ganz anders wie die Gemälde im Erdgeschoss. Eine große Fläche. Sie trat näher heran und entdeckte nur ganz leichte Konturen. Wie hingewischt. Offenbar hatten die Gildes weder Bett noch Kunstgeschmack geteilt.

Sie sah sich weiter um und wäre fast in die Luft gesprungen. In einer Ecke stand ein kleiner Schreibtisch. Auf der Schreibfläche lag nichts. Kein Blatt. Kein Stift. Nelly griff nach dem Schubfach darunter. Nicht verschlossen. Langsam zog sie die Lade auf. Briefe! Notizbücher! Kalender! Alles, was das Herz einer Polizistin begehrte. Sie nahm einige Dinge heraus, kniete sich auf den Boden, kroch beinahe unter den Schreibtisch und begann sie durchzusehen. Dann hörte sie ein Auto kommen. Es quietschte leise. Nelly trat der Schweiß auf die Stirn. Sie hielt den Atem an. Lauschte. Reifen knirschten auf Kies. Das konnte nur neben dem Haus sein. Dort gab es einen Stellplatz. Nelly krabbelte auf allen vieren zum Fenster. Sie konnte zwar das Auto nicht sehen, vernahm aber Stimmen. Ein Mann und eine Frau. Panik erfasste sie. Sie würde entdeckt werden! Im Flur und zum Bad standen die Türen offen. Die Haustür hatte sie nicht wieder verschlossen. Da sah sie neben dem Bett eine kleine Tür. Sie robbte hin, öffnete sie und verschwand dahinter. Sie war in einem Ankleidezimmer gelandet. Über ihr befanden sich Ständer mit Kleidern und Mänteln. Nelly hielt die Tür einen Spaltbreit geöffnet und hörte ins Haus. Jetzt ging unten die Tür auf.

„Die Tür ist offen", stellte eine Frauenstimme fest. Das musste Martina Gilde sein.

„Was?", fragte nun eine erregte Männerstimme. Das musste der Geliebte sein. Sie hörte zwar noch das Flüstern der beiden, konnte sie von ihrem Versteck nichts verstehen. Sie kroch bis zur Tür zum Bad.

„Bist du sicher, dass du abgeschlossen hast?", fragte die Frau den Mann.

„Ja, klar."

Jetzt schienen sich die beiden umzuschauen. „Lass uns verschwinden. Ich habe keine Lust, mir den Kopf einschlagen zu lassen", meinte die Frau.

„Wir rufen die Polizei", schlug der Mann vor.

„Bist du bescheuert? Und red nicht so laut. Die sind vielleicht noch im Haus und warten auf uns. Wir hauen besser ab. Diese blöden Bilder. Hätten wir nur …"

„Ach, jetzt plötzlich. Wer konnte denn ahnen, dass der Kempe …"

„Halt die Klappe!" Plötzlich war es still. „Da war doch ein Geräusch", flüsterte die Frau.

„Ich habe nichts gehört."

„Mir ist das hier trotzdem nicht geheuer."

„Hat denn Dein *Stiefsohn* auch einen Schlüssel? Vielleicht ist er hier und nicht diese Typen", fragte der Mann.

„Das ist nicht witzig, und mir reicht's jetzt auch. Lass uns verschwinden!"

„Und das Testament? Es muss verschwinden, sonst bist du ab morgen eine arme Frau."

„Wir müssten es erst mal finden. Wie ich Werner kenne, hat er es nicht hier im Haus aufbewahrt. In Kloster war es ja auch nicht." Es gab eine Pause. „Geht's dir eigentlich nur darum?" Sie schien jetzt wütend zu sein. „Mach dir mal keine Sorgen. *Ich* komme schon zurecht. Dafür habe ich schon gesorgt. Du solltest mich nicht unterschätzen. Ich gehe jetzt zum Auto. Die Sachen will ich nicht lange allein lassen."

„Was hast du da eigentlich in diesem Riesenkoffer?"

„Halt endlich die Klappe und komm ... oder bleib. Ich fahre."

Sie verließen nacheinander das Haus. Nelly hörte, wie der Mann leise rief: „Willst du nicht abschließen?"

Offenbar kam die Frau zurück. Sie hörte wie der Schlüssel ins Schloss geschoben wurde. Kurz bevor sich die Tür schloss, sagte die Frau. „Gute Idee übrigens. Ich denke, wir werden gleich wissen, wer sich im Haus versteckt, wenn sich jemand versteckt. Gib mal dein Telefon."

Der Schlüssel wurde rumgedreht. Der Mann lachte auf. Dann telefonierte Martina Gilde.

Nelly fuhr der Schreck durch die Glieder. Wenn die beiden jetzt die Polizei riefen? Sie musste hier raus. So schnell wie möglich und ohne gesehen zu werden. Sie robbte ins Schlafzimmer zurück. Draußen schlugen Autotüren. Der Motor wurde angelassen. Das Auto fuhr davon.

Nelly schwitzte. Ihre Hände waren feucht. Ihre Kleidung klebte klatschnass am Körper. Ihr Fahndungseifer war erstorben. Doch sie musste noch ihre Spuren verwischen. Nelly krabbelte zum Schreibtisch zurück und verstaute die Briefe und Notizbücher wieder in der Schublade. Sie schloss die Tür zum Ankleidezimmer und schlich zum Bad. Ihr war klar, dass sie jetzt viel zu aufgeregt war, mit dem Dietrich die Tür vorn zu öffnen. Außerdem könnte sie so der Streife direkt in die Arme laufen oder Martina Gilde und ihrem Begleiter. Bestimmt warteten sie in der Nähe ab, was geschieht. Ihr blieb nur der Weg durch eines der Fenster im Erdgeschoss. Schon hörte sie in der Ferne durch die Stille der Nacht die Sirene eines Streifenwagens. Er war noch entfernt, doch das Geräusch kam schnell näher. Sie öffnete eines der Fenster an der Rückwand des Hauses, zog die Schuhe aus, damit ihre Sohlen keine Spuren auf dem Fensterbrett hinterließen. Sie sprang und landete auf dem Kiesboden. Die Spitzen der Steine bohrten sich in ihre Fußsohlen. Nur mit Mühe konnte sie einen Schrei unterdrücken. Sie orientierte sich kurz. Hinter dem Grundstück begann dichtes Gebüsch. Darin verkroch sie sich. Der Streifenwagen erreichte das Haus. Das Flackern des Blaulichts wurde von den Häuserwänden zurückgeworfen. Wenig später sah sie den Lichtstrahl einer Taschenlampe. Zwei Beamte liefen um das Haus. Es waren die beiden Kollegen, mit denen sie vor zwei Stunden hier gewesen war. Einer leuchtete das Haus und das Grundstück ab, der andere sprach ihre Erkenntnisse in das Funkgerät und wartete dann auf weitere Anweisungen.

„Schau hier", rief jetzt der mit der Lampe. „Ein offenes Fenster. Vorhin war das noch nicht."

Der Kegel der Lampe wurde nun vom Haus weg in Richtung des Dickichts gerichtet. Nelly hielt den Atem an, schloss die Augen. Sie hörte, wie der andere die Einbruchsspuren meldete. Es gab eine Antwort, die Nelly nicht verstand

„Wir sollen die Blohm anrufen. Die soll sich das ansehen", rief der Beamte seinem Begleiter zu. „Hast du ihre Nummer?"

Nelly erschrak erneut. Sie suchte nach ihrem Telefon. Gerade noch rechtzeitig fand sie es und konnte den Klingelton ausschalten. Dann drückte sie es nach unten, damit die beiden Polizisten nicht das Aufleuchten des Displays in der Dunkelheit sahen. Sie verfluchte sich.

„Die pennt", stellte der Beamte mit der Lampe fest.

„Gar nicht ihre Art", meinte der andere und meldete es in die Zentrale. „Was sollen wir machen? Nachbarn rausklingeln?", fragte er nach.

Wenn Verstärkung kam und sie begannen, alles abzusuchen, würden sie ihr Rad und wahrscheinlich auch sie selbst finden. Dann war sie geliefert.

„Wir sollen warten. Sie beraten erst mal."
„Das kann dauern. Lass uns im Auto warten."
Die beiden zogen ab. Wenige Sekunden später hörte Nelly, wie die Beamten in ihren Wagen einstiegen. Sie musste irgendwie unbemerkt an ihr Fahrrad kommen und sich dann nach Bergen durchschlagen. Sie kannte die Gegend ganz gut, aber nachts querfeldein zu laufen, war in dieser Gegend nicht ungefährlich. Trotzdem musste sie es wagen. Nelly mied die Straße und schlich durch die Gärten hinter den Häusern bis zu dem Busch, in dem ihr Rad lag. Sie hatte Glück. Anders als erwartet schlug kein Hund an und bellte die Dorfbewohner wach. Als sie ihr Rad erreicht hatte, schleppte sie es auf dem gleichen Weg zurück, stieg hinter dem Dorf, schon in der Nähe des Kleinen Jasmunder Boddens, auf und fuhr dann auf Feldwegen Richtung Bergen. Ihr Herz klopfte wild, vor Anstrengung und aus Angst vor dem Anruf bei Stefan Rieder.

26

Stefan Rieder stand in der Halle von Gildes Haus auf Hiddensee. Damp, Behm und Sascha waren in den Zimmern unterwegs. Man hörte das Öffnen von Schränken, Herausziehen von Schubladen und Rascheln von Papier. Staatsanwalt Podewin hatte Rieder gerade am Telefon niedergemacht, nachdem der mitgeteilt hatte, dass Martina Gilde verschwunden war und darum gebeten hatte, für die Fahndung einer Anfrage bei der Telefongesellschaft nach den Verbindungsdaten zuzustimmen. Podewin war völlig aufgebracht, möglicherweise auch, weil er sich, wie Rieder vermutete, von Martina Gilde hintergangen fühlte. „Ich habe es Bökemüller von vornherein gesagt, Sie sind mit dem Fall überfordert. Es muss einen Grund haben, warum

Damp und Sie auf der Insel sitzen. Bei Damp war mir das sofort klar. Aber auch meine Vorbehalte Ihnen gegenüber haben sich bestätigt. Ich werde mich bei Bökemüller dafür einsetzen, dass Sie abgelöst werden. Beide."

Rieder hatte sich nicht groß gegen die Vorwürfe gewehrt. Er wollte kein Öl ins Feuer gießen. Er konnte nicht ganz von der Hand weisen, dass sie die Überwachung von Martina Gilde und Richard Schlick nicht gerade professionell angegangen waren und außerdem den zweiten Wohnsitz der Gildes auf Rügen übersehen hatten. Beide waren verdächtig gewesen, hatten aber Hiddensee ohne Rieders Zustimmung verlassen. Bei Schlick war es noch gutgegangen. Er war nur in seine Fabrik gefahren, und die Bilder der Überwachungskamera, die Rieder mittlerweile gesehen hatte, schienen Gildes Sohn zu entlasten. Dagegen verstärkte das Untertauchen von Martina Gilde durchaus den Verdacht, sie könnte mit dem Tod ihres Mannes zu tun haben. Vielleicht hatte sie Karl Born angeheuert, um das Tier in Gildes Bett zu legen, weil sie sich selbst vor Schlangen fürchtete. Am liebsten wäre er jetzt sofort zu Karl Born gefahren, um ihn zu verhören. ‚Gefahr im Verzug' wäre ein gutes Argument. Da klingelte Rieders Telefon. Er rechnete damit, dass ihm Bökemüller auch noch die Leviten lesen würde, aber es war Nelly.

„Martina Gilde war hier in Buschwitz", eröffnete sie ohne Begrüßung das Gespräch.

Rieder atmete kurz auf, doch dann stockte er. „Was heißt, sie war hier? Hast du sie festgenommen?"

„Nein." Nelly verstummte.

„Was? Ich versteh' dich nicht."

„Sie war nicht allein, und die Streife war schon weg. Ein Mann war bei ihr."

„Du hättest die beiden doch festhalten und die Streife wieder zurückholen können?"

Nelly antwortete nicht. Er hörte nur ihr heftiges Atmen durch die Leitung.

„Kannst du mir bitte erklären, was passiert ist?"

Wieder keine Antwort.

„Hast du wenigstens eine Nummer oder eine Adresse, wo wir Martina Gilde erreichen können? Ihr Telefon ist nämlich immer noch tot."

„Nein", presste Nelly hervor. „Ich konnte nicht mit ihr sprechen."

„Wieso konntest du nicht mit ihr sprechen. Hat dich der Mann bedroht? Sind sie abgehauen, als du aufgetaucht bist? Dann hast du doch sicher das Kennzeichen?"

Wieder Schweigen. Rieder kam das alles sehr merkwürdig vor. Er überlegte krampfhaft, was passiert war. Dann fiel bei ihm der Groschen, wenn auch in Cent-Stücken. „Du warst im Haus", brauste er auf. „Stimmt das?"

Nelly antwortete nicht.

„Ohne Durchsuchungsbefehl? Bist du von allen guten Geistern verlassen!", redete er sich in Rage. „Wenn die dich erwischt hätten."

„Das ist das Problem", gestand Nelly.

„Sie haben dich erwischt? Im Haus?", hakte Rieder nach.

„Nein."

Rieder atmete schwer durch, erwiderte aber nichts.

„Sie haben mich nicht gesehen. Ich hatte aber nicht die Tür von innen abgeschlossen. So dachten sie, ein Einbrecher oder sonst wer wäre im Haus. Da haben sie die Polizei gerufen, sind dann aber weggefahren."

Rieder wurde aus Nellys Worten nicht schlau. „Ich verstehe nicht, was du mir sagen willst."

Sie stöhnte ins Telefon. „Ist es so schwer zu verstehen? Sie wollten, dass die Polizei den Einbrecher entdeckt." Dann berichtete sie von ihrer Flucht vor den eigenen Kollegen. Rieders Gehirn arbeitete. Noch einmal musste er sich Luft machen. Es ging nicht anders. „Wenn das Podewin erfährt, zerreißt er dich in der Luft!", rief er wütend ins Telefon. ‚Und mich gleich mit', dachte er bei sich. „Der wartet doch nur auf so eine Nummer von dir. Hast du ihm heute Morgen nicht zugehört?"

„Du kannst es ja melden", antwortete sie bockig.

Damp kam gerade aus Gildes Arbeitszimmer. „Was ist denn los?", fragte er, als er hörte, wie Rieder wütend in sein Telefon sprach und dabei durch die Halle tigerte. Behm und Sascha kamen jetzt auch dazu.

„Hast du drinnen Spuren hinterlassen?"

„Nein, ich denke nicht."

„Es geht nicht ums Denken. Das hättest du vorher tun sollen. Es geht jetzt um Wissen."

Nelly schwieg. Sie überlegte. Drinnen hatte sie Latexhandschuhe getragen. Der Dietrich hatte am Schloss sicher Kratzer hinterlassen. Ein Spurensicherer wie Behm konnte das Werkzeug anhand der Spuren zuordnen. Dann gab es vielleicht noch Faserspuren ihres Strumpfes auf dem Fensterbrett. Möglicherweise hafteten ihnen Hautpartikel an, die für einen DNA-Abgleich reichen würden. Ihr genetischer Fingerabdruck war hinterlegt, falls es bei der Spurensicherung mal zu einer Verunreinigung von Asservaten kam. „Nein, es gibt keine Spuren", log sie trotzdem.

„Gut."

„Aber es gibt noch was."

„Noch was?", stöhnte Rieder auf.

Behm trat zu Damp und fragte ihn flüsternd, was los sei. „Was mit der Blohm", antwortete er. „Wie immer", fügte er noch hinzu.

„Die haben mich angerufen, als sie den Einbruch entdeckt haben", erzählte Nelly weiter. „Ich bin aber nicht rangegangen, saß da noch im Gebüsch am Haus. Wenn sie jetzt schauen, welche Telefone in der Funkzelle aktiv waren, dann …"

„Das muss man ja nicht unbedingt machen."

„Aber Martina Gilde hat telefoniert", jammerte sie. „Ob nur mit ihrem eigenen Telefon oder dem Gerät ihres Begleiters. Bei einer Funkzellenabfrage bin ich fällig."

Dem konnte Rieder nicht widersprechen. Dafür wusste er auch keine Lösung.

„Bist du denn jetzt zu Hause?", fragte Rieder stattdessen.

„Nein."

„Und wo dann?"

„Auf dem Rugard."

„Auf dem Turm?"

„Nein, ich sitze auf den Stufen davor. Meine Mutter wartet bei Lukas. Ich weiß nicht, was ich ihr sagen soll ..."

„Fahr nach Hause. Morgen sehen wir weiter", versuchte er sie zu beruhigen.

„Und was wird aus Martina Gilde?"

„Hast du denn irgendwas gefunden, eine Adresse, einen Namen, wo wir sie finden könnten?"

Ihr Schweigen war Rieder Antwort genug. „Gut, dann hat sich das alles ja echt gelohnt."

„Sie hoffte, das Testament zu finden, von dem mir Schlick die Kopie gegeben hat. Jedenfalls hat der Mann eine Anspielung darauf gemacht. Offenbar weiß sie, dass sie weitgehend enterbt werden sollte."

„Damit steigt sie auf Platz eins auf unserer Liste der Verdächtigen."

„Andererseits ..."

„Was andererseits?"

„Andererseits meinte sie, sie habe vorgesorgt. Was sie damit wohl gemeint hat?"

„Ihr bleibt das Haus auf Hiddensee und eine monatliche Zahlung. Das klingt nicht so, als wenn sie nun am Hungertuch nagen müsse", meinte Rieder. „Sie ist ja auch noch nicht so alt, dass sie kein neues Leben anfangen könnte."

„Da hast du recht. Aber es klang anders, irgendwie verdächtig. Das sagt mir mein Instinkt."

„Es wäre besser gewesen, dein Instinkt hätte dir vor dem Einbruch gesagt, dass es eine hirnrissige Aktion ist", bemerkte Rieder lakonisch. „Außerdem können wir Martina Gilde jetzt auch nicht fragen, was sie damit meinte. Fahr nach Hause. Sicherheitshalber lasse ich einen Streifenwagen vor Schlicks Tür, falls Martina Gilde dort auftaucht."

„Und morgen?"

„Red morgen früh noch mal mit dem Schlick, ob er weiß, wo Martina Gilde sein könnte."

Ohne weitere Verabschiedung legte er auf. Das Gespräch hatte Rieder Kraft gekostet. Behm und Damp sahen ihn fragend an. Er machte eine hilflose Geste. „Muss ich was sagen?"

Behm grinste. Damp machte ein finsteres Gesicht.

„Nelly hat mal wieder was verbockt. Ihr habt sicher genug gehört." Die beiden nickten. „Ich würde es ungern an die große Glocke hängen."

Da läutete schon wieder sein Telefon. Der Diensthabende des Bergener Reviers war dran. „Endlich komme ich mal durch." Er berichtete Rieder von einem anonymen Anruf einer Frau, die einen Einbruch in Gildes Haus in Buschwitz gemeldet hätte. Die Beamten hätten vor Ort auch ein offenes Fenster vorgefunden, allerdings ohne Spuren eines gewaltsamen Eindringens. Die Polizisten hätten jetzt das Fenster notdürftig von außen geschlossen. Morgen würde man eine notdürftige Spurensicherung vornehmen. Behm sei ja bei ihm auf Hiddensee. Rieder bedankte sich für die Information, spekulierte darüber, dass vielleicht Martina Gilde im Haus gewesen sei und dann geflüchtet wäre, als die Streife eingetroffen sei. „Eine Möglichkeit", bestätigte der Beamte aus Bergen. Rieder versprach, im Lauf des Tages, es war schon nach Mitternacht, Behm nach Buschwitz zu schicken und sich alles anzusehen. Die Beamten sollten nur ab und zu Streife fahren, falls sich am Haus der Gildes etwas tun würde. Damit legte er auf und zwinkerte Behm zu, der die Geste mit einem „Alles klar!" kommentierte.

„Ich weiß nicht, ob ich das gut finde", meinte Damp dazu.

Behm sah ihn von der Seite an. „Nelly hat doch nur helfen wollen."

„Helfen?", wiederholte Damp. „Sie reitet uns mit ihren Extratouren rein. Kann sie sich nicht einmal an die Vorschriften halten? Im Winter ..."

„Kollege Damp, wir kennen die Geschichten", unterbrach ihn Rieder. „Haben wir sonst was hier gefunden?"

„Also bei mir Fehlanzeige", meinte Behm. „Es sieht fast so aus, als wäre sie ausgezogen. Keine persönlichen Papiere oder Unterlagen."

„Bei mir war auch nichts."

„Kein Hinweis, mit wem sie auf Rügen Kontakt hat oder wer der Mann in ihrer Begleitung sein könnte?"

Die beiden Polizisten schüttelten den Kopf.

„Wir brauchen endlich Ergebnisse", erklärte Rieder resigniert. Dabei sah er sich noch einmal in der Halle um. Wo könnte man noch suchen, fragte er sich. Dabei fiel ihm etwas auf. Er drehte sich immer wieder im Kreis. Seine drei Kollegen sahen ihm verwundert zu. Dann wurde Rieder klar, was ihn irritierte. „Es fehlen Bilder."

27

„Wie konnte das passieren?" In Rieder stieg Wut auf. „Heute Vormittag waren sie noch da."

Behm ging auf seiner Digitalkamera seine Aufnahmen vom Nachmittag bei der Untersuchung von Gildes Sterbezimmer durch. Dabei hatte er auch Fotos von der Halle gemacht. Auch da war die Sammlung noch vollständig gewesen, aber in Gildes Zimmer fehlten schon die Zeichnungen von Lyonel Feininger. Und zwar alle. Die konnte nur Martina Gilde eingepackt haben. Offenbar hatte sie ihre Flucht langfristig vorbereitet. „Martina Gilde muss nach euch noch einmal in das Haus zurückgekehrt sein und die Bilder geholt haben."

„Das Siegel war aber unberührt, als wir das Haus vorhin betreten haben", wandte Behm ein.

„Vielleicht über die Doppeltür zur Boddenseite?", erwiderte Rieder.

Sascha lief draussen ums Haus, kam zurück und schüttelte den Kopf. „Auch dort ist unser Siegel unversehrt."

„Malte hat doch erzählt, dass sie kein Gepäck dabei hatte. Wie will sie diese Anzahl an Bildern transportiert haben?", gab Damp zu bedenken.

Das stimmte, gestand sich Rieder ein. „Gibt es noch einen weiteren Eingang ins Haus?"

„Kann ich mir nicht vorstellen", erklärte Behm. „Es gibt ausser den Türen und Fenstern keine Öffnung in der Hauswand." Trotzdem holte er eine Lampe aus seinem Koffer und lief gemeinsam mit Sascha einmal um das ganze Haus herum.

Draussen hatte der Wind deutlich zugenommen. Der Mond war von Wolken verdeckt. Es war stockdunkle Nacht. Als sie zurückkamen, schüttelten sie den Kopf. „Nichts. Es gibt keinen anderen Eingang."

„Aber es muss einen geben", beharrte Rieder. „Wie konnten sonst die Bilder verschwinden?"

„Vielleicht hatte die Gilde einen Zweitschlüssel", meinte Damp.

„Dann wäre aber das Siegel zerstört gewesen", entgegnete Behm.

Rieder überlegte. Ein Satz von Drews kam ihm in den Sinn. „Björn Just war 1947 dabei, als für Gilde hier am Schwedenhagen Kisten wahrscheinlich mit diesen Bildern hier von einem Schiff abgeladen wurden. Sein Onkel ist dabei umgekommen. Er hat behauptet, die Kisten wären im Berg verschwunden."

Damp winkte ab. „Erstens ist dieser Björn bekloppt. Das weiss hier jeder auf der Insel. Zweitens stand damals das Haus noch gar nicht. Es ist erst später für irgend so einen Professor von der Uni gebaut worden."

Rieder stand auf und ging noch einmal die Halle ab. „Trotzdem. Irgendwo muss es einen weiteren Eingang geben …" Er blieb vor der Doppeltür stehen und wandte sich an Behm. „Gib mir mal die Lampe."

Dann öffnete er einen der Glasflügel. Sofort zog ein starker Windhauch durch die Halle. Rieder trat nach draussen. Die anderen folgten ihm. Er leuchtete die wenigen Meter bis zum Abhang der Steilküste am Schwedenhagen. Viel war nicht zu sehen. Vor Rieder stand eine Wand aus Bäumen und dichtem Buschwerk. Er ging nach links. „Hier gibt es einen Pfad!", meldete er.

Die anderen liefen zu ihm und folgten mit ihren Augen dem Lichtstrahl der Lampe. Es gab tatsächlich einen Trampelpfad im Buschwerk des Steilufers. Rieder zwängte sich durch die Äste.

„Wollen wir das nicht morgen bei Tageslicht ansehen?", schlug Damp vor. „Es ist finstere Nacht, und ich habe keine Lust, mir die Knochen zu brechen."

„Damp hat recht", gab Behm zu bedenken. „Wenn es Spuren gibt, würden wir die jetzt in der Dunkelheit nur zerstören."

Rieder suchte mit dem Licht den Abhang ab. Plötzlich gab es ein Geräusch. Es klang wie das Zuschlagen einer Tür. Alle hörten es und erstarrten. „War das am Haus?", fragte Rieder leise.

Sascha lief zurück. „Nein!", rief er von der Hintertür. „Hier ist alles in Ordnung." Er hatte vorher die Flügel mit den zwei vorhandenen Haken festgemacht.

„Ich hatte den Eindruck, es käme von weiter unten am Abhang", meinte Rieder. „Holm, du und Sascha sichern das Haus", kommandierte Rieder. „Damp, Sie kommen mit mir."

Damp stöhnte auf. „Na, prost Mahlzeit!"

Rieder folgte dem Pfad. Er drückte die Äste beiseite und wartete immer, bis Damp danach greifen konnte, damit sie ihm nicht ins Gesicht schlugen. Immer wieder mussten sie stehenbleiben, um den Verlauf des Wegs im Licht der Lampe weiter verfolgen zu können. Er schlängelte sich in Serpentinen durch das Dickicht das Steilufer hinab. Immer wieder fluchte Damp, wenn er abrutschte und nur mit einem schnellen Griff nach einem Ast Halt fand. Gerade, als sie wieder einmal stehenbleiben mussten, um sich zu orientieren, knackte es mehrmals hintereinander laut im Dunkel, als würde jemand weglaufen.

„Da ist doch jemand", flüsterte Rieder.

„Wer soll denn hier in der Wildnis sein?", erwiderte Damp genervt. „Höchstens Rehe, Füchse oder Wildschweine. Besonders auf Wildschweine habe ich keine Lust. Wenn die noch Frischlinge dabeihaben, dann gute Nacht. Ich geh' lieber auf Nummer sicher", und Damp zog seine Pistole. Rieder war das gar nicht unrecht. Ihm war es auch ein wenig unheimlich. „Apropos Schweine – wussten Sie eigentlich, dass der Name Schwedenhagen gar nichts mit Schweden zu tun hat?", versuchte er seine Unsicherheit zu überspielen, „sondern dass es für Schweineweide oder so etwas Ähnliches steht?"

„Wahnsinnig interessant und danke für diese Lehrstunde", raunzte Damp zurück, „ich weiß nur nicht, was ich mit dieser Information jetzt anfangen soll."

Rieder schwenkte die Lampe nach oben. Sie waren jetzt gut zehn Meter unterhalb der Bruchkante der Steilküste. Durch das Dickicht konnte er den Lichtschein von Gildes Haus erkennen. Sie liefen langsam weiter. Jetzt ging es nicht mehr bergab, sondern immer auf gleicher Höhe. Irgendetwas tat sich auf dem Wasser. Vielleicht war es eine auffliegende Ente. Aber dazu passte das Plätschern nicht. Dann heulte ein Motor auf, und mit hoher Geschwindigkeit fuhr ein Boot davon. Rieder und Damp starrten sich vor Schreck an.

„Wildschweine fahren eigentlich nicht Boot", bemerkte Rieder trocken.

Damp schaute ruckartig nach links und rechts, die Waffe jetzt mit beiden Händen umspannt. „Ich finde das alles jetzt nicht mehr lustig."

Auch Behm musste das gehört haben. Er rief von oben nach Rieder und Damp. „Alles klar bei euch?"

„Ja, alles in Ordnung", antwortete Rieder. „Aber wer kann das gewesen sein?"

„Ich denke, die Gilde", meinte Damp.

„Kann die denn so schnell wieder hier sein?"

„Von Buschwitz nach Schaprode mit dem Auto dauert es eine halbe Stunde, wenn man nach den Regeln der StVO fährt. Sonst ist man auch schneller. Dann mit einem Boot über'n Bodden. Die Wassertaxis brauchen kaum mehr als eine Viertelstunde, wenn sie richtig Gas geben."

„Stimmt. Wir müssen auf alle Fälle nachsehen, was da unten ist."

Sie kletterten weiter. Das Licht erfasste einen weiteren Pfad, der von links kam und offenbar vom Boddenufer heraufführte. Rieder leuchtete weiter. Die Lampe traf auf eine Tür in der Steilwand. „Damp, sehen Sie!", rief Rieder aus. Sie traten näher heran. „Wie kommt die hierher?"

„Vielleicht hat Björn Just doch recht, dass die Kisten im Berg verschwunden sind."

Damp wollte nach dem Griff fassen, doch Rieder hielt ihn zurück. „Wenn hier gerade jemand war, gibt es vielleicht Fingerabdrücke. Außerdem wird sie wahrscheinlich verschlossen sein."

Rieder zog ein paar Latexhandschuhe aus der Innentasche seiner Jacke, zog sie über und fasste nach dem Griff. Zu seiner Überraschung ließ sich die Tür öffnen. Sie hatte ein ziemliches Gewicht. Damp leuchtete in die Öffnung. Sie führte in einen gemauerten Gang, höchstens anderthalb Meter hoch. Er leuchtete die Wände ab. Die Backsteine waren alt, aber die Fugen schienen frisch verschmiert zu sein. Damp sah Rieder fragend an. „Reingehen?"

„Versuchen wir mal unser Glück. Aber vorher sage ich noch Behm Bescheid."

Er nahm sein Handy und berichtete Behm von der Entdeckung. „Vielleicht ist das des Rätsels Lösung, wie die Bilder verschwunden sind", spekulierte der Spurensicherer. „Ob der Gang hierherführt?"

„Wir schauen mal", verkündete Rieder.

„Gehen Sie mal vor", bat Damp und reichte Rieder die Lampe. Beiden war die Sache nicht geheuer.

Es war recht feucht in der gemauerten Röhre. Am Boden gab es links und rechts betonierte Rinnen, in denen Wasser ablaufen konnte. Gebückt rückten die beiden Polizisten mit gezogenen Waffen vor. Dann erblickten sie geradezu eine Wand. „Hier scheint der Weg zu Ende zu sein."

„Aber wozu dann der ganze Aufriss mit der Tür und dem Gang?"

Rieder leuchtete den Gang ab. Rechts gab es eine Nische mit einer Wendeltreppe. „Sehen Sie, Damp. Da geht es nach oben."

Da fiel ein Lichtstrahl auf die Polizisten, und sie hörten Behms Stimme. „Hallo, da unten. Willkommen in Gildes Wohnzimmer."

Rieder begann die Stufen zu erklimmen. Damp wollte ihm folgen, stieß aber mit dem Fuß gegen etwas Weiches am Fuß der Treppe. „Hier ist irgendetwas", rief er Rieder nach. „Leuchten Sie mal." Rieder drehte sich, so gut es ging, auf der schmalen Stufe um, schaltete die Lampe wieder ein und leuchtete nach unten. Dort lag eine blaue Umhängetasche mit dem Insellogo, dem weißen Segel, in der Ecke der Treppennische.

28

Nelly Blohm wurmte ihr Versagen in der letzten Nacht. Sie saß in ihrem Auto vor einer alten, schön renovierten Villa in der Sassnitzer Seestraße. Auf der anderen Seite stand ein Streifenwagen. Nellys Ankunft hatten ihre Kollegen nicht bemerkt. Luck und Kruse hatten die Sitze zurückgelegt, schliefen tief und fest und machten damit nicht den Eindruck wachsamer Polizisten. Da Nelly vor ein paar Stunden ihre eigene Fehlbarkeit erlebt hatte, verzichtete sie darauf, auszusteigen und an die Scheibe zu klopfen, um sie zu wecken. Sie selbst hatte kaum geschlafen. Lukas war gegen drei in ihr Bett geschlüpft. Seine Bewegungen im Schlaf hatten sie immer wieder aufgeweckt. Gegen sechs war sie aufgestanden, hatte sich so leise wie möglich angezogen und ihrer Mutter, die im Wohnzimmer schlief, einen Zettel geschrieben. Nelly hatte sie bewusst nicht geweckt, um einem neuen Vortrag über ihre Mutterpflichten zu entgehen.

Ein kurzer Blick in den Spiegel erschreckte sie. Ihre lockigen Haare wirkten wie ein Wischmopp. Unter ihren Augen zeichneten sich breite Schatten ab. Ihr Gesicht hatte eine graue Farbe. Sie hatte nur etwas Rouge aufgelegt und war nach Sassnitz gefahren. Nun schaute sie fast sehnsüchtig auf die Digitaluhr im Armaturenbrett. Bis sieben Uhr würde sie noch warten. Diese Frist hatte sie sich selbst gesetzt. Dann würde sie die Polizisten wecken und mit dem Finger lange auf den Klingelknopf neben dem Namen „R. Schlick" drücken. Aber noch waren es fünf Minuten. Sie schaute zum Haus hinüber. Dort zeigten sich noch keine Lebenszeichen. Hoffentlich konnte ihr Schlick einen Tipp geben, wo sich Martina Gilde aufhalten oder wer ihr Begleiter sein könnte. Die Fahndung war bisher erfolglos. Ihr Telefon piepte. Sie verdrehte die Augen. Das Display zeigte Rieder an. Sicher würde jetzt eine weitere Standpauke wegen der gestrigen Nacht kommen.

„Morgen, bist du schon bei Schlick?", fragte Rieder.

„Ich stehe vor seiner Tür, wie du befohlen hast."

„Ist ja schön, dass du mal eine Weisung ausführst."

„Der Mensch ist lernfähig."

„Kannst du bitte Schlick nach Mandy Puffe fragen und ob Gilde oder auch er sie kannte? Und wenn ja, was er über sie weiß."

„Wieso? Was ist denn mit deiner Kunsttante?", stichelte sie.

„Die Lage ist noch unklar. Wir haben jedenfalls einen Geheimgang unter Gildes Haus entdeckt und dort eine Tasche von ihr gefunden. Außerdem sind einige Bilder aus dem Haus verschwunden."

„Geheimgang?" Nelly wurde hellhörig. Da war sie natürlich wieder nicht dabei gewesen.

„Erklär' ich dir später genauer. Bis dann."

Bevor sie reagieren konnte, hatte Rieder schon aufgelegt. Sie suchte in ihrem Telefon das Bild von Mandy Puffe, das sie gestern Rieder gezeigt hatte. „Blondes Gift", flüsterte Nelly gehässig, als sie es gefunden hatte. Als sie aufblickte, zeigte die Uhr genau sieben. Nelly stieg aus dem Wagen. Jetzt wollte sie erst mal ihr eigenes Jagdfieber befriedigen und Martina Gilde auf die Spur kommen. Sie klopfte beim Streifenwagen ans Fenster. Ihre Kollegen rieben sich kurz die Augen. Kruse kurbelte die Scheibe nach unten und schaute Nelly blinzelnd an.

„Nichts passiert", meldete er gähnend.

„Hier hätte ein Panzer vorfahren können, und ihr hättet es nicht gemerkt. Wir gehen rein."

Nachdem sich die Beamten ein wenig gerichtet hatten, marschierten sie zu dritt auf das Grundstück. Nelly drückte die Klingel.

Es knackte kurz. Dann meldete sich Richard Schlick. „Hallo?"

„Blohm, Polizei Bergen!", antwortete Nelly streng. „Machen Sie bitte auf."

Sofort erklang der Summer. Nelly stürmte die Treppen zur dritten Etage hoch. Ihre beiden Kollegen folgten ihr langsam in einigem Abstand und warfen sich dabei vielsagende Blicke zu.

„Guten Morgen!", begrüßte Richard Schlick die Polizistin. Er war schon vollständig gekleidet, trug einen grauen Anzug und ein weißes Hemd. Statt den Gruß zu erwidern, fragte Nelly sofort: „Wissen Sie, wo Martina Gilde ist?"

„Nein. Warum wollen Sie das wissen?"

„Weil sie verschwunden ist!" Dabei lugte sie von der Tür ins Innere der Wohnung. Schlick verstand das als Aufforderung und gab den Weg frei. Nelly trat ein. Sie winkte ihren beiden Begleitern, ihr zu folgen. „Tun Sie sich keinen Zwang an", rief ihnen Schlick süffisant hinterher. „Ist es nicht völlig absurd, anzunehmen, dass ich hier Martina verstecke? Warum wird sie gesucht?"

„Dringender Tatverdacht, am Mord an Hans Kempe beteiligt gewesen zu sein, wenn ihn nicht sogar selbst umgebracht zu haben."

„Sind Sie sicher?" Er schüttelte kurz den Kopf, ging dann Nelly hinterher, die in die verschiedenen Zimmer spähte. Die Wohnung wirkte für einen Mann in ihren Augen sehr sauber und aufgeräumt. Wahrscheinlich hat er eine Putzfrau, dachte sich Nelly. In solchen Kreisen war das üblich. Ihre beiden Kollegen standen im Flur und wirkten etwas betreten. „Wollen Sie vielleicht einen Kaffee?", fragte sie Schlick. „Sie sehen müde aus."

Kruse und Luck nickten freudig. Schlick deutete zum Ende des Flurs. „Wenn Sie mir folgen wollen."

Die beiden trabten ihm hinterher. Schlick drehte sich noch einmal um.

„Vielleicht auch ein frisches Brötchen?"

Wieder Nicken. Noch begeisterter als vorher.

„So ein Nachtdienst ist bestimmt anstrengend, habe ich mir vorhin gedacht, als ich gegen sechs beim Bäcker war."

Den beiden Beamten entglitten die Gesichtszüge. Nelly tauchte mit wütendem Blick aus dem Schlafzimmer auf: „Wie bitte?"

„Also, Frau Blohm", meinte Schlick mit gütiger Stimme, „da steht man stundenlang vor einer Tür und wartet, dass was passiert. Da bekommt man doch Hunger und Durst. Da habe ich mir gedacht, ich bringe gleich etwas mehr mit." Er lächelte sie an. Sie verschwand wutschnaubend im nächsten Zimmer.

Als sie in die Küche kam, hatte Schlick bereits für alle gedeckt und auch für Nelly Kaffee eingeschenkt.

„Dürfte ich mal ihr Handy sehen?", fragte sie ihn. „Reine Routine." Sie hatte sich etwas beruhigt.

„Es liegt hinter Ihnen auf der Anrichte. Die Sperre heben Sie mit 1-2-3-4 auf."

Sie drehte sich um, nahm das Handy und schaute auf das Anrufregister. Kein Anruf von oder bei Martina Gilde.

„Ich versuche, meine Kontakte zu Martina auf das Notwendigste zu beschränken. Sie werden das sicher verstehen. Aber warum sollte Martina Hans Kempe töten? Das Huhn, das die goldenen Eier legt?"

Nelly sah ihn verwundert an. „Wie meinen Sie das?"

„Ich weiß über die Geschäfte von Hans Kempe Bescheid."

„Welche Geschäfte?"

„Ich schätze, Sie oder Ihre Kollegen haben bei Hans Kempe ein paar Bilder gefunden und sich gewundert, warum es davon immer gleich zwei gab. Aber sie haben Schwierigkeiten zu unterscheiden, was das Original und was die Kopie ist. Stimmt's?"

Nelly nickte.

„Es war die Idee meines Vaters. Er kannte Hans Kempe aus der Schule. Sie waren damals schon sehr enge Freunde. Bereits damals fälschte Hans alles, was ihm zwischen die Finger kam und war damit sehr geschäftstüchtig. So hat es mir jedenfalls Werner erzählt. Entschuldigungen für den Lehrer, Lebensmittelmarken, auch Bilder. Er nannte es natürlich nur ‚Kopieren'. Das hat mein Vater später ausgenutzt." Er reichte Nelly Blohm den Brötchenkorb. „Greifen Sie nur zu, Frau Blohm. Sie sehen aus, als könnten Sie dringend einen Happen gebrauchen."

Nelly tat es. Schlick lehnte sich zurück. „Früher, ein paar Jahre nach dem Krieg, war alles ziemlich knapp, und die Firma Gildemeister stand immer wieder am Abgrund, nachdem sie mein Vater Anfang der fünfziger Jahren übernommen hatte. Die Produkte, Backmischungen und Tütensuppen, waren sehr gefragt, aber die Maschinen waren marode. Er brauchte also Ersatzteile. Das Problem war, dass der Hersteller der Maschinen in Karlsruhe saß, also im Westen. Da konnte man aber nicht mit Ostmark bezahlen. Also kam Werner auf eine Idee. Er hatte ja die Bilder des Künstlerinnenbundes, auf die im Westen viele scharf waren. Besonders auf die Bilder von Elisabeth Büchsel. Da kam Hans Kempe ins Spiel. Der hatte inzwischen seine Ausbildung an der Kunsthochschule in Halle beendet, blieb aber ein erfolgloser Maler. Nicht nur, dass die Leute im Osten damals keine Kunst kaufen wollten, Hans' kreative Möglichkeiten waren ziemlich begrenzt, auch wenn es für sozialistischen Realismus reichte. Bei Privatkunden war dieser Stil nicht so gefragt. So kam ihm das Angebot von Werner nur recht. Er kopierte", Schlick hielt die Hände nach oben und machte mit den Zeigefingern und Mittelfingern Anführungszeichen in der Luft, „immer mal ein Bild, und mein Vater verkaufte es in den Westen. Mit dem Erlös kaufte er Ersatzteile und konnte weiterproduzieren. Eine Kreislaufwirtschaft. Noch Kaffee?"

Die Polizisten hatten aufgehört zu essen und waren Schlicks Erzählung gespannt gefolgt. Jetzt hielten sie ihm ihre Tassen entgegen.

„Später wurde es schwieriger, die Bilder in den Westen zu bringen. Ab 1961 gab es keine offene Grenze mehr. Man brauchte Kontakte und musste bei den Preisen den Rabatt für das Schmieren der Stasi und der Grenzer berücksichtigen. Aber auch den Genossen war es lieber, Gildemeisters Tütensuppen und Backmischungen standen im Regal in der Kaufhalle, als dass der nächste Mangel Unmut in der Bevölkerung erzeugte. Selbst als die Firma verstaatlicht worden war, lief es so."

Nelly zog die Augenbrauen zusammen. „Ist denn nie aufgefallen, dass die Bilder gefälscht sind?"

„Gute Frage. Hans Kempe war nicht ein Meister, er war *der* Meister seines Fachs. Er reiste durchs Land und besorgte sich alte Leinwände, altes Papier und alte Farben aus der Zeit des Künstlerinnenbundes. Er hatte das Ohr immer an der Masse. Hörte er, dass ein Maler aus der Zeit von Büchsel und Co. gestorben war, fuhr er hin und kaufte die alten Malerutensilien auf. Die Hinterbliebenen waren dankbar, denn Hans zahlte dank meines Vaters in West-Mark. Damit hatte mancher Verblichene seiner Familie mehr vermacht, als er mit seinen Bildern im Osten je verdient hatte."

„Wie hat er die Bilder nach drüben gebracht?"

„Mein Vater hat sie zum Teil mit seinem Segelboot nach Lübeck gebracht. Er hatte eine Genehmigung, mit der ‚Henriette' dahin zu segeln. Er nahm auch an Regatten in Kiel teil. Dort muss er einen Gewährsmann gehabt haben. Einen Galeristen. Alte Verbindungen. Was weiß ich."

„Und dem ist auch nichts aufgefallen?"

Schlick zuckte mit den Schultern. „Keine Ahnung."

„Aber woher hatte er die ganzen Bilder? Das ganze Haus hängt voll davon."

„Erst glückliche Fügung, später hat er richtig gesammelt."

„Glückliche Fügung?"

„Der Schwager meines Großvaters war Kunsthändler in Stralsund. Galerie Fehrmann. Sein Spezialgebiet war der Hiddenseer Künstlerinnenbund. Er vertrieb für die Malerinnen die Bilder. Sie hatten zwar als Verkaufsort die ‚Blaue Scheune' auf Hiddensee, aber da kamen natürlich nicht genug Leute vorbei. Die Damen waren ja sehr produktiv. Die Büchsel malte praktisch Tag und Nacht. Also brauchten sie einen Galeristen, der vom Festland den Verkauf der

Bilder übernahm. Dann kam Hitler an die Macht. Viele Mitglieder des Künstlerinnenbundes, Clara Arnheim, Henni Lehmann und Käthe Löwenthal, waren Jüdinnen. Sie durften nicht mehr nach Hiddensee. Viele von Fehrmanns Kunden versuchten, ihre Bilder loszuwerden, um bei den neuen Machthabern nicht anzuecken. Der Künstlerinnenbund war den Nazis ein Dorn im Auge. Hinzu kamen jüdische Mitbürger, die Deutschland verlassen mussten, enteignet wurden oder bei der Flucht ihren Besitz zurückließen. Es gab eine Sammelstelle für diese Kunstwerke. Die Nazis wollten daraus Profit schlagen und sie im Ausland verkaufen. Da sie wussten, dass Fehrmann der Galerist des Künstlerinnenbundes war, beauftragten sie ihn, sich um die eingesammelten Gemälde und Bilder dieser Malerinnen zu kümmern und sie zu verkaufen. Vor allem in Dänemark und Schweden sollte er nach potentiellen Käufern suchen. Doch Fehrmann tat nur so, als ob er die Bilder verkaufen würde. Durch die Kontakte meines Großvaters zu einer Stralsunder Reederei fand er Strohmänner auf Bornholm und in Südschweden, die angeblich die Bilder erwarben, doch eigentlich kaufte er sie selbst. Er versteckte sie in einer alten Scheune in der Nähe seines Hauses bei Stralsund. Manchmal musste er, um den Schein zu wahren, ein paar Bilder mit einem Schiff der Reederei Drews nach Bornholm oder Ystad schicken. Später holte sie die Reederei wieder ab. Der Sohn des Reeders war selbst der Kapitän. Er wusste aber wohl nicht, was er da transportierte. Als Fehrmann dann das Geld ausging, sprang mein Großvater ein und unterstützte ihn, um weiter die Bilder ankaufen zu können. Auch er war ein großer Verehrer des Künstlerinnenbundes. Er war oft auf der Insel und residierte immer im ‚Hitthim' in Kloster. Da bewohnten die Gildes dann mehrere Zimmer. Dort hat er auch seine ganze Familie von Elisabeth Büchsel porträtieren lassen. Jedenfalls, lange Rede, kurzer Sinn – bei Kriegsende bekam es Fehrmann mit der Angst zu tun. Als die Russen auf Stralsund vorrückten, nahm er sich mit seiner Frau das Leben. Mein Vater fand die beiden, als er sich dort verstecken wollte, um nicht in Gefangenschaft zu geraten. Irgendwie hatte er sich nach Stralsund durchgeschlagen. Er fand auch die Bilder. Erst hat er sie auf dem Fabrikgelände in Sassnitz versteckt. Als es dann zu heikel wurde, die Bilder dort zu lassen, hat er sie von der Reederei Drews nach Hiddensee transportieren lassen. Mein Großvater hat das eingefädelt. Dabei muss aber etwas schiefgegangen sein. Als mir Werner davon erzählte, meinte er nur, er hätte eine tiefe Schuld auf sich geladen, die er noch abtragen müsse."

„Eine Schuld, die er noch abtragen müsse ...", wiederholte Nelly die letzten Worte Schlicks. „Und wissen Sie, worum es dabei geht?"

Schlick stand auf. Er trat ans Fenster. Von dort hatte man einen Blick auf die Ostsee. „Einer der Seemänner ist über Bord gegangen und ertrunken. Aber das alles musste vor den Russen vertuscht werden, sonst wären Fabrik und die Reederei futsch gewesen. Mal abgesehen davon, dass mein Vater und der Kapitän in den Knast gewandert wären. Wer weiß, ob sie das überlebt hätten."

Nelly schüttelte sich kurz, als wäre ihr ein kalter Schauer über den Rücken gelaufen. Sie hatte angefangen, sich zu Schlicks Erzählung Notizen zu machen. „Aber wie kommt jetzt Ihre Stiefmutter ins Spiel?"

„Ach so. Da waren wir ja stehengeblieben." Schlick griff sich kurz an die Nasenwurzel, als müsse er sich sammeln. „Nach der Wende lief noch eine Weile das Geschäft zwischen Werner und Hans. Er fälschte. Werner ließ die Bilder verkaufen. Mit dem Geld und dem Körpereinsatz von Martina und ihren Marketingexpertinnen schmierte er die Einkäufer der Einzelhandelsketten. Als die Fima dann überall gelistet war, brauchte Werner Kempes Dienste nicht mehr. Aber Hans Kempe brauchte das Geld. Irgendwann hatte Martina davon Wind bekommen und Hans dazu gebracht, auch für sie Bilder zu fälschen. Werner tat so, als merke er nichts, wenn aus seinem Magazin immer mal ein Bild verschwand und wenige Wochen später wieder da war. Er hatte Hans nur eine Bedingung gestellt, ihm immer die Originale wieder zurückzugeben. Werner betrachtete es als Chance, seiner Frau auf diese Weise für ihre Bedürfnisse den ausreichenden Cashflow zukommen zu lassen."

„Fürchtete er nicht, dass die ganze Sache auffliegen würde?"

Statt einer Antwort ging Schlick aus der Küche. Die Beamten hörten ihn im Nebenraum hantieren. Dann kam er mit einem Bild zurück. Es zeigte ein Segelschiff auf dem Wasser. Schlick stellte es auf den Tisch. „Ein Bild von Elisabeth Büchsel. Es heißt ‚Fischer'. Gemalt in den dreißiger Jahren. Echt oder unecht?"

Nelly stand auf, sah es sich genau an. Es wirkte alt. Der Holzrahmen, der die Leinwand spannte, war alt. Es gab deutliche Risse in der aufgetragenen Farbe. Hinten klebte ein ergrautes Etikett. Darauf war eine Art Siegel zu sehen. In schräger Schrift stand dort „Galerie E. Fehrmann".

„Ich würde sagen, es ist alt und echt."

Schlick grinste. „Gemalt 1996. Hans hat es mir zum Geburtstag geschenkt, weil ich ihn immer hier schlafen ließ, wenn er spät von seinen Einkaufstouren zurückkam und das Schiff in Schaprode verpasst hatte."

Schlick stellte das Bild an einen Küchenschrank und setzte sich wieder hin. „Es gibt nicht mehr so viele Sammler des Hiddenseer Künstlerinnenbundes. Heute ist modernere Kunst gefragt und bringt Geld. Ein Gemälde von Elisabeth Büchsel geht, wenn es gut läuft, für einen mittleren fünfstelligen Betrag weg. Für die anderen Künstlerinnen, die nicht so prominent wie die Büchsel sind, gibt es weniger. Dafür legen die Käufer es dann nicht unters Elektronenstrahlmikroskop und schauen für weitere Tausende Euro, ob es echt ist oder nicht. Sie kaufen es einfach. Das hat es Hans Kempe und meinem Vater, aber auch Martina lange Zeit leicht gemacht, die Leute zu betrügen. Anders kann man es nicht nennen."

„Martina Gilde soll sich in der Begleitung eines Mannes befunden haben. Hat sie einen Geliebten? Sie machten gestern so eine Bemerkung, dass sie frei sein wollte."

„Es gibt da einen jungen Galeristen aus Gingst. Ich habe die beiden bei einer Ausstellungseröffnung beobachtet. Die Firma Gildemeister unterstützt natürlich auch die Kunstszene auf Rügen als Sponsor." Er drehte sich um, zog eine Schublade auf, nahm einen großen braunen Briefumschlag heraus und reichte ihn Nelly. Als sie ihn entgegennahm, fielen ein paar Fotos heraus. Sie zeigten Martina Gilde mit einem Mann um die dreißig. Sie schaute die Bilder an. Es war eine ganze Serie. Die beiden Hand in Hand in Binz, zusammen in einem Strandkorb, an einer Hotelrezeption.

„Sie haben die Frau Ihres Vaters beobachten lassen?", fragte sie mit einem entrüsteten Unterton, obwohl sie andererseits froh war, einen neuen Ansatz für die Fahndung nach Martina Gilde bekommen zu haben.

„Ich habe die Dinge gern unter Kontrolle. Werner hat es nicht mehr angehoben, aber es ging auch um die Firma. Dazu waren ein paar Dinge klarzustellen." Er zeigte auf die Fotos. „Das gehörte dazu. Der Mann heißt Claudius Loth und seine Galerie ‚Lothsenhaus', mit ‚th'. Er betreibt auch eine Internetseite, auf der man online Bilder kaufen kann. Da werden in letzter Zeit erstaunlich oft Bilder des Künstlerinnenbundes angeboten. Da die aber alle noch in Werners Haus auf Hiddensee hängen, können es kaum Originale sein, wie dort behauptet wird."

Die letzten Worte hatte Nelly schon im Stehen gehört. Sie gab ihren beiden Kollegen ein Zeichen, ihr zu folgen. Martina Gilde sollte ihr nicht noch einmal durch die Lappen gehen. Da fiel ihr Rieders Auftrag ein. Sie holte ihr Telefon aus der Jacke und hielt Schlick das Bild von Mandy Puffe vor die Nase. „Kennen Sie diese Frau, oder kannte sie Ihr Vater?"

Schlick nahm ihr das Telefon aus der Hand. „Hübsche Blondine." Schon für diesen Satz hätte Nelly Schlick töten können. „Wer ist das?", fügte er noch hinzu.

„Eine Frau Puffe. Von Beruf Kunstwissenschaftlerin."

Schlick schüttelte enttäuscht den Kopf. „Schade. Leider kenne ich sie nicht."

29

Kurz vor sieben war Rieder schon wieder unterwegs. Vor zwei Stunden hatten die Polizisten beschlossen, eine Pause einzulegen. Bis dahin hatten sie die Nacht durchgearbeitet. Rieder hatte sich nicht getäuscht. Die Tasche im Tunnel gehörte Mandy Puffe. Ein Etikett mit ihrem Namen war auf der Innenseite eingeklebt. Sonst befanden sich darin außer einem kleinen Schminktäschchen nur ein Lehrbuch für den Segelschein Binnen und ein Schreibblock, aber keine Papiere. Während Behm und Sascha im Tunnel und an der Wendeltreppe Spuren gesichert hatten, waren Damp und Rieder den zweiten Pfad bis zum Boddenufer hinabgelaufen, hatten dabei aber nichts weiter entdecken können. Zuvor hatte Behm ihnen erklärt, warum der Zugang zum unterirdischen Gang verborgen geblieben war. Ein Läufer war so fest mit der Bodenklappe verbunden, dass sie nicht auffiel. Gesteuert wurde sie über einen Knopf unter dem Lichtschalter. Behm hatte gedacht, damit könne man das Licht in der Eingangshalle dimmen, um die Bilder besser zu beleuchten. Doch als Sascha daran gedreht hatte, öffnete sich die Luke. Auch im Schacht gab es einen solchen Schalter. Das Schloss zur Außentür des Tunnels war offenbar schon vor längerer Zeit aufgebrochen worden. Dafür gab es entsprechende Spuren.

Von Mandy Puffe fehlte jede Spur. Sascha hatte im Server des Wasser- und Schifffahrtsamtes herausgefunden, dass die junge Frau ein ziemlich modernes Motorboot besaß mit Namen „Mandy" und dem Kennzeichen „RÜG-MP 1987". Mit diesem Bootstyp, meinte der junge Polizist, käme man ohne Probleme nach Bornholm oder Schweden. Allerdings wäre es auch nicht „für einen schmalen Taler zu haben".

Rieder hatte nach Rücksprache mit Bökemüller eine Fahndung nach Mandy Puffe und dem Boot herausgegeben, auch Wasserschutzpolizei und Küstenwache waren aufgefordert worden, nach dem Boot „Mandy" zu suchen. Der Stralsunder Polizeichef war erwartungsgemäß nicht begeistert über die Neuigkeiten von der Insel. „Podewin wird uns grillen, wenn er auch noch davon erfährt", hatte er am Ende des Telefonats mit Rieder bemerkt und dann ohne Gruß aufgelegt.

Rieder konnte es immer noch nicht fassen, dass die junge Frau die Bilder gestohlen haben könnte und nun auch des Mordes an Gilde verdächtig war. Für Damp dagegen war die Sache klar. „Sagt man nicht immer, Frauen morden mit Gift?"

Später waren die Polizisten noch zur Wohnung der Kunstwissenschaftlerin in Vitte gefahren. Sie bewohnte ein flaches Haus mitten im Ort an der Kreuzung Wallstraße/Norderende. Bökemüller hatte Rieder freie Hand gelassen, alle Maßnahmen zu ergreifen, um den Verbleib der Frau zu ermitteln, also auch, ihre Bleibe zu durchsuchen. Obwohl Damp es sich nicht nehmen ließ, mit Blaulicht vorzufahren, blieben die Fenster in der Umgebung dunkel. Rieder klopfte höflich an, aber nichts tat sich im Haus. Behm gab Sascha ein Zeichen, und er öffnete mit seinem Dietrich geräuschlos das Schloss. Die Beamten traten ein. Alles war aufgeräumt. Sascha stürzte sich gleich auf den Laptop auf dem Schreibtisch. Es gab nicht mal eine Kennwortsperre. Er begann die Dateien und den Internetverlauf zu checken, während die anderen ohne Erfolg in Fächern und Schränken nach anderen Hinweisen zum Verbleib der Frau suchten.

„Ihr solltet euch das mal ansehen!", rief nach kurzer Zeit der Spurensicherer.

Er klickte nacheinander verschiedene Webseiten an, die Mandy Puffe in den letzten Tag aufgerufen hatte. „Sie hat intensiv nach Preisen für Gemälde von Mitgliedern des Künstlerinnenbundes gesucht und dazu die Seiten von Auktionshäusern und Galerien abgeklappert. Sie hat auch per Mail direkt Kaufanfragen gestellt."

„Vielleicht habe ich sie auf die Idee gebracht, die Bilder zu stehlen, als ich ihr in Kempes Haus die Bilder gezeigt und von der Sammlung in Gildes Haus erzählt habe", meinte Rieder leise.

Behm schüttelte den Kopf. „Von dem Tunnel kann sie nicht von dir erfahren haben."

„Zu mir hat sie gesagt, sie kenne Gilde nicht und wüsste nur vom Hörensagen von der Sammlung. Dieser Museumsdirektor, der Richnow, hatte ihr davon erzählt."

„Wir können ihn morgen", Behm schaute missmutig auf die Uhr, „ich meine, nachher danach fragen."

„Sicher eine Notlüge, um nicht auf die Liste der Verdächtigen zu kommen", entgegnete Damp.

Rieder zuckte mit den Schultern. Bei der weiteren Suche entdeckte er Puffes Doktorarbeit über den Künstlerinnenbund. Sie lag aufgeklappt auf ihrem Schreibtisch. Er warf einen kurzen Blick drauf und schlug das Buch zu. Danach trennten sich die Polizisten. Behm und Sascha fuhren zurück zu Gildes Haus, um sich auf den Sofas in der Halle etwas auszuruhen. Damp fuhr nach Neuendorf, um sich frischzumachen. Rieder war zu seinem Haus im Wiesenweg gelaufen, um sich etwas hinzulegen. Doch er kam nicht zur Ruhe. Rieder setzte sich auf die Holzbank in seinem Wohnzimmer und hing seinen Gedanken nach. Sie drehten sich um den Fall, um die Verdächtigen Mandy Puffe und Martina Gilde. Immer wieder tauchte das Bild seiner schwangeren Ex-Freundin Charlotte auf und die Frage, wie es zwischen ihnen weitergehen sollte. Rieder berührte noch immer der kurze Moment der Nähe vom Nachmittag in Charlottes Haus. Was würde sie jetzt gerade tun? Wieder am Fenster ihres ehemaligen Restaurants sitzen oder einsam über den Deich entlang des Schwarzen Peters wandern?

Kurz vor sieben hatte er seine Sachen zusammengerafft und sich auf den Weg zu Malte Fittkau gemacht.

„Wer hat dich denn aus dem Bett geworfen?", fragte sein Nachbar, als er ihm die Tür öffnete.

„Ich war noch gar nicht drin", antwortete Rieder. Er hatte unter dem Arm seinen Waschbeutel und eine Tüte mit frischen Sachen in der Hand. „Kann ich bei dir duschen?"

Malte war schon angezogen. „Wenn ich dich so ansehe, solltest du eher in meine Waschmaschine gehen. Aber zieh mal bloß die Klamotten aus, sonst krümelst du hier alles voll. Bist du durch Schlamm gekrochen?"

Rieder schüttelte den Kopf. „Durch einen Tunnel."

Malte riss die Augen auf. „Hier auf Hiddensee?"

Der Polizist nickte.

„Sag bloß, du hast den legendären Klostertunnel entdeckt?"

Rieder zuckte mit den Schultern. Malte wurde richtig unruhig. „Angeblich soll es einen Tunnel geben, der vom Schwedenhagen zum Hotel ‚Hitthim' führt und aus der Zeit der Zisterzienser stammt. Aber komm erst mal rein."

Rieder zog die Schuhe aus und schlurfte auf Socken in Maltes Haus. „Das musst du mir unbedingt erzählen."

„Zuerst würde ich duschen."

Als Rieder eine Viertelstunde später in Maltes Wohnstube kam, gab es die nächste Überraschung. Am Tisch saß bereits Dora im Morgenrock und hatte sicher nicht in ihrem Haus übernachtet. Bisher hatten beide so getan, als wäre ihre Beziehung rein platonisch, und als Rieder im Winter in Maltes Pension gewohnt hatte, war sie auch nie über Nacht geblieben. „Das sind hier ja schöne Verhältnisse", spottete Rieder.

„Beruhige dich", versetzte Dora lächelnd. „Malte und ich sind schon über achtzehn."

Sein Nachbar kam mit einem Tablett. „Also, was ist jetzt mit dem Tunnel?", forderte er. „Wenn ich doch bloß dabei gewesen wäre."

Rieder sah grinsend zu Dora. „Ich denke, deine Nacht war spannender." Sie verdrehte die Augen. Malte hatte den Witz offenbar gar nicht verstanden. Er war richtig aufgeregt. „Früher haben die alten Hiddenseer von diesem Tunnel erzählt, aber keiner wusste, ob es ihn auch wirklich gibt. Angeblich soll es im ‚Hitthim' eine Tür oder eine Öffnung gegeben haben, aber die ist wohl vor vielen Jahren zugemauert worden."

„Wozu soll dieser Tunnel gut gewesen sein?"

„Vielleicht war es ein Fluchtweg für die Mönche aus dem Kloster, wenn Gefahr drohte. Hier kamen im Mittelalter eine Menge böser Burschen vorbei. Slawen, Dänen, Schweden und Piraten." Malte stand auf und ging an sein Regal. Dort standen viele Bücher über Hiddensee. Er zog eine alte Karte raus und breitete sie auf dem Tisch aus. Darauf war genau die Lage des alten Klosters verzeichnet, das vor über vierhundert Jahren aufgelöst worden war. „Siehst du, hier ist der Schwedenhagen, und hier war die Klosterkirche mit dem Kreuzgang. Heute steht da das ‚Hitthim'. Habt ihr gesehen, ob der Tunnel vom Boddenufer bis dahin führt?"

Rieder zuckte mit den Achseln. „Das kann ich dir nicht genau sagen. Auf alle Fälle gibt es einen Tunnel vom Steilufer am Schwedenhagen circa zwanzig Meter lang in einer Tiefe von knapp zehn oder fünfzehn Metern, und über eine Treppe kommt man in das Haus von Gilde."

„Nicht länger?", fragte Malte ungeduldig.

„Da ist eine Wand, oben mit einer kleinen Öffnung. So zehn mal zehn Zentimeter. Da haben wir aber noch nicht reingeschaut. Wir hatten noch ein paar andere Probleme." Rieder berichtete Malte und Dora vom Verschwinden Mandy Puffes. Das schien Malte aber weniger zu interessieren.

„Den Tunnel muss ich mir unbedingt ansehen."

„Musst du nicht nach Neuendorf den alten Reusenschuppen aufräumen?"

„So gut wie fertig. Die müssen sich zunächst mal überlegen, was sie von den alten Fischersachen behalten und was sie wegschmeißen wollen. Die drehen alles dreimal hin und her, machen dabei ein ernstes Gesicht und sagen am Ende: ‚Abwarten.' So kann ich nicht arbeiten. Was zu machen war, habe ich gemacht. Alles sortiert. Obwohl ich kein Fischer war, habe ich durch meinen Vater ein bisschen Ahnung. Für den wäre es ein Fest gewesen. Da wäre der olle Erich vor Freude in die Luft gesprungen. Nun liegt es da rum, die Netze, die Reusenanker, die Werkzeuge zum Flicken der Netze, und keinen hat es all die Jahre interessiert."

Als Rieder eine Stunde später ins Revier kam, war Damp schon da. Er blätterte in einer Akte.

„Gibt's was Neues?"

Damp schüttelte den Kopf. „Von Mandy Puffe keine Spur. Aber ihr Boot ist weg. Ich habe mit Barnhöft geredet. Er vertritt den Hafenmeister, bis die einen neuen finden. Er erinnerte sich, dass die ‚Mandy' an der Steganlage neben dem Hafen von Vitte lag. War wohl noch ziemlich neu. Die Puffe hat es wohl billig einer Witwe in Stralsund abgekauft, deren Mann es kurz vor seinem plötzlichen Tod erworben hatte. Als sie Barnhöft mal auf den Preis angesprochen hat, erzählte sie was von Erbschaft oder so."

Rieder wunderte sich über Damps plötzlichen Ermittlungseifer, wollte ihn aber nicht bremsen.

„Hat sich Nelly Blohm gemeldet?", fragte Rieder.

Damp schüttelte den Kopf. „Sie würde sich doch sowieso bei Ihnen melden. Hoffentlich macht sie nicht wieder Extratouren."

Rieder deutete auf den Hefter in den Händen seines Kollegen. „Was ist das?"

„Die Ermittlungsakte zum Abriss des Hauses von Pia Cicero auf Grund der Anzeige von Karl Born. Irgendwo müssen wir ja weitermachen. Noch ist dieser Heimatforscher mit seinem Auftritt in Schlicks Video einer unser Verdächtigen für Gildes Tod."

Rieder nickte. „Ich dachte, Sie würden nur auf Mandy Puffe setzen."

Damp zuckte mit den Schultern. „Ich habe lieber den Spatz in der Hand als die Taube auf dem Dach. Der Born sitzt jetzt beim Frühstück in seinem Haus, während sich Ihre Kunsttante in Luft aufgelöst hat."

Das Telefon klingelte. Damp ging ran. „Ach nee, das ging ja schneller als gedacht", rief er erfreut in den Hörer. „Wann werdet ihr hier sein?" Er lauschte eine Weile und wiederholte dann: „Schon heute am späten Vormittag. Toll. Das hilft uns sehr. Bis dahin, gute Fahrt."

Er schaute zu seinem Kollegen. „Die erste gute Nachricht. Gebauers Kahn ist wieder flott. Er hat schon Marschbefehl nach

Vitte, um uns logistisch zu unterstützen. Sie haben es selbst repariert. Dauerte ihnen mit den Ersatzteilen zu lange."

„Gebauer könnte doch den Richnow mitbringen."

Damp griff wieder nach dem Telefon, um Gebauer um den Gefallen zu bitten. Als er das erledigt hatte, stand er auf. „Dann mal los zu Born."

Rieder nickte und folgte seinem Kollegen.

Kurz vor der Bushaltestelle „Nationalparkhaus" bogen sie von der Straße nach Kloster links ab in einen schmalen Fahrweg Richtung Strand. Sie parkten an einem der neuen Toilettenhäuschen, die letzten Herbst hinter den Dünen aufgebaut worden waren. Beim Aussteigen piepte Rieders Handy. Er hatte eine SMS erhalten. „Sind in Gingst. Zugriff geplant. Nelly."

Er versuchte sofort Nelly zurückzurufen, doch sie ging nicht an ihr Telefon. Die Nachricht beunruhigte ihn. Auch Damp zog seine Stirn in Falten, als ihm Rieder die SMS zu lesen gab. „Klingt nicht gut."

„Lassen Sie uns unseren Hausbesuch machen", entschied Rieder. „Dann kümmern wir uns um Nelly Blohm. Aufhalten können wir sie sowieso nicht. Sonst hätte sie nicht das Telefon abgeschaltet."

Sie liefen über den grasbewachsenen Weg zu den Häusern. Es war einer der ruhigsten Orte auf Hiddensee, weit genug entfernt von der Straße, auf der sich Fußgänger, Kutschen, Fahrradfahrer und Versorgungsfahrzeuge drängelten. Der Strand lag zwar gleich hinter der Düne, war aber im Sommer nicht sehr überlaufen. Heute hörte man allerdings die Pumpen des Spülschiffs nur wenige hundert Meter vom Ufer entfernt. Es saugte aus der Tiefe Sand an und spülte ihn dann auf den Strand, um ihn nach den zahlreichen Sturmfluten der letzten Jahre wieder zu verbreitern.

Damp steuerte ein Haus an, das über viele Anbauten verfügte. So hatte man zu DDR-Zeiten in den alten Fischerkaten mehr Wohnraum geschaffen. Für das Auge war das nicht immer ein Gewinn. Aus dem kleinen Verschlag daneben, an dem alte Reusenstangen lehnten und Fischernetze als Verzierung angebracht waren, hörten die Polizisten, wie Bretter gestapelt wurden.

„Hallo, Herr Born!", rief Damp.

Drinnen wurde es still. Karl Born trat aus dem Dunkel, nahm sich die Mütze ab und rieb sich mit einem Taschentuch über die Stirn. „Mensch, Ole, schön, dich zu sehen!" Erst da entdeckte er Rieder. „Und gleich in Begleitung."

„Herr Born", begann Damp betont dienstlich, „das ist kein Freundschaftsbesuch."

„Ich merk's schon. Heute Morgen beim Bäcker im Supermarkt hast du mich noch geduzt. Aber keine Sorge, Herr Kommissar", wandte er sich an Rieder, „er hat nichts von diesem Überraschungsbesuch verraten. Was liegt an?"

„Wir hätten ein paar Fragen zum Tod von Werner Gilde."

In den anderen Häusern war das Eintreffen der Polizei inzwischen auch bemerkt worden, und erstaunlich viele Nachbarsfrauen mussten am Fernster ihre Staubtücher ausschütteln.

Born schaute sich kurz um. „Vielleicht gehen wir rein. Es gibt mir hier zu viele Zeugen", meinte er verschmitzt.

Er öffnete die Haustür. Drinnen war es dunkel und eng. Überall standen Schränke und machten ein Durchkommen kaum möglich. Ähnlich sah es in den Zimmern aus. Alles wirkte sauber, aber auch ein wenig abgewohnt.

„Tja, es sammelt sich so einiges an in einem Menschenleben", erklärte Born über die Schulter hinweg. „Lassen Sie uns im Wohnzimmer reden."

Damp und Rieder nahmen auf der fleischfarbenen Sitzgarnitur Platz, die das halbe Zimmer einnahm. Der Revierleiter zog seinen Notizblock aus der Uniformjacke. Born setzte sich über Eck und begann in einer gefüllten Kaffeetasse zu rühren. „Um was geht es genau?", fragte er, vermied es aber, die Polizisten anzuschauen.

Rieder holte sein Handy aus der Tasche. Er hatte das Video aus Gildes Sterbezimmer auf das Gerät geladen und wischte bis zu der Stelle, an der Karl Born zu sehen war bei seinem Besuch am Todestag des Unternehmers. Er legte das Telefon vor Born hin und drückte auf Play. „Was können Sie uns dazu sagen?"

Born legte den Löffel zur Seite und blickte gebannt auf das

Handy. „Woher haben Sie das?", fragte er nach dem Ende der Aufnahme.

„Im Zimmer von Gilde war eine Überwachungskamera stationiert, um zu überprüfen, ob bei der Pflege des alten Mannes alles mit rechten Dingen zuging. So auch am Nachmittag seines Todestages. Sie waren offenbar der letzte Besucher."

„Hatte die Gilde zu Anna kein Vertrauen?", entgegnete Born, statt auf Rieders Frage zu antworten.

„Die Kamera hat Richard Schlick installiert."

„Passt zu ihm. Er will immer alles unter Kontrolle haben."

„Nach den Untersuchungen unseres Rechtsmediziners von der Universität Greifswald muss Gilde ungefähr um diese Zeit, als Sie dort waren, von einer Kreuzotter gebissen worden sein, die möglicherweise in seinem Bett versteckt war", erklärte Rieder. „Er ist dann an den Folgen wenig später gestorben. Kreislaufversagen. Was sagen Sie dazu?"

Born sah auf und blickte stumm Rieder einige Zeit in die Augen und antwortete nur mit „Nichts".

„Das ist zu wenig", erwiderte Rieder.

„Es ist doch völlig abstrus. Warum sollte ich Gilde mit Schlangengift töten? Er war doch sowieso schon so gut wie tot. Das sah man doch."

„Einen Grund hätten Sie gehabt", mischte sich Damp ein. „Das abgerissene Haus ihrer Freundin Pia Cicero. Sie haben sogar Anzeige gegen Gilde erstattet."

Born zuckte mit den Schultern. „Dann hätte ich ihn schon im letzten Herbst töten können und nicht warten müssen, bis er im Sterben liegt. Wofür noch der Aufwand?"

„Abgrundtiefer Hass vielleicht", hakte Rieder nach.

Der Mann schüttelte den Kopf. „Dann hätte ich Werner Gilde schon vor Jahren umbringen müssen."

„Wie meinen Sie das?", fragte Rieder.

Born zog eine Zigarette aus der Packung vor ihm. Er klopfte sie ein paarmal auf den Tisch, bevor er sie zwischen die Lippen steckte und lässig mit einem Feuerzeug anzündete. Born machte einen tiefen Zug und legte die Zigarette dann auf den Aschenbecher. Er sah eine Weile zu, wie sie glomm. „Mitte der achtziger Jahre war ich Produktionsdirektor bei VEB Gildemeister und Gildes rechte Hand. Ich musste neue Produkte erfinden für diese Delikat-Läden, in denen es zu übertrueten Preisen bestimmte Lebensmittel gab. Gleichzeitig sollten wir unseren Ausstoß an Tütensuppen und Backmischungen für den normalen Einzelhandel und den Export in die Sowjetunion erhöhen. Gilde sagte immer ‚Ja‘, wenn wieder eine Vorgabe von oben kam. Wir unten mussten es ausbaden, mit Mischmaschinen, die noch aus Kaisers Zeiten stammten, und einer Nassstrecke für die Suppen, aus der mehr heraustropfte als getrocknet in die Tüten kam."

Born lachte in sich hinein, nahm die Zigarette und stand auf. Aus einem Regal zog er einen dicken Hefter und legte ihn aufgeschlagen zwischen Rieder und Damp. Es waren bunte Bilder von Gildemeister-Produkten zu sehen. An manche konnte sich Rieder noch erinnern. „Schauen Sie sich das mal an. Wir haben zum Beispiel versucht, eine Fischsuppe als Tütensuppe zu konzipieren. Es hat in der Nassstrecke gestunken, als wir das Zeug pulverisiert haben, wie auf dem Fischmarkt, und wenn man es aufkochte, war es ungenießbar. Wir haben auch Pizzateig erfunden oder Backmischungen für das recht schmale DDR-Obstangebot. Zum Beispiel Stachelbeertorte. Ich hasse Stachelbeeren."

Born setzte sich wieder hin. „Na, wie auch immer, wen interessieren die alten Geschichten. Heute machen sie lange Filme darüber, wie lustig das angeblich in der DDR war. Für mich war es nicht lustig. Jedenfalls platzte mir der Kragen. Gilde fuhr immer Mitte Mai auf große Fahrt mit seiner Yacht ‚Henriette‘ und ward bis Anfang September nicht gesehen. Wir mussten allein klarkommen. Da gab es eine Anfrage, ob ich Gilde nicht als ‚Helden der Arbeit‘ vorschlagen würde, einen dieser hohen DDR-Orden. Ich habe mich geweigert. Er war für mich kein Held und ist natürlich total ausgeflippt, als er davon erfuhr. Im Gegenzug schlug er dann zwei Fliegen mit einer Klappe. Er machte der SED-Bezirksleitung den Vorschlag, auf Hiddensee eine Brotfabrik zu bauen für die

Versorgung der Bevölkerung und der vielen Touristen dort und auf Rügen. Ich wurde zum Aufbau der Fabrik hier auf die Insel weggelobt. Die Funktionäre waren begeistert, und er bekam seinen Heldenorden. Meine Familie trat innerhalb eines Jahres die Rückreise an und war nie wieder auf Hiddensee. Erst die Kinder, dann meine Frau. Geblieben ist mir nur das Haus." Born drückte wütend die Zigarette aus. „Damals hätte ich Werner Gilde umbringen können. Aber das ist über dreißig Jahre her."

„Und das Haus von Pia Cicero?"

„Sie war der Grund, dass ich keinen Inselkoller bekommen habe. Kurz nachdem mich meine Frau verlassen hat, habe ich sie bei einem Strandspaziergang kennengelernt und gleich in sie verliebt. Ich habe sie immer gebeten, hier zu mir zu ziehen aus dieser Bruchbude. Kein Klo. Kein fließendes Wasser. Aber sie wollte in ihrem Haus bleiben. Sie hat es geliebt. Wir waren mehr dort als hier, bis sie starb. Das mit dem Abriss des Hauses werfe ich nicht nur Gilde vor. Keiner von der Insel hat sich um Pias Vermächtnis gekümmert. Den Namen Pia Cicero hochzuhalten, mit sogenannten Workshops für Schauspieler in Kloster und Aufführungen am Strand, ist billiger, als ein Haus zu sanieren und daraus ein Museum zu machen. Das zwischen Gilde und mir war nur Hahnenkampf. Sie war auch mal seine Geliebte."

„Warum sind Sie dann noch einmal zu ihm gegangen?", fragte Rieder.

„Weil er mich darum gebeten hat."

„Er hat sie darum gebeten?", wiederholte Rieder zweifelnd.

Born nickte. „Anna Rese kam am Samstagvormittag vorbei. Sie kam gerade von ihm und gab mir einen Zettel." Born stand wieder auf, ging in sein Arbeitszimmer. Die Polizisten hörten, wie er eine Schublade aufzog.

Dann kam er wieder herein und legte ein abgerissenes Blatt aus einem Ringlochheft auf den Tisch. Damp und Rieder beugten sich vor, um die krakelige Schrift zu entziffern. „Lieber Herr Born, bitte kommen Sie heute Nachmittag vorbei. Ich muss eine Schuld abtragen. Herzlichst, Werner G."

„Anna meinte, ich solle so zwischen halb fünf und fünf vorbeischauen. Dann sei Richard weg und Martina noch nicht wieder da."

„Und Sie waren dort?"

„Na klar. Kann man einem Sterbenden eine Bitte abschlagen?"

„Woher wussten Sie, dass er stirbt?", meldete sich Damp.

„Anna hatte es mir gesagt. Es dauere nicht mehr lange. Seine Kräfte ließen nach. Sie hat darin einige Erfahrung. Er wollte wohl auch unbedingt den Zettel selbst schreiben, obwohl er kaum noch seine Finger bewegen konnte."

„Wir müssen den Zettel mitnehmen."

Damp zog eine durchsichtige Asservatentüte aus seiner Uniformjacke und steckte mit spitzen Fingern das Papier hinein. „Wie sind Sie ins Haus gekommen?"

„Anna hatte ihren Schlüssel unter einen Stein vor der Haustür gelegt. Damit bin ich rein."

„Waren Sie vorher schon mal im Haus am Schwedenhagen gewesen?"

„Ja, klar. Das letzte Mal im Herbst, um ihn zu bitten, den Verkauf und Abriss von Pias Haus zu stoppen."

„Sie kennen sich also dort aus?"

„Was heißt auskennen? Damals haben wir vielleicht fünf Minuten in seinem Arbeitszimmer miteinander geredet."

„Und am Samstag vor zwei Wochen?"

Born lehnte sich auf seinem Sofa zurück. „Ich war erschrocken. Sein Gesicht war fast wächsern. Er hat mir seine Hand gereicht. Sie war so weich. Früher hatte Gilde einen festen Händedruck. Dann hat er nur gesagt, dass er sich entschuldigen wolle. Mehr brachte er nicht heraus. Er bekam einen Hustenanfall. Ich gab ihm was zu trinken, habe noch etwas seine Hand gehalten." Born fuhr sich durch die Haare. „Ich habe mich noch gewundert, dass ihn alle alleingelassen hatten, wo es ihm doch so schlecht ging. Ich wusste aber auch nicht, was ich machen sollte. Anna hatte mir eingeschärft, halb sechs zu verschwinden. Bevor Martina wiederkäme."

Damp erhob sich. „Ich rede mal mit Anna Rese."

„Das kannst du dir sparen", wandte Born ein. Er schaute kurz auf die Uhr. „Anna ist in fünf Minuten hier zum zweiten Frühstück nach ihrer Schicht in Kloster. Wir sind ein Paar."

Rieder war erstaunt über die Neuigkeit. Damp klappte die Kinnlade nach unten. Born stand auf. „Ich muss in der Küche noch alles herrichten. Wollt ihr auch einen Kaffee?"

Rieder schüttelte den Kopf. Damps Telefon klingelte genau in diesem Moment. Er schaute kurz aufs Display, drückte den Anruf weg, stand aber sofort auf und verschwand nach draußen. ‚Wieder diese Geheimniskrämerei', dachte sich Rieder. Er folgte Born in die Küche. Durch das Küchenfenster sah er seinen Kollegen draußen im Garten telefonieren. Dabei hielt er die Hand schützend vor seinen Mund, damit niemand mitbekam, was er sprach.

„Auch wenn Anna Ihre Version bestätigt, sind Sie so richtig nicht aus dem Schneider", bemerkte Rieder, ohne dabei Damp aus den Augen zu lassen.

„Können Sie mir das Gegenteil beweisen?", erwiderte Born gelassen und deckte dabei den Tisch für zwei. „Ich habe auf den Bildern keine Schlange in meiner Hand gesehen."

„Kannten Sie auch Hans Kempe? Jedenfalls sah ich Sie mit ihm von Gildes Beerdigung weggehen."

„Ja, klar. Wir haben immer mal einen zusammen gehoben. Kennengelernt haben wir uns bei Pia. Er gehörte zu ihrem festen Kreis seit den fünfziger Jahren. Vor Urzeiten muss er sie auch mit Werner Gilde bekannt gemacht haben."

„Wussten Sie, was er für Gilde tat?"

„Sie meinen das Fälschen der Bilder?"

Rieder nickte.

„Das wusste ich. Er hat es mir irgendwann gebeichtet, als wir mal über meine Zeit in Gildes Fabrik in Sassnitz redeten. Ich hatte ihm erzählt, wie wir immer mit Ach und Krach die Maschinen am Laufen hielten und wie schwierig es war, Ersatzteile zu bekommen, aber Gilde plötzlich Teile auftrieb. Ab und zu sogar neue Maschinen. Und das von einem Tag auf den anderen. Da hatte Kempe gelacht und gemeint, dass er das mit seinen goldenen

Händen und seiner, wie es nannte, Bilderfabrik möglich mache. Im Westen hat Gilde die Bilder vertickt, meistens selbst, manchmal auch über einen Mittelsmann. Dass ihm da nie die Stasi dazwischenfunkte, hat mich immer gewundert."

„Hat Kempe mal den Namen dieses Vermittlers genannt?"

Born schaute Rieder an und schüttelte den Kopf. „Hab' ihn nicht danach gefragt."

In diesem Moment kam Anna Rese durch die Tür und blieb erschrocken in der Tür stehen, als sie Rieder sah.

„Draußen ist noch Damp, aber kein Grund zur Panik", beruhigte sie Karl Born. Er ging auf sie zu, küsste sie auf die Wange und nahm sie dann in den Arm. „Sie denken, ich hätte Gilde die Schlange ins Bett gelegt."

Anna starrte erst ihn, dann Rieder an. „Wieso solltest du …"

„Sie haben Bilder einer Überwachungskamera, wie ich bei Gilde war. Aber ohne Schlange."

Anna Rese ließ sich auf einen Stuhl fallen. „Das muss ich erst mal verdauen."

„Übrigens, Herr Rieder", wandte sich Born an den Polizisten. „Es wäre schön, wenn sie das mit Anna und mir nicht an die große Glocke hängen würden. Ich weiß, dass Sie eng mit Malte befreundet sind …"

Rieder nickte wieder.

„Manche werden dann immer gleich komisch auf der Insel. Hier ist auch nicht jeder aller Welt Freund, wenn Sie verstehen, was ich meine", fuhr Born fort, „Anna braucht aber ihre Kunden. So viel kommt da nicht rum."

Rieder versprach, nichts weiter zu erzählen und auch Damp darauf einzuschwören. Anna Rese bestätigte die Aussage ihres Freundes über Gildes Einladung zu einem Besuch. „Dabei war ich nicht, aber Karl ist zu keinem Mord fähig. Dafür lege ich meine Hand ins Feuer."

„Kennen Sie Mandy Puffe?", fragte Rieder.

„Die Neue aus dem Inselmuseum?", erwiderte Born.

Der Polizist nickte.

„Was heißt kennen. Sie weiß viel über die Büchsel und den Künstlerinnenbund. Hat ein Buch darüber geschrieben. Ich habe es gelesen, weil mich diese Zeit besonders interessiert. Aber sonst ... wieso?"

„Ich dachte, sie hätte vielleicht bei Ihrem Heimatverein mitgemacht."

„Hat sie nicht. Wir sind uns zwei- oder dreimal begegnet, aber da ist kein Funke übergesprungen. Sie gehört wohl eher zur neuen Hiddenseer Generation."

„Was meinen Sie damit?"

„Leute, die jetzt durch die Anwerbung der Kurdirektion auf die Insel kommen und damit ein Stück ihrer Ansichten auf die Insel tragen. Wer von außen kommt, aus einer großen Stadt, will hier alles so, wie er es dort vorgefunden hat. Schauen Sie doch mal in den Supermarkt, wie lang mittlerweile das Regal mit teuren Bioprodukten ist, oder sehen in die Papierkörbe mit den vielen Kaffeebechern aus Pappe. Aber warum fragen Sie nach ihr?"

„Sie ist verschwunden und hat möglicherweise ein paar Bilder aus Gildes Haus mitgenommen."

Born lachte auf. „Sie passte auf alle Fälle in Gildes Jagdschema, und ich habe auch bei einer Veranstaltung im Inselmuseum beobachtet, wie sie miteinander plauderten. Das ist ein halbes Jahr her, und ich glaube nicht, dass da noch etwas lief, auch wenn Gilde damals noch rüstig erschien, schon allein durch seine Größe und den geraden Gang. Es ging damals übrigens um die Büchsel."

„Komisch", sagte Rieder mehr zu sich selbst, „mir gegenüber behauptete sie, Gilde nicht zu kennen."

Er ging zur Tür. Born folgte ihm. „Ach übrigens, ich war vielleicht wirklich nicht der letzte Gast bei Gilde." Rieder drehte sich um. „Da kam noch Björn. Als ich mich noch einmal umgedreht habe auf dem Weg zum Hafen in Kloster, oben am Steilufer entlang, sah ich ihn über das Seil steigen, das zwischen den Holzpflöcken gespannt ist."

30

Der Markt von Gingst lag in der Morgensonne. Auf dem Parkplatz standen zwei Autos, aber nicht das von Claudius Loth. Nelly hatte inzwischen das Kennzeichen recherchiert. Sie lenkte ihren Wagen nach links in die Mühlenstraße und gab der Besatzung im Streifenwagen ein Zeichen, ihr zu folgen und auch unter den hohen Bäumen am alten Dorfanger zu parken.

„Ihr könnt erst einmal einen Kaffee trinken, ich peile mal die Lage", verkündete sie ihren Kollegen.

„Also, Kaffee hatten wir schon genug", bemerkte Luck.

„Dann trinkt einen Tee", antwortete Nelly genervt. „Aber tut bitte so, dass ihr hier nur auf Streife seid und eine Pause macht."

Während Luck und Kruse beim Bäcker verschwanden, schlenderte Nelly zum Marktplatz und begann auf der rechten Seite einen Schaufensterbummel. Kurz vor neun hatten die Geschäfte noch alle geschlossen. Sie schaute in den Laden einer Töpferei und schien sich sehr intensiv für die Teller, Tassen und Schüsseln aus Steingut zu interessieren. Eine Tasse mit einem kleinen Tiger drauf gefiel ihr wirklich. Das wäre bestimmt ein schönes Geschenk für Lukas. Dabei sah sie in das Fenster wie in einen Spiegel und versuchte zu erspähen, ob sich gegenüber in der Galerie „Lothsenhaus" etwas tat. Sie ging weiter zur Buchhandlung. Erstaunlich, wie viele Krimis es mittlerweile über Rügen und Hiddensee gab, jedenfalls mehr, als wirklich an Verbrechen in einem Jahr auf beiden Inseln passiert. Der Blick in die Scheibe bestätigte nur den Befund vom Nachbarladen. In der Galerie gegenüber war weiter alles tot. Sie wechselte auf die andere Seite des Marktes. Nelly lief über das Kopfsteinpflaster, blieb mal stehen, um sich zur Kirche zu drehen, holte ihr Handy heraus, machte ein Foto und ging dann weiter zur Galerie. In den Fenstern hingen mehrere Bilder. Alles Ostsee-Motive, aber moderner im Stil als die Bilder der Malerinnen vom Künstlerinnenbund. Da entdeckte sie etwas und konnte nur mit Mühe unterdrücken, zum Bäcker zu laufen, um ihre Kollegen zu holen und dann mit gezückter Waffe in die Galerie zu stürmen. Man musste schon genau hinschauen, um es zu sehen. Aber Nellys Polizistensinne waren geschärft. Die Eingangstür war nicht geschlossen, sondern nur angelehnt.

Eine Frau kam über den Markt. Nelly ging auf sie zu und fragte, wann die Kirche öffnete. Sie musste einen unbeobachteten Ort finden, von dem sie mit ihren Kollegen im Bäcker telefonieren konnte. Die Frau lachte sie an. „Da haben Sie Glück. Ich bin die Küsterin. Eigentlich öffnen wir jetzt im Frühjahr nur am Wochenende die Kirche, weil kaum jemand vorbeikommt, aber ich will mal eine Ausnahme machen."

Nelly begleitete die Frau zur Kirche. Es dauerte eine Weile, bis die Küsterin mit einem riesigen Schlüssel die schwere Holztür aufgeschlossen hatte. Endlich konnten sie eintreten. „Dann kommen Sie mal", rief die Frau, „wir haben wirklich eine schöne Kirche hier in Gingst." Sie war schon an der Zwischentür zum Kirchenschiff, als sie sich umdrehte und erschrocken sah, wie Nelly den Reißverschluss ihrer Jacke aufzog und ihre Pistole im Schulterholster sichtbar wurde. „Keine Angst. Ich bin Polizistin." Sie zückte ihren Dienstausweis aus der hinteren Hosentasche und zeigte ihn der Frau. „Aber was …"

„Was hier passiert, kann ich Ihnen noch nicht sagen. Nur, dass was passiert. Und leider müssen Sie ein wenig mitspielen."

Die Augen der Frau wurden immer größer. Nelly holte ihr Handy raus und wählte die Nummer der Streifenwagenbesatzung. „In der Galerie stimmt etwas nicht", berichtete sie ihren Kollegen. „Die Tür ist nicht richtig zu. Vielleicht aufgebrochen. Ihr könntet mal um den Dorfanger ein paar Strafzettel verteilen und schauen, ob es da Autos gibt, die nicht hierhergehören. Saison ist ja noch nicht. Verpasst mir auch einen." Sie horchte in das Telefon und lächelte dann. „Tja, mit mir ist das Leben nie langweilig." Damit legte sie auf. „Kann man von irgendwo über den Marktplatz schauen?", fragte sie die Küsterin.

„Im Treppenhaus zum Turm gibt es kleine Guckfenster." Sie schien sich beruhigt zu haben.

„Zeigen Sie mir bitte den Weg."

Sie stiegen zusammen die schmalen Stufen nach oben. Auf einer Art Zwischengeschoss konnte man durch schmale Schlitze auf den Markt schauen. Zu lange konnte Nelly nicht in der Kirche bleiben. Eine Touristin würde sicher nicht länger als zwanzig Minuten für eine Besichtigung benötigen. Sie schaute auf die Uhr. Fünf waren schon um. Draußen sah sie ihre Kollegen die Parkscheine in den Autos kontrollieren. Zum Glück waren es inzwischen ein paar mehr geworden. Ihr Telefon klingelte. „Ein Saab aus Schweden", meldete Luck. „Nicht mehr ganz taufrisch, aber wahrscheinlich ziemlich hoch motorisiert. Zwei Auspuffe hinten."

„Gut gemacht. Notiert das Kennzeichen. Ich muss mal kurz überlegen."

Sie legte auf und ging nach rechts zur Nordseite des Turms. Von dort konnte sie auf die Galerie blicken. Im ersten Stock des Hauses bewegte sich leicht die Gardine. Dort könnte jemand am Fenster stehen.

„Warum beobachten Sie denn die Galerie? Ist was mit Herrn Loth?", fragte die Küsterin.

Nelly zuckte mit den Schultern. „Ich bin mir nicht sicher. Wir suchen nach Herrn Loth und einer Frau in seiner Begleitung."

„So 'ne Junge? Hohe Absätze, kurzer Rock, blonde Haare?"

„Ja, genau", antwortete Nelly erstaunt.

„Die habe ich immer mal gesehen, wenn sie in die Galerie gegangen ist", bestätigte die Küsterin. „Wenn ich hier in der Kirche bin, dann bekommt man jede Menge mit. Ich bin übrigens Gerda Doll." Die Küsterin streckte der Polizistin die Hand entgegen.

„Nelly Blohm." Dann schaute sie ungeduldig auf die Uhr. Seit zwölf Minuten war sie in der Kirche. Falls sie beobachtet wurde, musste sie langsam raus, um die Tarnung zu wahren. Sie schaute noch einmal aus den Turmfenstern nach Westen und Norden, auf den Markt und die Galerie. „Kommt man irgendwie von hinten auf das Grundstück der Galerie?"

„Da gibt es eine Pforte. Früher war die Galerie ein Blumenladen. Damit bei Beerdigungen nicht die Kränze und Gebinde über den Markt getragen werden müssen, wurde da eine Pforte eingebaut."

‚Manchmal muss man Glück haben', sagte sich Nelly. „Frau Doll, haben Sie ein Handy?"

„Klar."

„Gut, ich gebe Ihnen meine Nummer. Sie müssen bitte hierbleiben und schauen, ob sich in der Galerie was tut. Wenn, rufen Sie mich sofort an. Ich muss mit meinen Kollegen sprechen, wie wir vorgehen."

Frau Doll nickte. Ihre Wangen hatten sich gerötet. „Mensch, ist das spannend. Wenn ich das der Hilde erzähle."

„Tun Sie es bitte erst, wenn alles vorbei ist."

„Ja, ja", bestätigte die Küsterin aufgeregt. „Sie können sich auf mich verlassen. Aber trotzdem …"

Sie tauschten ihre Telefonnummern. Nelly testete die Verbindung mit einem Probeanruf. Dann stieg sie die Turmtreppe hinab und verließ die Kirche. Immer noch war der Markt in Gingst menschenleer. Nur der Verkehr auf der Durchgangsstraße von Samtens nach Trent hatte zugenommen. Nelly schlenderte zu ihrem Auto. Sie zog den Strafzettel hinter dem Scheibenwischer hervor und stürmte auf ihre Kollegen zu. Während sie heftig mit den Armen gestikulierte, besprach sie mit Luck und Kruse ihren Plan. „Ich gehe Kaffee trinken. Ihr fahrt weg. Es gibt einen Weg um den Ort, so dass man vom anderen Ortseingang hinten an den Markt kommt. Dort postiert sich einer von euch am Hinterausgang der Galerie. Der andere wartet im Auto auf meinen Anruf. Dann fahren wir mit Streifenwagen und meinem Auto mit Karacho vor und stürmen den Laden." Sie sah den wachsenden Zweifel in den Augen ihrer Kollegen. „Keine Angst, ich gehe vorweg."

„Wollen wir nicht auf Verstärkung warten?", warf Kruse zweifelnd ein.

„Keine Zeit. Gefahr im Verzug. Ihr solltet euch sicherheitshalber die Schutzwesten anziehen."

Während sie zum Bäcker zurücklief und wütend den Strafzettel in den Papierkorb warf, fuhr der Streifenwagen weg. Nelly bestellte sich einen Kaffee, stellte sich an einen der Stehtische vor dem Laden und beobachtete weiter den Markt. Da klingelte ihr Telefon. „Gerda hier", meldete sich atemlos die Küsterin. „Eben hat jemand aus der Tür geschaut. Als das Polizeiauto wegfuhr."

Nelly bedankte sich. Wer auch immer im Haus war, wurde offensichtlich unruhig. Sie hoffte, dass ihre Kollegen bald ihre Position erreicht hätten, um den Zugriff zu beginnen. Schnell schrieb sie noch eine SMS an Rieder und schaltete ihr Gerät auf stumm und legte es neben ihre Tasse. Da blinkte das Display. Sie nahm das Telefon hoch, meldete sich im Plauderton. Die Polizisten waren am vereinbarten Standort. „Ich werde jetzt mein Telefon anlassen", erklärte sie. „Wenn ich im Auto sitze, um den Platz gefahren bin und ‚Zugriff!' rufe, geht es los."

Sie lief zu ihrem Wagen, ließ den Motor an und fuhr langsam um den kleinen Park mitten in Gingst. Als sie wieder an der Straße vor dem Markt war, schrie sie „Zugriff!" und gab Gas. Aus den Augenwinkeln sah sie, wie Luck aus dem schon fahrenden Streifenwagen sprang und mit der Waffe in der Hand zum Hintereingang der Galerie rannte. Sie raste über den Markt auf die Galerie zu. Von links kam der Streifenwagen mit hohem Tempo. Beide bremsten, Nelly und Kruse sprangen aus ihren Fahrzeugen. Die Polizistin stürmte vorn weg, trat die offene Tür zur Seite und nahm sofort Deckung hinter dem Balken des Schaufensters. Sie richtete ihre Pistole in den dunklen Innenraum „Polizei!", brüllte sie. „Kommen Sie mit erhobenen Händen heraus."

Als sich nichts tat, rückte sie weiter vor. Sie war schon an der Schwelle, da kam etwas Dunkles auf sie zu und stieß sie zur Seite. Als sie sich im Fallen umdrehte, sah sie einen breiten Rücken, einen Stiernacken und einen kahlgeschorenen Hinterkopf. Kruse versuchte sich dem Mann in den Weg zu werfen, wurde aber durch einen Ellenbogencheck zur Seite geschleudert. Hinter dem Haus fiel ein Schuss und weckte Nelly aus ihrem kurzen Schock. Sie sah den Flüchtigen über den Markt sprinten. Keine Frage. Er wollte zu dem Auto mit schwedischem Kennzeichen. Sie rappelte sich auf, rannte zu ihrem Wagen, der noch mit offener Tür und laufendem Motor auf dem Markt stand. Sie hechtete hinein, trat auf die Kupplung, legte den Rückwärtsgang ein und drückte das Gaspedal bis zum Anschlag durch. Ihr Auto schoss nach hinten. Sie bremste. Die blockierten Reifen quietschten über das Pflaster und das Autor drehte sich um seine Achse. Die Fahrübungen mit den Jungs aus ihrer Siedlung auf dem verlassenen NVA-Gelände bei Prora waren also nicht umsonst gewesen. Dann raste sie vorwärts über den Markt. Ihr Gegner hatte auch seinen Wagen erreicht. Er parkte schon aus. Nelly fuhr in die Einbahnstraße und rammte das Heck des anderen Fahrzeugs. Der Körper des Mannes schleuderte nach vorn. Dann nutzte Nelly den Überraschungseffekt, griff nach der Waffe auf dem Beifahrersitz und sprang aus dem Auto. Bevor sich ihr Gegner wieder orientiert hatte, hielt Nelly ihre entsicherte Waffe auf das Seitenfenster der Fahrerseite. Ihr entschlossener Blick ließ den Mann resigniert die Hände heben.

31

„Dieser Björn ist doch nicht ganz bei Trost", meinte Damp. „Wie soll der das mit der Schlange angestellt haben?"

Rieder zuckte mit den Schultern. „Ein Motiv hat er jedenfalls. Sein Onkel ist bei dem Transport der Bilder nach Kriegsende ums Leben gekommen. Dann hat er auf dem Friedhof eine merkwürdige Bemerkung gemacht. Er meinte, wir kämen zu spät."

„Also, darauf würde ich nun gar nichts geben. Der ist über achtzig, hat 'nen Tatterich und ist etwas plemplem."

„Aber er war bei Gilde."

„Sagt Born."

„Trotzdem müssen wir ihn vernehmen."

„Ich würde eher auf die Puffe setzen", meinte Damp. „Sie kannte Gilde und auch den Tunnel. Vielleicht ist sie so ins Haus gelangt, um sich mit ihm zu einem Rendezvous zu treffen."

„So könnte es natürlich auch gewesen sein", räumte Rieder ein, „aber Gilde war steinalt."

„Alter schützt vor Torheit nicht", zitierte Damp. „Seine Frau ist auch nicht viel älter als die Puffe."

Rieder schwieg und schaute auf sein Telefon. Von Nelly noch immer kein Anruf. Er wollte gerade ihre Nummer wählen, da kam ein Anruf von Behm. „Und? Habt ihr den Mörder?"

„Born schwört, keine Schlange in Gildes Bett gelegt zu haben, und uns fehlt der Beweis, da es die Bilder auf dem Video nicht zeigen. Aber es gab noch einen Besucher. Björn Just."

„Das Mündel deines Vermieters, der damals bei dem Ausladen der Kisten dabei war, vor …", Behm rechnete laut nach, „… fast siebzig Jahren. Wie alt ist der Knabe?"

„Mitte achtzig. Gibt es irgendwas Verwertbares oder Übereinstimmungen in deiner Fingerabdrucksammlung mit den Spuren aus dem Tunnel?"

„Bisher nicht. Aber der Computer arbeitet noch. Das Problem ist, dass wir von Mandy Puffe keinen Vergleichsabdruck haben. Wenn du wirklich mit diesem Björn sprichst, wäre es gut, wenn du von ihm gleich einen Abdruck mitbringst, damit wir hier die Kollektion der möglichen Verdächtigen komplettieren. Dafür kann ich euch was zeigen. Kommt mal her. Ach nee, wartet mal!" Behm war kurz weg. Dann meldete er sich wieder. „Ich musste mal kurz Gebauers SMS checken. Er will mit Professor Richnow schon gegen elf Uhr in Kloster ankommen. Den könntet ihr gleich mitbringen, dann muss er nicht zu Fuß den Berg hier hoch. Der Mann ist nicht mehr der Jüngste."

„Was hast du denn entdeckt? Noch einen Tunnel?"

„Nein, aber ein seltsames Kabel."

Rieder versprach, dass sie sich beeilen würden, aber bis elf war es noch über eine halbe Stunde. „Wie wäre es, wenn wir an der

Imbissbude am Inselmuseum einen Kaffee trinken?", schlug Rieder vor.

Damp sah verwundert zu ihm rüber. „Das hätten Sie auch bei Born haben können."

„An dem Kaffee wäre ich gestorben. Sie haben nicht gesehen, wie viele Löffel er in die Maschine geschaufelt hat. Das Gebräu hätte selbst den toten Gilde wieder aufgeweckt. Bei Kaffee dachte ich auch mehr an Sie. Ich würde gern einen Tee trinken."

„Dort? Tee? Sie sind auch echt ein Gefahrensucher", erwiderte Damp lachend. „Die haben bestimmt noch ‚Grusinische Mischung'."

Rieder wunderte sich, warum sein Kollege plötzlich so gelöst war. Dessen Handy sendete einen Piepton. Eine SMS. Damp fingerte sein Telefon im Fahren aus seiner Brusttasche. Dieses Verkehrsvergehen hätte er bei keinem anderen durchgehen lassen. Er schaute auf das Display und begann zu lächeln. Aber nur kurz. Dann steckte er das Handy wieder ein. Rieder räusperte sich. „Das waren sechzig Euro, Herr Revierleiter."

„Hat ja keiner gesehen."

„Bin ich keiner?"

„Haben Sie Zeugen?"

Rieder schüttelte den Kopf, wollte aber das Geplänkel nicht fortsetzen. Vielmehr interessierte ihn die Nachricht, die Damp erhalten haben musste. „Hat sich das Risiko wenigstens gelohnt?"

Damp schaute Rieder grinsend an. „Doch, schon. Aber ich verrate Ihnen trotzdem nicht, was drin stand. Lassen Sie uns besser zum Hafen fahren. Da ist der Kaffee besser."

Er bog zum Weißen Weg ab und gestattete sich, gleich über den Deich zu fahren und nicht erst den Umweg durch das alte Klostertor zum Hafen zu nehmen. Dann parkte er neben dem Kiosk, der gleich hinter dem Deich stand. Rieder bestellte für Damp einen Kaffee. Er selbst nahm eine Cola. Damps Warnung wirkte nach. Rieder hatte eigentlich noch nie auf Hiddensee einen ordentlichen Tee bekommen. Meist wurde er aus billigen Teebeuteln gebraut, die nur das Wasser färbten. Während er auf die Getränke wartete, schaute er die Zeitungen in den Ständern durch. Er nahm die „Ostsee-Zeitung" heraus, blätterte sie durch. Über die Morde auf Hiddensee war nichts zu finden. Rieder fiel ein, dass weder Martina Gilde noch Mandy Puffe etwas von der Zeitungsnachricht über das Kunstmuseum mit Gildes Sammlung gewusst hatten, obwohl sie offenbar beide die Zeitung lasen und auch sonst niemand darüber auf Hiddensee sprach. Selbst Förster hatte nichts erwähnt, als er mit ihm über die Ermittlungen gesprochen hatte.

Von drinnen rief der Imbissbesitzer, dass der Kaffee fertig sei. Rieder holte die Getränke und bezahlte die Zeitung. Dann suchte er nach dem Impressum. Er nahm sein Handy und wählte die Nummer der Regionalausgabe „Rügener Zeitung" in Bergen.

„Was wollen Sie denn mit der Presse?", fragte Damp, während Rieder wartete, ob sein Anruf entgegengenommen werden würde. „Wollen Sie eine Anzeige aufgeben, dass sich die Gilde oder der Mörder melden sollen?"

Rieder verdrehte die Augen. Endlich meldete sich ein Mann mit mürrischer Stimme. „Andreas Hallweg, Lokales."

Als sich Rieder vorstellte, wurde er etwas zugänglicher und fragte, ob es etwas Neues zu den beiden Mordfällen auf der Insel gäbe. Rieder verneinte. „Aber Sie können uns vielleicht helfen. Es geht um eine Nachricht, die mittlerweile vor circa zwei, drei Wochen in Ihrer Zeitung stand. Da gab es einen kurzen Artikel, dass es auf Hiddensee ein neues Kunstmuseum geben solle mit der Sammlung des Unternehmers Werner Gilde. Gekennzeichnet war die Nachricht mit dem Kürzel ‚GK'? Erinnern Sie sich?"

„‚GK' ist Gila Kremme, unsere Kulturtante in Stralsund. Die ist aber gerade im Urlaub. An die Nachricht kann ich mich erinnern. Wieso interessiert Sie das? Hat das was mit den Morden zu tun?"

Rieder überlegte, wie viel er preisgeben könne. „Das ist nicht so richtig klar."

„Also doch", folgerte natürlich der Redakteur. „In welchem Zusammenhang? Hängen die Morde mit Gildes Sammlung zusammen?"

„Kann man Frau Kremme irgendwie erreichen?" Rieder versuchte dem Gespräch eine andere Richtung zu geben.

„Warum wollen Sie denn Gila erreichen?"

Rieder war klar, er musste dem Mann noch einen Brocken hinwerfen. „Wir wundern uns, warum niemand auf der Insel, auch nicht Gildes Ehefrau …"

„Nach der wird doch gefahndet", hakte Hallweg nach. „Hat die Ehefrau was mit den Morden zu tun? Bestimmt! Sonst würden Sie nicht nach ihr fahnden?"

„Das sind laufende Ermittlungen, darüber kann ich Ihnen keine Auskunft geben."

„So wie Sie antworten, habe ich ins Schwarze getroffen. Also, diese Martina Gilde ist verdächtig, ihren Mann umgebracht zu haben?"

„Das habe ich nicht gesagt." Rieders Nervosität wuchs mit jedem Wort. Damp hatte seine Tasse abgestellt und hörte dem Gespräch sehr aufmerksam zu.

„Unser Polizeireporter hat Signale aufgefangen, dass Sie noch nach einer weiteren Frau suchen. Einer Frau Puffe. Was ist denn mit der?"

„Auch dazu kann ich nichts sagen."

Auf der Gegenseite erfolgte ein lautes Lachen. „Noch ein Treffer."

Rieder verdrehte die Augen. Damp schüttelte den Kopf und versuchte Rieder zu signalisieren, besser aufzulegen. Aber Rieder hörte nicht auf ihn. „Ich wollte nur wissen, warum niemand auf Hiddensee etwas von diesem Kunstmuseum und dieser Nachricht weiß. Sie stand immerhin auf der ersten Seite."

„Aber nicht in der Ausgabe, die auf Hiddensee ausgeliefert wurde. Sie kam zu spät rein und stand nur in der Stralsunder Regionalausgabe, weil die später in Druck geht. Auf die Inseln Rügen und Hiddensee ist der Weg weiter. Da gibt es nur die Ausgabe, für die schon 20 Uhr Redaktionsschluss ist."

„Warum haben Sie das Thema in den nächsten Tagen nicht noch einmal aufgegriffen? Das ist doch eine tolle Geschichte."

Jetzt war auf der anderen Seite erst mal Pause. Dann räusperte sich der Redakteur. „Tja, wie soll ich sagen, man hat uns gebeten, die Sache etwas tiefer zu hängen."

„Wer hat Sie darum gebeten?"

Wieder Schweigen. „Hallo?", hakte Rieder nach.

„Wir geben ungern unsere Quellen preis. Besonders nicht der Polizei."

„Nun tun Sie bitte nicht so, als handle es sich hier um ein Staatsgeheimnis."

„Nun gut ... das Management der Gildemeister GmbH hat angerufen und uns gebeten, das Museumsprojekt nicht weiter zu erwähnen."

„Das haben Sie dann auch gemacht?"

„Wissen Sie, was die bei uns an Werbung schalten? Für jedes neue Produkt eine halbe Seite. Wir müssen auch leben", verteidigte sich der Redakteur.

„Wann ist Frau Kremme aus dem Urlaub zurück?"

„Morgen."

„Danke", damit legte Rieder ohne ein weiteres Wort auf.

Damp schüttelte wieder den Kopf. „Ich sage nur zwei Worte – Pressestelle und Podewin."

„Danke für die Belehrung", kantete Rieder zurück.

„Wenn die morgen in der Zeitung ..."

„Morgen ist morgen. Ist doch interessant, dass von dem Museumsprojekt hier auf der Insel sonst keiner weiß. Wie heißt es immer so schön: Insellage. In diesem Fall trifft es mal wirklich zu."

32

Gebauers blau-weißes Polizeiboot tauchte in der Ferne auf. Es machte volle Fahrt und schob eine mächtige Bugwelle vor sich her.

„Wenn der weiter so Tempo macht, kracht er auf die Hafenmauer", bemerkte Damp und trank seinen Kaffee aus. Rieder schaute auf sein Handy. Er war sehr beunruhigt, weil er Nelly nicht erreichte, um zu erfahren, wem sie auf der Spur war. Martina Gilde und ihrem Liebhaber?

Die beiden Polizisten liefen über den Platz am Hafen. Aus dem Eingang des „Hitthim" sah Rieder Björn Just kommen. Er war allein und bog auf den Hafenweg ein. Wahrscheinlich lief er zum Friedhof, um das Grab seines Onkels zu besuchen. Eigentlich wollte Rieder Björn nicht ohne Zustimmung seines Vormunds Friedrich Drews befragen, auch um seinen Vermieter nicht zu verärgern. Aber er konnte sich die Chance nicht entgehen lassen.

„Dass mit dem Richnow kriegen Sie doch alleine hin", wandte sich Rieder an Damp.

„Wieso?"

„Ich habe gerade Björn Just gesehen."

„Also wieder eine Solo-Tour von Ihnen."

„Sie haben mir doch gerade im Auto erklärt, dass für Sie Björn Just als Mörder von Gilde nicht in Frage kommt." Angriff schien Rieder die beste Verteidigung. „Ich sehe das eben anders."

Damit hatte er Damp überrumpelt. Der starrte ihn an und suchte offenbar nach einem Gegenargument. Rieder nutzte sein Schweigen als Zustimmung. „Gut, dann machen wir das so. Danach treffen wir uns in Gildes Haus. Dieser Richnow wird ja eine Weile brauchen."

„Und Behm?" Damp hatte seine Sprache wiedergefunden. „Der wartet doch auf uns."

„Es wird nicht so lange dauern." Rieder winkte noch einmal kurz und schlug dann den Weg zum Friedhof ein. Rieders Telefon brummte. Es war Bökemüller. „Mensch, Rieder, was für ein Vormittag!", meldete er sich. „Nelly Blohm hat zwei Männer aus Schweden festgenommen. Schwere Jungs. Aber die Blohm, sage ich Ihnen. Die Blohm!", wiederholte er noch einmal. „Kaltblütig. Die hat ihr Auto zerschrotet, um einen der beiden zu kriegen. Naja, hätte auch schiefgehen können."

„Welche Schweden?", fragte Rieder verwundert.

„Sind Sie denn nicht im Bilde?", antwortete ihm Bökemüller und ließ vom Ton her durchblicken, dass Rieder wohl die SOKO nicht im Griff habe.

„Frau Blohm hat mir nur eine kurze SMS geschickt, so vor gut zwei Stunden", konterte Rieder, „seitdem ist sie nicht zu erreichen."

„Ach so", meinte Bökemüller und beschrieb dann kurz, was passiert war bei Nellys Fahndung nach Martina Gilde und ihren Begleiter.

„Der Name Loth ist mir auch schon untergekommen", warf Rieder ein. „Mandy Puffe hat mir eine Galerie ‚Loth und Ungnade' genannt …"

„Die verschwundene Kunstwissenschaftlerin?"

„Genau die."

„Ob sie vielleicht mit der Gilde und diesem Loth gemeinsame Sache macht, für die das Haus ausräumt?"

Rieder überlegte und rang sich dann zu „Kann schon sein" durch. Gleichzeitig war er fassungslos über Nellys Vorgehen. „Warum hat sie mich nicht angerufen?", brachte er mit unterdrückter Wut hervor. „Ist sie von allen guten Geistern verlassen?"

„Es ist ja gut gelaufen, und die schwedischen Kollegen sind happy", versuchte Bökemüller ihn zu beschwichtigen. „Da muss man auch mal ein Auge zudrücken."

Wenn er wüsste, was Nelly bereits in der vergangenen Nacht angestellt hatte, würde er anders reden, dachte sich Rieder. „Wie geht es nun weiter?"

„Wir bringen die beiden gerade nach Stralsund. Unter Sonderbewachung. Der eine, ein gewisser Malmström, will mit uns reden, um seine Auslieferung zu verhindern. In Schweden drohen dem mindestens zehn Jahre bei seinem Strafregister. Wir können uns da mit dem Einbruch in die Galerie hinten anstellen. Podewin will es sich trotzdem zunutze machen und hören, was er zu sagen hat. Als ich kurz mit diesem Malmström geredet habe, hat er irgendwas von falschen Bildern und Geld erzählt. So richtig verstanden habe ich es auch nicht. Aber Behm und Sie hatten ja auch über diese Fälschungen geredet."

„Kempe soll im Auftrag von Gilde Bilder gefälscht haben. Früher, zu DDR-Zeiten, hat er wohl das Geld in die Firma gesteckt, für Ersatzteile und so. Aber er hat das Geschäft weiter betrieben. Vielleicht haben die beiden Schweden was mit den Morden zu tun. Sie könnten doch Geld für einen geprellten Kunden eingetrieben haben und dabei Kempe ..."

Bökemüller unterbrach ihn. „Wäre schön, aber da muss ich Sie enttäuschen. Dieser Malmström und sein Kumpel sind eigentlich permanent observiert worden, weil die Polizei in Malmö einen Tipp bekommen hatte, über sie an die Hintermänner eines Menschenhändlerringes zu kommen, der in Südschweden Bordelle mit Nachschub aus Osteuropa versorgt. Aber sie sind den schwedischen Kollegen auf der Öresundbrücke entwischt. Da endet nämlich ihr Zuständigkeitsbereich, und die dänischen Fahnder kamen zu spät. Für Kempes Todeszeitpunkt haben die beiden ein Alibi. Unsere Mörder müssen wir also selber suchen. Sie hatten doch eine heiße Spur, diesen Mann auf dem Video."

„Der war es wahrscheinlich nicht." Rieder berichtete von dem Gespräch und dem möglichen Verdacht gegen Björn Just.

„Schade", meinte Bökemüller, „eine Festnahme hätte uns echt gut getan. Die Nummer mit den Schweden verschafft uns zwar etwas Luft, aber Podewin ist kaum noch zu halten. Würde mich nicht wundern, wenn der nicht schon die Drähte zum LKA glühen lässt, um uns den Fall aus den Händen zu nehmen."

„Kann man es ihm verdenken", erwiderte Rieder missmutig.

„Erst geht uns die Gilde mit ihrem Kumpan durch die Lappen, jetzt noch diese Mandy Puffe."

„Darüber zu klagen, ist jetzt vergossene Milch. Wir müssen warten, ob uns die drei Flüchtigen irgendwo ins Netz gehen. Wie wollen Sie weitermachen?"

„Ich bin auf dem Weg zu Björn Just." Rieder erzählte Bökemüller kurz dessen Geschichte und Verbindung zu Gilde. „Außerdem ist jetzt dieser Stralsunder Museumsdirektor, Herr Richnow, gekommen, von dem Behm erzählt hat. Er sieht sich die Bilder in Gildes Haus und in Kempes Fälscherwerkstatt an."

„Grüßen Sie ihn von mir. Der ist ein echter Experte und wird uns sicher helfen können, wenigstens bei den Bildern weiterzukommen. Vielleicht war Ihr Gespür, dass die Morde mit den Bildern zusammenhängen, nicht so falsch. Man müsste an die Abnehmer von Gilde und Kempe ran."

„Ich kümmere mich drum", versprach Rieder und verfluchte zugleich, jetzt alle Papiere aus Gildes und Kempes Nachlass durchsehen zu müssen. Damp würde ihm dabei keine große Hilfe sein.

„Vielleicht findet sich auch was in der Galerie Lothsenhaus. Die Kollegen sind da gerade vor Ort und stellen den Laden auf den Kopf."

„Stimmt. Soll ich zur Vernehmung der beiden Schweden nach Stralsund kommen?", fragte Rieder nach.

„Wäre nicht schlecht, aber nur wenn Sie auf der Insel zu entbehren sind."

„Offensichtlich sind unsere Verdächtigen bis auf Björn Just von der Insel verschwunden."

„Sie können das ja dann mit Frau Blohm zusammen machen. Außerdem müssen wir auch dringend reden. Über Sie und Frau Blohm."

Rieder zuckte kurz zusammen. Wollte ihm sein Chef eine moralische Standpauke halten?

„Vielleicht finden wir Zeit für ein gemeinsames Abendessen, um mal ungestört über Ihre berufliche Zukunft zu reden", fügte Bökemüller hinzu. „Ich hatte Ihnen das ja schon auf dem Friedhof angekündigt. Ein Mitarbeitergespräch steht sowieso dringend an."

Rieder hatte die Pläne für die mobile Ermittlungsgruppe und Bökemüllers Andeutungen darüber nach Gildes Exhumierung völlig verdrängt. Was hatte seine berufliche Zukunft mit Nelly Blohm zu tun? Es gab schon genug Chaos in seinem Leben.

„Ja, gut, gern", quälte sich Rieder als Antwort ab.

„Dann bis bald." Bökemüller beendete das Gespräch.

Rieder war längst am Friedhof angekommen, wollte ihn aber nicht telefonierend betreten. Er ging an der alten Wasserpumpe vorbei. Rechts entdeckte er das Grab von Pia Cicero. Weiter hinten sah er Tobias Zion und ging zu ihm. Neben ihm saß auf einer kleinen Bank Björn Just. Ein frischer Strauß stand an dem grauen Stein mit der Aufschrift „Unbekannter Seemann". Zion trug heute zu seinem schwarzen Kopftuch ein Shirt mit der Aufschrift „Der letzte Wagen ist immer ein Kombi". Das würde sicher den Herrschaften vom Kirchengemeinderat nicht gefallen.

„Herr Kommissar, was treibt Sie denn her?", begrüßte er Rieder. Gleichzeitig drehte sich Björn Just zu ihm. Sein Gesicht war von vielen Falten durchfurcht. „Sie habe ich doch hier auch schon gesehen", sagte er sehr langsam zu Rieder.

„Ich wollte auch zu Ihnen, Herr Just. Ich bin Polizist und ermittle im Mordfall Gilde."

„Was Sie nicht sagen. Nennen Sie mich ruhig Björn. Das sagen alle. Und erlauben Sie, dass ich sitzenbleibe. Ich bin froh, wenn ich es schaffe, aufzustehen, um wieder zum Hotel zu gehen. Friedrich hat mir von Ihnen erzählt. Sie wohnen im Haus von Onkel Gustav."

„Ich mach' mich dann mal wieder an die Arbeit", verkündete Tobias Zion und zog sich zurück. Rieder hockte sich neben den alten Mann.

„Dort liegt Ihr Onkel, nicht wahr?", fragte Rieder.

Björn nickte. „Aber es soll keiner wissen, obwohl es jeder weiß. Deshalb steht sein Name nicht drauf."

„Sind Sie darüber böse?"

Wieder sah er Rieder an. „Böse? Nach so vielen Jahren? Es macht Onkel Henning nicht wieder lebendig."

„Und sind Sie Werner Gilde noch böse?"

„Sie müssen mit mir nicht reden wie mit einem Kind. Das tun immer alle. Auch Friedrich." Just machte eine Pause. „Es stimmt schon, ich bin langsam, kann seit damals nicht so schnell denken und wenn alle schnell machen, dreht es sich in meinem Kopf. Aber ich bin nicht total plemplem. Wissen Sie, ich bin mit Gustav noch lange zur See gefahren. Das Steuer hätte er mir sicher nicht überlassen", er lachte auf, „das wäre was geworden. Aber ich war Matrose. Leinen los, Anker rauf, Anker runter, das habe ich immer geschafft. Und mit dem Gilde … wenn ich ihn sah, kam immer die Wut hoch, ich war dann nicht bei Sinnen. Aber heute gibt es dafür Tabletten." Björn Just atmete schwer.

„Regt es Sie zu sehr auf?"

Der alte Mann schüttelte den Kopf. „Nein, nein. Ich rede sonst nur nicht so viel. Das strengt mich an. Denken und reden. Denken allein ist nicht so anstrengend."

„Am Samstag vor zwei Wochen, an dem Tag, an dem Gilde umgebracht wurde, waren Sie in seinem Haus. Dafür gibt es einen Zeugen. Was haben Sie dort gemacht?"

Björn Just drehte sich ruckartig zu Rieder um und sah ihm in die Augen. „Ich wollte ihm die Bilder zurückgeben."

„Sie wollten was?", wunderte sich Rieder.

„Die Bilder aus den Kisten, die früher bei mir waren und jetzt bei Friedrich hängen. Die wollte ich ihm zurückgeben. Er will doch seine Sammlung ausstellen. Da gehören sie doch dazu. Oder?"

„Woher wissen Sie von dieser Ausstellung?"

„Aus der Zeitung. Lese ich jeden Tag, von vorn bis hinten. Was soll ich in Stralsund sonst den ganzen Tag in meinem Zimmer in der Schiffercompagnie machen? Außer Mittwoch und Samstag. Da fahr' ich her."

„Wie sind Sie überhaupt zu Gildes Haus gekommen?"

„Aufstehen ist schlecht. Laufen nicht. In Stralsund laufe ich auch immer zum Hafen und hier zum Friedhof. Langsam, aber es geht."

„Als Sie im Haus waren, haben Sie mit Gilde über die Bilder gesprochen."

Björn Just schüttelte heftig den Kopf. „Ich wollte nicht stören. Er hatte schon Besuch."

„Wen?"

„Habe ich nicht gesehen."

„Wieso nicht?"

„Ich bin reingegangen. Die Tür war nicht verschlossen. Ich bin also nicht eingebrochen …", erregte sich Just.

„Darum geht es nicht, machen Sie sich da mal keine Sorgen", beruhigte ihn Rieder und legte ihm sanft die Hand auf den Arm. „Ich will nur wissen, wer bei Gilde war."

Wieder Kopfschütteln. „Habe ich nicht gesehen", wiederholte Just. „Als ich die Stimmen hörte, bin ich wieder gegangen. Ich hatte Angst, weil der eine doch so schimpfte und der andere nur stöhnte."

„War es eine Frau oder ein Mann?"

„Ein Mann." Björn Just machte ein Pause. „Und die Klappe im Boden war auf. Wie auf einem Schiff."

33

Nelly hatte sich in ihrem Büro im Revier Bergen eingeschlossen. Zuvor hatte sie sich eine Standpauke von Revierleiter Gottschalk in Anwesenheit von Bökemüller anhören müssen. Sie war kürzer ausgefallen als erwartet. Natürlich hatte er ihren Alleingang in Gingst kritisiert und ihr vorgeworfen, die Streifenwagenbesatzung in Gefahr gebracht zu haben. „Dafür haben wir Spezialkräfte beim Mobilen Einsatzkommando in Stralsund, die auf solche Einsätze trainiert sind. Das war wieder einmal eine Kamikaze-Aktion von Ihnen."

Bökemüller hatte gar nichts gesagt, nur immer mal den Kopf geschüttelt. Am Ende hatte er ihr kurz die Hand auf die Schulter gelegt und mit ruhiger Stimme gemeint, er werde mit Podewin reden, dass die Sache für sie keine disziplinarischen Folgen haben solle. Immerhin stände auf Nellys Habenseite die Festnahme von zwei Männern, nach denen die schwedische Polizei über Interpol fahnden lasse. Tore Malmström und Folke Berglund seien Mitglieder einer berüchtigten Rockerbande. Die angeführten Haftgründe reichten von Erpressung über Raub und Menschenhandel bis zu schwerer Körperverletzung. Das sprach eindeutig für das Rotlichtmilieu. Ihre Verhaftung sei ein großer Erfolg. Trotzdem wäre ihr Verhalten für eine verantwortungsvolle Polizistin grenzwertig. „Verbrechensbekämpfung rechtfertigt nicht alle Mittel. Wir sind hier nicht im wilden Westen. Ich werde mich für Sie einsetzen, aber versprechen kann ich Ihnen nichts."

‚Bla, bla', hatte sich Nelly bei Bökemüllers Worten gedacht. Alles Theorie für ein blödes Weiterbildungsseminar, aber taugt nicht für die Realität. Nur mit Mühe hatte sie sich beherrscht, zu widersprechen.

Trotzdem war Nelly ganz froh gewesen, als nach ihrem Notruf endlich die Kollegen des MEK in Gingst eingetroffen waren und die Männer übernommen hatten. Mit einem Warnschuss hatte Luck Berglund bei seinem Fluchtversuch durch den Hinterausgang der Galerie gestoppt. Zwei Männer, die zufällig auf der Straße gestanden hatten, waren ihm zu Hilfe gekommen, um dem Verdächtigen Handschellen anzulegen. Berglund war aber auch nicht so kräftig und muskulös wie Malmström. Gottseidank war Kruse schnell da gewesen, als sie Malmström gestellt hatte. Ihnen kam zugute, dass Malmström leicht benommen war. Beim Zusammenstoß war er gegen die Frontscheibe gekracht und litt nun unter einer Gehirnerschütterung, wie später der Notarzt festgestellt hatte. Jedenfalls kippte er mit erhobenen Händen vom Fahrersitz, als Nelly das Auto öffnete. Als er sich aufrappeln wollte, hatte ihn Nelly so laut mit schriller Stimme angeschrien, liegenzubleiben, dass er sich vor Schreck nicht rührte und Kruse ihn fesseln konnte. Bei Malmström fanden sie eine Pistole. Berglund hatte einen ausziehbaren Totschläger dabei. Umringt von zahlreichen, feindlich dreinschauenden männlichen Bewohnern des Ortes Gingst hatten die Polizisten mit den beiden Männern auf dem Markt auf die Verstärkung und einen Krankenwagen gewartet. Fluchtversuch wäre sinnlos gewesen. Gerda Doll erzählte immer wieder, wie sie von Nelly angesprochen worden und praktisch an der Festnahme beteiligt gewesen war.

Nach dem Abtransport der Schweden hatte sich Nelly in der Galerie umgesehen. Ihre Hoffnung, in einem Zimmer gefesselt oder eingesperrt Martina Gilde und Claudius Loth anzutreffen, erfüllte sich nicht. Sie blieben weiter verschwunden. In einer Kammer fand sie allerdings eine Reihe von Bildern, die ganz offensichtlich von Elisabeth Büchsel stammten oder Kopien ihrer Kunstwerke waren. Sie wurden abtransportiert wie auch alle Ordner und Papiere, die mit Loths Galerie zu tun hatten. Vier Beamte der Stralsunder Einheit wurden zurückgelassen, um Gilde und Loth festzunehmen, sollten sie doch noch auftauchen, auch wenn Nelly nicht daran glaubte.

Jetzt saß sie an ihrem Schreibtisch und atmete durch. Bökemüller und Gottschalk waren nach Binz gefahren und würden erst in ungefähr drei Stunden wieder zurück sein. Malmström und Berglund waren auf dem Weg nach Stralsund zur Vernehmung. Sie würde hinterherfahren, wollte aber vorher noch ein paar Sachen recherchieren. Sie holte ihren Laptop aus der Umhängetasche, stellte es auf den Schreibtisch und schaltete es ein. Niemand im Revier oder in der Computerabteilung sollte ihre geheimen Ermittlungen nachvollziehen können. Sie schob die Telefonkarten aus den Handys der beiden Schweden in einen Adapter, den sie über ein Kabel mit dem Computer verbunden hatte, tätigte mehrere Eingaben und nickte dann zufrieden. Sie hatte die Nummern geknackt. Es handelte sich um schwedische Prepaid-Karten. Etwas anderes hatte Nelly nicht erwartet. Dann erkundete sie, wo sich Malmström und Berglund mit ihren Telefonen in die verschiedenen Funkzellen eingeloggt hatten. Dafür wäre eigentlich eine staatsanwaltliche Genehmigung notwendig gewesen, die es natürlich nicht gab. Aber man konnte so den Weg der Schweden ziemlich genau verfolgen. Sie hatten keine Fähre benutzt, sondern waren über die Öresundbrücke nach Dänemark gefahren und dann nach Deutschland. In der Nähe von Flensburg war das Telefon von Malmström das erste Mal durch das deutsche Funknetz registriert worden. Dann führte sie ihr Weg über die Autobahn nach Lübeck und über Rostock und Stralsund nach Schaprode auf Rügen. Von dort waren sie nach Hiddensee übergesetzt. Hatten sie auch dort nach Martina Gilde und ihrem Freund gesucht? Später waren sie aber wieder zurück nach Rügen. Nelly bekam einen Schreck. Eine Funkzelle nahe des Rugard bei Bergen hatte beide Telefone registriert. Nelly wagte gar nicht weiterzudenken. Sie waren also offenbar auch in Buschwitz gewesen. Sie konnten ihren Einbruch in Gildes Haus beobachtet haben. Sie erinnerte sich an Malmströms starren Blick, als sie ihn stellte. Hatte er sie wiedererkannt? Schweiß trat Nelly auf die Stirn. Ihre Knie wurden weich. Ihr Fehlverhalten könnte bei einer Vernehmung durch Malmström enttarnt werden. Wenn dann noch Podewin dabeisaß, war sie geliefert. Und das, nachdem sie durch ihren Einsatz bei der Verhaftung in Gingst das Vertrauen Bökemüllers zurückgewonnen hatte.

Ihre Gedanken rasten. Da kam ihr die rettende Idee. Warum sollte sie die Vernehmung von Malmström und Berglund durchführen? War das nicht ebenso gegen die Regel? Wie Rieders Befragung von Charlotte Dobbert? Hier musste er auf alle Fälle ran. Immerhin war er Leiter der SOKO. Damit schob sie auch die Bedenken zur Seite, weiter auf grauen Pfaden im Internet zu ermitteln. Sie ging sogar noch einen Schritt weiter und tippte eine Formel ein, die sie ins sogenannte Darknet brachte. Sie wollte wissen, mit wem Malmström und Berglund während ihrer Reise telefoniert hatten. Wer hier unterwegs war, wollte nicht erkannt werden, und die meisten hatten was auf dem Kerbholz oder planten Verbrechen. Es gab speziell ausgebildete Ermittler der Abteilung „Organisierte Kriminalität", die sich hier *undercover* bewegen durften, um Spuren und Verdächtige zu suchen und zu finden. Dazu hatten sie eine besondere Genehmigung des Innenministers. Nelly hatte die natürlich nicht. Für jemanden im Revier Bergen war so etwas unerreichbar. Gottschalk hatte ihr einen Vogel gezeigt, als sie ihm das entsprechende Antragsformular vorgelegt hatte. Nelly versuchte es deshalb auf eigene Faust. Dazu hatte sie für die ersten Ausflüge ins Darknet mehrere Übungsstunden bei einem Schulfreund absolviert, der dort Ectasy-Pillen orderte, die er dann in den Diskotheken entlang der Ostsee vertickte. Nelly hatte ihn bei einer Routinekontrolle erwischt, aber dann als Gegenleistung die Anzeige wegen des Verstoßes gegen das Betäubungsmittelgesetz verschwinden lassen. Kein Problem, wenn man sich wie Nelly einen Zugang zum Zentralcomputer der Polizei verschafft hatte. Sonst wäre ihr Schulfreund bei seinem Strafregister sicher mindestens ein Jahr ins Gefängnis gewandert.

Nelly loggte sich bei einer Suchmaschine ein, bei der man alles finden konnte, was nicht auf legalem Wege zu beschaffen war, wie Waffen und Drogen. Nelly gab als Frage ein, wie man die Namen von Nutzern schwedischer Handys und Festnetztelefone herausbekommen könnte. Sie musste etwas warten, dann bot ein User die entsprechende Information, allerdings gegen die Zahlung einer Summe in der Internetwährung Bitcoins, deren Zahlungswege schwer zu verfolgen waren. Nelly hatte ein entsprechendes Konto und rechnete den Betrag um. Fünfzig Euro. Das ging noch. Der unsichtbare Darknetverkäufer wurde schon ungeduldig und drohte, ihren Computer lahmzulegen, wenn sie nicht zahlen würde. Nelly erledigte die Zahlung, und postwendend erschien auf ihrem Bildschirm der gewünschte Lösungsweg. Sie ging den beschriebenen Pfad durch die Datenwelt und wurde fündig. Tore Malmström hatte mehrfach in Malmö einen Knud Persson kontaktiert. Nelly fand heraus, dass es sich um einen Bauunternehmer handelte. Außerdem hatte Malmström zwei Gespräche in Deutschland getätigt. Mit Martina Gilde und Claudius Loth. War also Martina Gilde von Hiddensee nicht vor der Polizei geflohen, sondern vor Malmström und Berglund? Und welchen Auftrag hatte Knud Persson Malmström und Berglund erteilt?

34

Fenske stand aufnahmebereit mit seiner Raserpistole an der Bundesstraße 75 hinter Lübeck Richtung Timmendorfer Strand, wenige hundert Meter hinter dem Herrentunnel, der den Verkehr unter der Trave hindurch zur Ostsee führte. Das moderne Bauwerk ließ viele Autofahrer glauben, dahinter ginge es so modern und also auch schnell weiter, wenn die Mautstelle passiert war. Immerhin war die B 75 eine vierspurige Straße. Hundert Stundenkilometer müssten wie auf jeder normalen Landstraße drin sein. Doch das war genau der Fehlglaube, der diesen Straßenabschnitt zu einer Goldgrube für die Lübecker Polizei machte. Obwohl runde, rot umkreiste Schilder mit der dicken schwarzen Zahl „60" am Straßenrand standen. Aber die Sucht, schnell ans Meer zu kommen, sorgte für den teuren Geschwindigkeitsrausch. Fenske zielte mit seiner Pistole, wenn wieder ein Fahrzeug heranschoss, drückte ab und erhielt den erwarteten Wert über der erlaubten Geschwindigkeit. Per Funkgerät gab er die Daten an die Kollegen auf dem rund einen Kilometer entfernten Parkplatz weiter und sendete ihnen auch die entsprechenden Belegbilder. Einer von ihnen trat dann auf die Straße, hob mit dem rechten Arm seine Kelle mit der Aufschrift „Polizei" und bedeutete dem ertappten Sünder mit seinem ausgestreckten rechten Arm unmissverständlich, auf den Parkplatz zu fahren. Meist verdüsterten sich sofort die Gesichtszüge der erwischten Autofahrer, oder sie schlugen mit der Hand auf das Lenkrad und schüttelten dann im Ausfahren verärgert den Kopf. Ziemlich oft musste Fenske pausieren und manchen Raser schweren Herzens ziehen lassen, weil die Kollegen am Parkplatz mit der Kontrolle der Papiere, Beweisführung und Abkassieren nicht so schnell nachkamen, wie er Nachschub liefern konnte. Jetzt, am späten Vormittag, hatte der Verkehr nachgelassen, und das System funktionierte ohne Probleme. Fenske visierte mit seiner Raserpistole einen nicht mehr ganz taufrischen Volvo mit Rügener Kennzeichen an. Er drückte die Taste, und schon erschienen 108 Stundenkilometer auf der Anzeige. Fenske jubelte innerlich. Die Toleranz abgezogen, waren es immer noch 103, also 43 über den Durst – gleich 160 Euro, zwei Punkte und ein Monat Fahrverbot. Fenske meldete Fahrzeugtyp, Kennzeichen und Messergebnis. Wenige Sekunden später trat sein Kollege Haverkamp auf die Straße. Der Fahrer nickte sogar schuldbewusst, während die Beifahrerin starr geradeaus blickte und ihre Mimik durch die große Sonnenbrille wie eine Maske wirkte. Haverkamp trat von hinten an das Fahrzeug heran. Der Fahrer, ein Mann in den Dreißigern, ließ die Scheibe herunter und schaute ängstlich erwartungsvoll in das Gesicht des Beamten, der sich kurz vorstellte. Haverkamp war erst vor ein paar Jahren von Wismar nach Lübeck gewechselt und machte sich bei Autofahrern aus der alten Heimat immer noch den Spaß, sie ein wenig nach der alten DDR-Methode anzusprechen. „Na, Bürger, was haben wir falsch gemacht?"

„Zu schnell?", antwortete unsicher der Fahrzeugführer.

„Genau. Und nicht nur ein bisschen. Bitte mal Fahrzeugschein, Fahrerlaubnis und Ausweis."

Die Beifahrerin schien der Vorgang nicht zu berühren. Sie wandte nicht einmal den Blick, sondern sah weiter nach vorn ohne sichtbare Regung. Der Leiter der Kontrollstelle, Schwarzenberg, ließ das Kennzeichen routinemäßig durch den Computer laufen und sah nun, dass es in einen roten Balken eingefasst wurde. Das hieß zum einen Fahndung. Zum anderen bedeutete es

Gefahr. Er winkte Kollberg, der eigentlich auf den nächsten Kandidaten wartete und neben dem Einsatzfahrzeug stand und seine rote Kelle gedankenverloren hin- und herbaumeln ließ. Kollberg ging zu Schwarzenberg und sah mit ihm nun gemeinsam auf den Monitor des Computers. Dort erschienen genauere Daten. Zur Fahndung ausgeschrieben waren der Fahrzeugführer des Volvo mit dem Kennzeichen „RÜG-CL 9905", Claudius Loth und seine Begleiterin Martina Gilde. Dazu Fotos, Geburtsdaten, Wohnadressen. Die beiden Beamten nickten sich kurz zu, Schwarzenberg stieg aus und ging langsam gemeinsam mit Kollberg zum Wagen. Haverkamp war gerade dabei, die Daten im Fahrzeugbrief mit dem Kennzeichen zu vergleichen. Es passte eigentlich alles, aber er bemerkte aus den Augenwinkeln, dass seine beiden Kollegen die Riemen um die Holster ihrer Dienstwaffen unbemerkt für die beiden Insassen des Fahrzeugs lösten, Schwarzenberg auf ihn zukam, während Kollberg sich hinter dem Fahrzeug, leicht versetzt zur Fahrerseite, postierte. Haverkamp verstand. Man war ein eingespieltes Team für solche Fälle. Er schlenderte zur Beifahrerseite und schaute nach unten, als ob er die Reifen kontrollieren wollte, während Schwarzenberg jetzt an der Fahrertür angekommen war, die Waffe zog und entsicherte. Dann teilte er dem Fahrer ruhig, aber entschlossen mit: „Herr Loth, würden Sie bitte aussteigen. Sie sind vorläufig festgenommen. Ihre Begleiterin, Frau Gilde, ebenso. Halten Sie die Hände oben und die Handflächen nach vorn gewandt." Schwarzenberg und Haverkamp waren jeweils an den Türgriffen und öffneten das Auto. Loth und Gilde hoben ihre Hände und stiegen aus. Kollberg legte erst Loth, dann Gilde Handschellen auf dem Rücken an. Sie wurden zum Einsatzfahrzeug geführt und mussten einsteigen. Während Haverkamp und Kollberg die beiden bewachten und bereit waren, jeden Fluchtversuch zu unterbinden, informierte Schwarzenberg die Leitstelle. Fenske rief er über das Funkgerät: „Einsatz beendet. Wir haben satte Beute gemacht!"

35

Gerd Richnow betrat mit einer gewissen Ehrfurcht Gildes Haus. Der Museumsdirektor machte bedächtig einen Schritt nach dem anderen in die Halle hinein und sah sich dabei immer wieder um. Seine Augen strahlten dabei. „Welche Pracht!", rief er aus. „Niemand hat die Schönheit dieser Insel, ihre Natur, ihr einmaliges Licht, ihre besonderen Menschen so eingefangen wie die Frauen des Hiddenseer Künstlerinnenbundes."

„Waren Sie schon einmal hier?", fragte Behm.

„Zwei-, dreimal, um mit Herrn Gilde Leihgaben für Ausstellungen zu besprechen. Ich war dann immer in der Verlegenheit, aus dieser Vielzahl wählen zu müssen. Büchsel war ja oft Thema von Ausstellungen in Stralsund oder auch anderswo. Zu meinem Leidwesen muss ich gestehen, dass die anderen Damen des Künstlerinnenbundes wie Wolfthorn, Arnheim, Lehmann und Bamberg in der heutigen Kunstwelt kaum gefragt sind. Höchstens, wenn es mal um eine Ausstellung über die Künstlerkolonien an der Ostsee geht. Dann werden neben die Büchsel ein paar Bilder der anderen gehängt. Mehr aber auch nicht."

Er legte seinen Sommerhut auf einer Sofalehne ab.

„Welchen Wert hat denn die Sammlung?", wollte Behm wissen.

Richnow senkte etwas den Kopf und sah den Polizisten über seine Brillengläser hinweg prüfend an. „Mein lieber Behm, welch profane Frage. Das einzelne Bild zählt hier nicht. Es ist die Gesamtheit der Sammlung, die den Wert ausmacht. Gilde hat wie ein Besessener alles zusammengetragen, was vom Hiddenseer Künstlerinnenbund auf den Markt kam. Das weiß ich aus unseren Gesprächen. Er klapperte alle möglichen Galerien ab und in Zeiten des Internets auch die einschlägigen Portale, ging auf Auktionen und hat so einen einmaligen Schatz zusammengetragen. Warum fragen Sie?"

„Zum einen gibt es Streit um diese Sammlung zwischen den Erben, zum anderen stellt sich die Frage", Behm machte eine Handbewegung durch den Raum, „ob dieser Schatz echt ist."

„Wie kommen Sie darauf?", entrüstete sich Richnow.

„Wir haben bei einem Inselmaler, Hans Kempe, Bilder aus der Sammlung gefunden, die offenbar kopiert, wenn nicht in krimineller Absicht gefälscht wurden. Sagt Ihnen der Name etwas?"

Richnow zuckte mit den Schultern. „Kempe? Keine Ahnung. Inselmaler gibt es auf Hiddensee wie Sand am Meer", versuchte er zu scherzen.

„Kempe ist wie Gilde ermordet worden, und wir können nicht ausschließen, dass die Morde mit dieser Sammlung zusammenhängen."

„Das ist ja schrecklich!", empörte sich Richnow. „Ich würde schon nicht ausschließen, dass nicht auch an manchem dieser Bilder, wenn nicht Blut, so doch Schrecken und Entbehrung hängt. Ich kenne ein wenig die Geschichte. Einige Stücke sind aus dem Bestand des Stralsunder Galeristen Eduard Fehrmann, der sie vor der Vernichtung durch die Nazis gerettet hat, wenn auch nicht auf ganz legale Weise. Er sollte eigentlich versuchen, die von den Nazis eingesammelten Bilder der jüdischen Malerinnen des Künstlerinnenbundes im Ausland zu verkaufen und, was er nicht loswurde, vernichten zu lassen. Aber er hat alles selbst aufgekauft. Nach seinem Tod hat Gilde die Sammlung, sagen wir mal positiv, an sich genommen."

„Das könnte das Museumsprojekt behindern, das Gilde in seinem Testament verfügt hat. Dann müsste die Herkunft all dieser Bilder geprüft werden, ob es darauf nicht Ansprüche gibt."

„Ach, das Museumsprojekt?", fragte Richnow nach. „Ich habe davon gelesen. Ihre Einwände sind natürlich nicht von der Hand zu weisen, obwohl man sicher relativ schnell bei der Koordinierungsstelle für Raubkunst in Magdeburg feststellen könnte, für welche Kunstwerke Suchmeldungen oder Ansprüche angemeldet sind. Mit den Ausstellungsstücken, die er uns zur Verfügung stellte, gab es nie Probleme."

„Trotzdem bleibt die Frage", wandte Behm ein, „ob diese Bilder alle echt sind. Deshalb haben wir Sie hierhergebeten. Ich würde Ihnen nachher auch noch die Bilder im Haus von Herrn Kempe zeigen, die wir dort entdeckt haben."

„Nur zu, nur zu", erwiderte Richnow. „Ich bin sehr gespannt und helfe gern." Er drehte sich einmal um. „Hier bin ich sehr sicher, dass es sich nur um Originale handelt. Natürlich würde sich für eine Überprüfung am besten eine Untersuchung unter dem Elektronenstrahlmikroskop eignen und eine chemische Analyse der verwendeten Farben. Zum Beispiel haben die Damen alle noch mit Bleiweiß gemalt. Gibt es aber seit den dreißiger Jahren des letzten Jahrhunderts nicht mehr. Ich habe auch sehr genau die Pinselführung, zum Beispiel von Elisabeth Büchsel, studiert. Das ist, um mal in Ihrer Welt zu bleiben, der Fingerabdruck des Künstlers." Richnow zog eine Lupe aus der Innenseite seiner Tasche. „Vielleicht beginnen wir gleich mit dem Bild ‚Im Winde'. Es gilt ja als verschollen, aber ich wusste natürlich, dass es Gilde besaß", erklärte Richnow nicht ohne Stolz. Er ging drei Stufen nach oben. Behm folgte ihm. Damp war schon wieder mit seinem Handy beschäftigt.

Richnow ging ganz nah an das Bild heran, strich sanft mit der linken Hand darüber und nahm dann die Lupe, um einzelne Bereiche des Bildes zu untersuchen. Dann wandte er sich um. „Würden Sie mir helfen, das Bild abzunehmen, damit ich es von hinten betrachten kann?"

Damp und Behm hängten das Gemälde ab und drehten es vorsichtig um. „Galerie Fehrmann, Stralsund", stand dort auf einem vergilbten Etikett. „Interessant, das habe ich mir fast gedacht", sprach Richnow leise vor sich hin. „Gut, danke, meine Herren." Damp und Behm stellten das Bild auf dem Boden ab. Richnow trat ein paar Schritte zurück, blickte noch einmal auf das Bild, stützte dabei seinen linken Ellenbogen in die linke Hand und tippte mit seinem Zeigefinger immer wieder auf sein Kinn. Dann schüttelte er energisch den Kopf. Behm stockte der Atem.

„Nein, nein!", rief Richnow aus. „Es ist eindeutig echt. Pinselführung genau wie im Bilderbuch der Elisabeth Büchsel. Mit dem

Etikett klärt sich auch das Verschwinden des Bildes auf." Der Kriminaltechniker atmete auf. „Es wäre sicher interessant, den Weg dieses Bildes zu verfolgen", meinte nun Richnow. „Die Büchsel war praktisch die Einzige des Künstlerinnenbundes, deren Bilder auch nach 1933 weiter ausgestellt wurden. Sie war ‚Arierin' und wurde deshalb auch nicht verfolgt. Also hätte man das Bild auch nicht verstecken müssen. Warum es Fehrmann und dann auch Gilde trotzdem getan haben, würde mich brennend interessieren." Richnow wandte sich um. „Jetzt würde ich mir gern die anderen Bilder, vielleicht eine Art Auswahl, ansehen. In Ruhe, wenn Sie gestatten, und Ihnen dann mein Urteil mitteilen."

Richnow wandelte an den Bilderwänden entlang und stutzte plötzlich. „Fehlen hier Bilder?"

Behm kratzte sich am Kopf. Er wusste nicht, ob er Richnow den Diebstahl der Bilder verraten durfte. Da kam genau zur richtigen Zeit Rieder durch die Tür. Er ging auf den Kunstexperten zu, stellte sich vor und schüttelte ihm die Hand.

„Von Ihnen habe ich schon gehört", erklärte Richnow und reichte ihm eine Visitenkarte. „Ein Kollege berichtete mir von Ihren erfolgreichen Ermittlungen zu einem interessanten Münzschatz aus der Hansezeit."

„Ja, den haben wir unten am Gellen gefunden. Das war mein erster Fall hier auf der Insel", bestätigte Rieder. „Und auch dieses Mal scheint es um die Vergangenheit zu gehen, wenn man diese Sammlung hier sieht."

„Professor Richnow fragte gerade nach den fehlenden Bildern", mischte sich Behm ein.

„Tja, leider sind einige Bilder verschwunden", bekannte Rieder. „Wahrscheinlich gestohlen oder vielleicht auch nur unrechtmäßig entfernt worden."

„Ich verstehe nicht", wunderte sich Richnow.

„Kennen Sie Mandy Puffe?"

Richnows Blick hellte sich auf. „Die Mandy, Autorin des Buches über den Künstlerinnenbund. Na klar. Sie arbeitet doch hier im Inselmuseum. Sehr kompetent."

„Leider müssen wir annehmen, dass sie die Bilder entwendet hat. Jedenfalls deutet das Spurenbild darauf hin."

„Mandy – eine Diebin?" Richnow hieb mit der flachen Hand auf die Kante des Sofas. „Was Sie nicht sagen." Dann wedelte er mit der Hand. „Man kann natürlich in einen Menschen nicht hineinschauen. Sie war schon immer recht angetan von den Kunstwerken."

„Sie würden ihr es also zutrauen?"

„So weit würde ich nicht gehen. Vor allem will ich nicht vorschnell urteilen." Er machte eine kurze Pause. „Aber Sie sagten, die Bilder könnten auch unrechtmäßig entfernt worden sein. Das verstehe ich nicht."

Rieder ließ sich auf das Sofa fallen. „Es gibt einen Streit der Erben ..."

„Herr Behm berichtete davon", fiel ihm Richnow ins Wort.

Rieder nickte. „... deshalb könnte die Witwe, Martina Gilde, die Bilder fortgebracht haben."

Richnow begann mit dem Finger die Leerstellen abzuzählen und wandte sich dann wieder um. „Bei aller Liebe, aber es fehlen höchstens fünfzehn Bilder. Damit können Sie keinen Staat machen. Mit Glück bringen die so hunderttausend Euro, aber nicht bei den knickrigen Auktionen hier oben an der Küste."

„Die Feininger sind aber auch weg", bemerkte Rieder.

Richnow riss die Augen auf. „Die Holzschnitte und Zeichnungen?"

Rieder und Behm nickten. Richnow verzog sein Gesicht, als würde es schmerzen. „Das sind natürlich möglicherweise schon Millionenwerte. Sehr gefragt. Da würde ich den amerikanischen Markt anstreben. Hier weiß man zwar, was es wert ist, hat aber dafür zu wenig Geld übrig. Die Zahl der wirklichen Mäzene ist in Deutschland überschaubar, und die können auch nicht alles kaufen. Dann könnte auch die ungeklärte Provenienz, also die Herkunft, den Verkauf erschweren, von Ausstellungsmöglichkeiten ganz zu schweigen."

Richnow begann wieder umherzuwandern, berührte das eine

oder andere Gemälde, schaute kurz aus dem Fenster auf den Bodden. „Ich sehe gar keine Einbruchsspuren. Kein kaputtes Glas. Spricht das nicht weniger für einen Einbruch durch Frau Puffe als eher für die Witwe?"

Rieder stand auch auf und ging zur Wand. „Es gibt einen Tunnel, durch den man unbemerkt ins Haus gelangen kann." Dann drehte er einen Schalter, und die Luke im Boden samt Läufer hob sich. Richnow wirkte wie erstarrt. „Wahnsinn, und wie geheimnisvoll." Er trat an die Öffnung heran und lauschte.

„Was lauschen Sie?", fragte Rieder verwundert.

„Ich dachte, man hört das Meer toben. In einem Bond-Film würde doch dieser Gang hier unten in einer Lagune enden, in der die Boote bereitliegen, um die gefährliche Ladung aufzunehmen. Oder die Guten würden über diesen Gang hier eindringen und den Bösewicht besiegen." Er lächelte. „Natürlich nach langem Kampf."

„So weit geht der Weg nicht. Nur bis zum Steilufer." Rieder trat neben ihn. „Wollen Sie ihn sich mal ansehen?"

Richnow wehrte mit den Händen ab. „Nein, nein, ich möchte mir nicht die Knochen brechen." Dann schaute er auf die Uhr. „Vielleicht sollten wir auch hier weitermachen. Herr Behm meinte ja, es gäbe noch ein zweites Objekt mit Bildern zu besichtigen."

„Ach, Objekt ist ein gutes Stichwort." Der Kriminaltechniker wandte sich an Rieder und schaute sich auch nach Damp um. Der lehnte seit einiger Zeit an einer Wand und tippte intensiv auf seinem Handy rum. „Ich müsste euch noch etwas zeigen."

„Hallo, Damp!", rief Rieder, nachdem sein Kollege Behms Aufforderung offenbar nicht mitbekommen hatte. Der schreckte hoch und wirkte wie ertappt. Er steckte schnell sein Handy ein. Rieder schüttelte genervt den Kopf.

„Wir müssen nach draußen", erklärte Behm und öffnete die Haustür. „Sie kommen hier kurz allein klar?", fragte er Richnow. Der nickte und wandte sich wieder den Bildern zu.

„Wo ist eigentlich Sascha?", fragte Damp.

„Der telefoniert mit dem örtlichen Stromanbieter und der Universität Greifswald", antwortete Behm.

„Mit dem Stromanbieter? Hatte Gilde hier ein Kraftwerk?", lästerte Damp.

Behm deutete an die Hauswand. Ein dickes Kabel führte aus dem Stromkasten nach oben und von dort als Freileitung ins Dickicht. „Kommt mit!" Rieder und Damp folgten Behm zum Grundstücksausgang zwischen den beiden halbhohen Holzpfosten. Dann führte er sie nach links zu einem Metalltor. Daran hing ein Schild, „Institut der Universität Greifswald". Das Tor war nur mit einem Spanngurt geschlossen. Behm öffnete ihn. Dahinter war ein breiter, von Gras überwucherter Fahrweg. Er endete an einer Baracke aus gemauertem Backstein. Als die drei Polizisten näher herantraten, hörten sie das Klappern eines Lüfters und das Rauschen entweichender Luft. Behm zeigte nach oben. Die Freileitung von Gildes Grundstück endete unterhalb des Dachs der Baracke und führte in einen alten Stromkasten. Daneben war eine Stahltür. „Die Frage ist, was sich dahinter befindet", verkündete Behm. „Theoretisch ist dieses Gelände der Universität Greifswald seit Jahren verlassen, und Gilde wollte dort im alten Institutsgebäude sein Museum errichten."

Sascha kam angerannt. „Gilde hatte eine Stromrechnung in den letzten drei Jahren von weit über zehntausend Euro", berichtete er, total außer Atem.

Alle vier starrten auf die Tür. Rieder trat vor und tippte erst zwei-, dreimal mit den Fingerspitzen an die Klinke, bevor er sie nach unten drückte. Die Tür war verschlossen. Er trat wieder ein paar Schritte zurück. „Wir haben einen Durchsuchungsbeschluss für Gildes Villa und Grundstück", überlegte er laut, „die Leitung führt von dort hierher. Also könnte man, wenn man es großzügig auslegt, diese Baracke dazuzählen und sich Zutritt verschaffen."

Damp nahm die Mütze ab und wuschelte sich durch sein Haar. „Ich weiß nicht. Das Grundstück gehört der Uni. Sollten wir nicht eine Genehmigung der Uni einholen, bevor wir reinschauen?"

Rieder schaute auf die Uhr. „Gleich Mittag. Da gehen die essen. Eh wir dann wieder jemanden erreichen, ist es Nachmittag und bald auch Feierabend. Also keine Entscheidung vor morgen Vormittag."

„Vielleicht war die Tür auch auf", bemerkte Sascha und zog ein Etui aus seiner Hosentasche. „und wir sehen nur mal nach, was dahinter ist und machen die Tür dann wieder zu. Und niemand merkt es."

Er holte ein kleines Werkzeug heraus, brauchte keine Minute, um das Schloss zu öffnen und klinkte die Tür auf. Drinnen war es stockdunkel. Die Fensteröffnungen waren mit dunklem Stoff verhängt. Sascha suchte neben den Türpfosten nach einem Schalter. Als er ihn gefunden hatte, wurde der Raum von alten Industrielampen erhellt. Links, rechts und in der Mitte des Raumes standen hohe Regale. Sie waren gefüllt mit Bildern und Gemälden, zum Teil gerahmt, zum Teil auch nicht. Ganz hinten gab es einen großen Schrank mit breiten, flachen Schüben. Vorsichtig betraten die Polizisten den Raum. Behm verteilte Einweghandschuhe. Die Regale waren in Abschnitte aufgeteilt. Oben stand immer der Name einer Malerin des Künstlerinnenbundes. Gleich neben dem Eingang war der Name Elisabeth Büchsels zu lesen. Rieder zog verschiedene Bilder heraus. Sie waren alle von der bekannten Inselmalerin. Mittlerweile kannte er ihren Stil. Die Gemälde und Zeichnungen füllten die ganze Regalfront entlang der Wand. In der Mitte standen die Namen Henni Lehmann, Julie Wolfthorn, Clara Arnheim, Katharina Bamberg und Dorothea Strohschein. Ganz links lagen unter dem Namen Käthe Löwenthal mehrere Mappen. Auch an jeder Schublade stand ein Name. In den Schüben befanden sich Drucke, Aquarelle und Pastelle. Rieder überkam ein kalter Schauer. „Das ist ja unglaublich!"

36

Drei Stunden später wuselten Dutzende Polizisten über das Gelände. Einige Beamte durchsuchten auch das Gebäude des ehemaligen Instituts. Bisher aber ohne Ergebnis. Gebauer pendelte mit seinem Boot wie ein Fährmann zwischen Schaprode und Kloster, um Beamte und Technik heranzubringen. Damp betätigte sich als Chauffeur zwischen Hafen und Schwedenhagen. Barnhöft hatte mit seinen Leuten von der Inselfeuerwehr das Areal am Schwedenhagen, auch um Gildes Villa, weiträumig abgesperrt. An den Wegen von Kloster und von Grieben her standen Posten, um Neugierige abzuhalten. Trotzdem versammelten sich immer mehr Hiddenseer und beobachteten das Treiben.

„Die sollen eine Leiche in Gildes Keller gefunden haben."

„Ach Quatsch. In dem alten Tunnel sollen Waffen und Granaten aus dem zweiten Weltkrieg liegen."

„Nein, ein Plutoniumkoffer. Die haben doch hier an Strahlen geforscht."

„Ich denke, der Gilde soll einen weiteren Goldschatz der Wikinger hier am Schwedenhagen entdeckt haben."

„Was bist du denn für ein Dösbaddel? Goldschatz der Wikinger. Dass ich nicht lache. Hier wurden immer nur Schweine gehütet auf dem Schwedenhagen. Deswegen heißt er ja Schwedenhagen."

„Ach, nicht wegen der Schweden? Die waren doch hier, die Schweden, bis 1800-und-dicke-Milch."

„Was ihr alles so redet", meldete sich Malte, der natürlich auch aufgetaucht war, im Schlepptau sogar Dora. „Mir hat Rieder erzählt, es liegen da hunderte von Bildern in dieser Baracke." Er deutete mit seinem Arm auf das Gebäude hinter den Büschen.

„Bilder? Wer braucht denn so was?"

Bökemüller und Podewin waren mit einem Hubschrauber gekommen, der auf einem Feld neben dem Redsaal gelandet war.

Sie liefen bedächtig und mit wichtiger Miene durch die Gänge der Baracke, während Behm und Sascha Bild für Bild aus dem Regal nahmen, um sie zu fotografieren. Gerd Richnow stand neben ihnen und stellte eine Liste auf mit dem Namen der Künstlerin und einer kurzen Beschreibung des Kunstwerkes. Ihm waren Tränen über die Wangen geronnen, als ihn Behm in die Baracke geholt hatte. Dann war er von Regal zu Regal gestürzt. Besonders die Bilder von Katharina Bamberg hatten es ihm angetan. „Die sollen eigentlich alle im Krieg zerstört worden sein!", rief er aus und schüttelte immer wieder den Kopf. Dann entdeckte er die Mappen mit Werken von Käthe Löwenthal. Nachdem er sie aufgeschlagen und die ersten Bilder nebeneinandergelegt hatte, lehnte er sich erschöpft an das Regal. „Ich kann es noch nicht mit Bestimmtheit sagen, aber zu diesen Bildern gibt es eine Geschichte. Die hatte ein Malermeister in Stuttgart für Käthe Löwenthal versteckt. Sie sollen nach einem alliierten Bombenangriff 1943 verbrannt sein. Nun liegen sie vor mir. Es ist ... ich finde keine Worte."

Auch Richard Schlick war inzwischen eingetroffen. Er stand verloren und scheinbar ratlos vor der offenen Tür der Baracke, hatte aber offenbar auch nichts von diesem Teil der Sammlung seines Vaters gewusst. Auf der Liste jedenfalls, die Martina Gilde Rieder übergeben hatte, standen sie nicht. Deshalb musste jetzt zunächst jedes Bild katalogisiert werden.

Journalisten hatten über Polizeifunk Wind von der entdeckten Kunstsammlung bekommen und ein Wassertaxi gemietet, um die Insel so schnell wie möglich zu erreichen. Einer fragte, wo es hier WLAN gäbe und erntete von seinen Kollegen lautes Gelächter. Andere hielten ihre Smartphones vor das Gesicht und berichteten für ihre Sender über den Fund von Kloster.

Rieder wusste nicht recht, was er tun sollte. Er hatte sich auf eine der verwitterten Stufen vor dem Eingang des ehemaligen Instituts gesetzt. Dieser Fund hatte wahrscheinlich nichts mit den Morden zu tun, jedenfalls nicht mit den konkreten Ermittlungen. Es war ein Beifang, möglicherweise eher für das Finanzamt interessant, denn Gilde schien richtig professionell mit Bildern gehandelt zu haben, es gab allerdings bisher keine Rechnungen in seinen sichergestellten Unterlagen. Rieders Telefon klingelte. „Polizeihauptmeister Schwarzenberg vom Verkehrsüberwachungsdienst Neumünster. Spreche ich mit Hauptkommissar Rieder von der SOKO ‚Schwarzer Peter'?"

Rieder bestätigte es, sagte aber nichts weiter.

„Wir haben hier Kundschaft für Sie. Eine gewisse Martina Gilde, wohnhaft in Bergen auf Rügen, Ortsteil Buschwitz, und einen Claudius Loth, wohnhaft in Gingst, Markt 3. Wollen Sie die haben?"

„Ja klar, aber wie kommen die beiden zu Ihnen?"

„Herr Loth war zu schnell unterwegs zwischen Lübeck und Timmendorf. Dumm gelaufen."

„Das ist super. Aber wie bekomme ich sie hierher?"

„Sie können ihre Auslieferung beantragen", witzelte Schwarzenberg. „Nee, mal im Ernst. Abholen wäre eine Variante ... Ach so, da ist noch was mit dem Gepäck. Die haben einen Riesenkoffer dabei, der voll ist mit irgendwelchen Bildern. Komische Kunst. Also, ich finde es nicht schön, aber die Frau von Kollegen Fenske macht auf Kunst an der Schule hier. Die hat es sich angesehen und immer wieder aufgeregt gefragt, ob die echt sind."

„Die sind echt. Sind da auch Bilder dabei, die Sie eher schön fänden, so von Strand und Fischern?"

„Nee, nix dabei. Alle hässlich. Aber mir auch egal. Also, wann wird die Ware abgeholt?"

„Ich kläre das."

Rieder lief zu Bökemüller und Podewin. „Gilde und Loth sind gefasst."

Bökemüller atmete auf, Podewin fragte nur: „Wo?"

„In der Nähe von Lübeck."

„Die Stralsunder sollen zwei Wagen der Bereitschaft schicken", schlug Bökemüller vor. „Die freuen sich, eine Tour zu machen und dabei mit Blaulicht über die A 20 zu donnern. Dann sind die beiden heute Abend in Stralsund und das Quartett komplett."

„Mich brauchen Sie doch hier eh nicht", meinte Rieder. „Ich würde nach Stralsund fahren und die Vernehmungen vornehmen. Auch von den Schweden."

„Die Blohm ist auch schon auf dem Weg dahin", sagte Bökemüller.

„Die Blohm?", fragte zweifelnd Podewin. „Ich weiß nicht. Ich finde die Methoden der jungen Dame immer sehr fragwürdig und würde hier nur ungern einen Fehler machen."

„Ich bürge für sie", entgegnete Bökemüller, überraschend für den Staatsanwalt, aber auch für Rieder.

„Nun gut, dann tragen Sie aber auch die Verantwortung, wenn es schiefgeht", stellte Podewin fest und sah dabei Bökemüller mit starrem Blick an. „Mit allen Konsequenzen. Für Frau Blohm, aber auch für Sie."

„Es wird alles korrekt laufen", sprang Rieder seinem Chef bei.

„Ich finde, ein wenig zu viel Korpsgeist hier", zischte der Staatsanwalt und ging davon.

Wenig später zwängte sich Rieder unter dem Absperrband durch. Er wurde von Reportern bedrängt, winkte aber ab. Der Polizeisprecher werde ihre Fragen beantworten. Dann lief er zu Damp, der gerade zwei weitere Mitarbeiter der Spurensicherung vom Hafen abgeholt hatte, die Behm unterstützen sollten.

„Es gibt gute Nachrichten", erklärte er seinem Kollegen und berichtete von den Verhaftungen. „Ich fahre jetzt nach Stralsund, um die beiden zu vernehmen. Vorher muss ich aber noch nach Neuendorf. Vielleicht erinnern sich Charlotte und Gudrun Witt an Loth. Ich zeige ihnen mal sein Bild."

„Und ich?"

„Sie sind der Revierleiter hier und sollten an der Seite von Bökemüller und Podewin bleiben."

Damp verzog das Gesicht und deutete auf die Reporter. „Ich weiß nicht, ob das so eine gute Idee ist."

„Der Mensch wächst mit seinen Aufgaben. Allerdings bräuchte ich den Wagen, bringe ihn aber zurück, bevor ich auf Gebauers Schiff gehe."

Erstaunlicherweise händigte Damp ohne Widerspruch den Schlüssel aus.

Auf dem Weg nach Neuendorf klapperte Rieder die Läden ab, in denen angeblich Martina Gilde am Todestag ihres Mannes gewesen sein wollte. Zu seinem Leidwesen wurde überall ihr Besuch bestätigt. Dann machte er noch kurz Station im Revier, um sich ein Bild von Claudius Loth auszudrucken. Bürgermeister Förster schwang sich gerade aufs Rad, um auch zum Schwedenhagen zu fahren. „Hier ist immer was los", stöhnte er.

„Von wegen Insellage", rief Rieder zurück.

„Ich habe es erst gar nicht mitbekommen. Wir waren auf dem Gellen, um nach den ersten Vogelnestern zu schauen und um zu sehen, ob sich die Kolonie der Kormorane weiter vergrößert. Da unten gibt es natürlich keinen Empfang."

„Oben ist großer Betrieb."

„Bökemüller hat sich schon gemeldet. Er will nachher eine Pressekonferenz veranstalten. Passt mir gar nicht, schafft hier nur Unruhe." Er trat etwas näher an Rieder heran. „Stimmt es, dass du die Insel verlässt und einen Job bei der Polizeidirektion annimmst?"

Rieder schüttelte den Kopf. „Da weißt du mehr als ich", erwiderte er gereizt.

„Bökemüller hat es mir erzählt, als er ..."

„Mit mir hat er jedenfalls nicht geredet", fiel ihm Rieder ins Wort. Er war wütend über seinen Chef, der hinter seinem Rücken versuchte, Tatsachen zu schaffen. Er drehte sich um und ging grußlos davon.

„Ich würde es bedauern", rief ihm Förster hinterher. Doch Rieder reagierte nicht, sondern setzte sich in sein Auto und raste davon.

Im „Strandcafé" war alles dunkel. Rieder klopfte. Doch es rührte sich nichts. Er lief einmal um das ganze Haus, schaute durch die Fenster, doch nirgendwo war Charlotte zu sehen. Er holte sein Handy raus und wählte Charlottes Nummer. Sofort meldete sich die Mailbox. Rieder wurde unruhig. Er versuchte Gudrun Witt zu erreichen, doch auch ihr Telefon war abgeschaltet. Rieder überlegte kurz. Dann fuhr er zurück bis zum Schabernack. Bei Witts brannte Licht. Rieder atmete auf. Heiner Witt öffnete die Tür und trat heraus. Offenbar war er gerade dabei, sich zu rasieren. Mit einem Handtuch wischte er sich Schaum aus dem Gesicht. „Hallo!", grüßte er kurz. „Was wollen Sie schon wieder? Ich dachte, die Sache hätte sich erledigt."

„Ich suche eigentlich Charlotte und wollte auch zu ihrer Frau. Sie müssten eine Person identifizieren, die sich vielleicht mal mit Kempe im ‚Strandcafé' getroffen hat. Mehr nicht."

„Da müssen Sie nach Stralsund fahren. Gudrun ist mit Charlotte und dem Rettungshubschrauber los."

Rieder stockte der Atem. Ein Druck legte sich auf seine Brust „Wieso?"

„Wohl Probleme mit dem Kind. Möselbeck war da und hat sofort den Hubschrauber geholt."

„Schlimm?" Rieder spürte, wie sein Herz vor Aufregung raste.

Heiner Witt zuckte mit den Schultern. „Keine Ahnung. Ich hab' geschlafen. Gudrun hat mir nur einen Zettel hingelegt."

Rieder wankte kurz. Die Plastikhülle mit dem Foto Loths fiel ihm aus der Hand. Witt ging auf ihn zu und hob das Foto auf.

„Geht's Ihnen nicht gut?"

„Doch, doch." Rieder atmete mehrfach tief durch, während sich der Fischer das Bild anschaute. „Ist das der Typ?" Er gab dem Polizisten das Bild zurück. Rieder nickte.

„Den habe ich gesehen. Vor ein paar Tagen. In einem Boot am Schwarzen Peter."

37

Vom Stralsunder Hafen war es nicht weit bis zur Hanseklinik. Rieder ging zur Rezeption und fragte nach Charlotte.
„Sind Sie ein Angehöriger?", fragte ihn die junge Frau am Schalter.
„Ich bin der Vater des Kindes." Rieder wunderte sich, wie flüssig ihm diese Worte über die Lippen gingen.
Die Frau tippte Charlottes Namen in den Computer und schüttelte dann den Kopf. „Also, Frau Dobbert hat Sie nicht als Vater angegeben. Als einzige Kontaktperson ist nur eine Frau Witt, Gudrun registriert." Sie sah ihn an. „Tut mir leid, aber dann darf ich Sie nicht zur Patientin lassen."
Rieder fuhr sich mit seiner Hand über das Gesicht. „Ich will nur wissen, wie es ihr geht. Wir hatten ein paar Probleme, aber …"
„Da kann ich Ihnen nicht helfen. Das kommt hier immer wieder vor bei schwangeren Frauen. Plötzlich überkommt die Männer die Reue. Aber das Wohl der Patientinnen geht vor."
Dabei sah sie ihn mit scharfem Blick an. Rieder überlegte kurz, ob er seinen Dienstausweis ziehen sollte, um sich Zugang zu verschaffen. Immerhin gab es sogar einen dienstlichen Anlass. Aber er verzichtete dann darauf. Er drehte sich um und ging.
Rieder lief am Ufer des Strelasund zum Stadtzentrum. Er wollte seine Gedanken sammeln. Charlotte hatte eine endgültige Entscheidung getroffen, und er musste sie akzeptieren. Er würde keine Rolle im Leben seines eigenen Kindes spielen. Dass er selbst schuld daran war, wusste er. Im Moment lastete der Verlust jedoch schwer auf ihm. Er spürte, wie sich in ihm eine unendliche Traurigkeit breitmachte. Er setzte sich am Hiddensee-Anleger auf eine Bank und schaute in die Weite. Irgendwann zuckte er mit den Schultern. Vielleicht nicht seine Seele, aber sein Kopf schien sich mit der Situation abgefunden zu haben. Er stand wieder auf und ging weiter. Sein Handy klingelte. Irgendwie hoffte er, dass es

Charlotte sein würde. Doch das Display zeigte die Nummer der Stralsunder Einsatzzentrale.

„Wir haben das gesuchte Boot von Frau Puffe gefunden", meldete der Diensthabende. „Es liegt im Yachthafen an der Seestraße." Dort war er doch gerade gewesen. Er sah sich um. Rechts vom Hiddensee-Anleger befand sich eine Marina. Auf der Seeseite hatte an einem Poller ein Polizeiboot festgemacht und Blaulicht eingeschaltet. „Ich sehe die Kollegen."

Einer von Gebauers Kollegen begrüßte ihn auf dem Steg. Kein Zweifel. Es war die „Mandy". Rieder hatte zwar keine große Ahnung von Booten, sah aber sofort, dass es sich um eine recht neue Yacht handeln musste. Er bat um Latexhandschuhe und Füßlinge und wollte gerade das Schiff betreten, als am Eingang zum Seglerhafen ein Fahrzeug parkte und Nelly Blohm ausstieg.

„Wie kommst du hierher?", fragte Rieder überrascht, als sie am Boot angekommen war.

„Polizeifunk abhören ist mir noch erlaubt." Dabei lächelte sie ein wenig. „Schon was gefunden?"

„Ich wollte gerade mal reinschauen."

Nelly ließ sich auch mit Schutzkleidung ausstatten und folgte Rieder an Bord der Yacht. In der Kabine gab es keine persönlichen Sachen von Mandy Puffe. Keine Kleidung. Keine Papiere. Nelly stutzte. „Der Zündschlüssel steckt."

Rieder drehte sich zu ihr. Seine Kollegin war schon dabei, die Aggregate anzuschalten. „Der Tank ist ziemlich leer", verkündete sie. Rieder wusste nicht, was er mit dieser Information anfangen sollte, und setzte die Untersuchung der Kabine fort. Auf dem Boden glänzte etwas. Er hockte sich hin und hob einen goldfarbenen Span auf. „Könnte von einem Bilderrahmen stammen." Nelly nickte, zog eine Asservatentüte heraus, und Rieder ließ den Fund hineinfallen. „Hier an der Treppe sind auch Schleifspuren und Kratzer."

„Mit dem Boot könnten die verschwundenen Bilder transportiert worden sein", stellte Nelly fest. „Aber ..." Sie verstummte, kletterte an Deck und sah sich dort um. „Sie muss doch einen Helfer gehabt haben, oder wie soll sie sonst die Bilder von hier weggebracht haben?"

„Stimmt", bestätigte Rieder. „Ihr Auto steht noch in Schaprode. Das haben wir schon überprüft."

„Also müssen wir ihr Umfeld abklappern", meinte Nelly.

„Gute Idee. Nur haben wir das bisher noch nicht geschafft. Wer soll es machen? Zwei von der SOKO sind hier, der Rest der Stralsunder und Rüganer Polizisten sortiert Bilder auf Hiddensee. Wir müssen weiter auf die Fahndung hoffen und dass vielleicht doch Martina Gilde etwas weiß oder zugibt."

„Träum weiter", entgegnete Nelly. „Ich könnte ja mal ..."

Rieder schüttelte den Kopf. „Vergiss es. Schreib einen schönen Antrag an Podewin, dass wir ihre Verbindungsdaten bekommen. Ganz offiziell."

Nelly verdrehte die Augen. „Spielverderber!"

Rieder bat die Wasserschutzpolizisten, das Boot zum Anleger an der Dänholmstraße zu bringen. Dort gab es ein altes Werftgelände, das die Polizei als Werkstatt für ihre Boote nutzte und dort auch kriminaltechnische Untersuchungen durchführte. Dann fuhr er mit Nelly zur Polizeidirektion, wo sie gemeinsam die Vernehmungen der beiden Schweden, später dann auch von Martina Gilde und Claudius Loth durchführen sollten.

„Ist der Dolmetscher schon da?", fragte Rieder den Diensthabenden.

„Er ist vor einer halben Stunde gekommen. Einen Pflichtverteidiger gibt es auch. Die Polizei von Malmö macht Druck, die beiden schnell zu bekommen."

„Jetzt sind sie erst mal bei uns."

„Das würden sie wohl auch gern bleiben, jedenfalls will dieser Malmström unbedingt mit dem Staatsanwalt reden."

„Alles zu seiner Zeit." Rieder wollte so schnell wie möglich mit der Befragung beginnen, doch Nelly hielt ihn zurück und zog ihn in eine Ecke des Reviers.

„Ich muss dir noch was sagen." Sie schaute sich um, damit sie auch wirklich keiner hören konnte. „Sie könnten mich beim Einbruch in Gildes Haus in Buschwitz gesehen haben", flüsterte sie.

„Wie kommst du denn darauf?"

„Ich habe ihren Weg über die Daten ihrer Funktelefone verfolgt. Sie waren in Buschwitz."

„Wie hast du die Daten so schnell bekommen?", fragte Rieder.

„Die haben doch bestimmt einen schwedischen Provider."

Nelly verdrehte die Augen. Rieders Augen funkelten wütend. „Bist du nicht bei Trost!", zischte er. „Du hast dir wieder illegal Daten besorgt. Reicht nicht, was du sonst schon verbockt hast?" Rieder war fassungslos. „Da musst du jetzt durch. Bökemüller hat angewiesen, dass du bei den Vernehmungen dabei sein sollst."

Malmström wartete unten im Vernehmungszimmer. Jeweils zwei Beamte des Mobilen Einsatzkommandos mit übergezogener Skimaske und Maschinenpistole standen Wache vor und im Raum.

„Was soll das denn?", fragte Rieder unwirsch. „Wir haben hier doch keinen Terroristen gefasst."

„Anweisung von Podewin", informierte ihn Nelly.

Im Flur warteten Dolmetscher und Anwalt. Beide schienen sich ziemlich unwohl zu fühlen. Rieder begrüßte sie nur mit einem Kopfnicken. Malmström sah kurz auf, als Rieder und Blohm das Zimmer betraten. Sonst rührte er sich nicht. Dolmetscher und Anwalt nahmen neben ihm Platz. Rieder diktierte in das Aufnahmegerät Zeit, Datum, Namen des Verdächtigen und der Vernehmenden.

Bevor Rieder die erste Frage stellen konnte, meldete sich der Anwalt. „Herr Malmström möchte gern einen Deal anbieten", verkündete er. Der Übersetzer flüsterte leise in Malmströms Ohr. Rieder schaute den Anwalt an, sagte aber nicht gleich etwas. Er sah kurz zu Nelly. Dann klappte er die vor ihm liegende Akte auf und tat so, als würde er den Fahndungsaufruf von Interpol noch einmal überfliegen.

„Was stellt sich denn Herr Malmström vor? Wenn ich das hier so lese, müsste es schon ein sehr großzügiges Angebot sein."

„Gegen umfassende Aussage die Zusicherung, nicht nach Schweden ausgeliefert zu werden."

„Umfassende Aussage?", wiederholte Rieder. „Momentan liegt gegen Herrn Malmström und Herrn Berglund der Verdacht auf Einbruch vor. Möglicherweise, wenn wir mit Frau Gilde und Herrn Loth gesprochen haben, kommt dazu noch Erpressung." Rieder klappte die Akte wieder zu. „Damit werde ich kaum das Auslieferungsbegehren abweisen können, denn alles, was hier steht, wiegt schwerer."

Malström flüsterte dem Anwalt etwas zu. Der Dolmetscher übersetzte es. „Er würde die Hintermänner nennen, die ihn beauftragt haben."

„Sie meinen den Bauunternehmer Knud Persson?", ließ sich Nelly vernehmen, und Malmström klappte die Kinnlade bei Nennung des Namens herunter. Auch Rieder war überrascht, woher Nelly ihn wusste, ahnte es aber. Von Vorsicht keine Spur. Nelly bemerkte ihren Fehler und biss sich auf die Lippe.

„Gut", meinte Rieder daraufhin. „Das reicht dann wohl nicht für einen Deal, oder haben Sie sonst noch was, Herr Malmström? Zum Beispiel, warum Sie eigentlich Frau Gilde und Herrn Loth verfolgt und bedroht haben? Oder kennen Sie den oder die Mörder von Werner Gilde und Hans Kempe?"

Die Frage wurde übersetzt. Beim Wort „Mörder" wurde Malmström unruhig, rutschte auf dem Stuhl hin und her und machte mit einem Arm eine abwehrende Handbewegung. „Nein, nein", antwortete er auf Deutsch. „Ich nicht Mörder."

„Wer dann?"

„Ich nicht Mörder", wiederholte er wieder. Dann sprach er hektisch auf Schwedisch weiter. Der Dolmetscher bat ihn, langsamer zu sprechen, damit er seine Worte simultan übertragen könne. Rieder verstand so viel, dass sie wegen irgendwelcher Bilder von Persson nach Deutschland geschickt worden waren. Sie sollten das Geld von den Verkäufern zurückholen, weil es sich um Fälschungen handeln würde. Dann hörten die Polizisten die Namen Büchsel, Arnheim und Wolfthorn.

„Um welche Summe handelt es sich?"

„Einhundertfünfzigtausend Euro", erklärte jetzt wieder auf Deutsch Malmström selbst. „Für Berglund und mich fünfzehntausend. Finderlohn. Aber nicht Mörder."

Rieder bat, Malmström zu fragen, ob er wisse, wer Persson die Bilder verkauft habe.

„Loth", antwortete Malmström, ohne die Übersetzung abzuwarten.

„Und warum waren Sie dann auf Hiddensee", hakte Nelly nach, „und auch …?" Sie bemerkte ihren erneuten Fehler. Auch das konnte sie nur durch die illegalen Telefondaten wissen. Rieder starrte nach unten, aber sie hörte, wie er mit den Zähnen knirschte.

„Und was?", mischte sich der Anwalt ein.

„Gingst … meinte ich", brachte Nelly stockend hervor.

Malmström machte ein Zeichen, etwas sagen zu wollen. „Ich habe mit Berglund einen Einbruch beobachtet, in Buschwitz", übersetzte der Dolmetscher. „In das Haus von Frau Gilde. Jemand hat die Tür geknackt und ist dann rein."

Nelly trat der Schweiß auf die Stirn.

„Haben Sie die Person erkannt?", fragte Rieder.

Malmström schüttelte den Kopf.

„Würden Sie bitte antworten, damit wir das aufzeichnen können?"

Der Schwede tat es.

„Es gab tatsächlich einen Einbruch in das Haus von Frau und Herrn Gilde in Buschwitz", erklärte Rieder. „Wie wollen Sie beweisen, dass Sie nicht selbst eingebrochen sind, Herr Malmström?"

Der sah Rieder verdutzt an, nachdem der Dolmetscher die Frage übersetzt hatte. Auch Nelly war erstaunt.

„Die Frage ist auch, was Sie in Buschwitz von Frau Gilde wollten?"

„Sie war die Besitzerin der Bilder", erwiderte Malmström, „Loth nur der Dealer. Wir wollten das Geld zurück."

„Ich werde mit der Staatsanwaltschaft reden und ihn über Ihre Aussage informieren. Er wird dann entscheiden", beendete Rieder das Verhör. Malmström wurde abgeführt. „Schreib das Band ab."

„Und Buschwitz?"

„Er hat dazu was gesagt und ich ihm meinen Verdacht mitgeteilt. Was soll also mit Buschwitz sein? Schreib drunter eine Zusammenfassung. Unsere Empfehlung am Ende: Auslieferung, Tatbestände auf deutschem Hoheitsgebiet zu geringfügig."

„Und die Vernehmung von Berglund?"

„Stell ihm dieselben Fragen und dann das gleiche Prozedere. Schön wäre, wenn du nur Informationen verwendest, die wir im Zweifelsfall auch vor Gericht anbringen können. Schreib das Protokoll der Vernehmung aus und sende es an die Staatsanwaltschaft. Gleiche Botschaft. Wir befürworten die Auslieferung." Rieder stand auf. „Wir sehen uns, wenn Gilde und Loth da sind. Die Frau hat Vortritt."

Nelly nickte unsicher.

Rieder ging in die Kantine. Er dachte noch einmal über die Vernehmung nach. Mit Nelly zukünftig zusammenarbeiten zu müssen, wäre ein Ritt auf der Rasierklinge. Sie war eine gute Polizistin, aber überschritt immer wieder die Grenzen des Gesetzes. Darauf konnte er gut und gern verzichten.

In der Kantine lief im Fernsehen gerade die Pressekonferenz der Polizei auf Hiddensee. Neben Bökemüller standen Richard Schlick, Bürgermeister Förster und Gerd Richnow. Im Hintergrund überragte Damp die Gruppe und machte ein ernstes Gesicht. Er hatte offenbar noch schnell wieder die alte grüne gegen die neue blaue Polizeiuniform getauscht. Der Polizeidirektor verkündete die Entdeckung des Bilderschatzes mit Werken der Malerinnen des Hiddenseer Künstlerinnenbundes. Natürlich müsse geprüft werden, ob es einen Zusammenhang mit den Morden an Werner Gilde und Hans Kempe gäbe und ob die Bilder auf legalem Weg von dem Unternehmer erworben worden seien. Dazu würden jetzt alle Kunstwerke registriert und mit den Meldungen beim Deutschen Zentrum für Kulturverluste verglichen werden. Bis zur Klärung würde der Bestand unter Verschluss der Ermittlungsbehörden bleiben. Die Polizei würde dafür sorgen, die Bilder in ein Depot zu bringen, in dem auch eine sachgemäße Lagerung möglich wäre. Dann war Richard Schlick an der Reihe. „Ich bin überzeugt, dass mein Vater diese Bilder legal und rechtmäßig erworben hat. Er war ein großer Verehrer der Künstlerinnen, die hier vor 1933 auf der Insel tätig waren. Ihm ging es um den Erhalt dieser Kunst von Malerinnen, deren Namen zum Teil längst vergessen sind. Wir, die Hinterbliebenen, werden weiter den Plan verfolgen, hier auf dem Schwedenhagen im ehemaligen Institut der Universität Greifswald eine Dauerausstellung mit diesen Bildern aufbauen zu können. Natürlich beugen wir uns Recht und Gesetz. Wir werden alle Maßnahmen unterstützen, die Herkunft dieser Bilder aufzuklären."

Rieder zweifelte, ob das Martina Gilde auch so sehen würde. Aber das würde er sie bald selbst fragen können.

Mittlerweile durfte Bürgermeister Förster sein Glück über den Fund verkünden und sich auf das zukünftige Museum freuen. Zuletzt trat Gerd Richnow an das Mikrofon. „Es ist eine einmalige Sammlung, die ich heute hier erblicken durfte", verkündete der Kunstexperte mit belegter Stimme. „Der Hiddenseer Künstlerinnenbund war ein einmaliger Zusammenschluss von Malerinnen, außerhalb von den Großstädten. Diese Frauen zogen mit Staffelei und Malutensilien in die wunderbare Natur dieser Insel und fingen auf eine einmalige, unbeschreibliche Weise Küste, Meer und Landschaft ein, aber auch das schwere Leben der Fischer auf Hiddensee. Diese Sammlung darf auf keinen Fall zerrissen werden. Nur das Gesamtwerk zeigt die Einzigartigkeit dieser Künstlerverbindung. Ich freue mich, viele Aquarelle, Zeichnungen und Gemälde heute gesehen zu haben, die als verschollen galten. Hier", Richnow deutete auf die Baracke hinter sich und das Kameraauge schwenkte dahin, „ist wieder durch Werner Gilde vereinigt worden, was durch die Stürme der Zeit nach 1933 getrennt worden ist."

Danach wurde die Übertragung unterbrochen. Rieder versuchte noch einmal Gudrun Witt zu erreichen, landete aber wieder auf der Mailbox. Bei Charlotte selbst wollte er es nicht versuchen. Als er aus dem Fenster sah, fuhr gerade ein Polizeikonvoi auf den Hof. Aus den Streifenwagen stiegen Martina Gilde und Claudius Loth. Beide in Handschellen. Wenig später saß ihm die Frau mit ihrem Anwalt gegenüber. Sie hatte ihren Stolz nicht verloren, wirkte aber müde. „Darf ich erfahren, warum ich hier so gedemütigt werde?"

„Wir machen unseren Job, Frau Gilde", antwortete Rieder. „Ihre Flucht von Hiddensee, die vorhandene Spurenlage und neue Erkenntnisse ließen uns keine Wahl."

Nelly kam herein. Sie schleppte einen großen Koffer und stellte ihn neben den Tisch.

„Gut, dann können wir anfangen", teilte Rieder mit. „Warum haben Sie Hiddensee verlassen?"

„Ich brauchte Abstand."

„Dazu nimmt man aber nicht den halben Haushalt mit." Nelly stand auf, wuchtete den Koffer auf den Tisch und klappte ihn auf. Darin befanden sich die Bilder von Lyonel Feininger aus dem Arbeitszimmer ihres Mannes. „Nach vorsichtigen Schätzungen liegt der Wert bei knapp einer Million Euro. Keine schlechte Reisekasse."

Gildes Gesicht erstarrte. „Von irgendetwas muss ich auch leben ...", stieß sie hervor, wurde aber sofort von Rieder unterbrochen.

„Sie wussten also von den Verfügungen im Testament Ihres Mannes."

Sie wandte sich an ihren Anwalt. „Muss ich auf diese Frage antworten?"

„Sie müssen nichts beantworten, was Sie selbst belastet."

„Da hören Sie es, Herr Rieder. Also halte ich den Mund."

„Gehen wir mal chronologisch vor. Beginnen wir mit dem Tag, an dem Ihr Mann getötet wurde. Ihre Angaben zu Ihrer Shoppingtour wurden alle bestätigt", erklärte Rieder. „Anders sieht es mit Ihrem Spaziergang durch das Hochland von circa 17 Uhr bis 18.30 Uhr aus. Wir haben allerdings einen Tunnel unter Ihrem Haus gefunden. Wir können davon ausgehen, dass Sie ihn kennen. Über diesen unterirdischen Gang könnten Sie das Haus betreten haben, ohne gesehen zu werden, und ihrem Mann die Schlange ins Bett gelegt haben."

Martina Gilde verzog angeekelt das Gesicht. „Glauben Sie wirklich, dass ich eine Schlange anfassen würde? Auf keinen Fall. Und fragt man nicht eigentlich nach dem Motiv als Polizist?"

„Das Testament ...", warf Rieder ein.

„... war schon unterschrieben und beglaubigt." Sie deutete mit dem Kopf zu ihrem Anwalt. „Er war selbst dabei und hat es mir noch am gleichen Tag mitgeteilt. Ich wusste also, was auf mich zukam. Damit hätte es sich nicht gelohnt, Werner zu töten. Oder sehen Sie das anders, Herr Rieder?" Sie lächelte ihn an. Rieder war ein wenig irritiert. „Sie sind auf dem Holzweg. Die Wahrheit ist nicht schön, aber ändern kann ich es sowieso nicht mehr." Sie atmete tief ein, als müsse sie Kraft sammeln. „Als mein Mann vergiftet wurde, habe ich mit Claudius Loth geschlafen. Wir haben uns kurz vor fünf im ‚Hitthim' getroffen. Zeugin ist die Empfangsfrau, Frau Budde. Sie hat mich kommen und gegen halb sieben auch wieder gehen sehen. Dazwischen waren wir intensiv miteinander beschäftigt."

Rieder unterbrach die Vernehmung und bat Nelly, die Angaben zu überprüfen. In der Zwischenzeit versuchte er erneut Gudrun Witt zu erreichen, aber das Telefon war immer noch abgeschaltet.

Nelly nickte ihm zu, als sie zurückkam. „Stimmt. Sie war genau in der Zeit dort. Von dem Zimmer aus hätte sie auf jeden Fall an Frau Budde vorbeigemusst oder aus dem zweiten Stock springen müssen. Pech gehabt."

Rieder zuckte mit den Schultern. Sie gingen wieder zurück. Rieder sammelte sich kurz. „Ihr Alibi wurde bestätigt."

Martina Gilde nahm es ohne Regung zur Kenntnis. „Dann können wir das hier ja beenden."

„Nicht so schnell. Vielleicht können Sie uns helfen, den Mörder Ihres Mannes zu finden."

„Wie sollte ich?"

„Wir haben einen Zeugen, der an besagtem Nachmittag auch in

Ihrem Haus war und dort gesehen hat, dass der Zugang zu dem Tunnel offen war. Wie gesagt, darüber könnte der Mörder …"

„Darf ich mal fragen, wer dieser Zeuge ist?", wurde Rieder von Martina Gilde unterbrochen. „Da haben Sie doch möglicherweise Ihren Mörder."

„Der Mann heißt Björn Just. Er wollte mit Ihrem Mann sprechen und ihm die Rückgabe einiger Bilder anbieten."

„Der verrückte Björn? Was ist das denn für eine krude Geschichte?!", empörte sich die Witwe. „Warum muss ich mir hier überhaupt Ihre Fragen und Verdächtigungen gefallen lassen, wenn Sie einen Täter haben mit diesem Björn?"

„Wer sagt, dass er verdächtig ist?"

„Wenn er über die Tatzeit dort war", warf jetzt der Anwalt ein.

„Können wir erst mal zum Ausgangspunkt zurückkehren? Wer wusste von dem Tunnel unter Ihrem Haus?"

„Nur Werner und ich. Natürlich auch die Bauleute, die ihn saniert und ausgebaut haben. Wir haben damals bewusst eine Firma von auswärts genommen, damit es auf der Insel nicht bekannt wurde. Werner kannte den Tunnel durch den früheren Wirt des ‚Hitthim', der ihn durch Zufall kurz nach dem Krieg entdeckt hatte, als er die Küche umbauen wollte und dabei eine Wand einstürzte. Dahinter befand sich der Tunnel. Früher sollen ihn die Mönche der Insel genutzt haben. Jedenfalls hat ihn Werner erkundet und nutzte ihn eine ganze Weile mit dem Wirt, um Schmuggelware vom Bodden auf die Insel zu bringen …"

„… und auch die Bilder Ihres Mannes", ergänzte Rieder.

„So ist es. Aber dann wurde der Gang irgendwann zugemauert. Doch Werner kannte noch den Einstieg am Schwedenhagen, genau unterhalb des Hauses. Darüber hat er immer seine Bilder von seinem Boot ins Haus gebracht. Er wollte keine Zeugen für seine Geschäfte."

„Damit werden sich noch meine Kollegen beschäftigen, ob da beim Erwerb der Bilder alles mit rechten Dingen zugegangen ist. Haben Sie über den Tunnel auch die Feininger-Bilder", Rieder deutete auf den Koffer, „aus dem Haus gebracht?"

„Nein. Da hätten wir uns mit dem schweren Ding doch die Knochen auf der Wendeltreppe gebrochen. Lebensmüde bin ich nicht."

„Wie dann?"

„Claudius Loth hat ihn schon vorgestern mit einem Wassertaxi nach Wiek gebracht, für alle Fälle."

„Zeugen?"

„Fragen Sie den Kapitän des Wassertaxis ‚Pirat'."

Rieder verzichtete darauf. „Wer könnte sonst ein Motiv haben, Ihren Mann auf diese seltsame Art zu ermorden? Mit einer Kreuzotter?"

„Björn Just hätte doch ein Motiv. Sie kennen doch bestimmt die Geschichte, wie sein Onkel umgekommen ist."

Rieder schüttelte den Kopf. „Ich glaube ihm, dass er zwar im Haus war, aber nicht Ihren Mann ermordet hat. Was sagt Ihnen der Name Mandy Puffe?"

„Wie? Wer?" Martina Gilde war völlig verdutzt. „Wer soll das sein?"

Rieder zog ein Foto hervor, was ihm mit viel Mühe die Stralsunder Beamten besorgt hatten. Die Witwe schaute darauf. „Diese Frau kenne ich nicht."

„Sie könnte gestern über den Tunnel in ihr Haus eingedrungen sein, um ein paar Bilder zu entwenden. Vielleicht gemeinsam mit Ihnen oder mit Ihnen und Herrn Loth? Ihre Tasche lag im Geheimgang. Ihr Boot haben wir hier in Stralsund gefunden. Allein wird sie die Bilder nicht weggetragen haben. Aber vielleicht hat sie auch Ihren Mann getötet, denn offensichtlich kannte sie den Weg."

„Warum?"

„Sagen Sie es mir."

„Wie gesagt, ich kenne sie nicht."

„Sie hat ein Buch über die Malerinnen des Hiddenseer Künstlerinnenbunds geschrieben und dabei auch viele Bilder erwähnt, die in Ihrem Haus hängen."

Martina Gilde zuckte mit den Schultern. „Viele der Bilder sind bekannt, früher schon irgendwo abgebildet worden. Werners

Sammelleidenschaft für Bilder von Büchsel, Arnheim und Lehmann war bekannt. Außerdem hat er auch immer mal Leihgaben für Ausstellungen oder Museen zur Verfügung gestellt. Davon gibt es Kataloge, Bücher und was weiß ich. Kann ich jetzt gehen?"

„Wo waren Sie letzte Nacht?"

„Erst in Buschwitz, aber da war jemand ins Haus eingebrochen, und wir hatten Angst …"

„… vor Malmström und Berglund."

Sie wand sich ein bisschen. „Ja, die beiden haben uns verfolgt, waren gestern Morgen auf Hiddensee wegen der blöden Bilder, sind dann aber wieder abgefahren. Von Buschwitz sind wir nach Stralsund und haben übernachtet." Sie nannte den Namen eines Hotels in der Innenstadt. Nelly ging aus dem Raum, kam nach wenigen Minuten wieder. „Stimmt!", bemerkte sie nur.

„Dann könnten Sie sich ja im Hafen mit Mandy Puffe getroffen und die Bilder übernommen haben."

„Ich kenne Frau Puffe nicht!", brauste Martina Gilde auf. „Ich habe auch nichts mit diesem Diebstahl der Bilder aus meinem Haus zu tun. Haben Sie mich verstanden?"

Rieder machte eine beruhigende Geste. Martina Gilde stand auf und wanderte im Zimmer umher. „Ich habe seit gestern Abend durchweg im Auto gesessen. Mein Rücken streikt."

„Gut", meinte Rieder nur. „Kommen wir zum nächsten Fall. Zu Hans Kempe. Waren Sie am Mord Kempes beteiligt?"

„Nein", antwortete die Frau.

„Herr Loth ist möglicherweise am Tag des Mordes am Schwarzen Peter gesehen worden. Wir haben dafür einen Zeugen."

„Dann muss ich ja nicht auch da gewesen sein", entgegnete sie schnippisch. „Wenn ich mich recht erinnere, war es der Tag der Beerdigung. Nach Ihrem Besuch habe ich das Haus nicht mehr verlassen."

„Zeugen?"

„Um welche Zeit handelt es sich?"

„20 bis 22 Uhr."

„Da war Frau Witt bei mir. Ich hatte sie gebeten, das Haus aufzuräumen. Ich fühlte mich dazu nicht in der Lage. Sie konnte auch erst so spät kommen; sie wollte warten, bis ihr Mann auf See war und musste dann noch einen Besuch machen. Ich schätze, Herr Rieder, Sie wissen, bei wem sie war."

Rieder räusperte sich kurz, sagte aber nichts „Soll ich das überprüfen?", fragte Nelly. Er schüttelte den Kopf. „Gudrun Witt ist momentan nicht zu erreichen."

Seine Kollegin schaute ihn überrascht an. „Sie ist im Krankenhaus hier in Stralsund."

„Verletzt?", fragte Nelly besorgt.

„Nein, eine Art Krankenbesuch."

„Hat Ihre Ex-Freundin *Ihr* Kind bekommen?", mischte sich Martina Gilde hämisch ein.

„Das steht hier nicht zur Debatte."

„Ich denke, Sie sollten sich nicht auf ein hohes moralisches Pferd setzen", schob Martina Gilde noch nach. „Wer im Glashaus sitzt ..."

„Ich habe allerdings niemanden ermordet ..."

„... das habe ich auch nicht", unterbrach ihn Martina Gilde wütend.

„... oder eingebrochen. Wenn Sie mich den Satz beenden lassen würden ... Denn für Ihren Einbruch in Kempes Haus gibt es nun eindeutige Beweise."

Die Frau lehnte sich zurück. „Ein Einbruch ohne Erfolg."

„Das sagen Sie."

„Können Sie das Gegenteil beweisen?"

„Mich würde eher interessieren, was Sie dort wollten."

„Wir wollten die Bilder aus Werners Sammlung zurückholen, die Kempe kopiert hatte ..."

„... um sie an Knud Persson zu verkaufen."

„Stimmt. Ich ahnte, dass Sie ziemlich schnell einen Zusammenhang herstellen würden, wenn sie die Originale und die Kopien finden würden. Anders als ihr Kollege Damp können Sie eins und eins zusammenzählen."

„Danke für die Blumen. Aber damit gerät ihr Freund Loth ziemlich ins Fadenkreuz. Hat er sich mit Kempe getroffen, um die Bilder zurückzufordern, oder hat er einen lästigen Zeugen für ihre krummen Geschäfte beseitigt?"

„Das müssen Sie ihn selbst fragen. Für mich ist ab hier Ende der Durchsage. Ab jetzt verweigere ich jede weitere Antwort."

Sie sah zu ihrem Anwalt. „Ich sehe auf Grund der freiwilligen Kooperation meiner Mandantin und auch mit Blick auf das vorgeworfene Vergehen keinen Grund, Frau Gilde hier weiter festzuhalten", erklärte er.

Rieder ging darauf nicht ein, sondern wandte sich noch einmal an Martina Gilde. „Wussten Sie eigentlich von den Bildern in dieser Baracke auf dem alten Gelände der Uni Greifswald?"

„Natürlich. Ich habe auch vorhin im Radio auf der Fahrt hierher die Nachrichten gehört. Werner war wie ein Besessener, süchtig nach diesen Bildern."

„Das hat uns Professor Richnow auch schon berichtet", hakte Rieder ein.

„Der muss es ja wissen. Er war oft bei Werner und hat sich seine Trophäen angesehen. Wenn Werner irgendwo ein Bild entdeckte von Büchsel und Co., musste er es haben. Deshalb hielt er ja auch nur den Handel mit Kempe aufrecht. Er ließ die Bilder des Künstlerinnenbundes fälschen, um mit dem Geld wieder neue Bilder zu kaufen. Einmal hätte er sogar beinahe eine von Kempes Kopien gekauft. Vom Inselblick, diesem Motiv gibt es Hunderte. Aber Hans hatte alle Fälschungen markiert. Nachher hat er leider in seiner Qualität nachgelassen, sonst wäre uns Persson nicht draufgekommen und hätte uns seine Türsteher geschickt. Nun kann sich Richard wenigstens nicht nur als Retter der Backmischungen und Tütensuppen aufspielen, sondern auch als Retter der Kunst. *C'est la vie.*"

Rieder schlug die Akte zu. „Ich denke, Staatsanwalt Podewin wird ihre Freilassung anordnen, sobald er wieder hier ist. Ich werde ihn über das Ergebnis der Vernehmung informieren und auch dafür plädieren."

Dann klingelte sein Telefon. Er erkannte die Nummer von Gudrun Witt. Er nahm ab und bat sie, einen Moment zu warten. „Frau Blohm regelt den Rest." Dann ging er auf den Flur. „Ich wollte dir nur sagen, dass du Vater einer Tochter geworden bist. Sophie. Mutter und Kind sind wohlauf. Charlotte wollte es nicht. Aber …"

„Danke", sagte Rieder und legte auf.

38

Rieder lag auf einem Feldbett in einem der Bereitschaftsräume. Nelly hatte ihm zwar angeboten, bei ihr in Bergen zu übernachten, aber Rieder hatte abgelehnt. Im Revier fand er allerdings keinen Schlaf. Er wälzte sich hin und her. Manchmal tauchte er ein paar Minuten weg, aber immer wieder drängten die Ereignisse der letzten Tage aus seinem Unterbewusstsein vor seinem geistigen Auge auf und ließen ihn aufwachen. Charlotte erschien ihm immer wieder. Nach Gudruns Anruf hatte er kurz überlegt, sofort in die Klinik zu fahren, sich aber dann dagegen entschieden. Er hatte Charlotte etwas auf die Mailbox sprechen wollen, doch nicht die richtigen Worte gefunden.

Am Abend hatte er noch Claudius Loth vernommen. Der hatte zwar alle Angaben seiner Geliebten, Martina Gilde, bestätigt, allerdings konnte er kein überprüfbares Alibi für die Zeit des Mordes an Hans Kempe vorweisen. Loth behauptete, zwei Tage vorher mit seinem Boot am Schwarzen Peter gewesen zu sein, um sich mit Kempe zu treffen, aber der wäre nicht gekommen. Danach sei sein Schiff kaputtgegangen und läge nun in Wiek auf der Werft. Dort erreichten sie niemand mehr, da es schon fast Mitternacht war, und so blieb Loth in Haft. Martina Gilde hatte dagegen das Polizeirevier als freie Frau verlassen.

Einigermaßen interessant waren noch Loths Auskünfte, wie er auf die Idee mit dem Handel mit den Fälschungen gekommen war. Schon sein Vater hatte als Galerist mit Gilde Geschäfte gemacht, ihm Bilder verkauft, aber auch für den Unternehmer Verkäufe organisiert. Gegenüber seinem Sohn hatte er immer wieder den Verdacht geäußert, dass die Bilder nicht alle echt gewesen sein konnten, die ihm von Gilde angeboten worden wären. Aber Gilde habe einen Experten bei der Hand gehabt, der die Echtheit gegenüber möglichen Käufern der Bilder immer bestätigt hätte. Rieder fragte nach dem Namen dieses Mannes, doch Loths Vater hatte das Geheimnis mit ins Grab genommen und zuvor alle Unterlagen dazu vernichtet.

Rieder schaute aus dem Fenster. Langsam graute der Morgen draußen. Es schien ein schöner Tag zu werden. Rieder wünschte sich dringend eine Pause, um seine Gedanken zu ordnen. Bis auf Mandy Puffe waren ihnen alle Verdächtigen abhandengekommen. Von ihr gab es weiter keine Spur. Es klopfte. Der Diensthabende trat in den Raum. „Du musst zurück nach Hiddensee. Es gibt eine neue Leiche."

Eine halbe Stunde später saß Rieder in einem Hubschrauber und flog entlang der Ostseeküste Hiddensees. Es war ziemlich windig. Der Helikopter geriet durch Böen immer mal in Turbulenzen. Unten sah er die Wellen an den Strand rauschen. Der Pilot meldete sich über den Kopfhörer und zeigte zugleich nach vorn. Vor ihnen kam das Spülschiff „Ankemarie" in Sicht. Es sollte Sand aus dem Meer an den Strand schwemmen, um ihn wieder zu verbreitern. Es lag am Ende einer Buhnenreihe, ungefähr auf der Höhe des Nationalparkhauses. Die Ankertrosse war zu sehen. Auf dem schmalen Dünenweg parkten der Hiddenseer Rettungswagen, Möselbecks Jeep und das Polizeiauto. Mehrere Männer standen am Strand neben einer schwarzen Folie. Der Hubschrauber ging langsam nach unten und landete dann auf der Salzwiese. Die Zugvögel flogen auf, erbost über diese frühe Störung.

Rieder rannte zum Strand. Damp kam ihm entgegen. „Kein schöner Anblick", raunte er seinem Kollegen zu. Möselbeck griff nach der Folie und hob sie etwas hoch. Rieder schreckte zurück. Er erkannte den Körper einer Frau, aber wo einmal ein Gesicht gewesen war, fand sich nur noch eine blutige Masse. Trotzdem erkannte er die Tote an den Haaren und ihrer Kleidung. „Mandy Puffe", flüsterte er. Er schwankte und ließ sich dann in den Sand fallen.

Möselbeck lief zu ihm: „Alles klar bei Ihnen?"

Rieder hob abwehrend die Hände. „War einfach alles etwas zu viel in den letzten Tagen."

Der Inselarzt nickte verständnisvoll.

„Wir haben ihre Papiere in der Jacke gefunden", verkündete Damp. „Krüger ist auf dem Weg hierher."

„Am Hals gibt es Spuren, die auf eine Schlinge deuten", erklärte Möselbeck. „Sie könnte erwürgt worden sein."

Damp wies zu einem Mann in schwarzer Hose, schwarzem Seemannspullover und Schiffermütze, der etwas abseits stand. „Kapitän Schlieker vom Spülschiff ‚Ankemarie'. Er hat, wie soll man es sagen", Damp stockte, „die Frau gefunden oder, besser gesagt, in seinem Netz gefunden."

Rieder war wieder auf den Beinen. „Was ist passiert?"

„Nicht viel", meinte der Kapitän. „Wir haben vor dem Ansaugrohr eine Art Käfig. Darin soll sich der ganze Müll fangen. Außerdem soll er uns schützen, falls wir eine alte Granate oder Seemine mit einsammeln. Plötzlich ging das Ding nicht mehr. Irgendetwas Großes musste sich vor das Rohr geschoben haben." Er zeigte auf den toten Körper. „Beim Nachsehen haben wir sie gefunden. Sie war angesaugt worden. Es ist nicht unsere Schuld. Sie muss …"

„Schon gut. Sie trifft keine Schuld", beruhigte Rieder den Mann.

Rieder trat wieder zu Damp. „Die Frage ist, wie kam sie hierher?"

Damp zuckte mit den Schultern.

„Wo ist eigentlich Behm?"

„Er sortiert oben am Schwedenhagen immer noch Bilder und überwacht ihre Verladung in die beiden Container, die dann mit der Fähre nach Schaprode gebracht werden", teilte Damp mit. „Dort übernimmt die Ladung ein Spezialkommando des BKA, das sonst die Geldtransporte der Bundesbank sichert. Deren gepanzerte Transporter sind aber zu schwer für die Fähre. Großes Ballett. Dieser Museumsfritze, der Richnow, hilft ihm dabei. Bökemüller ist übrigens auch dort. Scheint mir langsam so eine Art Betriebsausflug zu werden."

„Sollten wir ihn nicht holen, damit er sich", Rieder stockte kurz und holte Luft, „sich das hier ansieht?"

„Habe ich auch schon dran gedacht und mit ihm gesprochen", entgegnete Damp, „aber er meinte, er könne da jetzt auch nicht viel tun. Das sei doch eher die Aufgabe von Krüger."

„Aha", meinte Rieder nur erstaunt. „Und Sascha?"

„Der soll sich um Puffes Boot in Stralsund kümmern und klären, ob sie oder wer auch immer es gefahren hat. Aber wie ich das sehe", er deutete auf die Leiche im Sand, „fällt die Puffe aus für den Trip."

„Keine Ahnung. Wir müssen abwarten, was Krüger über den Todeszeitpunkt sagt."

In der Luft war wieder das Brummen eines Hubschaubers zu hören. Von Rügen näherte sich ein roter Helikopter mit der Aufschrift „Luftrettung" und landete auf der Weide wie der Polizeihubschrauber. Krüger kam mit einem kleinen Arztkoffer in der Hand angelaufen. Nachdem er alle begrüßt hatte, bückte er sich und hob die Folie. „Ah, mein Gott, wer hat denn die Frau so zugerichtet?"

„Sie ist mit dem Gesicht an die Streben des Stahlkäfigs geraten. Die sind wie eine scharfe Säge", äußerte Kapitän Schlieker.

„Tja", meinte Krüger und begann die Leiche weiter zu untersuchen. Er öffnete die Jacke. Auch auf dem Oberkörper waren blutige Striemen zu erkennen, aber hier hatte wohl die Kleidung der Toten eine schlimmere Verstümmelung verhindert. Als er den Kragen der Bluse weitete, entdeckte er die Striemen rund um den

Hals, von denen schon Möselbeck gesprochen hatte und bestätigte seine Vermutung. „Mit einem Seil oder Draht erwürgt", stellte er fest. „Vielleicht war sie schon tot, als sie ins Wasser fiel oder geworfen wurde." Er betrachtete die Hände und die Haut der Leiche. „Ich würde sagen, wenn ich so die Ausprägungen sehe und die Treibspuren hier an den Händen, dass sie mindestens schon 24 Stunden in der Ostsee getrieben ist. Aber um genauer zu sein, muss ich sie auf dem Tisch haben."

„Also könnte sie vorgestern Nacht getötet worden sein", stellte Rieder fest.

„Ich denke, ja." Krüger gab der Besatzung des Rettungshubschaubers, die ihm an den Strand gefolgt war, ein Zeichen. Sie hatten einen Leichensack dabei, legten vorsichtig die Tote hinein und zogen den Reißverschluss zu. Rieder spürte, wie ihm die Tränen in die Augen stiegen.

„Wie machen wir weiter?", fragte Damp.

Rieder rieb sich kurz über das Gesicht, um Damp nicht seine Rührung zu zeigen. „Sie nehmen bitte die Aussage des Kapitäns auf. Ich gehe noch mal in Puffes Haus. Vielleicht haben wir etwas übersehen. Das Boot kann sie jedenfalls nicht nach Stralsund gesteuert haben. Wie wäre sie sonst hierher zurückgekommen? Seit gestern Mittag kam der Wind aus Nordwest. Aus Stralsund hätte die Strömung umgekehrt sein müssen, und dann wäre sie wohl auch auf der Boddenseite angeschwemmt worden. Sie muss also schon hier in der Nähe oder noch auf Hiddensee ermordet worden sein, und ihr Mörder hat das Boot wahrscheinlich mit den Bildern nach Stralsund gebracht. Den Motor haben wir ja gehört. Wir stehen wieder am Anfang."

Ohne ein weiteres Wort wankte Rieder vom Strand zur Düne. Ihn hatte der Tod von Mandy Puffe schwer getroffen. Langsam und nachdenklich lief er nach Vitte zum Haus der jungen Frau.

Behm hatte das Schloss nur provisorisch wieder instandgesetzt. Ein leichter Druck genügte, um die Tür zu öffnen. Rieder sah sich um. Systematisch begann er noch einmal Fach für Fach aufzuziehen und zu durchsuchen, stöberte durch die Regale, schaute unter die Schränke. Ohne Erfolg. Er setzte sich in den Schreibtischstuhl. Vor ihm lag das Exemplar von Mandy Puffes Doktorarbeit. Er begann darin zu blättern. Eher aus Ratlosigkeit. Ein Zettel steckte zwischen den Seiten. Rieder nahm ihn heraus und sah ihn sich an. Plötzlich war er wie elektrisiert. Es war das gleiche Papier wie das Blatt, das sie in Kempes Wohnung gefunden hatten. Liniert, grau gefärbt, mit kleinen Holzspänen. „Sie müssen das Kapitel über Büchsels Naturalismus in ihren Bildern noch einmal überarbeiten." Mehr stand da nicht. Diese Notiz konnte nicht älter als zwei oder drei Jahre sein. Mandy Puffe hatte die Arbeit vor achtzehn Monaten abgegeben. Es war die gleiche Schrift wie bei Kempe. Rieder überlegte. Er erinnerte sich, was ihm Mandy Puffe bei ihrem Besuch in Kempes Haus über ihre Arbeit an der Doktorarbeit erzählt hatte. Ihm stockte der Atem.

39

Nachdem Damp die Aussage des Kapitäns des Spülschiffes aufgenommen hatte, hatte ihn der Polizeidirektor angerufen, Behm und ihn abzuholen. Er wollte mit Behm zu Gebauers Schiff in Vitte, um zurück nach Stralsund zu fahren. Die Arbeiten an der Baracke waren abgeschlossen, die Bilder verladen. Damp waren die beiden Zugmaschinen mit den Containern am Riedsal entgegengekommen.

Sie bogen gerade vom Weg zum Schwedenhagen auf die Straße ein und benötigten mehrere Versuche, um die Kurve zu nehmen. Die Stralsunder Polizisten, die bei der Registrierung und beim Verladen der Bilder geholfen hatten, waren schon mit dem Inselbus zum Fährhafen vorgefahren, um dann dort die Container auf der „Vitte" nach Schaprode zu begleiten. Bökemüller saß auf dem Beifahrersitz und telefonierte mit seinem Fahrer in Stralsund: „Hallo, Herr Thiele, ich habe meine Waffe in der Tasche an der Rückseite des Beifahrersitzes steckenlassen. Können Sie die Pistole bitte an sich nehmen und bei meiner Sekretärin abgeben, damit sie im Tresor eingeschlossen wird?"

Er legte auf und wandte sich Damp zu: „Mensch, Damp, was ist das jetzt schon wieder für ein Mist mit der Leiche von dieser Puffe. Was passiert hier auf der Insel?"

Damp informierte ihn über die mageren Erkenntnisse des Rechtsmediziners. Da klingelte Bökemüller Telefon. Es war sein Fahrer. „Wie? Nicht da?", rief er ins Telefon. „Haben Sie auch richtig nachgesehen? ... Natürlich hatte ich sie bei mir ... Und in der Tasche hinter dem Fahrersitz? ... Auch nicht." Bökemüller wurde blass. „Verstehe. Äh, danke." Er legte auf und sah Damp an. „Meine Waffe ist weg. Wahrscheinlich hatte ich sie gar nicht dabei. Passiert mir auch manchmal."

Da klingelte Damps Handy. Es war Rieder. „Ist hier wie in der Telefonzentrale", witzelte Behm von hinten und bekam dafür gleich einen Rüffel von seinem Chef.

„Ich finde, es gibt keinen Anlass für Humor."

„Das Beladen der Bilder ist gerade beendet", teilte unterdessen Damp seinem Kollegen mit. „Die sind jetzt auf dem Weg zum Hafen Vitte, wenn sie nicht schon da sind und die beiden Container auf die Fähre gebracht haben." Damp schaute kurz auf die Uhr. „Die legt ja in fünf Minuten ab. Der Richnow wollte dabei sein und mitfahren." Damit legte er auf und fuhr weiter, ohne einen Ton zu sagen.

„Was wollte denn Rieder?", fragte Bökemüller.

Damp zuckte mit den Schultern. „Ich habe es nicht richtig verstanden – Rieder hat was im Haus der Puffe gefunden und sucht jetzt nach dem Richnow, um sich was erklären zu lassen. Wahrscheinlich hängt es mit den Bildern zusammen. Er redete so schnell und war so aufgeregt. Der ist völlig durch den Wind. Vorhin am Strand ist er schon fast umgekippt."

„Wieso das denn?", fragte Bökemüller. „Der hat doch auch schon eine Menge Leichen gesehen."

„Aber vielleicht nicht so eine. Die war ja im Gesicht nur noch Hackfleisch", erwiderte Damp trocken. „Ich glaube, es ist vielleicht etwas zu viel für ihn. Heute Morgen die Leiche am Strand. Vielleicht stand er der Puffe auch näher, als man denkt." Damp sah zu Bökemüller und zog sein Augenlid leicht nach unten. „Wenn Sie verstehen, was ich meine."

Bökemüller schüttelte entrüstet den Kopf.

„Außerdem hat gestern Abend seine Ex, die Charlotte Dobbert, ihr, und ich denke, damit auch sein Kind bekommen", erzählte Damp seelenruhig weiter. „Ich hab' es von Fittkau, seinem Nachbarn, also aus sicherer Quelle, heute Morgen beim Bäcker im Supermarkt gehört. Und der hatte es von Heiner Witt. Dessen Frau war wohl bei der Geburt dabei. Wie gesagt, alles etwas zu viel für Rieder."

Der rannte gerade über den Deichzugang zum Hafen, an der Rückseite der Häuserreihe mit den Restaurants und Geschäften vorbei. Er hörte das dreimalige Tuten des Signalhorns der Fähre. Er umrundete die Altglascontainer und sah, wie die Fähre schon gut zwanzig Meter von der Verladerampe entfernt war. Er winkte heftig mit den Armen, aber der Matrose an Bord schlug nur mit der Hand auf seinen Unterarm, um dem Polizisten zu bedeuten, dass er zu spät war. Rieder atmete durch. Als er sich umdrehte, sah er zu seinem Erstaunen die Stralsunder Beamten noch am Kai stehen. Er lief auf sie zu. „Warum seid ihr nicht auf der Fähre?", rief er ihnen noch im Laufen zu. Sie zuckten mit den Schultern und sahen ihren Kollegen verdutzt an. „Damp hat doch gesagt, wir sollen hierbleiben, weil in Schaprode die Jungs vom BKA die Bilder übernehmen. Gebauer bringt uns dafür nach Stralsund zurück."

„Wer hat das gesagt?"

„Na Damp, oder besser gesagt, dieser Professor hat es uns im

Auftrag von Damp ausgerichtet", meinte einer der Polizisten und fügte dann noch hämisch hinzu: „Der Herr Revierleiter muss sich offenbar nicht mehr selbst bemühen."

Rieder dämmerte etwas. „Wer ist denn jetzt noch an Bord der Fähre?", fragte er.

„Nur der Richnow."

„Und sonst niemand?"

„Vielleicht so zehn Leute. War nicht viel los. Und die Besatzung."

„Scheiße!" Rieder versuchte seine Gedanken zu ordnen, die wie Pfeile durch sein Hirn rasten. Da stoppte der Streifenwagen am Anleger der Fähre. Damp, Bökemüller und Behm stiegen aus dem Auto.

„Haben Sie den Richnow noch getroffen?", fragte Damp.

Rieder schüttelte den Kopf. „Der ist auf der Fähre. Richnow ist unser Mann." Er schwenkte eine Plastikhülle mit einem Zettel hin und her. „Diese Notiz habe ich in der Doktorarbeit von Mandy Puffe gefunden. Es ist dasselbe Papier und dieselbe Schrift wie auf der Notiz bei Kempe mit dem Treffpunkt."

Bökemüller verlor plötzlich das Gleichgewicht und musste sich an der Motorhaube aufstützen, um nicht zu fallen. „Was ist denn mit Ihnen?", wandte sich Rieder fürsorglich an seinen Chef.

Bökemüller richtete sich wieder auf. „Ich denke, ich weiß, wer meine Waffe hat." Er deutete auf die Fähre. „Jedenfalls habe ich Richnow heute Morgen abgeholt. Erst dachte ich, ich hätte sie vergessen, aber jetzt wird mir alles klar. Ich habe sie in die Tasche hinter dem Beifahrersitz gesteckt, weil es sonst so unbequem ist. Als ich ausgestiegen bin, muss ich sie vergessen haben. Aber Richnow ist noch einmal zurück zum Wagen, und da …" Weiter kam er nicht. Rieders und Damps Telefone klingelten zur gleichen Zeit. Gebauer kam angerannt.

„Habt ihr schon gehört?", rief er von weitem. Rieder war gerade dabei, den Anruf entgegenzunehmen. Es war der Diensthabende aus Bergen.

„Wir haben Notrufe von der Fähre Vitte bekommen. Angeblich soll es dort eine Entführung geben. Wisst ihr was davon?"

„Jetzt schon", erklärte Rieder.

Keine zwei Minuten später legte Gebauers Boot vom Kai in Vitte ab und nahm Fahrt auf. Die Besatzung des Seenotkreuzers „Nausikaa" stürmte in den Hafen. Kaum eine Minute später waren die Leinen gelöst und heulte der Motor auf. Rieder sah auf die Uhr. Gut zehn Minuten war die Fähre unterwegs. Bis Schaprode brauchte sie im Normalfall noch 35 Minuten. Aus der Ferne wirkte auf der „Vitte" alles normal, doch die Anrufe aus dem Aufenthaltsraum des Schiffes waren beängstigend. Die Einsatzzentrale in Bergen hatte Kontakt zu einem Passagier hergestellt. So konnten sich die Polizisten per Telefon einen ersten Eindruck von der Lage auf dem Schiff machen. Richnow hatte mit der Pistole die Passagiere und Besatzungsmitglieder gezwungen, in den Raum unter Deck zu gehen und sie dort eingesperrt. Keiner wusste, was mit dem Kapitän war. Unter den Geiseln war er jedenfalls nicht. Rieder hatte versucht, Richnow auf seinem Telefon zu erreichen. Er hatte seine Karte noch in seiner Jacke gefunden. Doch Richnow ging nicht an sein Telefon.

Die Polizisten standen im Heck des Boots. Die Gischt hatte alle schon völlig durchnässt. Der Fahrtwind machte die Verständigung schwer. Sie steckten die Köpfe zusammen, um sich besser zu verstehen. Bökemüller riet dazu, die Fähre zu verfolgen und auf das Mobile Einsatzkommando zu warten, um dann eine Befreiungsaktion zu unternehmen.

„Dafür dürfte die Zeit nicht reichen", wandte Rieder ein. „Wir wissen nicht, was Richnow vorhat. Will er nur die Bilder in seinen Besitz bringen? Oder was plant er sonst?" Er sah in die Runde. „Ich bin für einen Kaperversuch."

Gebauer nickte, dann auch Damp. Der Steuermann rief, dass man gleich auf der Höhe der Fähre sei. „Wenn der Kapitän das Schiff führt, ist Richnow mit auf der Brücke und bedroht ihn wahrscheinlich. Hat er den Kapitän ausgeschaltet, muss er auch dort sein, um das Schiff zu führen. Er kann bestimmt ein Schiff halbwegs steuern, denn mit der ‚Mandy' muss er bis nach Stralsund gefahren sein. Es war auch ordentlich vertäut."

Gebauer schlug ein Ablenkungsmanöver vor. Der Seenotkreuzer sollte sich vor die „Vitte" setzen und so Richnow verwirren, damit er mit seinen Leuten sowie Damp, Behm und Rieder am Heck der Fähre auf das Schiff gelangen konnte. „Wenn wir Glück haben, merkt Richnow nicht, dass wir an Bord gehen", meinte Gebauer und wandte sich dann an Bökemüller. „Sie müssten dann das Schiff hier übernehmen. Trauen Sie sich das zu?"

Der Polizeichef nickte zwar etwas unsicher, stimmte aber zu. Gebauer sprach mit der Besatzung der „Nausikaa" den Plan ab und forderte sie auf, unter Deck zu gehen und einen Schlangenkurs zu fahren, um Richnow kein Schussfeld zu bieten. Die „Nausikaa" zog an der „Vitte" vorbei. Rieder hatte kurz nach Bergen gemeldet, was sie vorhatten. Der Einsatzleiter dort teilte ihm mit, dass die BKA-Beamten im Hafen Schaprode alarmiert seien, das Gelände geräumt und nun Posten bezogen hätten. Zwei Scharfschützen seien dabei, die auf Gebauers oder Rieders Anweisung zum Einsatz kommen könnten. Ansonsten seien alle verfügbaren Einheiten sowie Rettungswagen auf dem Weg in den Fährort. Dann wechselten Bökemüller und der Steuermann die Plätze. „Chef, wir wollen nicht baden gehen. Also schön nah ranfahren", versuchte Gebauer zu spötteln. Aber man hörte die Anspannung in seiner Stimme.

Die „Nausikaa" begann mit ihrem Ablenkungsmanöver vor dem Bug der Fähre in sicherem Abstand. Die „Vitte" drosselte ihre Fahrt. Alle machten sich bereit. Als das Polizeiboot auf Tuchfühlung mit der Bordseite der Fähre war, griffen die Polizisten nach der runden Holzkante auf der Schiffswand und klammerten sich daran. Nachdem sie sich darübergeschwungen hatten, ließen sie sich auf die Ladefläche fallen. Die beiden Container boten ihnen Schutz. Sie machten ihre Waffen klar. Gebückt rückten sie vor. Gebauer trennte sich kurz von der Truppe und lief zum Bug. Dort gab er der Besatzung der „Nausikaa" ein Zeichen, sich wieder zurückfallen zu lassen. Die anderen waren an der stählernen Luke angekommen, die zur Treppe in den Passagierraum nach oben führte. Von unten hörten die Polizisten lautes Klopfen. Rieder rannte die Treppe hinab und schlug zweimal von draußen an die verschlossene Tür. „Hier ist die Polizei. Wir versuchen, Sie zu befreien. Bleiben Sie bitte ruhig. Da drinnen kann Ihnen nichts passieren. So schnell wie möglich werden wir Sie rausholen, wenn die Aktion beendet ist."

Von drinnen drang kein Laut mehr. Rieder ging zu den anderen zurück. „Was jetzt?", fragte Damp.

Noch zehn Minuten bis Schaprode. „Wir gehen hoch bis vor den Gastraum, um die Lage zu peilen", schlug Rieder vor. Die Polizisten schlichen die Stufen nach oben. Rieder und Gebauer waren vorn und schauten gut fünf Stufen vor dem Ende der Treppe über die oberste Stufe. Sie konnten in den leeren Gastraum blicken. Die Tür zur Brücke war geschlossen. Die beiden sahen sich an.

„Losstürmen und Tür aufbrechen?", fragte flüsternd Gebauer.

Rieder wiegte den Kopf hin und her. Er signalisierte Gebauer, auf das Zwischengeschoss zurückzugehen, um sich zu beraten. „Ich bin eher für eine Zangenbewegung, um ihn von zwei Seiten zu attackieren", meinte er. „Dazu sollten wir uns teilen. Ich klettere über das Außendeck auf das Dach. Ich habe gesehen, dass die Tür dort oben zur Brücke offen steht. Wenn ich schreie und vom Dach springe, damit er zu mir schaut, stürmt ihr durch die Tür zur Brücke und versucht ihn auszuschalten."

Gebauer war damit nicht glücklich. „Wenn Richnow schnell mit der Waffe ist, könnte es Tote geben."

„Haben wir eine Wahl?" Das kam von Damp. „Ich geh' hier unten vorweg. Es ist unser Fall." Dabei sah er Rieder in die Augen. Der nickte seinem Kollegen zu und hob den Daumen. Während sich Rieder auf den Weg zum Dach machte, robbten Gebauer und Damp bis an die Tür zur Brücke. Die beiden Besatzungsmitglieder des Polizeibootes gingen in Stellung, um ihnen Feuerschutz zu geben.

Rieder hatte sich die Schuhe ausgezogen, um so wenig Geräusche wie möglich zu machen. Schnell war er auf das Dach geklettert. Er hatte den Fahrtwind unterschätzt. Mit Mühe konnte er sich auf die Plattform hangeln. Dann schob er sich langsam an den rechten Rand des Führerhauses. Er schaute auf die Uhr.

Noch fünf Minuten bis Schaprode. Wer das Schiff auch steuerte, er war auf die Fahrrinne zum Fährort eingeschwenkt. Rieder konnte die beiden gepanzerten Transporter am Fähranleger sehen. Polizisten waren dort an verschiedenen Positionen im Hafen mit Waffe im Anschlag in Stellung gegangen. Die „Vitte" wurde schneller. Rieder ahnte, was Richnows Plan war. Er wollte die Hafenmauer rammen. Durch den Crash könnte das Schiff in Brand geraten. Jetzt am Vormittag waren die Tanks voll. Keine Zeit zu verlieren. Rieder zählte von zehn zurück. Bei null schrie er laut „Zugriff!" und ließ sich vom Dach fallen. Hart schlug er auf. Er schaute nach links und sah Richnows überraschten Blick. Der Mann stand am Steuer. Auf der anderen Seite splitterte die Tür. Damp stürmte herein. Hinter ihm Gebauer. Jetzt erst sah Rieder die Pistole in der Hand des Mannes, der seinen Kopf in Richtung der beiden Polizisten drehte, aber auch die Waffe schwenkte. Es knallte ein Schuss. Damps Körper hob wie von Geisterhand getragen ab. Später würde Rieder immer wieder diese Szene in Zeitlupe vor seinen Augen sehen. Dann fiel sein Kollege auf den Rücken. Gebauer stürmte an ihm vorbei. Er riss Richnow zu Boden und schlug dessen Hand mit der Waffe immer wieder auf den Boden, bis sie ihm aus den Fingern fiel. Die beiden anderen Polizisten kamen herein. Einer stürzte an das Steuerrad und riss es geistesgegenwärtig herum. Doch die Fähre war träge. Es gab einen heftigen Schlag, der alle beinahe von den Beinen holte. Dann folgte ein langes Scharren auf der Backbordseite. Der andere Beamte half, Richnow zu entwaffnen und Handschellen anzulegen.

Rieder rannte zu Damp, presste seine Hände auf die Wunde an seiner linken Brustseite. „Damp, wach bleiben!", schrie er. „Damp, da bleiben! Mensch, Damp, bleib bei uns!"

40

Der Sarg wurde von den Mitarbeitern des Beerdigungsinstituts auf die Fähre getragen und dort auf einem Flachwagen abgestellt. Nelly Blohm, heute in Uniform, stand daneben. Dann legte die „Vitte" in Schaprode ab. Nur noch Schrammen am breiten Bug und an der Backbordseite der Fähre erinnerten an die Kollision mit der Schaproder Hafenmauer vor zwei Wochen. Auf dem Bodden, links und rechts der Fahrrinne, warteten die Hiddenseer Fischer mit ihren Booten. Sobald die Fähre sie passiert hatte, fächerten sie sich hinter dem Schiff auf und fuhren das letzte Geleit. Alle sonstigen Boote stoppten und ließen den Konvoi passieren. Dazu dröhnten die Schiffssirenen. Kurz vor dem Hafen Vitte fuhr der Seenotkreuzer „Nausikaa" der Flotte entgegen und schoss eine Wasserfontäne wie Salut in hohem Bogen über die Fähre. Rieder schaute vom Hafenkai dem Ritual zu. Seine Reisetasche hatte er auf einer der Bänke abgestellt. Er würde nicht am Trauergottesdienst und der Beerdigung in Kloster teilnehmen. Er mochte keine Abschiede, weder im Leben noch im Tod. Schon am frühen Morgen war er mit seinem Fahrrad nach Kloster gefahren und auf den Friedhof gegangen. Tobias Zion hatte bereits das Grab vorbereitet, die Grube ausgehoben und die Taue für das Absenken des Sargs bereitgelegt. Es befand sich neben der Grabstelle für den „Unbekannten Seemann". Als Rieder ankam, stand er daneben in einem schwarzen T-Shirt heute mit der Aufschrift „Deadline".

„Ich habe für Sie den Blumenstrauß wie gewunscht mitgebracht." Er überreichte Rieder einen schönen Frühlingsstrauß.

„Danke. Ich würde gern ein paar Minuten allein sein."

Zion zog sich zurück. Rieder schaute in das leere Grab. Er dachte an das ganze letzte Jahr, das er auf Hiddensee verbracht hatte. Er erinnerte sich an die Fälle, die er mit Ole Damp gelöst hatte und an die Menschen, die er auf der kleinen Insel in der Ostsee kennengelernt hatte. Er legte seinen Strauß neben das hölzerne Grabkreuz. Später würde es durch einen Stein ersetzt werden. Rieder fand, das Kreuz würde besser zu dem Toten passen. In schlichter schwarzer Schrift stand dort: „Björn Just, Seemann, 1931–2017". Auf dem Stein daneben war die Inschrift, „Dem Unbekannten Seemann" verschwunden und durch die Inschrift „Henning Just, Seemann, 1891–1947" ersetzt worden. Rieder trat ein paar Schritte zurück und verneigte sich. Zion trat wieder zu ihm. „Das würde Björn freuen", meinte Rieder. „Endlich ist die Ehre seines Onkels wieder hergestellt. Wenn auch viel zu spät."

„Übrigens hat Richard Schlick die Inschrift für Henning gespendet und richtig Druck gemacht, dass heute alles fertig ist", erzählte Zion.

Björn Just war vor einer Woche plötzlich gestorben. Ganz still. Eingeschlafen und nicht wieder aufgewacht in seinem Zimmer in der Stralsunder Schiffercompagnie. An einem Mittwoch. Als er nicht am Hiddensee-Anleger in Stralsund aufgetaucht war, hatte der Kapitän Zion angerufen, und wenig später war der alte Mann gefunden worden. Seine Bilder von Elisabeth Büchsel hatte er der Insel Hiddensee vermacht. Friedrich Drews hatte sie dem Inselmuseum übergeben. Dort hingen sie nun neben schwarz gerahmten Fotos von Henning und Björn Just. Daneben stand ein Text, der die tragische Odyssee dieser Bilder beschrieb.

Rieder hatte Zion dann noch kurz die Hand gedrückt und war dann nach Vitte zurückgefahren, um Björn Just wenigstens im Hafen das letzte Geleit zu geben.

Als Rieder auf dem Boddendeich von Kloster nach Vitte fuhr und in der Ferne schon den Konvoi mit Fähre und Fischerbooten kommen sah, war alles noch einmal hochgekommen, was passiert war. Er hatte dem bewusstlosen und schwer verletzten Damp die Hand gehalten, bis er in den Rettungshubschrauber geladen worden war. Der Kapitän der Fähre war von Richnow niedergeschlagen worden, konnte aber nach einer ambulanten Behandlung im Krankenhaus Bergen wieder nach Hause.

Dann war Rieder mit Behm und mehreren Polizisten in Richnows Wohnung in Stralsund gefahren. Dort bot sich ihnen ein unerwartetes Bild. Die Zimmer standen voller Terrarien mit Schlangen aller Art, darunter auch fünf Kreuzottern, die Richnow selbst gezüchtet haben musste. Anhand der Hautschuppen, die Krüger rund um die Bissspuren an Gildes Leiche gesichert hatte, konnte eines der Tiere als das Mordwerkzeug identifiziert werden. Das Motiv war Rache. Richnow hatte durch eine Indiskretion der Anwaltskanzlei vom neuen Testament Gildes und seinen Plänen für ein Museum auf Hiddensee erfahren. Vorher hatte er Richnow, allerdings nur mündlich, zugesichert, dass sein Museum in Stralsund die Sammlung „Hiddenseer Künstlerinnenbund" erhalten würde. Richnow fühlte sich betrogen und glaubte, mit dem Mord der notariellen Beglaubigung noch zuvorzukommen, aber hatte sich getäuscht.

Zu Gildes Haus war er durch den Tunnel gelangt. Er kannte ihn, weil Gilde auch über diesen Weg immer die Leihgaben zur Übergabe am alten Bollwerk bringen ließ. Niemand auf Hiddensee sollte erfahren, welchen Schatz sein Haus am Schwedenhagen beherbergte.

In Richnows Wohnung fanden sie auch mehrere Dutzend Blöcke „Madeleine" vom VEB Schreibwaren. Aber nicht nur der Zettel aus Kempes Haus hatte Richnow überführt. Auch seine Telefondaten. Kempe hatte ihn nach dem Tod Gildes angerufen, um ihm ein Bild von Elisabeth Büchsel in dessen Auftrag zu übergeben, als „Dank für die geleisteten Dienste", denn Richnow hatte über Jahrzehnte aus Kempes Fälschungen von Bildern des Hiddenseer Künstlerinnenbundes durch seine Echtheitszertifikate gegenüber der Galerie „Loth und Ungnade" angebliche Originale gemacht. Als Kempe sich dann noch über seinen naiven Glauben an Gildes Versprechen lustig gemacht hatte, dass Gilde ihm die ganze Sammlung vermachen würde, erschlug er ihn mit dem Stein, den Rieder im Bodden gefunden hatte. Über die Notiz für die Verabredung mit Kempe war Mandy Puffe zufällig Richnow auf die Schliche gekommen. Sie hatte eins und eins zusammengezählt, als sie im Revier den Zettel aus Kempes Haus gesehen hatte und dann Richnow erpresst. Durch den Kauf ihrer Yacht war sie finanziell klamm. Der Museumsmann hatte ihr daraufhin vorgeschlagen, ein paar Gemälde aus Gildes Haus zu stehlen und dann zu verkaufen. Er wusste, dass Martina Gilde nach dem Tod ihres Mannes immer bei Claudius Loth im „Hitthim" übernachtete. Den Polizisten war das verborgen geblieben, ärgerte sich Rieder, als er davon erfuhr. Mandy Puffe hatte Richnow in Stralsund mit ihrem Boot abgeholt. Sie waren zusammen zum Schwedenhagen gefahren, über den Tunnel ins Haus gelangt und hatten mit dem Abtransport der Bilder begonnen. Doch dann kamen ihnen die Polizisten in die Quere. Sie flüchteten über den Libben zur Ostsee, um auf dem Bodden nicht Fischerbooten zu begegnen. Aber Richnow wollte nicht teilen. Er erwürgte Mandy mit einem Seil vom Boot und warf sie über Bord. Richnow hatte gehofft, ablandiger Wind würde die Leiche auf das offene Meer hinaustragen. Doch der Wind drehte. Sascha konnte auf der „Mandy" Fingerabdrücke von Richnow und an einem Seil Hautpartikel von Mandy Puffe sichern. Die gestohlenen Bilder fanden sich auf Richnows Boot, das auch in der Marina in Stralsund lag. Sie wurden den Erben wieder zurückgegeben. Doch solange die Herkunft der Bilder ungeklärt sei, würde es wohl auf Hiddensee kein Museum für die Malerinnen des Künstlerinnenbundes geben.

Am Ende der mehrtägigen Vernehmung hatte Rieder die Akte geschlossen. „Eine Frage habe ich noch. Warum haben Sie eigentlich das Schiff noch entführt? Es gab doch eine große Chance, dass wir Sie nicht erwischen?"

Richnow faltete die Hände und legte sie auf die Tischplatte. „Ich war mir sicher, dass Sie und dieser Damp mir irgendwann auf die Spur kommen würden. Sie wussten, dass die Morde mit den Bildern zusammenhängen und nur jemand sie begangen haben könnte, der diese Bilder über alles liebt. Aber ich wollte, dass sie niemand zu sehen bekommt, wenn ich sie nicht mehr sehen darf."

Rieder schüttelte den Kopf. Aus einer Tüte, die neben seinem Stuhl stand, zog er das Buch Mandy Puffes über den Hiddenseer Künstlerinnenbund und legte es vor Richnow auf den Tisch. „Da habe ich noch was für Sie." Dann stand er auf und wandte sich an den Wachhabenden: „Bitte bringen Sie Professor Richnow in die Zelle zurück."

Rieder stand im Spalier der Hiddenseer am Anleger. Zu seiner Überraschung sah er, dass auch Damp wieder auf der Insel war. Der Hiddenseer Revierleiter kam in seiner blauen Paradeuniform. Die Jacke hatte er über die verbundene Schulter gehängt und, was Rieder ebenso verblüffte, eine Frau an seiner Seite. Sie war vielleicht Mitte vierzig, deutlich kleiner als der Revierleiter, aber sehr adrett. Im Stillen dachte Rieder: ‚Deutlich über Damps Liga.'

„Darf ich Ihnen Frau Seeling vorstellen", erklärte sein Kollege, als sie sich begrüßten.

„Ich dachte, Sie sind noch im Krankenhaus", antwortete Rieder und ärgerte sich, Damp dort noch nicht besucht zu haben.

„Nur auf Freigang, wie es in unseren Kreisen heißt. Wir müssen aber so viel organisieren." Dabei schaute Damp verliebt auf die Frau.

Durch das Anlegen der Fähre wurde ihr Gespräch unterbrochen. Zwei Kutschpferde wurden auf die „Vitte" geführt und vor den Wagen gespannt. Dann zog das Gespann an und trabte langsam über die stählernen Planken des Anlegers. Nelly Blohm ging vorneweg, jeweils drei Hiddenseer Feuerwehrleute links und rechts neben der Lafette. Die Uniformträger legten die Hand an die Mütze, als der Leichenzug vorbeifuhr. Hinter dem Sarg gingen Friedrich Drews, Bürgermeister Thomas Förster und Pfarrer Lohse. Rieder staunte, als Nelly in den Hiddenseer Streifenwagen stieg und mit Blaulicht den Weg für den Trauerzug nach Kloster anführte. „Was hat das zu bedeuten?", wandte er sich an Damp.

„Die Blohm wird hier weiter Dienst tun, bis für mich Ersatz gefunden ist. Die Stelle wird nächste Woche ausgeschrieben."

Rieder starrte Damp überrascht an. „Wie ... Ersatz ... Stelle ausgeschrieben?", stotterte er. Frau Seeling ging ein paar Schritte zu Seite.

„Ich wollte es Ihnen schon länger sagen." Damp war verlegen. Er nahm die Mütze ab. „Die ganzen Telefonate, der Brief, die

SMS, meine Unaufmerksamkeit hatten einen Grund." Damp holte tief Luft. „Ich werde Hiddensee verlassen. Deshalb musste ich für meinen Nachmieter auch meine Wohnung in Neuendorf renovieren."

„Was?", rief Rieder aus. Er konnte Damps Worte nicht fassen.

„Ja. Fällt schwer. Aber so eine Chance bekomme ich nicht wieder", erklärte sich Damp. „Ich habe Carola, äh, Frau Seeling bei meiner Kur im vergangenen Herbst in Thüringen kennen, ja, und, man möchte es kaum glauben, sie hat mich und ich habe sie lieben gelernt. Nun wird gerade in ihrem Wohnort in der Rhön, für das kleine Polizeirevier in Dermbach, ein Leiter gesucht. Da habe ich mich beworben und bin genommen worden."

„Wann waren Sie zum Bewerbungsgespräch?", fragte Rieder, immer noch perplex.

„Im März. Während meines Urlaubs. Es hatten sich auch nur drei beworben, und ich war der Einzige mit Leitungserfahrung." Damp setzte sein Mütze auf. „Bökemüller hat mir eine gute Beurteilung geschrieben. Ich glaube, er ist ganz froh, mich loszusein." Dann schaute er über den Hafen nach Vitte. „Und die Hiddenseer werden mich nicht wirklich vermissen. Außerdem gehen Sie ja auch."

„Mensch, Damp. Das sind ja Neuigkeiten." Rieder übermannte plötzlich eine tiefe Traurigkeit. Damp und er waren, wie Malte immer meinte, nicht das Traumpaar auf der Insel gewesen, aber in diesem Jahr auf Hiddensee sehr oft durch dick und dünn gegangen. Die beiden Polizisten sahen sich in die Augen. Dann fielen sie sich um den Hals, was beim Größenunterschied für beide nicht einfach war. „Danke für alles", meinte Rieder mit zitternder Stimme.

Damp konnte kein Wort mehr herausbringen, sondern nickte nur heftig. Sie tauschten noch einen festen Händedruck, dann wandte sich Damp ab, ging zu seiner Begleiterin, legte ihr den Arm um die Schultern. Beide zusammen folgten dem Gespann mit dem Sarg.

Dreimal tutete eine Schiffssirene des Passagierschiffs „Gellen". Rieder musste sich beeilen. In der Polizeidirektion Stralsund wartete Bökemüller, um ihm die Leitung der mobilen Einsatzgruppe „Ostsee" zu übergeben. Holm Behm würde sein Stellvertreter sein. Rieder hatte sich mit der Entscheidung nicht leicht getan. Er mochte Hiddensee. Zugleich trieb ihn seine private Misere weg. Charlotte hatte weiter jeden Kontakt verweigert. Ihr gemeinsames Kind hatte er bisher nicht gesehen.

Auf dem Schiff sah er noch einmal auf Vitte zurück. Auf den Hafen, auf die gesunkene „Caprivi", auf die Häuserreihe der Sprenge. Auf Maltes Haus. Was ihn schmerzte, dass er sich nicht mehr von Malte Fittkau hatte verabschieden können, dem er so viel zu verdanken hatte. Als er heute Morgen zum Haus seines Nachbarn gegangen war, um den Schlüssel seines Kapitänshäuschens im Wiesenweg abzugeben, war alles verschlossen gewesen, und niemand hatte geöffnet. Doch nun glaubte Rieder, seinen Augen nicht zu trauen. Malte stand auf dem Deich. In Latzhosen, Stiefeln und der Schiffermütze auf dem Kopf. Er entfaltete ein weißes Bettlaken, hielt es an den Ecken fest und ließ es im Frühlingswind wehen. Rieder trat an die Reling und winkte ihm. So lange, bis sie sich beide aus den Augen verloren.

Ende

Danksagung

Die Fälle der beiden Inselpolizisten Stefan Rieder und Ole Damp hätte es ohne meine Frau Kati Obermann nie gegeben. Sie hat mich zum Schreiben inspiriert, und ich habe oft ihre Geduld über Gebühr in Anspruch genommen. Ich bedanke mich für ihre Liebe und ihren Zuspruch.

Außerdem möchte ich Michi, Peter, Karla und Kerstin herzlichen Dank sagen. Sie haben mit ihren Geschichten und ihrem Wissen über das Leben auf Hiddensee großen Anteil am Entstehen dieser Bücher, und ihre offene Kritik war mir immer eine große Hilfe.

Tim Herden

Insel-Krimis
von Tim Herden

Mord auf Hiddensee? Unglaublich. Trügt auch diese Idylle inmitten der Ostsee? Seit gut zehn Jahren lädt der Autor mit seinen Protagonisten Rieder, Damp und Fittkau zur Verbrecherjagd auf die Insel.

Schabernack
7. Insel-Krimi

Süderende
6. Insel-Krimi

Schwarzer Peter
5. Insel-Krimi

Harter Ort
4. Insel-Krimi

Norderende
3. Insel-Krimi

Toter Kerl
2. Insel-Krimi

Gellengold
1. Insel-Krimi

Das gesamte Programm gibt es unter
www.mitteldeutscherverlag.de

2., durchgesehene Auflage, 2023
© 2018 mdv Mitteldeutscher Verlag GmbH, Halle (Saale)
www.mitteldeutscherverlag.de

Alle Rechte vorbehalten.

Umschlagbild: Tim Herden
Gesamtherstellung: Mitteldeutscher Verlag, Halle (Saale)
Lektorat: André Schinkel, Halle (Saale)

ISBN 978-3-95462-758-5

Printed in the EU